世一地细腻

得生所愿

你是我毕生所求的

唯一女主角

城城

薄荷轻

执葱一根 ㊟著

海峡出版发行集团 THE STRAITS PUBLISHING & DISTRIBUTING GROUP | 鹭江出版社

图书在版编目（CIP）数据

薄荷轻 / 执葱一根著 . — 厦门 : 鹭江出版社 ,
2024.3
ISBN 978-7-5459-2177-9

Ⅰ . ①薄… Ⅱ . ①执… Ⅲ . ①长篇小说—中国—当代
Ⅳ . ① I247.5

中国国家版本馆 CIP 数据核字 (2023) 第 202835 号

薄荷轻

执葱一根　著

出版发行： 鹭江出版社
地　　址： 厦门市湖明路 22 号　　**邮政编码：** 361004
印　　刷： 长沙鸿发印务实业有限公司
地　　址： 湖南省长沙市长沙县黄花工业园 3 号　　**联系电话：** 0731-82757101
开　　本： 880mm × 1230mm　1/32
印　　张： 10
字　　数： 278 千字
版　　次： 2024 年 3 月第 1 版　2024 年 3 月第 1 次印刷
书　　号： ISBN 978-7-5459-2177-9
定　　价： 42.80 元

---

b o h e q i n g

目录 contents

b o h e q i n g

第一章 葵花籽

凌晨四点，第七十六届华羽奖的预先彩排仍在继续。

夜空透着墨黑，主会场却是星光通明。追光灯从场馆上方斜射下来，将远处天际分割出几道浅浅的彩虹白。

那光原本还稳稳地定在远处，随着馆内音量的爆开，像是发了疯，打着圈朝着四周掠过。

辛葵在会馆外，不幸被乱晃的光刺到，微微眯了眯眼。

几乎是同时，耳麦里摄影师的声音响起来："抱歉，等会儿我们再拍一条吧。突然有光挡住，都曝光过度了，屏幕里的人脸完全看不清。主会场那边应该还在调试灯光和音响，我让场记去说一下。"

"啊，我没问题。"辛葵应了一声，相应的动作也顿住。

她所在的是分会场。摄影师说的主会场离他们这边的台子不远，只隔了一条河。

华羽奖是业内最权威的奖项，旨在奖励观众喜爱的演艺工作者和优秀作品。这几年颁奖典礼花样百出，热度年年攀升，直播当天的热搜直接上榜首几乎是常态。

主办方也很用心，在今年特意设立了两个会场。

主会场设置的有礼座，照例迎接的是老戏骨、一线影星，以及圈内各职顶尖的大腕。分会场的台子则给了新兴之秀、舞台表演，中途用以转换的过渡场子也多半在这边。

分会场的台子没有顶，镂空露天，透明的背景板，地板铺了全面覆盖的荧幕，为了配合俯视的角度和呈现出更完美的舞台，还采用了俯拍。

辛葵是被赞助商青睐，专门钦点的人选，直接敲定了分会场的广告口播条，曝光率十足。没有意外的话，她都得在这边待命。

现在还在彩排，等到晚上八点，直播才算是正式开始。

之前被派过去的场记很快返回，摄影师接过对讲机，朝着那头说了几句，又看向辛葵，道："那边在收尾了，不能换顺序，大概还要十几分钟的样子，你要是觉得累了可以下台休息。"

大概是她长得扎眼，摄影师没能转开视线，定定地盯了她一会儿。

"没事，就在原地等着吧，我也不忙。"辛葵踩着脚底的LED屏幕玩，丝毫没把这个小插曲放在心上。

摄影师看她这副样子，没忍住笑了。

这些年在行内待久了，圈内的事他看得多了，也知晓许多明星私下里是个什么样子。

那些耍大牌的多半是刚刚冒尖儿、没红多久的新人。这辛葵也是个新人，最近客串了几部大爆剧，放到旁人身上，大概早就呼风唤雨十几个人涌上去嘘寒问暖了，而她周围好像就一个经纪人。

这次彩排她被排到凌晨，全程没抱怨，先前等待的时候，只乖乖地低头看掌心，默默背口播。

小姑娘，有前途。

因为还要等上一段时间，摄影师嘱托完辛葵，向着场子里放了话。周围的负责人都趁机放松，开始闲聊。

经纪人李严拨开工作人员，拎着包，利落地几个跨步，直接来到台下。

"夏天热，趁着休息，喝几口水。"李严仰着头，从包里掏出一个杯子，递到辛葵面前，"温好的，不冷也不热。"

辛葵探头望了一眼经纪人手里的包，顺势将水杯接过来，抿了一小口，问道："你拿了什么啊，这么鼓？"

“还能拿的什么，不就是你——”李严话说到一半，尾音就被骤然响起的尖叫声盖了过去。

声音来自隔壁的主会场，响动大抵能蹿天，几欲传到云霄之外。馆外的感受更为直接和震撼，富有韵律的鼓点夹着乐调，连带着空气往耳膜里钻。

辛葵嘴里窝着一口水，腮帮子鼓起来，不说话，眼睛亮亮的，看着他笑。

李严的脸有些黑，看她一副没听进去的模样，他刻意等那尖叫声渐渐低了，才再次开了口，还稍稍提高了音调。

“你待会儿争取一条过，这样有时间去试试我刚拿到的——”

俗话说得好，倒霉的时候喝口凉水都塞牙。

时运不济，什么样的运势都抵挡不住。

他没说完，话语再一次被彻彻底底地覆盖住。这回的尖叫声较之前面的那一次有过之而无不及，而且持续的时间更长了，像是海浪一样，轮番着卷过来。

主会场宛若回声机，不断往外输送交叠而起的声响。夏天空气本就带着点蒸腾的热，凌晨稍有降温，空气里的躁动因子却再一次被这声响尽数勾动。

辛葵的脚不由自主跟着音乐打节拍，偏头往台下觑他。

她咽下那口水，嘴边的弧度咧得更深。

“呀。”辛葵低低出了一声。因为刚刚咽得快了些，她甚至小声咳了一声，就这样还不忘指着他，“你看我说话就没这样，你再开口一次，让我笑笑。”

“……”李严的脸更黑了。三番五次被打断，是个人都不能忍。

他干脆直接凑近了些，让辛葵低头，近距离嘱托。

赞助商多给了一套服装，正式直播的中途还得去换，等会儿彩排完了，先让她去试试。

被尖叫声吸引过去的，不仅仅这两人。

场内场外的工作人员本来也都在闲聊，有几个顺着声源朝着主会场望了过去，窃窃私语。

“这是轮到谁了啊，这么强的引导力，大夏天的这么能吼？”

“这尖叫声太夸张了，我真的感觉我的脚底板都在发颤。”

“还能是谁，那个红破半边天的顶流啊，贺云沂。”

“只是个彩排就这么多粉丝到场了，刚刚隔壁馆的灯光师还在和我聊，说粉丝座席几乎都被全包了，现在还只来了四分之一呢。”

李严作为经纪人，算是很年轻的那一茬了。他没带过太多人，履历也不算多漂亮，但胜在尽职。贺云沂这个名字他很熟悉，他也曾将这人做过模板，进行了深度的分析。

尖叫声早已消退，在音乐的环绕中，他看着辛葵，语气诚恳：“你什么时候能成为大咖，让我也享受一下不被打断的彩排。”

只是一个灯光，贺云沂那边在用，不需要等待，只好委屈这边的辛葵。

“你是艺人还是我是艺人啊，要是真的成为大咖了，也得是我享受。”辛葵将杯子直直地塞到李严胸前，眉眼弯弯，“可是我仔细想了一下，现行阶段，我也还是享受的。”

李严接住水杯，从鼻子里哼了一声，这没心没肺的样儿，还没点要努力上升的使命感。

她收工的时候，天快亮了，空气里都是潮湿的味道，不断有雨丝落在脸颊。

其实近一个月来都是梅雨天气，雨也是淅淅沥沥、断断续续的。而后，那原先细润的雨点越砸越重，落在肌肤上，拍得人生疼。

几秒的工夫，瓢泼大雨瞬间就兜头浇了下来。

场馆台子旁瞬时乱了，工作人员之前没把这点小雨放在心上，虽然挠得人难受，但也没什么大碍，对拍摄没有实质性的阻断。

现在雨大了，各个如同惊弓之鸟，去护着拍摄装备，更多的人跑到临时搭建的棚内，互相挤着，挨得很紧。

“好家伙，多稀奇的事儿啊，凌晨这么大的雨。”

“哎我说，也都差不多了，都散了吧。”

辛葵被李严拉过去，他撑了一把伞，带着她快速地沿着河边走：“提前结束了也好，我带你去更衣室。”

不过这场雨说来就来，走得也快。

更衣室和化妆间都在主会场的后台，两人走到入口处，雨已经停了。李严绕来绕去，将她领了进去，两人路过一个长走廊，而后停在一道门前。

他取下黑框眼镜，擦了擦脸上残留的雨水，对着门刷脸。

“你走错了吧？”辛葵环绕了下四周，看出了不同之处，疑惑道，“这跟我刚来的时候那间化妆室不一样啊。”

“是不一样，刚才你哥来了电话，给你换到这边。”李严刷脸成功，径自推开门，示意她跟上，“贵宾间，人少，每个艺人都有独享的套间，你等会儿安心换，我刚刚看你的衣服，差不多全湿了。”

“你这样搞特殊，我小心脏有些承受不住。”

“是你表哥搞特殊，不是我。”李严很谨慎，逐字纠正她。

带着辛葵往里走的时候，李严接了通电话，歪头说了句什么。

李严扫了一眼面前的长廊，大致看了一眼，偏头看向她：“衣服我刚刚在你彩排的时候就放进去了，我还有事，你自己先去，转角过去以后第二间。”

辛葵点头，看着李严的背影匆匆，转过头来，哼着小曲往里走。今天的彩排，除了最后的那场雨，其他都堪称完美。

等等……转角第几间来着？

哦，第二间。

走到第二间门前，辛葵也没停留，直接伸手推开。

天将将破晓，沿着窗透进来的那抹光，以及室内飘过来的清新味道，彻彻底底的将辛葵心里那点雨后的滞闷晾干。

随着周遭景象的渐渐逼亮，半明半昧间，辛葵看到了一截劲腰。

这样的景象简直是直晃晃地闯入眼底。

她彻彻底底地愣在了原地。

认真说来，辛葵还没看见过这么完美的雕塑。再确切点，还是这么近距离地，猝不及防地，一览无遗地。

腰线利落，还挺漂亮。

就在她仔细打量的档口，“雕塑”说话了。

“喂。”

听到声音，辛葵惊了一下，视线往上移。年轻的男人低头垂眸，修长明晰的指尖搭在衣服的下摆上，轻轻松松地往上卷。

见她不说话，他懒懒抬眼，问道：“看够了没？”

在他话音落地的同时，辛葵抬眸，两人的视线在空中交汇。

那句即将脱口而出的“没看够”就这么卡在喉咙里，不上不下。

竟然不是雕塑是真人，这句话她还真不能说出口了。

不过，在这种不尴不尬的时刻，辛葵也终于看清了此人的长相。

他稍稍侧着头，眉梢轻扬，半边脸逆着光，肤色被微暗的环境衬得更显冷白，宛若被打磨好的璞玉。眉骨优越，下颌线轮廓干净。整个人像是浸泡在深潭里的月亮，清疏寡敛。

听他的声音，尾调还带了点不易察觉的漫不经心。虽然也算是礼貌的询问，但辛葵莫名听出了一股“我的地盘我做主”的气势来。

她没有吭声，他也没有要继续搭理的意思。

辛葵迟钝地眨了眨眼，内心暗暗感叹好相貌的同时，手机械地搭在了门把上。

刚刚她推开门的时候，没费太大力气，门到现在还是半遮掩着的。

所以只稍稍往自己这边一带，就可以再次关上。

在门缝快要阖住的同时，辛葵终于发了话：“那……您慢用。”

她语气真挚，就差没有顺带鞠个躬了。

随着“啪”的一下，不轻不重的声响后，紧闭着的门板将不期而遇的两人分隔在门内门外。

辛葵虽入了圈，对圈内的人还不怎么了解，但贺云沂是她有所耳闻的那类人，也是近两年来爆红的神话。不管是日常使用的社交软件，抑或者是现实周围打交道的谈论，“贺云沂”这三个字出现的频率都相当之高。

不过，现在不是深入探讨这个话题的时候。不速之客到底是谁，才是重中之重吧！

辛葵杵在原地，脚挪动了好几下，还是没走。

她挠了挠头，如果没记错的话，这就是第二间啊。辛葵抬起头眼，视线望向门扉，牢牢地锁定住门牌号。

上面挂的是烫金的铭牌，正中央是一个深红色的歪歪扭扭的阿拉伯数字——“2”。

到底是李严口误，还是压根就是贺云沂走错了房间？辛葵想也没想，理所当然选择了后者。

就在她踌躇不定，还没来得及下最终判断的时候，熟悉的嗓音自背后响了起来。

“你在这儿愣着干什么？”李严刚才接完电话走开了，忙着和导演组做一些更细致的交涉，刚忙完他就又转了回来。

辛葵看他回来，连忙招了招手：“严哥，你说，是这间吧，嗯。”

她说着说着，还在最后，自己给自己进行了一番言语上的肯定。

本来看辛葵一直站在原地没动静，现在又听她喊了声“哥”，李严愣了下。随即，他有些没好气，问道：“什么这间不这间，你刚才是被雨淋傻了？跟上来。”

说着，他迈开脚步，往长廊深处走。

这会儿轮到辛葵诧异了，她“啊”了两声，指向门牌号：“等等，不是这里吗？你刚刚明明说了是第二间的啊。”

李严扭过头来，拧眉看她：“转角第二间不一定意味着门牌号就是‘2’啊，这一条走廊里的套间都是按咖位排的，你作为关系户，还是要低调些。”

他所说的第二间，在长廊尽头的拐角。

说到这儿，他脚步刻意放了慢了，语气里带着些许揶揄。用一种不知道是赞赏还是觉得她痴心妄想的眼神，像是看傻子一样看着她。

“原来……你现在都开始幻想这种房间了。”

辛葵：“……”

她回想了一番刚刚一瞥而过的屋内陈设，不愧是贵宾间，低调奢华不说，面积很大，还有落地窗和采光井。不知道是不是错觉，里面还带有点儿淡淡的，若有若无的青柠罗勒气息，像薄荷一样好闻。

因为淋了雨，辛葵的衣服湿湿地黏在身上，肌肤上还闷了一层稀薄的水珠。但还好是自己的私服，没什么影响。

“去洗个澡，不要着凉了，等会儿有助理和化妆师过来给你上妆。”李严吩咐完，径自在沙发上坐下来，打开随身携带的笔记本电脑，噼里啪啦敲着。

“嗯，我顺便把衣服试穿一下，看合适不合适。”辛葵拿过之前那个包，余光瞥见李严的动作，眼睛瞬时睁得圆溜溜的，“不是吧，你现在汇报我的行程，都夸张到要用电子记录的形式了？”

“倒也没有。”李严头也不抬，“最近公司里有考核任务，你之后的通告多，我都得跟着，索性提前写了。”

辛葵哼哼两声，没说话，慢吞吞地往套间里的洗漱室挪。

赞助商这次也是下了功夫，辛葵瞥了眼包装上的吊牌，是她常用的牌子，只不过品牌方准备的是高定限量款。她今天彩排也没带妆，不需要整理太久，也没花多少时间就换好了衣服。

颁奖典礼特派的助理和化妆师刚刚到，一时之间，视线都移到了她身上。

“哇，可以的啊宝贝，这身衣服真的是美绝了。”化妆师自来熟，戏精上身以后，围着辛葵团团转。

虽然表现形式过了些，但话也没错。平心而论，辛葵绝对是人群中一眼便能被捕捉到的类型。上下两截式的短款晚礼服，俏皮大方。

嫩黄的边褶，衬得一张小脸娇如花骨朵，满脸的胶原蛋白，嫩得仿若能掐出水。她骨架小，肩颈弧度柔顺，整个人笼在名为青春的玻璃罐里，像是飘在空气里的气球泡泡，纯得一戳就能破。

一双杏仁眼儿黑晶晶的，燃着细碎的亮。

不掺杂质的眼神，在镜头上更能脱颖而出。这也是辛葵之前仅仅只是客串几部剧，便能小有成就的原因。

她最吸引人的，还是那截盈盈一握的细腰。

出道伊始，辛葵演戏之余上了个综艺节目，在某个环节以精确到厘米的腰围，拿下了“小腰精”的称号。节目没有多出名，但是有关于她量腰围的视频片段，在各家粉圈里就有了几万的转发，一时之间，话题度也算是小小地爆了一下。

李严听到化妆师的称赞，也看向自己带的小艺人。

之前公司派他过来带这个新人，他没什么感觉。辛葵就一女孩儿心性，闹的时候也闹，玩的时候也玩，但也能看出来是那种被保护得很好的类型。

相处了一段时间，他这个经纪人才无意得知，她是公司老总的表妹。在此之前，她可是从未谈及过，也算是很低调了。

李严收回视线，看了看手中的行程：“现在开始做造型吧。”

晚上八点，颁奖典礼的直播正式开始。

夏季本就炎热，而粉丝的激情丝毫没有减退，晚间的主会场顶棚几乎被掀翻，喧嚣的夜在今晚显得格外的璀璨，成就了许许多多人的幻想。

最有悬念的几个奖项被留在了快结束的时刻。

主会馆的礼座排排而落，一片肃穆庄严中，就连粉丝座席都罕见的噤了声。大家都在静悄悄地等待着结果的降临。

“我宣布——今晚最佳男歌手的得主是——贺云沂！”

颁布后，台下那道修长的身影缓缓起身。

被镜头捕捉到正脸时，整场的气氛瞬间被燃至极点。

主持人在不由自主欢呼的同时，也强调道：“让我们恭喜云沂，这是他继去年，以新人的身份拿下大奖后，第二次拿到这个奖项了！”

贺云沂是星二代，小时候被父母保护，从不出现在大众的镜头里。

而一切的平静，终止在他十八岁出道的那个夏天里。

一切光辉和星耀都落在了他身上。

贺云沂以一首全自创曲《破狼》，引爆华语乐坛。近两年来，实体贩卖以及各音乐平台电子销量累积突破千万，堪称新一代的无上神话。距离上一次娱乐圈里现象级别的爆红流量出现，还是 Ace 男团时期了。

粉丝席爆发出阵阵欢呼，整个会馆都变成了庆祝的海洋。

直播间也在刷刷地飙弹幕，粉丝们激动得不能自已。

“云沂云沂，银河无垠！”

“呜呜呜，哥哥好厉害啊，这回可是恶狠狠地打了黑粉的脸！”

“点名奇果娱乐，昨晚还发通稿说拿奖无望，现在看来，无望你个头呢。”

“不愧是华羽，我三百六十度支持了，按照实绩来看，哥哥就是最厉害的，我们拿这个奖，无愧于心！”

主会场一片欢腾的时候，辛葵刚刚结束分会场的口播。因为直播过程长，通过线上线下粉丝的反应来看，形势可谓是一片大好。

赞助商看到这个结果，临时给她多加了一条广告，地点转换到了主会场，还是在快结束的高光时刻。

接到这个通知的时候，辛葵也没有太过于惊讶。

虽然她之前只是演戏，没有接触过这种类型的颁奖典礼，但她知道直播过程中有一些突发状况抑或者是更改，都是常有的事。

她快速穿梭过通道，直接奔向主会馆，临时去背广告商要求的内容。

带领辛葵进主会场的是小助理，对方比较熟悉场馆，给她指引了一个方向，拍拍她的肩头：“加油呀，别紧张。”

辛葵刚刚来的路上还有些心跳快，进了场馆以后，反倒是镇定了下来。

“好，你等我啊，等结束了以后，我们一起去聚餐！”

主会场没有开明亮的灯光，正好进入直播转换的下一阶段，大家都在中场休息。

此时此刻一片漆黑，四周充斥的都是嘈杂的声音。有闲谈，有灯光，有周围工作人员来回走动的脚步声。

辛葵听着耳麦里场记的话语，借着昏暗的光，直接往艺人礼座旁边走，那边有稍高的台子，是等会儿镜头会切到的地方。

刚刚一路过来，周围还有稍稍昏暗的光照在脚下，大致的路还能够看清。眼下快要到了目的地，一旁的礼座下都是交错的各形台阶，很容易踩空。

她往前一步，脚下被不规则的台阶绊了下，整个人踉跄着往旁边崴。

鼻腔瞬时涌入一股淡淡的青柠罗勒味。

在辛葵尽力找寻可以依靠的东西来保持平衡的同时，一只手伸了过来，轻轻地扶了一把她的腰。

那手没触碰几秒，等到辛葵差不多稳住了，就收了回去。

辛葵剩余的时间不多了，情况紧急，也没顾及太多。在稳住自身的同时，朝着刚刚的那位好心人低声说了句：“谢谢你啊。”

她的声音轻，虽然周遭不算太安静，但细糯的嗓音还是散在了空中里。对方应该是听到了，貌似点了点头。

应该是听到了她的道谢。

辛葵自顾自点了点头，算作是示意，而后转身，一溜烟小跑向前。

还好没有多远，没有几步就摸到了台子上。

“机位就在座席后面，镜头在正方位，你等会儿抬眼便能找到聚焦的红点，十秒后准备开始。”

耳麦里的工作人员叮嘱她等会儿直播摄影机的方向，方便她快速找准单机位镜头。

倒计时开始。

十、九、八……三、二、一！

整个会场在最后一秒的时候瞬间点亮，辛葵迎着上方倾洒下来的光，深吸一口气，视线自然而然往正前方落。

目光扫到一半的时候，她顿了一下。

她的正前方坐着的，是贺云沂，刚好是第一排，转角的位置。对方随意地靠在礼座的席背上，单手撑住脸，侧着头，目光慵散。整个人落拓又清冷，就这么看着她，眼睛一眨不眨，像是在打量什么。

辛葵吓得心蓦地漏了一拍。

距离上一次“见面”，也就是十几个小时的间隔，还在同一天。

事实证明，那个套间不是他走错了，而是她走错了。

现在又在这种大型直播场合遇到……那能不被吓吗？！

要是他来找她算账，以为她故意要偷窥——

思及此，辛葵也不敢想太多了，她赶紧收回视线，清了清嗓子，目光探往自后方，盯着那个已经慢慢绕到前方来的镜头。

“欢迎回来，大家好，你们眼熟的我又来啦！接下来又到了我们期待的广告showtime，感谢好莱微影视的赞助，感谢时扬画报的支持，感谢追星少女饭团倾情献上的助力，最后感谢在电视机前，现场中，还有直播间的粉丝和观众，第七十六届华羽奖颁奖典礼即将到了结束的时刻，打开手机扫屏幕下方的二维码，百万红包，人人有份！”

辛葵保持着微笑，随着镜头的移动，稍稍转换了下站的位置。

而后，她从背后像是变戏法一样，拿出一盒包装精致的葵花籽。

镜头给了大大的特写，上面赫赫三个大字——向阳牌。

直播间里聚集着的粉丝登时开始刷屏。

“这个小妹妹是谁啊，长得好好看啊！想捏！”

“前面的，叫辛葵，就前阵子因为腰很细很出名的那个！”

“我是眼花了吗？这是从哪儿掏出来这么一大坨的玩意儿啊？”

“向阳牌是国民老牌子了，突然在这儿带货，诡异的画风中带着一丝丝的好笑。”

“南美洲丰沛阳光下的灿烂，向日公转；花序每一米，藏下心动的你；颗颗葵花籽，粒粒好瓜子。”

辛葵一气呵成，念完广告词的同时，耳麦里的工作人员再次提醒：“大屏幕上给观众显示了接下来的互动环节，你待会儿就和台下的艺人互动一下，注意看右侧的小屏幕，扫到哪个艺人，你就和他互动。”

话音刚落，小屏幕上赫然显示出一张俊美的脸。

现场粉丝座席再一次尖叫。

工作人员也跟着惊呼一声，声音里难得带了些激动的情绪：“是贺云沂哎，小辛葵，你真的赚了，加油！”

“……”

短短几秒，还要互动，还要切题，还要围绕着广告，还是和贺云沂。

留给辛葵的反应时间实在是太少了。一时之间，她实在是想不出什么好的互动。但毕竟还在直播，整个会馆里的注意力在此刻都集中在了她的身上，也不能让人等太久，不然那就算是直播失误了。

在这个考验临场发挥能力的关键点，辛葵视线转悠着，只停留了刹那。

几乎是瞬间，脑海里“叮”的一下，倏然蹦出来一个点子。

对，借此机会，顺带把之前的小小小恩怨给解了。这样以后她吃喝玩乐，还不会再为自己不小心占了对方的便宜而苦恼。

辛葵在聚光灯的笼罩下，略微放远了目光，直接望入贺云沂的双眸，漆黑深刻，像是寒夜冰原。她像是给自己壮胆子，嘴巴鼓起来，复又憋下去，开始小心翼翼地试探。

“那个……”

“我请您吃一百包的葵花籽吧。”

“……”

整个会馆沉寂了几秒，随后，从观众席到艺人席，都发出阵阵轻笑。

“我不活了，真的。”辛葵坐上保姆车，还在揉自己的小脸蛋。

李严让助理拎好物品袋，紧跟着上了车。他平时里不怎么笑，刚才也是笑够了，此刻看辛葵的模样，没忍住，还是笑了出来。

“没什么大不了，我刚刚和品牌方交涉，你们俩互动以后，销量还翻倍了。”李严说着腾出身，给小助理和化妆师让位。

辛葵细细打量他的神情，总觉得是在安慰自己：“那你还笑！”

“当初笑的人那么多，你都要一一去算账？”李严关上车门，继续说道，“等会儿我们去聚餐，品牌方和赞助商有个局，问你想吃什么，他们请客。”

听到这个，辛葵的杏眸亮了亮：“啊，那我要吃麻辣火锅，今夜辣哭我的那种。”

“大夏天的吃什么火锅。他们是品牌爸爸，象征性地问你一句而已，你还真以为可以随便点啊？”他有些哭笑不得，“他们已经在那边的日料店了，等你呢，就看你去不去了。”

李严想得更多，虽然辛葵背靠着她表哥这座大山，但之后陆续而来的合作，还是得靠着自己去争取。

辛葵一直以来的表现并不赖，也是个可塑之才。

“可是火锅也很有气氛啊。”辛葵干脆挺直身子，躺尸一样埋在后座，跟个鸵鸟似的，“啊，我不管，我今晚就想吃火锅。”

小助理和化妆师是被辛葵邀请过来一起聚餐的，此刻看她私底下的模样，还挺平易近人。

这么软乎乎的姑娘的要求，怎么能不答应呢！

再说了，事关火锅这类中华美食之大成，那当然是站在统一战线上了。

她们俩晓之以理，动之以情地劝说李严。

李严说不动三张嘴，只好吩咐司机去最近的广场。

“刚好那些前辈也都在这边聚餐，我们找这里面的火锅店好了，顺便跟赞助商打个招呼。”

赞助商和品牌方代表原本就在那边了。辛葵跟着经纪人过来道了个歉，恭恭敬敬地，又说她惯爱闹腾，非要吃火锅，就在这边先说一声，不打扰他们进餐了。

代表挺着个圆溜溜的肚子，用手在上面拍了拍，哈哈笑了几声：“可以的嘛，没什么大问题，小姑娘哦，怪可爱的，有想法。”

大肚皮说着看向辛葵：“你们年轻人吃年轻人的，也不用管我们了。改天啊，我让公司财务，给你寄一百包葵花籽。”

显然的，这位大肚皮代表，刚刚肯定也看到了直播中的那段互动。

辛葵像是被踩到了尾巴的小狐狸，慌忙抬起两只手捂住自己的眼，只从缝隙中觑人。

她肯定“一战成名”了。因为葵花籽。

李严要了个包间，四个人在里面吃火锅，绰绰有余，还挺惬意。

腾腾的烟雾缭绕中，辛辣鲜香的气息刺激味蕾。

辛葵吃到一半居然还有些犯困，彩排加直播，时间跨度大，相当于她连续奔波了两天。

她脱了防止红油溅到身上的罩衣，撂下一句话起了身。

“你们吃啊，我去趟卫生间。”

这个广场靠近会馆，一年四季都有演唱会，抑或是什么典礼在会馆开，便经常有明星过来聚餐。所以这里最顶层附带的一些店私密性极好，专供艺人使用。

辛葵沿着走廊小踏步走着，顺带低头看自己的手机。

回去以后的几天她都没什么行程，得好好补个觉。

从卫生间出来后，手机有信息进入的声响，她刚洗完手，准备快点找纸巾擦拭，转眼便瞥见一道颀长身影。

那身装束很是熟悉。好像是她今天直播中互动的时候，那人穿的那一套。所以……辛葵几乎是反射性抬头，身子也微微前屈。

下一秒，她脚底不受控制，滑了出去。本能反应之下，天旋地转间，辛葵抓住洗手池的边角，堪堪控制住自己。

就在这时，有一声轻笑自头顶传过来，尾音微微上扬，像钩子一样。

辛葵再次看过去的时候，贺云沂脸上淡然，没什么神情，仿佛刚刚只是错觉。

什么啊，这是嘲笑吗？

辛葵控制不住地，往远离贺云沂的地方挪了几步。

还没等她挪完，她就听见那人开了口。

“你挺能摔。”

辛葵将视线撂过去，贺云沂正略微低头，拿纸巾擦拭自己的手指。

她环顾了四周，确认没其他人的存在，这才开了口：“您……在和我说话？”

“不然呢？”贺云沂抬眸，“刚刚会馆里道了谢，现在用了‘您’，这么恭敬的啊。”

辛葵本来想嗯嗯附和过去，却在触及某个字眼的时候，大脑瞬时死机。

会馆……原来那个人是他啊。

辛葵纠结了半晌，不知道怎么应对贺云沂莫名其妙的搭讪。难道真的被她猜中了，这是以为她三番五次要占便宜所以找碴来了？

辛葵联想起短短两天发生在她和贺云沂发生的事。

虽然她自己看来是巧合，但是转换成他的视角想象一下，好像……还真不能说得清。又是“看腰”，又是“投怀送抱”，又是“一百包葵花籽”的，她辛小葵脸皮还是要的……

思索再三，辛葵决定自己做自己的澄清大使。

“前辈，之前我看错房间了，也……不是故意的。”辛葵缓缓出声，磕磕绊绊了好几下。

在这个紧要关头，她顺便还去观察了下贺云沂的表情。他半挑起眉，没接话，像是在等待着什么，倒要看看她能说出什么花来的模样。

辛葵半晌等不到回复，干脆眼一闭，心一横。

她指尖指向自己的衣服下摆，语气壮烈之中，带着点儿大义凛然。

“如果你还是觉得我在占便宜的话，那你……占回来？”

大概是她的提议太过于突兀，空气中安静了会儿。

而这样的无声无息持续了多久，辛葵维持着这样的姿势就有多久，久到，她小手的指尖还有些微麻。

或许是刚刚火锅的余韵还未消退，周遭的氧气分子都缩成了小块。

她莫名有些呼吸不上来。

到底是怎么一脑抽……就说出还回来这种事的啊……

等到所有都真真切切地发生了，辛葵才有些后知后觉。她这不仅仅是坐实了之前的“占便宜”，可能顺带还把自己也给卖了。

贺云沂扫了她一眼，刚想要开口，手机铃声骤然响起。

他低头看了看屏幕，对着她说了句，像是叮嘱：“我先接个电话，你等我一下。”

话落后，他才滑开屏幕，和电话那端的人交谈。辛葵应了一声“哦”，指尖作势要掀开衣衫下摆的动作收住了，动作不疾不徐。

贺云沂还在对着手机那头说话。

其实之前几次她和贺云沂的接触，都是在骤然的、突如其来的情况下，没有能够细想的机会，抑或者是正儿八经面对面的交谈。

现下，空旷的洗手池边沿，两人一齐站着，没有旁人。

细小的汩汩流水声中，清洁香氛的味道晕染开来。

贺云沂和她挨得很近，近到，她能够清晰地听到他在交谈时候的语气，淡淡的，不经意的，冷感中带着点拖曳的尾音。

他只“嗯”“行”应了几声单字音节，单薄的空气就平白被刷上了暖色调。

不愧是顶流，就只是这样说着话，很是好听。

听着听着，辛葵脑海里开始天马行空地画着轨迹。

她就这么听话地站着等他，然后等到明天早上被送上热搜？

画风也顿时变得现实了起来，什么《新晋小花夜会顶级流量》《倒贴不成反露腰》诸如此类的惊悚标题。

辛葵越想越不对劲，反正道歉也算有，她态度也算诚恳，现在不走，更待何时？

这样想着，她下意识就想逃离。

然而步子还没迈开，贺云沂已经利落地挂了电话。

“我临时还有事。”他将手机收回去，视线落在辛葵的脸上，“其他的之后再找你说。”

贺云沂径自朝着辛葵点了下头，两条大长腿一迈，轻快的身影很快消失在了走廊里。

辛葵像幽灵一样，飘着回到火锅包间的时候，李严和其他两个人吃得都差不多了。

“你是掉厕所里了吗，去了这么久。”他抬头瞥了一眼辛葵，愣了瞬，嗓子也跟着颤了两颤，“你怎么跟丢了魂似的。”

辛葵像是才反应过来似的，有些懵：“啊？”

她抬手摸了摸自己的脸，温热有余，很正常的触感。

丢魂的话，那倒也不至于。她只是想着刚才贺云沂最后的那句话。

“其他的之后再找你说。”

嗯，其他的之后再说。

居然还有之后……？

辛葵在座位上坐了下来，暗暗给自己下了决定，要是真有之后，那得躲远些。虽然贺云沂出道以来就格外的洁身自好，没任何绯闻，但听闻有某人，只在某个场合提起过他，又暗示了一番，微博在当天就被粉丝血洗了。

那人是不怀好意想要蹭热度，辛葵默默地摸了摸自己的衣摆，她这个，好像比蹭热度还要严重……那么一点点？

辛葵幽幽地叹了一口气，用力地拿住长筷，从锅里挑起自己心爱的鸭血，而后在麻辣锅底的腾云驾雾中尽情徜徉。

她情绪来得快，去得也快，美味当前，当然是要惬意地享受了。

李严一直在观察辛葵，近一分钟内，他看到她变幻了十几种表情。

最后都化成了对火锅的热爱。

“你自己说的要吃火锅，上了趟厕所回来又唉声叹气。”李严看着埋头苦吃的辛葵，“所以和你说大夏天吃辣的不好，作为一个艺人，还是一个上升势头十足的艺人……好，我不说这个，你看，你脸都红成什么样了。”

那还能是因为……谁！

当然，她也不能详尽地和李严说这其中的弯弯绕绕。

但是小脾性上来，还是要怼回去的：“你懂什么嘛，这里面的学问可大了，夏天吃火锅，俗称——以毒攻毒。”

辛葵拍了拍自己身旁的座位：“严哥，继续吃啊，我觉得今晚的你特别需要火锅。”

被莫名带上“有毒”帽子的李严：“……”

华羽奖结束以后，网上余热一直未消。毕竟，荣誉的冠冕，是对圈内过去一年一直在活跃着的，且有着优秀战果和成绩的明星艺人，以最大的肯定和奖赏。各类奖项的获得以及各项作品的点评，都成了茶余饭后网友的谈资。

不提当天晚上热搜霸榜的壮举，除却圈内热点的回档和追溯，微博上倒是彻彻底底热闹了好几天。

辛葵没空参与各处吃瓜的项目，颁奖典礼那天吃完火锅后，她实打实地瘫了整整两天。

李严也知晓她的习惯，识趣地没打扰她。

自从进圈以来，辛葵的通告并不算多。虽然作为小配角，也演了几部剧，但她更多的时候都在上一些综艺。

没有别的理由，纯粹是要刷脸，刷刷大众认知度，这样才能接到更好的戏。她又是个喜欢挑的人，不符合心意，抑或者是粗制滥造的，一概都拒绝了。

一来二往，她也不算是太忙。

这次颁奖典礼的邀约，归功于之前她自己累积下来的名气，所以认认真真准备了很久，也做足了功课。不谈彩排和直播，从头到尾，她已经近一个星期没有好好休息过了。

睡到天旋地转，不知梦几何时，辛葵搭着眼皮子，才在清晨的时候醒了过来。

破晓天光透过纱帘，她赤脚下床，走到窗前，缓缓掀开窗帘。

清晨的江面上初升的太阳洒落了一片金箔一样的光辉，眺望远方，波光粼粼，成群的江鸥排成笔直的线条。

她现在住的地方，是当初从家里出来时，辛母特地找她表哥顾延之安排的。

这是 Z 市有名的江景房，私密性极好，视野优越，光线敞亮。

辛葵打着小哈欠，还没来得及欣赏美景，落在茶几一旁的手机便“嗡嗡”地响了起来。

真是扰人清闲啊。她小小地感叹了句，拖拉着步伐往振动的声源移动。

能在这个点给她打电话的，除了大魔王顾延之，别无他人。

作为大型公司的掌管人，顾延之朝五晚九，领扣永远系到最上面一颗，严苛到变态。

辛葵三步迈两步，探过去看手机屏幕，果不其然，“顾魔王”三个字跃然于上。

“喂……”辛葵接起，把手机夹在耳侧，往洗漱间走。

“才醒？”

这不是废话嘛。

“我要是没醒，能接你的电话？”

“中午来一趟公司，你接下来的工作安排，我亲自给你规划一下。”

顾延之说完，没等辛葵答应，直接利落地挂了电话。

半点多余的话都不留。

“……”这让她这位表妹的面子往哪儿搁！

她翻了几个白眼，而后还是爬上微信，和李严说了声，她去公司一趟。

两天没管手机，里面的消息多到爆炸。

辛葵也没去翻看太多，匆匆收拾了一下，就往顾氏大楼赶。

之前去过几次，所以也不需要工作人员的带领，辛葵熟门熟路地进了专属的电梯，一路往总裁办的地方走。

秘书处的几位对她也很眼熟了，见她过来，直接给里面拨了通电话。

辛葵进去的时候，偌大的室内仍残留有淡淡的香气。她鼻子灵，嗅了几下，也没和坐在办公桌后的那位打招呼，第一反应是看往这边自带的休息间。视线尽情逡巡完毕后，辛葵才仿佛想起来顾延之这个人似的。

“哥，这儿就你一个人啊？”

“别叫我哥，到现在才看见我，我是空气？”顾延之语气淡淡，压根没看她。

辛葵弯了弯眼，“哈哈”笑了两声，不知道看到了什么，定定地盯着他的脸瞧。

忍了一会儿，她还是说了：“你要不还是擦个嘴吧。”

辛葵大大咧咧地在沙发上坐下来，点了点自己的唇边：“都是口红印。”

顾延之嘴角抽了一下，到底还是拿了纸巾，缓缓给自己擦拭。

“我看了下你之前的行程，都是些没什么热度的综艺，顾氏刚好要和壹千娱乐进行合作，接下来公司给你安排的项目，大多都和那边挂钩。”说完，他顿了一下，“顾氏旗下不养闲人，你跑综艺的心我也能理解，但总不能做些无用功。”

壹千娱乐是行内演艺公司的龙头，界内横跨的范围广，是名副其实的造梦工厂。自成立以来，便培养出许多大热艺人，不乏顶流和当红偶像。

顾氏并不专攻娱乐业，艺人少而精，此番拿下和壹千娱乐的合作，资源满满。

辛葵反驳不了，径自撇撇嘴：“我说不过你，不过你这话我也都能理解，反正都是跑综艺，干脆跑个大的。”

“不只是综艺，其他的都有涉及，到时候具体的通告安排，我让秘书交代给李严。”顾延之说着揉了揉眉，“对了，你中午吃饭了没。”

辛葵听到这个问题的时候，愣了愣：“……你说呢？”

明知故问啊。

她一大早接到电话，收拾了会儿就过来了，虽然路上有些堵，消耗了一点时间，但此时此刻，还远远不到吃中饭的时间。

辛葵抬头看了眼办公室里的石英钟，上午十点整。

顾延之丝毫没在意辛葵比画挥拳揍他的小动作，只是说道：“我就问问，中午和我一起吧，刚好我和朋友见个面。”

“哦，那也行啊。”辛葵单脚点地，有一搭没一搭地晃着腿，“所以现在到中午，还有这么大把的时间呢，我干吗呢？”

“你现在出去吧。”顾延之丝毫不留情，“公司有艺人专供的听读角，你去练练。”

辛葵：“……”

去往饭店的路上，辛葵接了顾母的电话，表面乖巧暗地使坏，不动声色地让顾延之成了冤大头。

“顾延之，你要是再欺负你妹妹，下次别回家吃饭了！”在快要挂断电话的时候，顾母的音调蓦地拔了高。

顾延之望向坐在副驾驶座上，笑得一脸灿烂的辛葵，有些头疼。

“不过哥，你这个朋友什么来头啊？”辛葵拨弄了一会儿车里的小挂件，开始没话找话。

“圈内的，你可能认识。”顾延之轻描淡写，“本来不带你，但是你行程表下来了，既然都来了一趟公司，就一起吃个饭。”

辛葵不吃他这一套：“听你这话……我还得感谢你哦？”

“在华安庭成定的包厢。”

“哥，爱您。”辛葵立马倒戈，顺便还给顾延之比了颗爱心。

华安庭成之前专注做酒店服务业，近两年来餐饮方面的名气也赶上来了，酒宴宴席之类的，难寻一座。

到了包厢，辛葵和顾延之等了一会儿，那位所谓的朋友还没到。

“先给你叫点小点心？”一路上赶过来，早已过了饭点。顾延之怕她饿，提议道。

“好啊。”

辛葵在看那天华羽奖颁奖典礼的回放，有粉丝给她做了表情包。

“先来一盘葵花籽好了。”

“……”

辛葵猛地抬头，身子前倾，直接要去拧坐在她身旁的顾延之。

“怎么了？”对方神色正经，表情也是实打实的疑惑，确实不像是看过直播的样子。

按照辛葵这么多年来对于他的了解，好像……是自己多虑了。

她颓废地坐下来，像只蔫了的小鹌鹑。

还没等顾延之继续问，包厢缓缓被推开。

辛葵的位置正对着门口，她略略低着头，视线所触及的范围，皆是在华美的地毯之上。

先迈入视野的，是一双大长腿，笔直修长。

她慢悠悠抬眸，待到看清楚来人后，蓦地噤了声。

随后顾延之发现，辛葵这只小鹌鹑更蔫了。

服务员将人带到以后，包厢的门缓缓阖上。

贺云沂冲顾延之略微颔首，大迈步走过来。目光触及他身侧，稍稍顿了一下。

顾延之身旁罕见地带了个姑娘。女孩俏生生地坐在那儿，黑白分明的瞳眸，此时此刻正望着他，眼神直愣愣的。

“怎么迟了这么久？”顾延之说。

贺云沂眼神从辛葵的脸上移开，略微活动了一下筋骨，语气淡淡：“堵车。”

顾延之抬手，随意地示意了下周遭的位置，也没起身：“你先入座，等会儿我们点菜。”

华安庭成的包厢空间很大，桌子呈圆形。不过有部分桌面都用不上，近半个圆弧上摆放的都是鲜花和凿以假山流水的壁景，占据得满满当当。

能够给人留有的座位实际上也不太多，只寥寥几个雅座。

顾延之自然也注意到了这个排布的局面，他没太放在心上，只随意道：“你坐我们旁边好了。”

话音刚落，贺云沂就顺着他自己刚刚走进来的那个方位，绕过桌边圆弧，直接停留在了辛葵旁。

从方才到现在，辛葵愣是没吭声。作为一个蔫蔫的小鹌鹑，她所有的情绪都飞向天际。现在的她是一个旁观者，将全程尽收眼底。

就这么看着贺云沂推门而入，和顾延之交流，而后一步又一步地靠近，直到他迈到了自己身侧。

贺云沂的手搭在红绸的椅背上，腕骨微突，虎口处的线条十分流畅。细看，上面还缀有一颗淡淡的桃花痣。

没有询问，也没有半分犹豫，贺云沂直接拉开椅子，径自坐了下来。

是挨着她的座位。

辛葵："……"

顾延之："……"

顾延之让贺云沂随意坐，只是一个象征性的招呼。贺云沂怎么着也应该坐在他身边，这是理所当然的既定事实。更何况，在顾延之的印象里，在公共场合以往也从未见他身边有异性的身影出没。

然而眼下，两人之间却隔了个辛葵。

似是看出了顾延之的疑惑，贺云沂言简意赅："那边不方便。"

刚才顾延之先行要了些小点心，因此，方便客人用餐享受的台架，自然而然被服务员推到了他的身侧。

直接迈过来的话不太可行，还得绕个大圈，确实不方便。

顾延之沉沉看了贺云沂两眼，也没再就此多说什么。

"好久没见，先祝贺你了，蝉联大奖。"

"嗯。"贺云沂应了声，视线不经意地掠过辛葵，嗓音缓缓，"不介绍吗？"

顾延之到了现在才想起来这一茬："这我表妹，辛葵。她今天来公司，我就顺便带她过来，一起吃顿饭。"

辛葵被点到大名，只匆匆地朝着贺云沂点了下头，算作是打招呼。

而后……丝毫不为他人所动。

介绍什么啊介绍，贺云沂之前和她遇见这么多次了，还需要介绍？

看来顾延之再怎么大魔王，也还是斗不过贺云沂。

对方明摆着要趁此机会打探一通，而后顺势揪出她的葵花底盘，要她付出代价。要是他和顾延之说了她之前做的那些事……辛葵设想了一万种自己被骂到痛哭流涕的可能。

“……”

她像是大梦初醒一般，拼命晃了晃小脑袋，企图将自己带离这个世界。这种时候，还是装傻比较好。

辛葵眼观鼻鼻观心，开始自己抠自己的指甲玩。

空气中的凝滞太过于明显，顾延之莫名感受到了一种不可说的气氛。他皱了皱眉：“你们俩之前认识？”

“不认识！”

“嗯。”

前者声调稍高，略有些激动的，是辛葵。

后者声线平而缓，清凌凌的，是贺云沂。

这下轮到顾延之诧异了，以往他对于这些都丝毫不感兴趣。

此刻像是上纲上线的领导，非要问出个所以然来。

“你们俩怎么回事，到底认识还是不认识？”

“之前颁奖典礼上遇见过。”贺云沂觑了一眼身侧一动不动的女孩，回应了一句，算作是解释。

而后，不容被询问的机会再次插入，贺云沂缓缓开口：“时间不早了，我不能待太久，点菜吧。”

熬过最初的煎难，到了此刻柳暗花明又一村的轻松，辛葵明显心情放晴不少。

“你吃什么？”顾延之跨过辛葵，将视线投向贺云沂。

“随意。”贺云沂说着，半阖住眼。

他最近忙，今天也是特地抽空来见了朋友。

“行。”顾延之叫了服务生进包厢，开始细致询问菜品里的食材。

只要有海鲜之类的，他就让后厨将其中一例替换成其他的菜食，替换不了的，就做些小女孩喜欢的吃食。

辛葵有点不同意，在这个时刻插了嘴：“我喜欢麻辣味的，偶尔一点点也没关系啦。”

顾延之当机立断地拒绝：“你海鲜过敏，命还要不要了？”

顾延之继续补充道：“需不需要我提醒你，你小学二年级肿成猪头的那副样子？”

辛葵对海鲜过敏，一吃浑身会起那种红彤彤、密密麻麻的小疹子。她小时候不幸中过招，虽然每次病发的部位都不一样，但是肿成猪头的那般模样，印象深刻，堪称最为“浓墨重彩”的一笔了。

服务生了解了下大概，频频点头：“好的。那我们将您所有菜品里的海鲜，都换成牛肉，不知道这样可不可以？”

“嗯，就这些。”顾延之定夺下来后，没再给辛葵补充的机会。

“你能不能小小地闭个嘴啊。”辛葵小声说，凑过去，拽了拽顾延之的袖子。

顾延之刚刚是生怕这个包厢里的人都听不见吗！

事实证明，还真的是听见了。

辛葵带着点内心陡然升腾而起的预感，稍稍侧过头来。

方才刚在闭目养神的贺云沂，不知道什么时候睁开了眼，眸中像是带了点笑意。

两个人，谁都没有说话，像是对刚才的那个话题心照不宣一样。

辛葵只觉得自己脸上的温度越来越高，整个人像是蒸炉里烧开的水汽。

还没等到水汽扑顶，“咕噜咕噜”出音，包厢的房门再次被推开了。

“你们刚刚要的葵花籽。”服侍生留下了一盘葵花籽，转眼便走了。

辛葵望着精致玻璃盘中，隐隐散发出奶香的葵花籽，很没出息地，撇了撇嘴。

什么时候吃都可以，就是不能在有贺云沂时候吃。

这会儿，她感受到了身旁人的动静。辛葵再一次，自以为神不知鬼不觉地扭过头去。

贺云沂末尾稍狭的眸敛着，好整以暇地望着她。

贺云沂和顾延之不算从小相识的那类朋友，两家父母虽相识，但两人的友情，还是从贺云沂入圈以后才建立起来的。

偶尔约个饭，相处得还算不错。两个人聊得来，也有共同的话题。

他们在交谈的时候，辛葵就在中间，默默地低头吃饭。

当然了，为了某种意义上的泄愤，她吃一阵子，就要搁下筷子，剥几颗葵花籽，悄悄地，带着劲儿嚼碎。

不过一码归一码，这大酒店里的葵花籽喷香，是那种本身自带的甘甜，抹了奶油酱翻炒，颗粒又饱满，油津津的。

辛葵吃到最后，觉得很是满意，为了满足自己的小口福，又额外加了一盘，可以说是专攻于此了。

两个年轻男人的会晤，话题不外乎都是那些正经的事，涉及圈内和圈外，范围很广。

自然也没带上辛葵，当然，她看起来也不怎么想加入话题。

吃到后半程的时候，顾延之的手机频繁作响。他看了一眼，默默地又将手机放了回去。

“你电话又响了，为什么不接啊？”辛葵好心提醒顾延之，以为他这次没听到。

顾延之照旧没理，等到那通电话响了三遍，复又归于平静的时候，他才起了身。

“我出去打个电话，你们慢慢吃。”

顾延之一走，偌大的包厢只剩下两个人。

“你很喜欢吃这个？”

耳畔响起清而醇的嗓音，辛葵“啊”了一声，转头望着贺云沂，不明所以。

见她看过来，贺云沂指了指葵花籽盘。

“还……行？味道真的还挺不错的。”辛葵眨了眨眼，“要不，你也来点儿？”

贺云沂没应，他侧过身来，微微弯着腰。

霎时间，清冽好闻的气息，铺天盖地卷过来，将人湮没。

这个角度，让辛葵的视野里只满满承载了一个他，眉骨优越，鼻梁挺而直，再往下是薄的唇。

没等辛葵细想，他缓缓出声。

“你微信名片给我。”

“啊……”辛葵一下子没有反应过来。

他说微信名片。

脑海里像是电影放映，划过一帧帧的猜想。然而没有捕捉到任何可以有所定格的画面。

贺云沂抬眸望向她，问道：“不是说要给我买一百包的葵花籽？”随即，他修长明晰的手反叩而落，在桌角点了点，“我等着。”

辛葵听着贺云沂看似提议实则“威胁”的要求，好奇地睨了他好几秒。

也是，做人要有始有终，说出口的承诺也必须应验。

“那……”辛葵应下，连忙去翻找自己的手机，然而凭空掏了几下，都没着落。

刚才她吃饭的时候，直接把手机顺手放进了自己的小包包里，眼下她在里面摸出了好几包麻辣牛肉，都没觑见手机的一个边角影儿。

还没等她摸寻完，方才出去接电话的顾延之去而复返。

“吃好了没？”顾延之询问的对象是辛葵。

“早就吃好了，怎么了？”辛葵指了指自己刚刚在吃的那盘饭后甜点，望向顾延之，他急促促的。

顾延之低头看了眼自己的表：“吃好了就好。我临时要去处理一件事，你快点收拾，我带你回公司。”

“这么急的吗？”

“差不多，你自己的车是不是停在公司楼下了？我等会儿直接带你去地下车库。”顾延之说着迈过来，顺手去拿自己的西装外套。

“我是停那儿了。”提到车，辛葵兴致有点上来了，最近她刚刚喜提一辆灰蓝色的甲壳虫，限量款，而且是已经绝版了的那种，颜色崭靓，可爱又拉风，“哥，等之后我载你吧，我和你说，那个座椅，真的是……”

她话还没说完，就被顾延之利落地打断。

“之后的事之后再说，我们现在就走。”

辛葵慢吞吞站直身子，凶狠狠地瞪了他一眼，脸颊都气得鼓了起来。

顾延之自进来起就动作匆忙，丝毫没留意，也没空去品味里间两人的神情。

他将视线撇向贺云沂：“你不是也忙，是留在这儿吃还是一起走？”

贺云沂略微扬了扬下巴：“你们走，我买单。”

顾延之点点头，探过来大半个身子，在他的肩膀处敲了敲："谢了啊，下次我再请你。"

贺云沂"嗯"了一声，没再说话。

这个时候，他又如同世外桃源的谪仙，独自成一派，一副高高挂起事不关己的模样。辛葵开始有些怀疑，刚刚那个提出来要加微信的人是不是被鬼附了身。

顾延之催得急，辛葵慌乱收拾间，也顾不上和贺云沂问个一清二楚。她抿唇想了想，手轻轻落下，临走前往桌上放了些东西。

"辛葵？"顾延之已经在包厢外了，扬声唤了她一句。

"我就来了！"

女孩的脚步略显凌乱，小挎包七扭八斜地横在背后，一阵风似的，三蹦两跳就跑了出去。

待到兄妹两人渐渐远去，贺云沂目光也随之落在了桌上。那上面正静静躺着五小包精致袋装的麻辣牛肉。

"……"

辛葵从顾氏回来以后的当天，行程也被一一地填充起来。

李严之前给她画的饼在此刻也一一对应地实现了。

辛葵翻开具体的行程表看了看，往后她只有一部剧的客串，仍然是四五番的番位，更多的则是综艺的录制。

而接下来临近几天的通告，都是时扬画报的拍摄。

接下去的几个月注定会很忙碌，但是身心上的满足则是不言而喻的。就像是她姓名意味的那般，她也有在好好地朝着自己入圈的初衷，向阳公转，带着一颗热乎的心，无畏前进。

新生的藤蔓，总是在无声无息间悄然攀援。

辛葵细细地用彩色笔，将行程中需要注意到的地方圈起来，在旁边写了个大大的"fighting"。

一切就绪后，她躺在床上没事做，看完土味吃播就开始刷微博。

作为一名新时代的中二小青年，用来冲浪的小号都是必备的。华羽奖颁奖典礼那天，有关于自己的物料和动态，她只刷了个大概。

先是睡了两天，然后跑了一趟公司，之后又吃饭，兜兜转转下来，辛葵压根没有太多时间去了解。

现在稍稍清闲了点，怎么刷都觉得好玩。

因为这次直播中的优异表现，她的热度实打实地上升了许多。微博主页的阅读量直接飙升至百万，一连持续了好几天，直到现在也没降下去过。

辛葵不想错过一分一毫，都截图下来，好好地保存在了自己的相簿里。

其实在直播当天，她就感受到了自己粉丝的热情。虽然和全场艺人的粉丝相比不算是多，只占据了不起眼的一小部分，但她在分会场直播的时候，有“葵花籽”一直陪伴着她，给她加油鼓气。

“葵花籽”是后援会根据她的名字，高票民选出来的粉丝名。

应援物则是仿造向日葵的灯，独一无二。辛葵想到这儿，捏了捏自己的脸，眉眼弯弯，傻傻地笑了笑。

都说有时候，粉丝追随的，是自己内心渴望成为的那抹影子。那么她的粉丝“葵花籽”，还真是应了粉丝自制的应援名号那般。

“像太阳花的种子一样，不惧烈阳，不畏风雨，向阳公转，一路前行。”

“哎，大概这就是心有灵犀吧……”

辛葵臭屁地肯定了一番自己。

毕竟，粉丝和她的初衷，在没有统一对号过的情况下，就这么毫无预兆地合上了。

辛葵在绵软的床褥上翻了个身，注意力被热搜上飘着的一个话题吸引了过去。那个话题旁边有一个小小的“沸”字。

这个话题词条，也非常的有意思。

华羽奖名场面总结 #。

辛葵点进去，首先映入眼帘的，就是占据热门的第一条。

是她本人。还是直播后期，她跑到主会场主播，顺便和贺云沂互动的 cut。

辛葵没点进视频里，这样的时刻……她真的是不太想再回忆一遍。

然而评论转发都近十万转，点赞近百万，辛葵的手蠢蠢欲动了。

她还是点了进去，里面除了控评的粉丝，其他各家外加网友路人，都跑过来凑热闹。

“哈哈哈，我笑了，我实在是不敢回想我哥的表情！”

“妹妹也太可爱了吧，一看就是被吓到了然后说出了这样的话，哈哈哈！”

“这视频有毒吧，我买了好几包瓜子，今天逢人就嗑。”

“哥哥好帅啊，怎么看都像是在放电，蛊神，是蛊神吧？”

“没人夸辛葵的台词吗，特别流利，咬字清晰，还特甜！”

“可可爱爱，本来还想买几包瓜子，看到直播画面里她的腰，我不争气地流下了泪水。”

“等等，怎么觉得有些好嗑（嗑 CP，指自己对一对荧幕情侣表示非常喜欢）？（粉丝别来杠，杠就是你对，此观点仅代表我自己，非既定客观事实，顶上我的小锅盖）。”

“楼上 +1”

“+1。”

辛葵本来配着网友的表情包，一路保存下来，正看得津津有味。

看到热门最后三条的评论，猛地咳了起来，差点没撅过去。

“……”有那么好嗑吗……她到现在还没洗刷“冤屈”呢！

贺云沂出了华安庭成，直接开车去往了自己的公司。

他隶属于壹千娱乐，早在一年前就有了主创的个人工作室，和公司合约平行，由自己的团队单独运作。

春季伊始，他上一年的个人巡回演唱会才刚刚结束。

公司给予的期望是，希望他能够在夏末重新启动新一年的巡演计划，以此拉升公司的业绩。

培育出多名优秀艺人，有悠长造星经验史，且占据娱乐圈半壁江山的壹千娱乐，近两年在歌唱方面的工作重点，全然放在了贺云沂的身上。

去年，他刷新了国内巡回演唱会的票房销售纪录，直接把公司的净利润拉升了两倍。

不提其他方面由流量带动的经济效益，“贺云沂”这三个名字所带来的影响，不仅仅是在壹千内部，更映射在整个圈内。

对于公司提出的方案，贺云沂并没有什么意见。

人的一生本就短暂，能够拥有舞台的次数，也在有限的年份里暗自燃烧着。

所以，他倾向于在夏末的时候，推出新系列的专辑，并以演唱会的形式，展现出歌曲原本的样貌。

前阵子的颁奖典礼是贺云沂不多行程中的一项，事实上，他所说的忙，一般都是在录音室潜心创作。

贺云沂铭牌之下的个人工作室总共由三间构成。包括用以私人空间找寻灵感的创作室，用以谱歌编曲的调音录音室，以及制定行程和个人规划、大部分时间由工作人员负责的工作室。

跟着他的工作人员也不多，另有一支专门的化妆团队，平时出席一些重要场合的时候才会被用到，以及一位经纪人和一位小助理。

这完全不是当红顶级流量的配置，这也是之前粉丝曾在公司的官博下维权的重要原因。但贺云沂向来都是用作品说话，对此，他亲自回复，表示自己的重心全然在歌曲上，其他的，他不需要太多。

从之前，到往后，都将是如此。

粉丝高呼哥哥“好蛊人”，此后也没再将这件事拿到台面上说。

其实这般反应，还是因为贺云沂的经纪人实属不错，长得憨，也挑不出什么大毛病来。

李松是壹千娱乐旗下自家培养的经纪人，堪称公司经纪部门的“金招牌”。

之前他联合公司的策划捧红了不少人，但大多数都是以一带三，自从接手贺云沂后，李松就只专心带这一个人。

事实证明，两厢配合下，贺云沂节节高升，虽说是少年天才出道即爆红，但这两年来，他的热度不减反增，瞧不出半点颓势。娱乐圈内的无上神话，从来不是说说而已。

不过也有令人诟病的地方，贺云沂行程多是画报杂志以及演唱会，除却少数综艺他会参加，一年里的其余时刻，都找不见他的踪影。

李松一方面听到了粉丝的呼声，另一方面也想持续增加贺云沂的曝光量来吸粉、固粉，曾给他推荐了不少大热综艺，但无一例外，全被推了。

这一次，壹千娱乐和顾氏集团合作，也算是一次很好的机会。

李松推开创作室的门，直接飞步滑移到贺云沂的桌前："找你几趟了，原来躲在这儿呢。"

彼此之间也相熟，他直接侧着坐到桌上，甩给贺云沂一个透明的文件袋，挺厚的。

贺云沂头也没抬，嗓音淡漠："你没敲门。"

李松半点没被唬到，"哈哈"笑了两声，自己给自己台阶下："敲门你也不见得会让我进来啊。看看，热气腾腾新出炉的行程表，接下来你有个《时扬画报》的拍摄通告。"

贺云沂应了声，任由那个档案袋微微敞着，也没翻开。

"你太久没有综艺了，不是说非要参与什么的，但有时候两边都互利互赢的关系，你好我好大家好啊。你偶尔去去，刷个脸也是不错的嘛。"

李松用手在桌上拍了拍，以此表示自己谈话内容的重要性："仔细想想啊，我掐指一算，你上一次参加综艺还是在出道第一年的时候了，你的物料少到我一根手指都能数出来。所以，你是不知道你收到的综艺邀请有这么多吗？"

李松大有喋喋不休的架势，在此期间，贺云沂任由他说，未曾吭声，只低低垂着眼睫，自顾自在谱曲线上勾勾写写。

"你给个反应。"

李松说着，用手将那份文件袋捞过来，翻开几页："公司最近有和顾氏的合作，这次的画报就是一起的，然后之后准备的都是我们公司旗下自制的大热综艺，制作精良，都挺好玩的，我感觉是真的不错，你再想想，你要是实在不想我也不逼——"

在他说到一半的时候，贺云沂拿过那份文件，翻开以后，淡淡地看了几页。

"行。"

李松被中途截了胡，还被插了话，愣了愣。

然而等他回味过来贺云沂应了什么以后，更愣了。

"我没听错吧，我们的大明星答应了？！"李松企图蹦上来给贺云沂一个熊抱，被贺云沂无情地挡开了。

他憨厚的身子也不允许大幅度地动弹，只好作罢。

李松乐呵呵地从桌子上下来，道："那就好，等会儿我去和小李说一声，好做安排，你相信哥的选择。我不打扰你创作，先走了啊。"

说着他就要转身，视线不经意地掠过贺云沂的桌面，顿了一下，李松连忙踩了急刹车。

"你什么时候爱吃这种小玩意儿了？"他很是疑惑。

贺云沂桌上都是电脑、文件，以及一些音乐设备，所以类似于小零食的这种东西，压根就没存在过，此时此刻多出来这么几包，看着很是突兀。

不过李松也没在意，只当是贺云沂闲暇时候的小调剂。

他随手拿起一包，嘴里念念有词："好家伙，麻辣牛肉，刚好对了我的胃口。就是太小包了点，我这种牛胃，都不够塞牙缝的。"李松在手心里掂了两掂，象征性地询问，"我拿走一包吃啊。"

听到此，一直未曾有所反应的贺云沂抬起眸来，他直接撂了笔，笔杆落在桌面，发出不轻不重的声响。

贺云沂直接往后仰靠在椅背上，似笑非笑地盯着他。

"你拿一个试试。"

李松："……"

辛葵快步跑出公寓楼，弯腰屈身，像猫一样窜进保姆车的时候，正是午后两点，一天之中最热的时候。

今天她有《时扬画报》的行程，地点定在了邻市郊外的拍摄基地，需要提前赶过去，这样不卡着点，可以给摄影师和杂志编留下好印象。

"怎么跑得这么急，有狗追你？"

李严优雅地坐在二排位置的中间，正在低头仔细核对行程单上的内容，听到她关上车门的声响，连头都没抬。

辛葵小时候被狗咬过，长大了以后对小狗狗这类生物简直是又爱又恨。狗狗毛茸茸的着实很好撸，但是条件反射之下，她不由自主地又会在狗狗靠近的时候躲开来。

这一类“事故”当初还被她郑重其事地写进了个人简历里，惹得李严在见她第一面的时候就追问了几番。

“你才被狗追呢，我是怕晒。”辛葵抬手，袖口之下，白皙的胳膊纤细漂亮。她手朝着窗外指了指：“你看看外面，都没什么人，今天好热啊。”

隔着车窗的薄膜，灰黑的滤镜模糊了色调，但依然能觑见打着蔫、没精打采的树叶和枝丫。盛夏之际，午后的日头热辣曝晒。沉坠坠的光线映射得柏油马路都泛着金光，空气热得仿佛静止了。

还好车内有十足的冷气。

辛葵今天换了个包，里面除去若干吃食，还备有三四个小型的电动风扇，仿向日葵的形状，转起来像是绽放的花盘，小巧迷人。

这都是她为了以防万一，用以保命的“小伎俩”。

今天进行拍摄的基地有好几个大棚，应该会有户外场景的转接。一般拍摄采取外景的时候，现场多半会用些制冰机和大电风扇来进行物理降温，肯定没法用到舒适的空调。

乌泱泱一众人，到时候围着吹都抢不到位置，小电风扇在那种时候，就发挥了大用处。

保姆车缓缓驶离原地的时候，辛葵扔给李严一个电风扇。

猝不及防被砸，李严望着自己腿上的东西，盯了一会儿：“这就是你前阵子说的，网购到的避暑好宝贝？”

“哪有，网购到的避暑好宝贝是清凉眼罩，我这个可是专门定制的……市面上还没有这么可爱的向日葵电风扇呢！”辛葵听出来了他话里的一丝难以置信，杏仁眸睁得圆溜溜，直接瞅他，“你要是不要就算了，还给我啊，我自己用。”

“算你对我这个经纪人有良心。”李严回应得很快。

这玩意儿哪儿有还回去的道理，他收下，开始转移话题：“这次拍摄的话，你没大问题吧？”

“没什么大问题。我昨晚还特意看了看他们以往的风格，大概观察了有足足一年的期刊吧，到时候迎合就是了。”

李严应了声，这才满意地点点头，随后他又叮嘱道：“不过这次好像有几个前辈，你别玩脱了啊。”

什么叫玩脱了……辛葵秀眉拧巴了下，谈及她最“跳脱”的时候，好像也就是前不久的华羽奖了。

可那也不叫玩脱了吧。一百包葵花籽而已，她还是能应付得了的！

辛葵一个半小时后便抵达了目的地，负责人见她到了，其实还有些讶然，毕竟时间还算是早。

不过讶然归讶然，负责人直接带着辛葵去专门的化妆间做造型。

嘱托了一些注意事项后，他转头就去负责室内大棚背景的搭建。《时扬画报》的拍摄基地，每个大棚都占据近千平方米。根据主题的不同，每一期的背景板理所当然也是不同的。

因为是夏日特辑的期刊拍摄，辛葵接到的主题内容和风景花草有关，给出的任务关键词也是“盛夏”“绿荫”“清新”“向阳”之类比较贴近她这个年龄段的形容词。

是以，也就不需要用太过于浓烈艳丽的妆容。

化妆师近距离接触她的第一面，打量了没多久，就赞叹了几声：“妹妹，你应该也没有做过微整之类的吧，你这个脸蛋和皮肤状态实在是太完美了。”

虽然平时明面里不会问的这么直白，但有时私底下的聊天和询问，也不需要顾及太多。

辛葵发型才做了一半，头颅被定格住，动弹不得。

她浅笑了一下：“姐姐，实话就和你说了，我要是做了，我爸妈估计得把我吊起来打吧。”

辛家是世族大家，对于她进圈这回事，辛父本就不同意，直到现在，也不算是完全松了口。唯有辛母挺她，投了支持的一票。

要是她顶着张全新的陌生脸蛋回了家，辛父大概会气到跑去找顾延之理论，顺带拆了顾氏的大楼。

化妆师听了辛葵的话，笑了笑。

她接手过不少艺人的妆容定型，很多时候手下的劲都不能太用力。而通过妆容来掩盖沟壑和不足的面孔，在镜头之前弊端会展露得更明显，到了最后，还得依托后期排片师的选图和P图的技术。

圈内不是没有没整的，但是比例只是占据少数罢了。

所以出于职业的本能，若是碰到辛葵这种类型的女孩，她更愿意多唠唠，以后要是有其余的合作机会，也能更愉快些。

想到这，她亲昵地拧拧辛葵的小脸蛋：“别乱动啊，姐姐今天给你化个氧气淡妆。”

化妆间人来人往，工作人员来回穿梭在棚内棚外，很是热闹。

辛葵做好了造型，之后又没什么事，就在化妆间待命。

中途有服装师将挂衣服的铁架推过来，和她详细讲述待会儿拍摄换装的次序。辛葵看了眼拍片的具体时间表，她最少也得转换三个棚，户外景少不了。

待到后期，大抵是陆陆续续有新的艺人抵达，方才还在这边忙的工作人员一窝蜂扎堆，全都涌了出去。

事不关己之余，格外听话的辛葵也没想着要凑那个热闹，静静地待在化妆间里玩手机。

说到今天一起进行拍摄的艺人……她直到现在才想起这一茬，之前忙着钻研杂志风格去了，好像都没来得及问，这次一同拍摄的都有谁。

而就在这个左思右想以及踌躇的间隙，化妆间的门被径自推开。

一位个高身长的男人直接迈进来，也没打招呼，大大咧咧地在辛葵对面的沙发上坐了下来，皮质的黑沙发挤出类似于漏气的声音。

他倾身要去拿小茶几上的水，目光往低处撂，这才注意到了他对面的女孩。

辛葵迟疑了有多久，这个坐在斜对角，看起来并不怎么熟悉的男人就打量了她有多久。

她等待了会儿，还是觉得要礼貌些，就率先打了招呼。

“您好，初次见面？”

“何阮阳。”年轻男人紧接了她的话，笑了起来，蓦地，他没头没脑来了这么句，“我知道你。”

听到这话，辛葵抬眸，眼神疑惑。

何阮阳翘着二郎腿，表情轻松：“就那个，颁奖典礼要请老贺吃一百包葵花籽的姑娘嘛。”

辛葵：“……”这种知道……不要也罢……

而且这个话题……是真的掀不过去了吗?

简直就像是被火烙过的铭牌，牢牢地印刻在了这个盛夏里。

“您好,您好。”辛葵摸了摸自己挺翘的小鼻子,不知道该如何回应,干脆毕恭毕敬地再次问候。

何阮阳像是觉得稀奇，挑眉看了她一会儿：“哎，你就不好奇我是谁啊？”

看辛葵的反应，对方好像确实不认识他。好歹他也是圈内名气响当当的小生，怎么到了这儿，就混到了如此的境地……

何阮阳突然觉得好奇，望着辛葵，果不其然，他话落以后，自己内心的猜测就落了实处。

对方的眼神带着些不确定，缓缓开口道，“那要不您……自我介绍一下？”

“……”何阮阳丝毫没觉得尴尬，掩饰性地，轻轻咳了咳。

“那贺云沂你总该认识吧。”

“颁过奖，确实……认识。”

这个问题辛葵能答，只不过，很有可能是她单方面的“认识”。

“那也行，你认识他，就相当于是认识了我。”

何阮阳还想说些什么，末了顿了一下。而后，他缓缓开了口，语气突转，甚至变得有些许意味深长：“我吧，是他那谁。”

……那谁？这下轮到辛葵愣住了。

何阮阳和辛葵毕竟也不太熟，第一次见面，没什么话可聊，所以何阮阳没坐多久就出去了。

仔细看他的长相以及完全上好妆的妆容，应该……也是圈内人。

何阮阳走了之后，抱着要适当了解前辈的想法，辛葵直接打开了网页搜索引擎。

资料上显示，何阮阳是演员小生，出道两年多，人气并不低。除了热度十足，性格也是可圈可点，不仅仅是演戏，他在综艺里的表现也很优秀。

看到这儿，辛葵默默地扶额，她也不是故意要不认识的，确实是之前没怎么注意到过。

资料再往下，辛葵总算明白了过来。怪不得何阮阳刚刚提了贺云沂，还喊得那么亲切。原来，何阮阳和贺云沂一样，都是星二代。

两人好像从小便认识，彼此的父母之前曾一起在圈内工作过，是一个团队里的人，算是挚友。这样的联系，似乎也堪比亲人了。

辛葵挠挠头，她在圈内的亲人，就只有顾延之那样的。

刚刚李严出去了趟，等他再回来的时候，二话不说，直接拎着辛葵，要带她去拍摄片场，说是画报的拍摄等会儿就开始了。

通往基地的途中，辛葵像是想起了什么，倏然转头问他："严哥，我之前忙着准备，把这事给忘了，这次和我一起拍画报的，都有谁啊？"

"除了你，就两个男艺人。"李严推开拍摄基地的大棚玻璃门，转过身来，用手示意她先进去，"一个是何阮阳，还有一个呢，你打过交道，就那个贺云——"

李严的话刚刚落在最后一个音节上的时候，率先将身子探进去的辛葵，亲手揭晓了这份答案。

偌大敞亮的大棚在视野内逐渐开阔。

白色的背景板里，身姿挺拔的男人被围在人群中心，黑发细碎地搭在额前，极简的黑色衬衣，从领口稍露出来的锁骨精致，线条清晰。

周遭的人在为他忙碌着，而他只淡淡敛着眸，神色悠然。

或许是她打量的视线过于专注，下一刻，年轻的男人抬起眸，目光精准地捕捉过来，视线随之牢牢地锁住她，四目就这么相对了。

是贺云沂。

贺云沂就这么盯着辛葵，当然，也只是一瞬的工夫，很快，他率先挪开了视线。

辛葵站在大门口，直到玻璃门轻微扣上，发出窸窣的声响，她才回过神来。

李严紧跟着她的脚步，也已经跨到了门内。

“刚刚没说完呢，何阮阳你好像从来没合作过，贺云沂的话……反正等会儿你都去打个招呼吧。”

辛葵小巧的下巴尖点了点，随即，她像是逮到了胡萝卜的小兔子，黑眸湿润，骤然亮了起来：“你之前还说我的咖位不行呢，那我算不算是在迈向巅峰的途中了？毕竟今天和我一起拍摄画报的人……”说到这儿，她还来了劲，伸出五指晃了晃，“你看贺云沂，这个就不提了吧，何阮阳呢，人气也不低啊，然后是我……”

李严冷酷无情地打断她：“那我也在这儿跟你强调一下，贺云沂拍的是封面，附带的有内刊的完整采访，何阮阳是插页内容，而你呢——”

“是封底。”李严语气顿了一下，又补充了一句，“就是封面的反义词，封底。”

“……”

李严还不如不说话，还不如不补充，辛葵平白听出来一股欠揍的感觉。

虽然有些莫名讪讪，但她完全没有放在心上，开始自己给自己找台阶下：“那我也算是可以了，这么一本，到时候拿起来，你看的是封面，别人看的就是封底的我啊，曝光嘛，一人一半。”

“现在线下铺货的不多了，谁会去特意翻一本看？多半是网上开单链，直接线上贩卖。”李严推了推自己的黑框眼镜，忍俊不禁，“论诡辩，真的没谁可以比过你。”

话落，他也没再继续讨论这个话题了，只是拍拍辛葵的肩膀：“我们过去吧。”

“啊，好。”

大棚内被分割成了两个部分，贺云沂是这期时扬画报主编的特邀嘉宾，自然占据了绝佳的拍摄场地。

除此之外，杂志的整个团队也是以他为重心。

辛葵和何阮阳则是去了大棚的另一端，那边各自分配有两个专属的摄影师。

辛葵环顾四周，好好打量这个拍摄基地，发现了其中设计的精巧之处。

不愧是耗资千万打造出来的大棚，简约冷淡，高端大气，现代感十足。挑高的房梁，基宽大的场地，白炽灯管横在最高的地方，直射下来的光亮照顾到了大棚的每一个角落。

这就方便了最基础的采景打光，之后光线的调整所需，就比较随心所欲了。

辛葵拿出拍立得，给自己拍了几张用以纪念的自拍后，就被摄影师喊了过去。

拍摄过程中的氛围不像想象中那么紧绷，摄影师拍到中期，说出的每个词汇，辛葵都能及时抓住重点，迅速做出调整。

时扬画报就几位摄影师，每位风格不一，拍摄手法又相去甚远，所以被安排到了不同的板块。

但辛葵一点也不像是初次合作那般拘谨。不难看出，是做足了功课的人。

对于这般的小姑娘，满是胡须的摄影师咧出一个笑容来："中场休息吧。"

辛葵"嗯嗯"两声，慢悠悠挪到一旁，摸出手机看。

她不太累，干脆就单膝弯曲，弓在沙发上，另一条腿摆出闲散的姿势。

没两秒的工夫，眼前砸过来一片身影，凝聚成团，迟迟不散。

辛葵眼睫毛颤巍巍，注意力从手机屏幕中移开。

何阮阳笑眯眯地望着她："哟，好久不见，我们又见面了啊。"

"嗯……"这个好久确实挺"久"的。

"这次还需要自我介绍吗？"何阮阳一副自来熟的模样，他的语气，带了点循循诱导的意味，"我就……那谁。"

"我知道，你们俩是朋友。"辛葵还学会了抢答。

她很是诚恳，还好她刚刚在化妆间的时候，就上网搜了搜，可谓是掌握了最新情报。

人生的路弯弯绕绕，你看，这不就又绕回到之前的原点了吗。

“朋友……而已？”何阮阳看辛葵一副很是认真的模样，起了点逗她的心思，音调刻意压的低。

可辛葵就像是没听出来潜台词似的，一双黑眸澄澈：“那不然呢？”

这副模样，像极了站在了上帝角度，纵观一切看你撒泼的姿态。

何阮阳“嘁”了声，自觉无趣：“骗不到，好没意思。”

他也是拍摄到一半，无聊就到处逛逛。看辛葵半趴在沙发椅背上，窝成毛团团，逗趣的心思就再也藏不住了。

何阮阳说完就直起了身来，因为身高差距，一时之间，两人从刚才的对视变成了他单方面的俯视。

这样一来，两人更加不在同一条水平线上。

辛葵觉得自己这样的坐姿不好，怪不尊重人的，连忙想着收起腿，好好站起来。结果她动作幅度大，速度又快，放在沙发上的小包包也就连带着翻下了沙发，坠落在了地上。

拉链翻开的那一面刚好朝上，里面的东西一骨碌溜了出来。

什么玩意儿都有，口红、镜子、小梳子，以及拍立得，但颜色最鲜艳引人的，还是向日葵形状的电动小风扇。

好几个。

“需要我帮忙吗？”

“啊，不用不用，真的不用，也没多少东西。”辛葵连忙摆手。

何阮阳也没料到事态这般发展，他本想着凑过去帮帮辛葵，定睛一看，眼神都愣了。

“你搞批发的？”他指的是那一排的电动小风扇。

“这个啊，夏天热，我多囤了几个小电风扇。”辛葵身子半蹲下来，不慌不忙地捡。

“还都是向日葵形状的。”何阮阳目光撂到一旁，充电宝和拍立得也都是黄黄绿绿的。

不过一旦联想到辛葵的名字，何阮阳心里也有点数了，女生好像格外怜爱和自己名字有关的事物，觉得是生活中的缘分，上天带来的指引。

“要不送你一个吧。”辛葵觉得何阮阳一直在强调这件事，八成是看上了。

似乎怕他觉得有些不好意思，辛葵还诚恳劝说：“不用不好意思的，我这么多个除了自己用，也送人的，我经纪人就有。”

这是不好意思的事吗！

他一个大男人用这么袖珍可爱的小电风扇？

心里挣扎了会儿，何阮阳开了口：“算了算了，小辛葵的好意，我怎么说也得收下。”

“那这样吧，我们俩加个微信，你这个朋友，我交定了。”

俗话说得好，吃人嘴软，拿人手短。做朋友，得讲究你来我往，心的呼应。

“微信啊？可以。”辛葵应下，整理好自己的小包包，顺势拿了一个小电风扇给何阮阳。

两人扫完名片后，何阮阳重重地拍了拍辛葵的肩膀：“谢了！”

“很好很好，云沂，看这边，哎对，非常完美——”摄影师十分满意贺云沂的发挥，拍到中途灵感迸发，竟是迈过搭建好的棚子，直接凑到了他面前。

中途休息的时候，摄影师还在径自赞叹。

贺云沂在时尚这一方面的发展，基于他的地位，却也不囿于他的地位。艺人实绩往往和商业价值相关联，杂志圈内有不成文的规定，必要时候需要特邀当红艺人抑或者是顶级流量来巩固销量。

但贺云沂品牌代言的高端化和国际化，以及在国内大小刊上的表现，都远远超出了众人的预期。不过短短两年的时间，五大四小刊的主封拍摄，已经全然被他收入囊中。

而之后电子刊和实刊的销售额也都显示出他惊人的潜力。摄影师回想起刚刚惊鸿一瞥，只觉得浑身的鸡皮疙瘩都要立起来了。

今天李松有事，稍晚些才会到，拍摄片场的助理工作就交给了小李。贺云沂缓缓迈出来，接过小李递过来的水，仰头灌了几口，喉结微动。

“哥，你今天表现真不错，刚刚我看大家安静得很，都看呆了。”

贺云沂拍拍他的肩，淡淡应了声，刚要转身，何阮阳一张脸直接凑近。

“我们贺神终于休息了啊？”

贺云沂没管何阮阳，修长的手执着水瓶，自顾自地又灌了几口，朝着一旁的休息区走。

被无视了，何阮阳也没放在心上，按照往常那般跟了过去。

“你在小李面前那样对我，怪不得粉丝都说我们之间的爱淡了。”

“你烦不烦。”贺云沂蹙眉，总算是搭理了他。

“不烦，挺无聊的。”何阮阳大跨步，在贺云沂身侧坐了下来，“真是没想到，拍个画报还要被你压番，我也是人，心也会痛。”

贺云沂听了睨他一眼：“你是人？”

“呵呵，怎么，允许你是什么神，我还不能是人？”何阮阳说到这儿，颇有些悲从中来的感觉。

这边休息区的冷空调不到位，何阮阳说着说着，还有点热。刚好手里还有刚刚得来的小电风扇，四下无人，用一下也没什么要紧。

何阮阳拧了下开关按钮，风扇瞬时间便“呼呼”地转了起来，音量不算大，风量充足，还蛮凉快的。

贺云沂听到声响转身望了眼。就是这一眼，成功地让他顿了一下。

是向日葵形状的小电风扇。

贺云沂挑眉，问道：“你哪儿来的？”

“哪个？”何阮阳没在意贺云沂的神情，只注意到他的视线，等到确定那目光的落脚点是在自己身上后，何阮阳才低头看了眼自己的手心，“你说小电风扇啊。”

“拍摄的时候我去找隔壁的小辛葵，她送我的啊。”何阮阳说着整个人放松开来，像是在回味，“这姑娘挺热心，挺好玩儿，挺逗的。”

贺云沂神色冷清，没吭声。

“哦，对了，我还和她加了微信。”何阮阳优哉游哉地补了这么句，继而想起了那一晚，来了劲，“我现在想起前不久的颁奖典礼就觉得好笑，我也在现场嘛，当时你们俩不是有互动吗，你怎么想的啊老贺，我采访一下你，你当时到底什么感觉？”

何阮阳依稀记得当时大屏幕中切到画面的景象。

贺云沂眼神懒懒，定定地凝视前方，不知道在想什么的样子。

当天晚上热搜上面一篇鬼哭狼嚎，都是被蛊惑到的人。

记忆再转回来，好一会儿都没声响。

这就很稀奇了。

贺云沂和他认识多年了，从小到大，彼此也知道互相的脾性。虽然贺云沂惯常话不怎么多，但也不至于像今天这样，一直忽视他。

漫长的沉寂间，何阮阳莫名感受到来自贺云沂目光凝视的洗礼。

再抬头间，对方正漫不经心地拧瓶盖，微突的筋骨利落，瓶身上的水珠缓缓滴落在他虎口处的桃花痣上。

“没什么感觉。”贺云沂说。

这样以后，顿了一下，他复又开了口。

“何阮阳。”

这次是连名带姓的呼喊，实在是难得。何阮阳被这么唤了句，突然觉得有些冷，手里的小电风扇也不香了。

顿了有一会儿，贺云沂的语气中带着明显的不爽：“你很闲？”

这次画报的拍摄计划为两天，第一天从下午开始，直至晚上十二点才结束了当天的一切。晚上的时间短，由不得来回跑。这附近是郊区，也没有居住的地方，所以有一整夜得待在拍摄基地。

李严本来给辛葵备了毯子，好让她过夜的时候眯一会儿。

但后来片场负责人过来，打印了张新的行程表，说是为了赶进度，户外的拍摄等会儿从凌晨开始，现下先休息，吃个晚饭，之后就直接开拍了。

一大群人围着，吃饭的时间也没有给予太多。

辛葵吃完了盒饭，也没敢走太远，照例待主区间，听工作人员聊八卦。

主大棚这块的视野更为敞亮，辛葵摸到小沙发前，半倚靠在上面窝着。

李严揪了她几下，要她注意形象，被辛葵小手一挠，坚持捍卫找寻自己的最佳舒适点。现在要是不让窝着，等会儿又要接连赶着拍摄，那得多痛苦。辛葵自诩拍摄期间够努力也没开小差，拼命地给李严灌输间歇性懒人守则。

李严其实和辛葵年龄差不了多少，但两人看待事物和处事方法却是大相径庭，总是拿她没办法。

“我还不是怕你被拍到没形象的照片，这里片场是会有花絮放出去的。”

“哼，我哪儿有形象了，早八百年没了。”

之前冲浪的网友，包括那个什么何阮阳，不都说她好笑吗。

“还别说，你这张脸，倒是永远都值得。”李严叮嘱完以后，也就放任辛葵而去了。

辛葵在这儿瘫着的时候，何阮阳刚用好餐，往她这边迈过来，热情地朝着她招招手。

蓦地，方才还在一旁尽情八卦的工作人员，倏然间都放低了声音。

在何阮阳即将绕过小茶几，要坐到辛葵身边的时候，她的身侧掠过一道身影。贺云沂像是没看见何阮阳一般，刚刚好抢先一步，径自坐下。

休息区的沙发小，最多只能承载两人。何阮阳步子顿了一下，到底也没在意，在两人对面坐了下来。

他想开口和贺云沂说话，对方在他启唇的瞬间，双眼半阖，懒散地半靠在沙发背上，闭目养神。

“……”何阮阳立刻转移对象，开始热情地和辛葵聊天。

还没聊几句，那群工作人员再次炸开了锅，热闹极了。有人扬声说道：“哎，主编发福利了啊，说是请我们喝星巴克，都过来分一分。”

工作人员走来走去，往艺人这边的茶几上放了好几杯供挑选。

除了奶茶咖啡，还有特供的小蛋糕。

何阮阳拿了杯冰美式，将其余的推到辛葵面前：“你随意挑啊。”

辛葵看了眼还在一旁休息的贺云沂，用指尖隔空点了点，提议道：“他不喝吗？”

“他不爱喝这玩意儿，不用管他。”

“这样啊，谢谢啦。”

辛葵应着，望着面前的饮品，陷入两难。

是喝带奶油顶的冰摩卡呢，还是喝桃桃星冰乐呢？

她视线凝了会儿，终于下定了决心，还是奶油顶的摩卡吧。

就在辛葵抬手要去拿那杯冰摩卡的时候，有工作人员插话进来：“贺神，这边还有其他口味的，你要吗？”

“不用。”贺云沂不知道什么时候睁开了眼，缓缓开了口。

辛葵听到说话声，下意识抬眸去看他。

大棚内的明亮光线下，贺云沂眉骨轻抬，语气疏散：“我喝这杯。”

辛葵顺着他指尖轻点的方向望过去，正好是她刚刚决定好要喝的那一杯，冰摩卡。

辛葵望着那杯冰摩卡，看它被缓缓地挪走，被骨节分明的手包裹住，继而又滴落下颗颗的冷水珠。

“……”贺云沂就有这么爱喝冰摩卡？

辛葵顿了一下，退而求其次拿了一旁的桃桃星冰乐。反正都好喝，她也不介意。

何阮阳一路看着贺云沂的动作，自对方开口应下要喝以来，他就没说话。

此时此刻，他才算是回了神。

“不是，你什么时候要喝这玩意儿了？”何阮阳知道贺云沂有多铁血，不喜欢的东西就是塞到嘴边，他看都不会看一眼。

以往也不见他对这方面这么积极。

贺云沂抬头睨他一眼：“突然想了。”

语气算不上多好，一副“我就是想了你又能奈我何”的大佬模样——当然，这都是何阮阳自己脑补出来的想象。

最关键的是，这人不仅突然想了，自从方才在辛葵身旁的沙发上落了座，贺云沂就没想着挪一挪。

怎么，就他的屁股高贵？这么高贵还抢人家小姑娘想喝的……

何阮阳刚才是最近距离的旁观者，将一切都收入了眼底。

辛葵的手在那时候，都快探到冰摩卡的瓶身了。

何阮阳没去计较贺云沂今天一整天对他的态度，但想想又气不过。

他看向贺云沂，挑衅似的抬高下巴，给了对方一个无比睥睨的，且无比不屑的眼神。

对方仍然没看他，更别提回应了。

辛葵嘬着吸上来的桃桃果粒，径自嚼着。看着这两人你来我往，她置身其中，本来觉得很远，倏忽之间，又觉得近了些许。

何阮阳和贺云沂没过多一会儿就被叫去换衣服，贺云沂起身的时候，稍稍落后了何阮阳一脚，理所当然地滞留在了原地。

休息区的小沙发这儿是靠近大棚主区的侧边角，位于拐角处，有扇磨砂玻璃挡住作为遮蔽。

一时之间，逼仄窄小的独处区域，就只剩下了两个人。

贺云沂微微弯腰，倾身探过来，只一瞬，再起身的时候，那杯冰摩卡蓦然出现在辛葵面前的小茶几前。因为太久没有喝，顶部的奶油都稍稍化了，渗入下面的棕色液体里。

他没有碰那杯冰摩卡，透明包装盒仍然完好无损。

"拿去。"

迎着辛葵疑惑的视线，贺云沂靠的稍稍近了些，嗓音继而自她头顶往下泄入，像是解释自己这样做的动机那般。

"你一杯应该不够喝。"

"……"

辛葵反应过来的时候，贺云沂修长的身影利落地已然消失在拐角。

怎么说话呢。一杯……她也完全可以够！

辛葵视线悠悠然再转回到自己面前的那杯冰摩卡上，慢慢地，她的神色好像涣散开来。思绪也像是被风拉扯的绳子，飘飘然就扯远了。很多不算久远的记忆回档，牵连在了一起。

原来她之前闻到的那股像是薄荷一般的青柠罗勒味，不是当时包厢内的香氛，也不是颁奖典礼主会场的特供芳香。

纯纯粹粹的，就是贺云沂身上的独特气息。

凌晨两点，杂志拍摄的工作正式恢复。工作人员也都休息好了，不过一晃神的工夫，刚刚还颇为闲散的大棚内，气氛又活络起来。

之前拍了一下午的棚内背景，是简约的艺术写真，多半是描绘和表现当期人物的各自特点。而真正符合每期不一特色主题的，是下两轮的棚内和户外两个地点。

三个人辗转换去了另一个大棚，真正的内容拍摄才算是开始。

这期时扬杂志照例分为主刊和副刊两个刊面，关键词也各不相同。

主刊所围绕开来的词是“细流”，副刊则是“清夜”。细流的表现形式在抓拍到的瞬间，清夜取景点在户外，意欲展现出夏天清扬生机的夜景。

都是昂扬蓬勃、万物皆为向上的寓意。

夜里本是深睡沉眠的时刻，在这个时候活动的被拍摄者，需要展示出既俏皮又顽劣的反转场面。

新的棚内只有一个机位和拍摄点。

贺云沂和何阮阳两人先换好了装，拍摄自然早于辛葵，所以第二轮的拍摄也就先于辛葵完成。等到她上场的时候，那两人在一众工作人员的簇拥下站着，视线的方位正好对着辛葵这个方向。

在这期间，辛葵的视线总能够不由自主地对上这两位打探过来的目光。贺云沂双手抱肩，两条大长腿闲散地搁着，略微低着头，一旁的何阮阳凑得很近，不知道在他的耳边说些什么。

不过也只是转而即逝，辛葵瞥见以后定定心神，注意力全力集中在摄影师上。

“那个是辛葵的经纪人？”何阮阳本来在和贺云沂聊他之后行程的事，目光抛向守候在一旁的李严，语气带了点疑惑。

贺云沂懒懒掀起眼皮，看了眼：“应该是。”

之前辛葵和棚内工作人员各项事务的交接，都是那个人在忙。

“等等，我怎么觉得和你家李松那么像啊。”何阮阳说着把手搭在贺云沂的肩侧，亲昵地拍了拍，“简直就是瘦版的李松。”

贺云沂拨开何阮阳的手：“把‘你家’两个字去掉。”

“倒也不必这么严谨。”何阮阳话落，环顾了下四周，“李松还没赶过来呢？没和你说假的，我刚刚真的差点认错，还以为他去韩国做了什么抽脂手术。”

贺云沂腿稍稍弓起，单手拿着矿泉水瓶，整个人往后靠在背景墙上。他没回答何阮阳的话，只是径自说道：“你不用休息？”

“随意看看呗。”何阮阳朝着辛葵拍摄的地方努了努嘴，两手摊开，往上耸了耸肩，很是无所谓，“不必突然这么关心我，你不也没去。”

贺云沂默然，而后，顺着何阮阳指着的方向，往那边看过去。

这边的棚内，背景相比之前要复杂许多，四周铺满了花草，脚下踩着的是绵软的草甸。全都是杂志制作组花了大价钱和技术，特地请了专业的花匠，专门移植过来的新鲜植物。空气里弥漫着清新的大自然的味道。

然而，摄像机后的人，比这些花草要更鲜活。女孩肌肤奶白，双眸黑亮，骨骼匀称小巧，莹润的手臂搭在盈盈一握的腰侧。

何阮阳好像也不经意地看到了这儿。

“这腰……”何阮阳的话还没说完，贺云沂把手里的矿泉水瓶倏然扔到他的怀里，直接地，没带任何缓冲。

一时不妨，何阮阳被那股劲儿冲到了。他往后趔趄两步，手上忙作一团，这才在稳住了重心的同时，一并捞住了矿泉水瓶。

“干什么，看我今天好欺负啊？”何阮阳拧眉。

“不是，听你话太多。”贺云沂转过身来，正对着他，“给你水，润润嗓子。”

话落，那边有工作人员呼喊贺云沂，他直接顺势走开了。

“有这么‘猛烈且冲击力十足’的好意关心吗，真是……”何阮阳扬起声调，朝着贺云沂的背影抱怨了下，继而视线往下移，他整个人都顿了一下，“我不要你喝过的！”

何阮阳刚想把那瓶水放到一边，辛葵那边的拍摄已然结束。

她接过水，视线看向这儿，应该是被他刚才的声音吸引到了。

辛葵看何阮阳朝着她挥挥手，示意她过去，脚步迟疑了下，还是转了过来。

何阮阳有一肚子的埋怨想抖搂。

想起方才小可怜辛葵也被欺压的场面，他觉得自己在漫长的拍摄期间，有了同甘共苦，且颇有相同感受的并肩人物。

“喂，小辛葵。”何阮阳表情凝重，“你觉得贺云沂这个人怎么样？”

骤然被叫过来，开口就是这么个话题，周围也都是往往来来的工作人员，辛葵一时半会儿还真不好说。

不过说到这个人，她对于他的认知，好像是千层蛋糕。一层又一层拨开，下方却仍然有沾满奶油的新的一层，叫人看不真切。

何阮阳将辛葵的沉默当作了对于自己语气的默认。

他毫不掩饰，且发挥了自己对于贺云沂的极大不满，当然——只是限于今日份的定番。

“这人真难搞，是吧。”何阮阳大声嚷嚷，“也不好惹。”

他随后又说了几句，都是那种熟稔之下的小批判。

辛葵陷入自己的思绪里，再回过神来，只捕捉到方才何阮阳最后的那句“不好惹”。

好像……是有那么点？

“嗯，是挺不好惹的。”辛葵“嗯嗯”两声，附和着何阮阳，下了一番定论。

然而就是这会儿，一直沉迷于演讲的何阮阳瞬间没了声，宛若猛然被摁了头的乌鸦。

周遭也没那么聒噪了。

辛葵抬眸，看向何阮阳，对方神色正直，视线直直探向她身后。

像是得到了什么指示，辛葵刚要转身，也刚准备探头过去看的时候，肩侧被人不轻不重地擦了一下。

贺云沂从她身侧穿过，径自来到何阮阳跟前。

“你怎么又回来了？”何阮阳心虚，态度和语调都缓和不少。

贺云沂淡淡扫他一眼：“拿我的水。”

“……”

李严发现，辛葵从何阮阳那边回来以后，就格外地沉默。

“等会儿马上就得去户外，你累了？”

辛葵这回应得很快：“身体不累，心累。”

时间再倒回到之前，那个时候怎么一个冲动就……！

也不知道贺云沂有没有听到。

辛葵呈躺尸状躺了会儿，算了，听不听到又怎样。她行得正坐得直，又没做什么犯了法的事。

把那些抛在脑后，辛葵一瞬间又精神焕发了起来。

李严观察了会儿辛葵，看她好像确实也不像是真的累了，顺口叮嘱："我拿了小毯子和防蚊虫液，你把你的小电风扇带上吧，户外的环境我刚刚去看了下……"

辛葵接了他的话："户外的环境怎么了？"

"没怎么。"李严随后补充道，"就是不知道的，还以为你们拍的是动物世界。"

"那不是更好玩了吗！"辛葵跃跃欲试。

李严呵了声："你到时候可别说害怕。"

"我怎么会害怕。"辛葵语气是真的不解，再原生态也没事啊，她还挺喜欢小动物的。

户外的拍摄基地背靠一个小树林。夏夜的天空格外低，也格外黑，挨得近近的。因为是邻城郊外，入眼是遍布的繁星。辛葵和何阮阳、贺云沂交接了下，紧跟着两个人的步伐，一齐随着摄影师走。

到了拍摄地点，一旁的工作人员忙着处理背景板和设备。

三个人落脚在一旁稍显空阔的地方，但还是禁不住野草杂生，草苗苗像是被烫了卷，四方八位地往腿下钻，挠得人痒痒的。

辛葵几个左右碎步交替，都没能躲过去。

何阮阳受不了，说是宁愿踩在湿润的泥土里沐浴，也不愿意在这儿待，直接走开了。

有了人的活动，野外在这个时候，除了熙攘间，好像还平白多了些吠声。辛葵动作停下，静心听了听。这回没听错，真真切切的，确实是狗狗的声音。

内心骤然泛上来点说不清道不明的戚戚然，辛葵把视线撂远。

她眼尖，一下便看到了围着工作人员转的那团白色绒球，体型巨大，看起来挺活泼的。

蓦然，那团白色绒球摇着尾巴，转了过来。没给辛葵任何停留和逃离的时间，直接撒着欢往这边跑过来。

辛葵有被狗咬的前科，慌乱间，手下意识地往风中抓了几下。

在触碰到了身旁人的衣衫下摆后，辛葵像是找到了依靠，猫着腰往那人身后躲。

白色绒球跑到中途，还没撒欢到跟前，就被工作人员叫了回去。

确定狗狗没有跟过来的辛葵探出一颗小脑袋，蓦然松了口气。

好险……她怎么不知道片场还有狗?

定下心来的同时，手心柔软的触感也提醒了她，她还在紧紧地攥着一个人的衣衫，死活没松开。

她没吭声，那人却发话了。

“不是说我不好惹。”身前人的声音被微风刮开，衣衫被鼓吹起，“那你现在贴这么紧做什么？”

短时间内，辛葵的脑海里盘踞着的都是“贴这么紧”这几个字。

在这种关键时刻，她居然还抽了空，默默地低头，瞅了眼自己手上的动作，正小幅度地揪攥住对方的下衣摆。

虽然力道确实大了点，惹得衣服边沿都出了些褶皱，但也没有贺云沂说的那样好吧!

事实上，两个人中间其实相隔并不算近，辛葵只是躲在了他身后，又没挂在他身上。她还没来得及小脸一红，贺云沂就从背对着她的姿势，稍稍侧过身来。

拉扯间，衣衫下方清晰地印出贺云沂窄腰的曲线。

“……”为什么每次和贺云沂单独相处，留给她的就都是这种棘手的事啊!

辛葵到了这个时候才想起松手，松开的瞬间，她以迅雷不及掩耳之势弹开，顺带还抬起手臂，捂了捂自己的眼睛，只从指缝里去看他。

贺云沂的眉眼印刻在远处灯光照过来的余晖里。

他没吭声，神情却耐人寻味。

“我可不是故意的啊。”辛葵小声为自己辩解。

贺云沂转过身来，视线直直地望向她：“真的不是故意的？”

这一次没有旁人，也没有墙壁的遮蔽，两人一齐站在夜蛙蝉鸣的地方。

“当然啊……”辛葵的声线不由自主降低了，要是故意的还了得。

依稀中想起，她之前好像就“故意还是不故意”这个问题探讨过无数次了。

她怎么想不重要，重要的是贺云沂怎么想。

为了以表自己绝无二心，辛葵抬腿就往后方退了两退。

这样一来，她离贺云沂更远了。

贺云沂没错过辛葵的这些小动作，她个子刚好越过他肩线，即便离得不那么近，他稍稍敛眸，仍然能将辛葵的所有表情收入眼底。

“我有点怕狗，就怕它扑我身上嘛，反正……随便旁边是谁，我大概都会躲过去啦。”辛葵眨巴眨巴眼。

然而辛葵想的是这方面，贺云沂的重点却和她截然相反。

“随便是谁？”贺云沂径自重复了一句辛葵刚刚说过的话。

“行。”他单手插进口袋，眼皮半掀，“用完就扔是吧？”

辛葵还没彻彻底底反应过来，远处的何阮阳奉摄影师之命，扬声喊两人集合。

“你们俩是要在那边挖煤吗，看都不看不清，还不快过来。”

事关拍摄，当然不能马虎。辛葵抢先应了声，往前两步，走到和贺云沂平行的位置，抬头望着他：“一起走？”

夜晚漆黑，她的双眸却像是被浸泡过的星星，湿亮亮的。

贺云沂望了眼辛葵，“嗯”了声算作是示意。

临近拍摄区，辛葵本来有些后怕，脚步虚浮，但看到刚刚那只白色绒球正好好地窝在工作人员身边，也没乱跑，这才放开了步伐。

白色绒球是一只萨摩耶，眼下被围绕在人群中央，颇有人气。它通体雪白，柔软的毛在近处打光灯的照射下，浑身都散着蓬松感，长得也挺憨，逢人就笑，展露出来的都是“来啊来啊来薅我啊”的萌感。

贺云沂和何阮阳有合体拍摄的夜景画面，暂时还轮不上辛葵。辛葵一时无事，打听了一番萨摩耶的名字，才知道叫“大白”。

她克制住自己想薅又不敢薅的心，干脆坐在一旁的矮凳上，离得远远地瞧。

一旁有工作人员看她这样，觉得好笑，“你要是喜欢，过来啊，离近点嘛，它很乖的。”

“我知道它乖，也知道它可爱啊，可是条件反射控制不住，我真的有点怵这个。”辛葵说着抬起自己的手臂，献宝似的给工作人员看，上面因为刚刚小小的受惊，绽放出了密密麻麻的鸡皮疙瘩。

辛葵这么一诉苦，气氛瞬时轻松不少，还有人探过身子来看两眼。

“不过你怎么这么怕狗啊？感觉你也挺喜欢的啊。”

李严站在辛葵一侧，听到了后代替她回答：“她之前被小狗伤过，那时候年纪小，估计吓着了吧。”

辛葵听着点点头，事实上，她脚腕骨那儿还留有被咬过的浅浅的伤痕。只不过随着时间的推移，那抹印儿消退，颜色发淡，平日里不仔细看的话，完全看不出来。

“这样啊，可惜了我们大白，它好像格外喜欢你，老是盯着你瞧。”

辛葵用手支着自己的下巴，一边跟大白对视，一边跟工作人员聊：“说到这儿我也好奇，片场怎么突然多出来一条狗狗呢？”

“这我们主编的狗，几年前的时候我们杂志做内部人员的特辑，它其实有上过镜啦，不过它也不经常来。”

辛葵还想说什么，不远处负责转场的人喊她上场，说是贺云沂和何阮阳都提前结束了。

她也没做停留，从凳子上蹿起后一股劲跑到拍摄处。

外出景的拍摄很考验灯光和镜头感，这需要摄影师和艺人的共同配合。周遭环境稍暗，起初她也找了好一会儿，才找到适配的位置和聚焦点。

相比于其他两位，辛葵毕竟是女孩，柔软的线条在黑夜里被无限放大了可能，可以被抓拍到的闪光点，自然便多。

所以，她的拍摄时间相比于贺云沂和何阮阳来说，要来得长一些。

等到结束最后一景的拍摄，主摄影师扬扬手：“谢谢云沂，也谢谢小何和小辛葵，大家辛苦了啊。”

这个时间点，已经是三四点了。

到了凌晨，梅雨时节专属的润雾又不经意间将每个人沾湿。

天气在烈阳和湿雨间反反复复，很是折磨人。

李严先前备好的小毯子在这时候派上了用场，他直接套在辛葵的身上。等会儿她还有个拍摄结束后的小采访，还是得注意一下衣装。

辛葵被裹成毛毛虫，刚想和工作人员说声再见，大白因为无人顾及，挣脱掉绳子，往她这个方向奔。

看来大白确实是很喜欢她。

大白快要跑到她跟前的时候，李严还没抬手帮忙拦住，一直杵在一旁听身边人报备行程的贺云沂迈出来，唤了声。

大白倒也听话，扭着身，转头而去，亲昵地在贺云沂的腿边蹭了两蹭。

何阮阳围观了全程，语气里盛满了难以置信：“凭什么啊，都是第一次见面，怎么不对我这样呢，连狗都这么势利的吗？”

“有点辨知能力的——”贺云沂说着半蹲下来，长睫微敛，修长的手顺着萨摩耶的毛。

顿了一下，他缓缓补充，像是随意而谈：“都这么选。”

“……”无形之中最为致命。

辛葵倏然有股说不上来的感觉。

何阮阳反倒是最为激动的那个，他觉得自己被挑衅了。

“姓贺的，要不是我接下来好几周都不在国内，我现在就和你原地单挑！”

拍摄后的采访统共也进行了一个多小时，大概是好久没有进行这么愉快又赏心悦目的合作了，灯光师负责人以及摄影师在辛葵告辞前，还送了她一份纪念礼物。说是刻有专属名字的透明卡册，外加一份带有时扬杂志 logo 的牛油纸信章，皆是刚刚现场打印出来的。

辛葵也没打开看，不知道到底是什么材质，只知道格外的沉重。

她拎着觉得占手，也没看，一股脑放在了自己的包包里。

时间已经将近清晨了，她还得紧赶慢赶，赶回 Z 市。

回去后，辛葵有个化妆品代言的通告，交接时间挨得很近。

一来二去，周转时间刚够。

“你回去以后赶紧休息下，我明天来接你。”李严嘱托一同随行的司机开车，“等会儿回 Z 市，下了高速的话，离你爸妈那边近，你是回自己的地方，还是干脆回家住一晚？”

辛葵困倦的劲上来了，声音也拖拖的：“别了吧，这样的凌晨回去，和我爸撞上了，他估计又得叨叨我，远就远点吧，我回自己的大平层，那江景不香吗？”

辛父位高权重，不经常应酬，作息也十分规律，之前就逮过几次偷偷回家的辛葵，那般的画面到了今天，也让人难以忘怀。

“也行，你在车上眯一会儿，到地了我喊你。”李严说着，总觉得自己忘了些什么，“说到这儿，你要不要抽空练练棒球，你哥当初给我的行程单，我都大致看了遍，之后的青徵棒球赛开赛仪式，邀请名单里有你。”

“可是开赛仪式为什么要练棒球啊？”辛葵累极也不忘回应，小脑袋一点一点的，小鸡啄米那般，眼皮耷拉着。

李严擦擦自己泛雾的黑框眼镜：“不怕一万就怕万一，要是主办方让你现场来两球，你都飞了，那怎么办？”

“练了也不一定不飞嘛，开赛仪式而已，我不是去竞争的啊。”辛葵毫不在意，在这方面看得很开，像是挥蚊子那般晃晃手，“能怎么办，大概就是网友们觉得我更好笑了吧。”

“也不用这么自暴自弃。”

李严想想，觉得也是，学了也不一定有镜头，这波利益转换率并不高。

下了高速后再送辛葵回到江景大平层，天空已然蒙了片青白的灰。

她和李严摆摆手，背着自己的小包包上电梯。

说来也是神奇，她刚刚在车上的时候明明困得半死，几乎睡到晕厥过去。现在下了车，又猛吸一口新鲜空气，心思和脑子都活络开来。

换句话说，她现在精神得要命。

回到住处，冲了个热水澡，辛葵等待长发晾干的间隙，对时扬杂志送的礼物好奇起来。

她可以拍个认证照，等到时候杂志上线了，再将照片发出去。

这算是一路辛辛苦苦背回来的，还有些重。

也不知道里面到底是什么，当时工作人员说得快，辛葵只迷迷糊糊记了几个“信章”“卡册”关键词。

翻开方形的礼盒，里面放置的，是用丝质绸缎包裹而成的海藻绿小盒子。小盒子打开，上面附有一个请柬样式的玩意儿。

看到这儿，辛葵默默地感叹了句，不愧是时扬，礼物真的也很上心。

她拆了附在外侧的青丝带，缓缓展开，里侧的内容也渐渐展露出来。不是请柬，应该是类似信笺一样的东西。上面刻有金箔涂层的姓名——致贺云沂。

等等……致什么来着……贺云沂？

辛葵方才还很悠闲，现在也不晃腿了，猛然清醒过来。

她几乎以为自己眼花了，把东西反反复复看了两遍，这才确认，这本应该是给贺云沂的礼盒。除了最上层的信笺，下方还放置有其他礼品，应该是杂志方给予贺云沂的东西，这属于私人物件，辛葵也不好再翻看下去。

这算是拿错了吧？

辛葵躺在床上，仰面朝着天花板，看璀璨的吊灯一闪，又一闪。

她冥思苦想了会儿，觉得还是得把这东西还回去。

还好有何阮阳。她刚加了何阮阳的微信，而何阮阳又是贺云沂的朋友，拜托他转接，再好不过了。

辛葵翻出何阮阳的聊天框，直接发了过去。

辛辛向葵：“何阮阳前辈，您好，有空的话，方便给我个地址吗？”

意料之外地，对方回应得很快，但直接是一个语音通话拨过来。

“妹妹，你怎么回事，叫得这么正经算了，还要我的地址？不过说到这儿，我也理解。你呢，现在是上升期，我承认，虽然我的魅力确实是大，但家里管得严，我妈不让我早恋，我爸又听我妈的，所以，你也懂的……”

怎么还扯到早恋了，何阮阳虽然没到二十，但是资料上显示，比辛葵还要大些。

她听到一半没忍住，径直打断何阮阳：“你想多了，我真没那意思，我可以向天发毒誓……”

“……”

“至于吗，还毒誓了。”何阮阳那头很是吵闹，“说吧，找我什么事？”

“就……时扬那边不是给了我们礼盒吗，把贺云沂的那份弄错拿给我了，我没他的联系方式，想着你是他的朋友嘛，我给你寄过去，你再给他？”

“我以为什么大事呢。”何阮阳说着说着语速变得很快，“可是我接下来不方便啊，我现在在登机，一会儿准备起飞了。”

听着话筒那端传来的航空公司的广播信息，辛葵依稀记起来，之前何阮阳好像是说过接下来几周都不在国内之类的话。

“那怎么办……”辛葵说到这儿，很快下了定夺，“那你把他的联系方式给我吧，我寄给他。”

圈内的人可以两三年都不见面，鬼知道她下一次见到贺云沂是什么时候了。

这个礼盒看起来还蛮贵重的，辛葵并不想耽搁。

“也不是不可以……”何阮阳的话语变得断断续续，“可是老贺不加人，圈内多少人想要我都没给。”

辛葵噎了两噎，好像也是。因为是贺云沂，一切也都能说通。

是那么多人想要的，可望不可即的，神一样的，贺云沂的联系方式。

想到这儿，辛葵脑海里倏然“叮——”了下，可是之前他还主动和她说要加哎，虽然是为了一百包葵花籽。

那就顺水推个舟，一并还回去吧。

辛葵刚想开口，那头的何阮阳大概是没了时间：“不和你多说了，你呢我还是相信的，我把他微信推给你，他加不加你就不关我的事了，先挂了啊。”

她“嗯嗯”两声，没忘记礼貌性道别。

何阮阳速度很快，直接将对方的名片推荐了过来。

辛葵点开，添加对方为好友，一气呵成。

等待贺云沂通过好友的间隙，何阮阳大概是掐着飞机的起飞点，嗡嗡了好几条信息。

何阮阳：“你也别等，这个点他从来不上线。”

何阮阳："也不理人。"

何阮阳："反正大概率通过不了，你也别操心这个事了。"

就在何阮阳噼里啪啦话语刚完的时候，辛葵的手机振动了一下，提醒有新消息。

她退出聊天框，去往主页面，上面显示的是：Nephelo 通过了您的好友验证。

b o h e q i n g

第二章
青柠味汽水

两个人的消息前后脚进来，接着何阮阳那一大段话后，就是贺云沂的验证信息。虽然只是一个好友验证，但起码也证明了贺云沂这个点是在线的。

也没有不理人啊。

头一回，辛葵对于何阮阳和贺云沂两人之间的友谊产生了小小的质疑。但转眼想想，她也不能直截了当地告诉何阮阳，委婉的更不行。

对方估计已经在飞机滑翔了，她象征性地报了平安，手指指尖在屏幕上微动。

待到页面再回到聊天框里，辛葵垂眼看了看贺云沂的头像以及官方列在最上方的那一行消息验证。

她真的就这么加上了……？那……要说什么好呢？

第一句话是问候还是不问候，如果问候的话是要发表情包还是不发表情包，发表情包是发中年老年人常用还是现代泡吧迪斯科？如果气氛太尴尬她又要怎么缓解？

辛葵实在是有太多太多的纠结了。

在她纠结的间隙，好一会儿，对方都没有发消息过来。

辛葵脚趾蜷缩了下，抬手捶了捶自己的脑壳，她突然有点后悔刚才的决定。发个短信更直接方便，但那样可能直接被当成欺诈短信拦截住。

辛葵再低头时，最上方出现了一排小字：对方正在输入中。

大概是觉得她挺能拖。

辛葵连忙低头，飞速打了一行字。

辛辛向葵："早安早安！"

然而就是这一句，刚才那排"对方正在输入中"都没了。

啊……真是坏事儿。

辛葵猛然抬手，懊恼地捂面，在贺云沂这儿，她好像永远做不到像对待何阮阳那般淡定。

或许是之前某些不算太正经的接触太多，她现在想到他，脑海里也自动会浮现起那些算不上尴尬却尴尬极了的画面。

直接说个"前辈您好"多么体面！多么正常！多么——

还没等辛葵多么完，手机嗡声而响。

Nephelo："现在不早了。"

辛葵扭头望向挂在房间墙壁上嘀嘀嗒嗒的石英钟。上午十点多，将近十一点的样子，好像确实不早了。她赶到住处，泡了个澡，拆了礼盒，又去找何阮阳要了联系方式，一趟下来，居然已经快到中午了。

辛辛向葵："哎，好像是不早了。"

辛辛向葵："那个……你现在方便吗？"

辛辛向葵："主要是我觉得我可能又要做出你会误会的事了。"

Nephelo："你说。"

果然，提及之前的那些，就变成好冷淡一男的。

可他居然也没直接选择不听。

辛辛向葵："如果我说我要你的地址——"

辛葵打到一半，开始暗暗琢磨自己接下来要说的话和需要用到的语气。可是……不就是拿错了礼盒吗，她为什么要因为一个地址就磨叽成这样！

辛葵深吸一口气。

就在她决定一鼓作气把来龙去脉说清楚的档口，贺云沂回复了。

Nephelo："什么事需要用到我家的地址？"

辛辛向葵："……"你看，这不就是了吗？

她都提前报备了，结果大概和前几次还是一样。若是没有上帝视角，她这种表现，叫什么玩意儿来着。哎，对——欲擒故纵。

辛辛向葵："不一定要用到你家的地址，公司或者是经纪人都行。"

辛辛向葵："时扬画报送礼盒送错了，把你的那份给我了，我给你寄过去。"

辛辛向葵："前辈……你有在听我说话吗……"

Nephelo："把你家地址给我。"

辛辛向葵："啊？"

Nephelo："我过去拿。"

过了几秒，像是解释自己的行程。

Nephelo："我现在不在家，之后又有拍摄，只有今天在 Z 市。"

辛辛向葵："啊，这样的吗……"

辛辛向葵："那可以吧，我们这儿地下车库还不错，封闭性好。"

辛葵还没从事态的骤然转换中反应过来，说的话都有些飘，没头没脑的。

再回神以后，贺云沂来了两条新信息，是语音。

"你很遗憾？"

"这么想要我的地址，给你的话，也不是不行。"

"……"

谈话的最后，由辛葵的"狂抽巴掌小旋风"表情包收场。

明明被要去地址的是她，怎么到了最后，反倒是她被钉在了以勾搭为名的耻辱柱上。

大概是为了彰显公平，也大概是辛葵最后那个表情包所散发出来的怨念过于深刻，贺云沂和辛葵两人互相交换了地址。

你来我往，就很谨慎。

贺云沂之后便去忙了，撂下手机的那瞬间，辛葵跟被烫到似的，抬手将手机推得远远的。

这怎么跟想象中的不太一样啊，怎么就彻彻底底反了过来呢？

辛葵凝视了会儿手机，屏幕黑漆漆的，静静地躺在床上。

她默默地将手机捞回来，又默默地将手机推开。

三番五次后，辛葵在床上翻了个身，发出窸窣的声响。

她觉得自己就像是条被反复烙烤不断翻面的咸鱼，辗转反侧。

可她没办法控制自己让自己静下来。

一旦视线凝固，抑或者是动作停住，她就会不由自主地响起方才贺云沂的话。

微信里的语音模糊了音质，贺云沂开口的时候压着点调。尾音淡淡却勾人，轻轻上扬，就跟呢喃似的。

虽然知道他可能是在开玩笑，但辛葵在那个时候，莫名的，竟然还真的，遗憾了那么几秒。

顶流的住宅是什么样，住起来舒不舒服……这个她还是很好奇的。

不过从他的住址来看，离这儿也不远。这附近一带都是江景房，住的艺人蛮多，只是房产名和物业不同罢了。

算了不想了，中午吃什么才最要紧。

辛葵出道的时候就自己出来住了，虽然不会自己做饭，但可以叫外卖，偶尔吃零食。她自己储存的吃食还是挺多的，完全饿不着自己。

中午同时要了三份外卖，辛葵心满意足之余，又安安稳稳地补了个觉。这一觉格外绵长，醒来的时候，傍晚余晖从窗外蔓延到床边的地毯上。

她揉揉眼睛，拿起手机看，里面倏然跳出来许多信息。李严发来的消息最多，说是晚上过来接她，不要忘记带一些东西。

辛葵回了几句，视线再往下几格。

贺云沂的头像安安稳稳地停留在那里。

起初的时候，她以为他的头像是一片黑。但是点开来细看，好像是一张夜景，上面隐约有树的倒影。

大概就是随手一拍。

相比较之下，辛葵的未免就显得花里胡哨许多，是五颜六色的卡通太阳花。

思及此，她才想到自己和贺云沂的约定。

她晚上有行程，所以两人约在了傍晚时分。

临出门前，辛葵踌躇两下，从衣帽间翻出辛父之前给她买的那顶用来遮阳的太阳帽。

前顶很长，颜色夸张，但用来遮蔽的效果应该很不错。

这顶太阳帽被她嫌弃所以一直没戴过，眼下却又成了救急的宝藏。

虽然两个人这般会面实属正常，在外人看来，尤其是那些八卦小记者，可能就没那么正常了。

那可是贺云沂。倘若、万一、不幸被拍到了，辛葵觉得自己就是跳进黄河也洗不清了。

除了太阳帽，她还戴了副墨镜。

在电梯里，缓缓盯着不断下降的数字，辛葵倏然想起一个关键点。

她这样小心翼翼，又把地点定在了地下车库，偷偷摸摸的，怎么还有些地下情侣那味儿了。

“……”想什么呢！辛葵拍拍自己思绪乱飞的小脑袋，趁着电梯抵达负一层，连忙迈出去。

她住的地方安保很严，又是电梯入户的房型，地下车库其实没那么好进。还是率先给了贺云沂停车码，他才能够不被阻拦。

辛葵披了件小外套，窝在角落里给贺云沂发信息，问他到哪儿了。

消息发出去后的没几秒，地下车库鸣笛声骤起，不疾不徐地两声，拖着长音在空阔的停车场里回荡。

辛葵听到声音抬眸，那车也应景似的，前照灯倏然亮了下。

她拎着东西，小步迈了过去。走到贺云沂车跟前，她还不忘把墨镜往下压了压，探头望了两眼。车型利落，车身漂亮，比她的那辆甲壳虫酷炫多了。

辛葵看了会儿，也没等到贺云沂下车。

就在她将手抬起来，准备挥挥示意的时候，车窗缓缓地摇了下去。

贺云沂半边脸露出来：“上车说。”

“啊？哦……”

上了车后，辛葵自发主动地关了门。

封闭的空间里，鼻间萦绕的都是淡淡的青柠罗勒味。停顿几秒，空气里横亘着两人的呼吸，很轻。

刚才一路过来小有颠簸，但等到真正地静下来，辛葵才发觉不妥。

因为真的是……太突然了。并排坐在一起，又在统共封闭的小天地里，挨很近。近到，辛葵都能感受到贺云沂的声息。

“你这车蛮好看。”她摘下墨镜，挠挠头，艰难地从夸车开始。

辛葵说着环顾四周，也没转头，看座椅看玻璃顺带还看了看车内摆饰，总之就是没看他。

贺云沂用鼻音“嗯”了声，顿了一下，蓦然开口问：“很怕我？”

“嗯？”辛葵乍一听到此，有些不明所以。

“那你怎么不转头？”

辛葵转过头来，想小小地反驳回去，就在这瞬间，两人四目而对。

贺云沂的目光上移，落在了她戴的那顶太阳帽上。

“……”他微微勾了勾嘴角，像是笑了笑。稍暗的车厢内，任何情绪和任何动静都能够被放大。

辛葵几乎能感觉到贺云沂对此的……嘲笑？

她开始解释：“不是你想的那样啊，我就是怕被拍到。”

“被拍到什么？”贺云沂反问，像是一定要得到答案那样，他不紧不慢补了句，“你说，我听听看。”

“……”能被拍到什么……不就是那些在八卦记者眼里那些事，还非要她说！

辛葵自从刚才全副武装再一路下来直至到了车上，心里都闷闷地憋了股劲儿。

思及此，她把那个礼盒拿出来，稍稍用了点力气，径直塞到了贺云沂的怀里。

贺云沂被怼了下，肩膀往后靠了靠。他也没说什么，修长的手搁在礼盒上面，略微侧着头打量，好像是在确认些什么。

“你放心好了，我没碰你礼盒内的东西。”辛葵眨了眨眼，“我早就弄清楚了，反正这个你得信我。”

“你确定清楚了？”贺云沂掌心微动，从礼盒下方抽出来另一半，轻轻摇了摇，“这个是你的。”

辛葵傻眼了。

等她从贺云沂手中接过礼盒的时候，还有些懵。下半部分的礼盒确实是分割而开的，从上层往里觑，依稀可见她的名字。

“你这让我怎么信？”贺云沂问道。

辛葵抱紧自己的小礼盒，偷偷拿余光去瞄人。贺云沂眉梢扬起，单手放在方向盘上，正侧过脸来看她。

一招毙命，还被当场逮了个正着。此时此刻辛葵只想赶紧去跳湖。

热意腾升脸颊，小小的窘迫有些藏不住。

好说歹说她还帮他把礼盒拿过来了，没有功劳总有苦劳吧……

贺云沂饶有兴趣地盯了她会儿，这才善心大发放过了她：“我有事先走了，之后再请你吃饭。”

辛葵蓦然松了口气，她不想在这个话题上停留太久，也没太注意他后半句说了什么，只知道贺云沂有事要走。

告了别，她下车后，才发现自己手里还攥着个袋子。

在引擎声响起来的时候，辛葵连忙跑到贺云沂那边，用手敲了敲他的车窗。

车窗再次摇下来，辛葵缓缓出声。

“那个前辈……”

贺云沂抬眸望向她：“怎么了？”

女孩抬起手里的小袋子，稍稍扬起，好像有些不好意思，语气缓慢而轻。

“我知道你之前在华羽奖的时候扶了我一把，我还没正式道谢过，还有其他的，总之……很谢谢你。”女孩黑润的眸子藏在太阳帽下，秀黑的长发末尾勾着卷，被太阳帽的帽檐蹭得稍稍有些乱。

“葵花籽我会买给你的。”像是做了承诺那般，辛葵语气认真极了，她将手里的小袋子递给他，“这是一小袋零食，你先拿去吃。”

稍晚的时候，辛葵有化妆品代言的行程，李严提前让司机开车，到地下车库等她。辛葵这次动作倒是比之前快，准时准点，一看便是提前做了准备，也收拾完了。

李严觉得稀奇：“这次居然没拖延啊。”

“怎么了，我不拖延的时候，也有很多啊。”辛葵略有些小心虚，无意识间抬手，摸了摸小鼻子。

李严拧眉皱起，盯了她会儿，还没看出个所以然来。

“说到这儿，刚刚我刷停车码进来的时候，安保还问我了。”

“问你什么啊？”

“说是不是在搞聚会，这两天来你家的人很多的样子。”

“……”

“你爸妈来看你了？”

“……可能来了吧。”

李严越发觉得不对劲：“可能？辛小葵，你说话能不能靠点谱，你自己家，爸妈来不来都不确定吗？”

辛葵眼神移开，避免和李严对视：“我昨天也不在家啊，说不定他们过来帮我收拾收拾什么的。”

要是和李严明说贺云沂来她家地下车库这件事，就很匪夷所思。可要将完整故事全部说清楚的话，估计还得追溯到前不久的华羽奖。

多一事不如少一事。辛葵也想耳根子清静点，打着哈哈敷衍了过去。

李严在辛葵休息的时候也没闲着：“时扬那边的负责人刚刚和我交接了下，他们的花絮今晚会放出来，到时候记得在微博上互动一下。”

“这个速度真的好快，感觉才刚拍完。”辛葵话落，保姆车颠簸了下，她从二排的位置直接去了最后一排瘫着。

“知道什么叫时尚杂志吗，延续最新的潮流动态，总不可能给你压太久，选完片审核完就能上了，这一期因为有贺云沂，肯定有单链。”

“严哥，这么多专业词，你懂得还挺多。”辛葵说到这儿骤然想起，李严是顾延之在去年给她特地安排过来的经纪人，“我也挺好奇的，你那时候怎么想着来带我啊。”

辛葵说着还应景地长长悠叹一声。

“你说你，年纪轻轻的，怎么就跟了顾魔王了呢？”

她的语气里带着明显的不解和疑惑。

李严还是头一回和辛葵提起这件事：“我之前在壹千做过，后来跳槽，不存在什么网传的挖人事件。”

辛葵立刻起了兴趣，“你以前居然是壹千的？”

“对。”李严应道。

“那你居然还能来顾氏？”

“为什么这么说？”

“未免也太吃亏了吧。”

辛葵说到这儿，径自肯定。

“那不是一个天，一个地嘛。”

李严有些无语：“两家公司性质上其实不太一样，壹千专攻娱乐，顾氏这边只是单开出去的副业。”

“而且，你哥对你也上心，如果是地的话，你后续那么多行程哪儿来的？”

辛葵摇摇头：“我那是抗争失败了，不得不接受。”

她之前都是单枪匹马，只不过收效甚微，李严一直带她，对于此是再清楚不过了。

“你也不用将不赚钱说得这么清丽脱俗。”

辛葵用鼻子哼了哼。不过赚钱……她想了想，还是问道：“严哥，那你当初跳槽，是因为钱吗？”

“没有。”李严冷冷一笑，言简意赅，“一山不容二虎罢了。”

“这是什么意思？”

“我很大度的意思。”李严招了招手，“小屁孩问那么多做什么？你今天代言的词记清楚了吗，整天在这儿问问问。”

“还不是你自己要说，我又没逼你！”辛葵猛然从后座上弹坐起来，盯住李严，“等等，你该不会是看上了……”话没说完，辛葵在脑海里已经脑补了一出强取豪夺不成反被赶的大戏。

李严彻底黑线：“之前绿江小说网为了打广告寄给你的那些言情小说，我之后就不帮忙转收了，这玩意儿少看点。”

看看这人，整天都在想些什么有的没的！

这次代言的化妆品牌子，主打年轻的女性，大众接受度还算高。

青春靓丽的潮牌，每年换代言人的速度也快，多半是一些新起的小花和近期热量稍高的艺人。被安排这种代言，对于辛葵这种咖位的明星来说，再合适不过了，还很拉好感。

妆感熨帖，年龄相符，无形之间迎合了代言的概念。

拍摄结束后已然是深夜，辛葵还没坐下来休息，一旁的品牌现场助理就朝她晃了晃手机。

“小葵花，你之前居然还拍了时扬画报吗？”现场助理是姐姐，年龄比辛葵大了几岁，从刚开始拍摄的时候起，就格外地照顾她。

“对啊，就最近的事。”辛葵探头看了两眼，屏幕上方显示的是微博的评论区，皆是显眼的感叹号和号叫。

助理滑了滑屏幕：“看到这些评论了吧，这就是我的反应！”

“你和贺云沂拍画报！”

“老天爷，这可是之前从未有过的事！”

“你知道你是和谁吗！”

“是和贺！云！沂！”

辛葵捂了捂耳朵：“您也太激动了吧。”

“我能不激动吗！”助理私下里就是典型的追星女孩，永远年轻，永远在追星的路上，“反正就一句话概括的事，见到他之前，我死水一潭，见到他之后，我春心泛滥。”

“这话能这么说吗？”辛葵哈哈笑了两声，“你还把何阮阳自动忽略了！”

“何阮阳不稀奇，他和他那兄弟帮那谁，哎对，宁燃，我总归还能见着。”助理姐姐说到一半，不无叹息，“可进圈这么久，我都没有机会和贺云沂合作，哪儿能见到，影子都没有。”

助理说着捂住自己的心口，摁了两下后，伸出手来用手机给辛葵扇风，无比狗腿：“来来来！你有这么好的机会，快，你和我说说，和大帅哥合作什么感觉？”

“什么感觉啊……”辛葵托腮，像是在思考些什么。

不知为何，提到那个跨越了一整晚的合作，她率先想起来的，是那杯冰摩卡。

“大概是个，爱喝冰摩卡的人吧。”辛葵缓缓做了决定，“然后——”

当时在地下车库暂别，贺云沂可是接了她那袋麻辣牛肉。

“然后也是个，爱吃零食的人。”辛葵自信地补全了这句话。

助理好一会儿都没吭声。

辛葵疑惑抬眸，迎上对方不可思议且震惊的眼神。

“你是不是在开国际大玩笑，你说的那两个，光是想想，贺云沂都不会喜欢的吧。”助理说着摇摇头。

她对于贺云沂仅存不多的采访可谓是了如指掌，当初有个问题叫作“你最喜欢吃什么”，贺云沂的回答是：“都行，没什么喜欢的。”

辛葵觉得奇怪：“为什么是玩笑？”

看她疑惑的样子很是认真，助理逗她：“能为什么啊，在我心目中，顶流不需要吃喝拉撒，吸入的是氧气，排出的是爱意，懂？”

助理和她叨叨几句，就被叫走了。辛葵自己待着有点无聊，干脆也翻看起了微博。时扬画报已经将花絮发出，是一段长达十几分钟的视频，播放量还挺多，已经接近千万。

她好奇之余，想看花絮里到底播放了什么，奈何拍摄化妆品代言的这个地方通信信号并不太好，辛葵的手机压根加载不出视频来。信号格悠悠转了几下，也没转出个所以然来。

还是等有网的时候再看吧。

曝光率不断攀升，依托于国民颁奖典礼的表现，加之出来刷热度刷眼熟的次数多，“辛葵”这两个字也在一段时间内，逐渐有了更大的国民度。

公司趁热打铁，一连串下来的通告行程都挨得满满当当，几乎没有空窗的时候。

这个盛夏的演艺圈，有不少展露新芽的艺人，辛葵恰巧成了其中的一名幸运儿。

青徵棒球赛正好开在这个节点。

青徵棒球赛是近几年来国内新兴而起的赛事，起初只是为了图个新鲜，没想到歪打正着，前年因为一场现场赛事的直播，火了不少棒球赛的职业球员，跟风而起的潮流迅速传遍全国。

主办方一方面提倡体育竞技精神，一方面也会主动邀请一些当红明星，在每年的新赛季，来做开赛仪式。

辛葵接到这个通告的时候，只以为是来观摩一下，露个面。后来才知晓，主办方还给她安排了当天第一场赛事的任务，在比赛结束以后，有个小小的表演。表演具体有几场，还需要现场调整。

李严帮辛葵预订了在这边的停留时间，提前先预留了两天，之后不够再做调整。毕竟棒球赛开赛以后，有很长时间的跨度，具体是哪几场比赛，临时也决定不好。

青徵赛全程都是直播，且是比赛，没有彩排的机会。

辛葵下午的时候便到了现场，随即被安排在了一旁的艺人观赏区。来的艺人其实也不算太多，大家的座位分隔开来，周围环绕着的都是助理。

更多的，其实是蜂拥而来的粉丝。

贺云沂这次是特邀嘉宾，负责青徵棒球赛的开球。

他只在赛事的开端露个面而已，粉丝就几乎将整座场子给包了。

因为是露天的座席，这边也就没有风扇和空调，喊破喉咙的尖叫声冲破云霄，让蒸笼一般的周遭变得更为火热。

距离上一次感受到贺云沂粉丝的威力，还是一个多月前的事情了。

但在李严听来，那感觉上了头，仿佛就绕在耳边，还是昨日一样。

他给辛葵撑了把花边伞，径自站着，感慨了两句："不是我说，这么热的天，粉丝还真努力啊。"

辛葵又带了自己的向日葵小电风扇，一面给自己吹，一面给李严吹吹。听及此，她也放眼望了过去，密密麻麻的人头堆积在一起，感觉人浪都要比这夏日的热浪强了。

"很佩服，真的好热啊。"

辛葵单单坐在外面，就觉得有些受不了，鼻尖沁出点薄汗。

"不过我看到有人扛大伞出来遮阳了。"粉丝追星也是专业的，配套的防晒工具都很齐全。

就是伞大了些，一伞大概能遮十个人的那种大。

"改天我给我哥也弄个这个。"辛葵没等李严附和，自己补充道，"全绿的！"

“什么仇什么怨，你们兄妹俩以后要是提刀互砍，请放过我这个勤勤恳恳的经纪人。”李严说着，拿手挡了下越过云层，越来越毒辣的太阳，“你挑的这是什么位置啊，我们换个地儿吧，我看旗帜那边就不晒。”

“……”

“你怎么比我还娇贵！”

辛葵嘟囔了下，抬眼望向右侧的旗帜杆后，那边是阴凉区。只不过，后面分隔的有粉丝席位。

“那行，换吧，我还担心我的小电风扇没电呢。”

辛葵和李严挪到那边去以后，往后的粉丝座席里，有人认出了她，激动地唤了几声。

“啊啊啊，是辛葵，妹妹，看看姐姐们！”

辛葵本来都坐下来了，特意站了起来，扬起手，朝着后面的人用力地挥了挥，算作是回应，中途还热情地互聊了几句。

两人刚在新的位置下安顿好，绿茵场上响起了音乐。而后，一旁用以直播的大屏幕映出一张脸。

粉丝立刻沸腾了。

开球仪式向来都是青徵赛的最热的看点，贺云沂自出道以来，就承包了这一项。

比辛葵更早反应过来的，是后方不断环绕在耳边的快门声。

像是被一齐卷入到这种倏忽而起的欢呼声里，辛葵目光撂向场上。

贺云沂跟着球童缓缓出场，站立在场子中央。他穿着蓝竖条纹的棒球衫，手里拿了个球棒，漫不经心地把玩着。

如果说前几次遇到贺云沂，是正装打扮，成熟稳重的形象。

那么现在的他，则少年感十足。

开球了。他单手抬起，再落下，利落精准地击中。

抛物线后，站在他对面的球员稳稳地接住了球，堪称完美。

与此同时，辛葵后方的粉丝座席骤然激动起来。

“啊啊啊，哥哥看向我们这边啦！”

大屏幕里，烈阳，绿茵场，贺云沂迎着光，稍稍抬了抬棒球帽。

视线放远的所及之处，正是旗帜杆的方向。

辛葵视线的聚焦点没有在场中，而是落在棒球场一侧的电子显示屏上。这样近距离的抓拍，清晰到能够觑见贺云沂末尾稍狭的双眸，鸦黑的睫毛。

她少有机会直视贺云沂。大屏幕放大了他的面容，莫名让辛葵想起之前仅有的那几次，两人面对面的时候。

现在，辛葵没忍住，视线一直断断续续地往上飘。

李严在身边，她也不好意思太明目张胆。

哎，不过……这还是人吗，睫毛比女人的还要长！！

还没等她感叹完，身后的粉丝座席再次爆发出惊呼声。

“啊啊啊，哥哥又朝我们看了！”

“快给我掐人中，呼吸机呢，安排安排。”

“旗杆座区厉害啊，我当初摇号摇到这儿还嫌弃看不清呢，结果被哥哥再三宠幸哈哈哈哈！”

辛葵再次抬头望过去，大屏幕里的场景变成了整个棒球场的俯拍。

贺云沂缩成了中心圈内的一道修长身影。

毒火的日头从遮阳伞边洒下来，一路蔓延到了她的肌肤边沿，煨得热辣辣的。辛葵觉得小电风扇都有些不管用了。

没记错的话，贺云沂刚刚应该往她们这边看了两次。

棒球开球仪式后，照例是主办方的致辞。之后便是职业棒球队员的试打，中途会有大屏幕随机抓拍座席上的现场观众进行互动，和球员们一起参与这次的开赛礼。

这个时候观众才是主要的，一些艺人露脸后，陆陆续续去了后台，准备接下来的表演。

辛葵跟着大部队走，准备去艺人休息室换装。

途中经过一个汽水自动贩卖机，她的腿登时像是灌了铅，怎么都走不动了。

这是棒球赛的限定贩卖机，外层的包装都是徽章以及专属色。里面瓶瓶罐罐，都是冰冻的汽水。

李严看辛葵那副模样就知道她在想什么。

“也不用眼神示意了，不就是想喝，你去买。”

棒球赛全程也没给他们配备什么助理，全程都是两人自行在太阳光下曝晒，外部赛场也没有水及时供给，颇有点像蹭票进来的。

“可是……”辛葵有些犹豫。

“什么可是？”

“那上面写了不接受手机支付，要现金，所以……”

“所以别喝了。”

“那怎么行！”

“我只有卡。”李严语气颇为无奈，“你让我从哪儿给你找现金？”

现在都是电子支付的时代了，随手要现金，还是小额的，他还真掏不出来。

“那算了。”辛葵哼哼两声，“反正休息室肯定有水喝。”

李严示意她跟上来：“等你回去了，想买几瓶买几瓶，现在先忍忍。”

“那你是不知道，在外面参加活动时候的汽水，最好喝了。”辛葵跟着李严走进艺人休息室，“人啊，得不到的才是最香的，我刚刚其实也没太想喝，现在这样，我更加放不下了。”

“只有无忧无虑的小屁孩才会想这么多。”李严就差没怼人了。

辛葵这次的休息室，是和其他艺人一起合用的。但因为彼此之间不太熟，打完招呼后就分坐两边。

眼下，对方去一旁的更衣室换衣服，没碰上面。

周遭不断地有工作人员来回走动，核对接下来去棒球场上的表演流程。

有专门负责棒球俱乐部后台的小助理听到了两人之间的对话，好奇之余问了句：“什么放不下啊？”

李严让辛葵坐到沙发上待命，替她回复：“没什么，她想喝外面贩卖机里的汽水，结果没有现金，抱怨呢。”

“哈哈小辛葵，那个不用现金啦，是免费的啊，主办方请大家喝的。”小助理没想到辛葵是因为这个，好意提醒。

辛葵杏仁眸亮了亮：“啊，真的吗？”话落，她想起自己方才看到的，颇为疑惑，“可我看得很清楚，说电子支付不行，只能零钱。”

小助理摆摆手，反驳她：“没有没有，这个所说的零钱，是俱乐部专供的硬币，你之前没来过我们这边的场子吧，这个要通过玩游戏才能拿到。”

“棒球比赛，讲究竞技精神嘛，你就跳起来，用手去拍贩卖机上面的格子——反正拍得越高的话硬币就越多，然后就可以兑换你想喝的汽水了。”

辛葵越听越心动。

反正换装的顺序还没有轮到她，辛葵登时将恳求的小眼神抛向自己的经纪人。

李严：“……”

接收到信号的李严也没有做过多的拦截，大手一挥，“快去快回，哎对了，记得帮我带一瓶！”

辛葵应了声，打开门后，很快跑远了。

她步伐轻快，按照记忆里的路线，很快便在楼梯间的拐角处，重新找到了那台汽水贩卖机。

对于想喝的口味，辛葵想也没想，直接选了青柠味。

拍第一格的话很轻松，弹药二十次才能兑换一瓶；拍最上面那一格的话，只要一次就行。

但最上面那格有点非人类，以她的身高完全不够，怕是要大猩猩来才能碰到吧，辛葵暗暗腹诽。

这要是被拍到，恐怕明天的娱乐版面都将是“当今小花恐被热气逼晕，隔空暴打贩卖机，是娱乐圈黑暗所致还是人性的堕落”。

她怕耽搁时间，想也没想，直接蹦高用手拍了几次，不只是她自己的，还得算上李严的一瓶。

好在这个地方比较隐蔽，靠近楼梯间，周遭也没有什么人，幅度再大一些也丝毫没关系。

就在她再次往上拍的档口，身旁猝不及防砸过来一片阴影。

身侧的人个高腿长，胳膊抬高，随意地在上面拍了几下。

辛葵脖子仰着，看那双骨节分明的手，落在最高格的地方。

就这么……轻松？

她慢慢转眼，落入视野的，是贺云沂清瘦的侧脸。

他还穿着棒球服，但帽子已经摘掉了，细碎的黑发搭在额前。

安静间，另一种声音划破了安静。硬币正“哗啦呼啦”地往下掉。

贺云沂指了指载满银币的框：“够不够？”

辛葵睫毛微颤，一时忘了回话：“……嗯？”

贺云沂手还维持着方才的姿势，径自扭头看她，扬了扬眉：“我问够不够，你要几瓶？”

“一……两瓶！”

“什么口味？”

“青柠的，还有——”

大概是看她动作迟缓，贺云沂干脆自己集了硬币，直接帮她换了两瓶青柠味的苏打汽水。

“拿着。”

冰冻过的汽水瓶放在她手心，冒出来的冷珠顿时令人清凉舒适。

“谢谢。”辛葵小声地喃喃，因为手冷，她改为两只胳膊各自抱一瓶汽水，笼在怀里，“前辈，你不喝吗？”

“我刚好路过。”

贺云沂之前刚开了球，大概是刚从室外回来，身上洋溢着点被太阳晒过的味道，显得他身上原本有的那股子气息，越发浓郁清新。

“瓶盖能自己打开？”

“这个当然能。”

“那个——”辛葵复又开口，看向贺云沂，为表达自己诚恳的谢意，提议道，“我请你喝一杯吧。”

回到休息室的时候，李严瞧见辛葵捧着瓶汽水在灌。

“你怎么去了这么久，我的那瓶汽水呢？”

说到这儿，辛葵“呀”了声。

她总不能说，她把李严的那瓶给了……

“你的那瓶啊……”

“我给忘记了。”辛葵说得格外理直气壮。

辛葵被李严凶巴巴地赶去换衣服，很快就要上场了。

她这次接的是棒球宝贝的任务，得套上青徵棒球赛自制的玩偶服，表演时在场上跟着职业球员走，而后随着可爱的动感兔子舞自由发挥。

辛葵本来还以为是要自己和职业球员对打，眼下登时松了口气。但天气本就燥热，她再蒙个巨大无比的头套，又闷又透不过气，一趟下来估计也很艰辛。

李严担心辛葵，但看她自己什么也没抱怨的小乐天模样，也就没说什么，只是叮嘱道："表演完了就赶紧回来，我不能跟着你一块上场。"

"知道了嘛，你就在这儿待着吧。"

辛葵已经套上了头套，说话都瓮声瓮气的。

"我也不在这儿，等会儿直接去上面的演播厅看现场，待会儿要是碰不到一起，你可以自己先换。"

棒球赛场就在楼下，也不需要工作人员的指引，今天开赛，各处都忙作一团。辛葵别了李严，连忙赶过去待命。

棒球场的绿茵地空阔，站在青草甸上的时候，音乐鼓动的噪声贴着地面传过来，辛葵蹦蹦跳跳，直接沉浸在了玩偶服的氛围里。

不得不说，当整个人套在这里面的时候，也不露面，还挺好玩。

其实从上场，表演，再到下场，辛葵过于投入，都没有什么太异常的感觉。

等到迈上楼梯间的台阶，沿着拐角进入休息室那一层的时候，后劲儿开始泛上来了。

虽然主办方贴心地在玩偶服里面塞了清凉贴，其他各处都开了几个小口儿，可以让她尽情撒欢。但闷在厚厚的衣服里总归无法正常呼吸，更别提，她还蹦跳了这么久。

辛葵在靠窗而落的那一排座位上坐了下来，目光又落向一旁的汽水贩卖机。

认真努力工作后，犒赏一下自己也没事吧，顺带再补给李严一瓶。

想到这儿，辛葵双手放在自己的玩偶服头套上，正准备拧下来，突然听到交谈着的窸窣声从楼梯口传了过来。

没过几秒，一群人出现在拐角处。

贺云沂身边围着众多工作人员，聊了一会儿，不知道交代了些什么，那群人和他打了声招呼，就径自走开了。

一时之间，这附近就只剩了两个人。

贺云沂目光似是随意地撂过，扫过窗边的时候，顿了一下。

“……”

辛葵假装自己是个雕塑，按兵不动，手上的动作都僵硬在原地。

难道这就是传说中所谓的命运的捉弄？

这种时候、这种地点，她还穿着玩偶服，戴着这么大的头套。

总之……千万不能被发现……

被发现了那得多尴尬。

然而就在辛葵期盼贺云沂没发现，只当她是个不小心被谁放在这儿的巨型玩偶的时候，

贺云沂径自往这边走过来。

“……”

贺云沂三两步就来到了辛葵跟前，没等她反应，身形颀长的年轻男人缓缓地在她面前蹲下来。

这个角度，他的视线和她的视线平行了。

准确地说，是和玩偶的视线。

辛葵还在装死，愣是一声都没吭。

就在这时，贺云沂抬起手，指尖在玩偶娃娃的脸颊上戳了一下。

他扬了扬眉：“你不热？”

贺云沂是不是戳她了？是戳她了吧……

而且听那个语气，好像无比确信套在玩偶服里的人是谁一样。

被戳到的玩偶面颊处瘪下去了一瞬，而后很快复原。

玻璃窗边的白栏杆处，外面的棒球场被晒得绿油油的，闪着细碎的光芒。

午后时分，周遭静悄悄的。

一人一玩偶就在隐蔽的拐角处，相对而立。

她坐着，他半蹲着。

如贺云沂所说，辛葵确实很热。

但大概是两人在这样的巧合里遇到，她又穿成这样，她只觉得先前

套在玩偶服里的闷热变成了火烧。

事实上，炎热的程度自他刚刚一步步走过来，就越发上了头。

一点一点的空气都像是被抽干了似的，噼里啪啦的灼感往头套里钻。

辛葵像是上了屉笼的蒸包，内心里有些什么在慢慢膨胀。

其实也不是很热了。

是……非！常！热！

“你是怎么发现我的啊……”辛葵的语气颇为郁闷。

她都这样了，贺云沂还能准确无比地找到。

这个玩偶服上面是刻的有她名字还是怎样。

“能怎么发现。”贺云沂还保持着半蹲着的姿势，长臂抻直，随意地放在腿上，手指自由垂落。

他没具体回答辛葵这个问题，只是径自说道：“把头套取下来。”

辛葵愣着没动，僵持了一会儿，看贺云沂大有她不取下来就誓不罢休的架势，辛葵试探着说：“……等会儿，我再休息一下，你应该事情很多吧？可以先去忙，不用管我……”

“我已经忙完了。”贺云沂盯着她看，“你不取下来，想中暑？”

辛葵说不过他，自己确实又闷得紧，丧丧地应了声：“哦……”

女孩的声音很小很轻，隔着头套闷闷地传过来，瓮声瓮气的。

她抬手，用了力去拧头套。

拧了几下，还没挣脱下来，头套顽固得像是沾了胶水。

“……”

这个头套今天绝对跟她有仇！

还没等辛葵继续跟这个硕大的玩偶头套做斗争，脑袋一侧有轻轻压上来的力道。

“先别动。”贺云沂说着，拍了拍玩偶头套，“不然可能会扭到。”

他的话明明不是命令，却像是有魔力一般，胜似命令。

辛葵也没再说什么拒绝的话，静静地坐在原地。

贺云沂双手放在头套两侧的边沿，固定住后微微使劲，头套和辛葵身上的玩偶服当即分离开来。

辛葵像是刚被剥了壳的鸡蛋，热气腾腾地出炉了。

女孩额前鬓角上的碎发紧紧地贴在肌肤上，双眸黑亮，睫毛微颤，两腮泛着浅浅的红。

拨开云雾重见天日的感觉很好，清新的空气将之前的沉闷尽数扫开。

但这感觉只维持了一瞬。

她一直低着头，也不去看贺云沂。

用脚想都知道，他这个时候的目光和打量会是怎样。

辛葵莫名觉得有些难堪。

又不仅仅是难堪，这样子的她估计还很难看。

想到这儿，她抿了抿嘴，一直没吭声。

就在这时，贺云沂稍稍倾身过来，辛葵眼皮跳了下，动作比意识反应得更快。

她脊背往后靠，撞在座椅的铁架上。

在辛葵心中警铃大作，眼神疑惑的当儿，贺云沂缓缓开了口。

“你躲什么，我放头套。”

话落，他胳膊轻抬，轻轻松松地将那个头套放在一旁的座椅上。

“那你总得和我说一声吧。”

突如其来，她也没有防备。

看贺云沂的表情，他应该很放松，也没有要走的意思。

“你穿着玩偶服，在这儿坐着不也没和我说一声？”贺云沂利落地起身，也要落座的样子。

因为刚刚将玩偶的头套放在了辛葵的左边，贺云沂理所当然地坐在了辛葵的右边。

这个入座似曾相识。

不过辛葵没有将注意力放在这上面，思及此，她在意的是贺云沂刚刚说的那句：这是什么逻辑？

他这话说得，好像她坐在那儿是一种惊吓似的。

“所以，你知道坐在这儿的是我啊？”

“嗯，你刚刚不是在球场跳舞。”

“……”

原来她刚刚在场上尽情蹦跳，略微有些疯癫狂欢的样子，也被贺云沂看去了吗？

辛葵，你真的是，命中绝对该有这么一劫。

她顿了一会儿，将心里的小九九换了种方式说了出来。

“不说这个，反正今天这样的事，或者是以后类似于这样的事，前辈你就当作什么都没发生，什么也没看见吧？”

辛葵本来不想说这么多，奈何刚刚发生的一切像是中了邪，频频在脑海里上涌。

这种回忆就不能抹掉吗，不要也罢。她现在啊，就是想忘都忘不掉。

“嗯？”贺云沂听了偏过头来看她，尾音勾起，稍稍吊着，“你是说一笔勾销？”

“对对对，就是这么个词，一笔勾销。”辛葵小鸡啄米般点头。

就在她以为贺云沂和自己达成统一战线的时候，他笑了一下，果断拒绝：“那不可能。”

“……”

“葵花籽也还没买。”贺云沂说着，手指在座椅的一侧敲了下，“欠着的，你慢慢还吧。”

“你刚刚是不是想喝汽水？”

辛葵还沉浸在贺云沂大概是要把她的窘态记一辈子的噩耗中，耳边乍又响起他的嗓音，她顿了下。

“对……”

“还是青柠味？”

“这次不要了，我想喝橙子味的。”

就是在油然而起的小气愤中，突然对青柠味有了一些的抗拒。

辛葵抱起一旁的玩偶头套，刚要起身去兑换汽水，一旁的贺云沂先站了起来。

“我去买。”贺云沂的这句话成功地制止了辛葵接下来的动作，像是解释，他下颌稍抬，“你的身高碰不到最上面，要想喝，得蹦多久。”

话落，年轻的男人长腿迈开，直接走向那个无人问津的贩卖机。

“……”

辛葵突然觉得自己蹦再久也是好的了。

再次回到休息室的时候，李严早就从演播室内回来了。

“你不是早就结束表演了吗，怎么才回来？我刚要出门去找你。”

没有得到想象中的应答，李严这才抬头，认认真真地去打量辛葵。

女孩还套着玩偶服，小脸白白嫩嫩，单手抱着头套，看起来有些狼狈。

即便有些抱不住，她另一只手中的汽水还紧紧攥着没放。

怪不得这么久没回来，这完全是看上了那台汽水贩卖机了吧。

挪不动腿，估计还在那边玩了挺久的时间，居然也不晓得要在公众场合规避一切可能被媒体拍到的可能性。

到底还是年轻的小姑娘，玩心重，辛葵一向又被保护得好，不注重也能理解。

反正后续有公关，不怕什么，再说了，再次去往贩卖机，也是为了弥补他这个经纪人。

“你这是终于想起我这个经纪人了？汽水给我。”李严欣慰道。

辛葵懵然抬头：“你在说什么啊，这是我的汽水。”

“你又没给我买？”

李严看向辛葵，她不像开玩笑的样子，手里也确实没有多余的汽水。

“你很想喝？”辛葵不明所以后，很快反应过来，语气很正经，“贩卖机那边还有好多，都没人喝，你现在过去也还有呢。”

“……”

“严哥，你怎么啦，脸色突然很难看？”

“……别和我说话。”

下午的表演结束后，李严不知道从哪儿摸出来一张房卡，递给辛葵。

“青徵的主办方帮我们安排了这几晚的房间，就在俱乐部后面一条街的华安庭成，离这儿不远。”

“嗯，你的房间和我一层吗？”

“没有，我在你楼下，主办方邀请的艺人还有一部分没来，陆陆续续都被安排到你那一层了。”

李严说着，想起今天贩卖机的事：“你到时候有事就 call 我，不要随意走动。”

“为什么啊？”

“这一次来的不是有贺云沂吗,很多媒体爱盯他,我怕顺带盯上你。”

辛葵心里微微有些心虚，很多媒体……吗?

那今天下午她和贺云沂“促膝长谈”了那么久，该不会已经……

“盯他就盯他，怎么又和我有关了呢！”

辛葵的声调在不自觉中拔高。

“你突然这么激动干吗？”李严拍拍手，“媒体大部分的注意力是在他那边，但偶尔也会分神给别人啊。”

虽然每次也没挖到有关贺云沂的料，但娱乐记者也要做任务，为了业绩好看，每个月盯梢的次数格外多。

不怕一万就怕万一，辛葵私下里的性格还未完全展露在大众前，在上升期的时候，一言一行都需要谨慎。

哪怕本身没什么错，有时候可能只是一个动图的事，便能引发许多事情。即便公关再好，也完全控制不了网上民意的风评走向。

注意点总归是好的。

“我之前去了趟演播室，大致确认了下接下来的节目排单。”

辛葵的注意力很快被吸引过来：“明天我还是穿玩偶服吗？”

“你的关注点怎么是这个，那肯定不会啊，你还玩上瘾了？”

“不啊，我就问问。”

其实也不只是问问了。

想起关于今天下午的一切，辛葵只想刨个坑把自己给埋了。

“明天你有个致辞，可能还有个比赛曲的合唱，到时候再说吧。”毕竟，任何行程没到临上场前，都说不准，何况还是这种棒球职业赛。

提到这儿，李严回想了下辛葵的表演：“你还别说，今天你开场表演的时候，观众席反响蛮好的，直播里还特意切了几个镜头。”

“也算是没露脸的最大利益所得者了。”李严语气愉悦，“这波曝光不亏，这个行程我本来还想推掉，看来真是来对了。”

辛葵语气讷讷：“现在想想，还不如早点推了……”

“你说什么？”

“我说我知道了！”

李严看着辛葵鼓着腮帮子去一旁玩手机，突然觉得她和前阵子不大一样了。

小脾性渐长不说，怎么突然对手机爱得死去活来？

辛葵确实在看手机，她之前一直在忙，没注意到信息。

眼下定睛一看，辛父照例给她转发了一条公众号文章。

有关于娱乐圈内的生存法则，还配有一张金字塔的结构分析图。

里面详细诉说了底层艺人的艰难，还侃侃而谈道，唯有站在巅峰的人才能睥睨一切。

可最塔尖的地方，有些人终其一生，都不能摸到一个底。

这还不是重点，这个公众号文章的封面用的是贺云沂的图片。

“……”

辛辛向葵：“爸爸，你少看点手机吧。”

爹地：“我这是让你小心而行，不要逆风攀援。”

辛辛向葵：“打住打住，文绉绉的话我不想听！”

爹地：“常言道，忠言逆耳利于行，我和你说……”

辛辛向葵：“说吧爸爸，你是不是又惹妈妈生气了。”

爹地：“你一说我也想起来了，好像是有这么回事。”

爹地：“有空回趟家吧。”

辛辛向葵：“……”

敢情她就是一块砖，哪里能用往哪儿搬。

之前还一副她敢回家就死定的样子呢！！

和辛父聊完后，辛葵退出聊天框来到主页面。

她的列表里能聊天的人不多，主要是女生。男生方面，除了顾延之，她最新加了微信的，就是何阮阳，还有贺云沂了。

辛葵的视线不经意划过贺云沂的头像。静静的，再也没动过。还真像是何阮阳之前和她说的那般，他几乎不上线也不聊天。

虽然没屏蔽她，但辛葵也没看贺云沂发过朋友圈。聊天界面仍然停留在上次两人互相交换地址那儿。仿佛之前两人的交流只是错觉。

突然，微信“嗡”声而响，是何阮阳。

何阮阳：“小辛葵，我在网上看到消息了，你也来这次青徽赛了？”

辛辛向葵：“对，怎么啦？”

何阮阳：“我刚回国，往这边赶呢。”

辛辛向葵：“你也有行程吗？”

何阮阳：“我没有，我专门买票来看。”

青徵棒球职业赛是近年来的热门运动项目，很多艺人也是球迷之一，自己付费买票来看，也是流行的趋势，无关于有没有行程。

辛辛向葵：“这样啊……”

何阮阳：“我就顺带问一嘴，等看完了傍晚那场，我准备去后台蹭个地儿休息。但这不是姓贺的不理我。”

辛辛向葵：“我休息室和别人合用，你要来也可以，人多。”

何阮阳：“还是你人好，比不理人的贺好，真的。”

辛葵看到何阮阳这句，忍了忍才克制住自己的面部表情。

她其实也是顺水推舟一番，举手之劳。

那个合用的休息室来来往往人多，在里面坐一下午，也不会有人来管。

刚聊完，李严过来喊她。

“别玩手机了。”

“怎么啦？”

“我带你去一趟俱乐部的球员休息室。”

“去那儿吗？”

“对，你来这边参加了开赛仪式，怎么说都得去和球员们打个招呼，要有分寸，不能失了礼貌。”

到时候俱乐部的官博还会和艺人们互动，明面上的各种都得摊开在网络上，起码的礼节还是需要重视的。

和职业球员打完招呼又合了影，辛葵和李严返回休息室。走到拐角的时候，有一个身材微壮的男人挡住去路，窝在那儿打电话。

辛葵只看了眼，脑海里倏然冒出来的，便是李严的脸。

这个男人的侧脸和她这位经纪人，极为相似。

在她和李严并肩朝前又迈一步的时候，那个男人像是察觉到了什么，扭过头来。正面更不像话，比侧脸还要相似。简直就是一个模子里刻出来的，堪称胖版李严了。

辛葵立马抬眼去瞅身旁的李严，对方面无表情。

“严哥……这人你认识吗？”

“不认识。”

“当然认识！”

两人同时出声。

对方一笑，朝着辛葵说道：“你好，我是他的双胞胎哥哥，李松。”

“……双胞胎哥哥？”

辛葵艰难地辨认了下这位男人的身形，依稀之间，确实有那么几分味道。

她好像有些明白李严之前所说的话了。

“打了个赌输了而已，至于吗你。”李松埋怨道，“平常给你打电话也爱接不接，跑去顾氏带人。等等，你带的人是辛葵？”

话落，他朝着辛葵看过来。

“但凡多关注点，也不至于现在才知道我带的人是谁。”李严冷漠地推了推自己的黑框眼镜。

李松像是没听见李严话里的讽刺，一副自来熟的模样：“小辛葵嘛，我也不是不认识，来，哥请你们去贵宾室吹空调。”

辛葵没搞清楚面前这个人到底是什么来头，但能出现在棒球赛艺人后台，估计也是演艺圈内的人。她迷迷糊糊的，只知道大概可能是李严之前口中所说的，隶属壹千娱乐的人。

“那个……会不会不太好啊？”辛葵婉拒间，转眼去看李严，示意他说句话。

然而比两人动作更快的，是李松。

“有什么不好的，哥就是特权！”李松说着就上来拉李严，李严瘦，压根抵不过，拉拉扯扯间被拖到了一道门前。

李松径自推开那道门，朝着里面示意了下：“我们大明星估计在里面补觉，不用管，好久没见了，我要和你唠唠嗑！”

李严对自己亲哥没办法，又气又笑：“你不问问贺云沂的意见就让我们进去，你也得讲点道理吧。”

不知道的，还以为是越级碰瓷呢。

等等，贺云沂。辛葵捕捉到了这三个字。李松带的人竟然是……？那么门内的人，不出意外应该就是贺云沂了。

可李严带的人是自己，李严和李松又是双胞胎兄弟……绕来绕去，辛葵头一回风中凌乱了。

“你是我认识的，有什么不妥？”李松说着又看向辛葵，“辛葵嘛，也还算认识啊，今天我还和大明星一起在座席那儿看——”

话说到一半，李松被打断。

大概是他嗓音宽，显得格外响，里面某位据说在补觉的人应该是被吵到了，直接打断他。

“进来。”

“听到没，他都说进来了。”

推搡间，辛葵和李松稀里糊涂地被带进了这间传说中的贵宾室。

李严和李松你来我往，你一句我三句的互怼模式正式开启，辛葵反倒成了那位中间人。

为了不打断这对兄弟的“热络”，她离得远了些，目光也随之放开来。

贺云沂半躺在沙发上，脸上盖着一本杂志。因为沙发底座低，他身材又修长，坐下来后，两条大长腿无处安放，只随意地交叉搁着。

姿态闲适得要命，整个人懒洋洋的。

大概是再次睡了过去，一点反应和动静都没有。

李松扯皮了很久，这才想起旁边还有个人。

“小辛葵，你也去沙发上休息下，我和你严哥聊聊。”

“聊归聊，你声音这么大干什么？”

“我声音已经够小了好吗！”

那边聊得水深火热，辛葵显然插不进去话，只好踱着小步子，轻轻地在沙发另一端坐下来。她尽量不弄出声响，怕吵到一旁的贺云沂。

在这儿静坐了会儿，她还觉得有些无聊，开始往贵宾室四周打量。

本来贵宾室都是予以职业球员专用，棒球赛邀请了贺云沂来，艺人里的这份无上优待，主办方只额外给了他一人。

视线还没转完，辛葵的手机再次响起消息提示音。

她翻开微信，是何阮阳。

大概是他现在赶到了赛馆附近，还发了条语音。辛葵想也没想就点开，对方带着点高扬的调登时传了出来。

“小辛葵，你休息室在哪儿呢？我来蹭了。”

李严和李松离得不算近，又投入地讨论如何当好经纪人这一轮新话题里，谁的注意力都没吸引过来。

辛葵拿起手机，刚想打字回复，身侧的人好似被打扰到了，传来一阵窸窣声。冥冥之中，她转过头去，恰好迎上贺云沂的视线。

他不知道什么时候醒了过来，原本盖在脸上的杂志也不见踪影。

贺云沂坐直，手探过来，示意了下。

“你手机给我。”

要她的手机，大概是……有话要和何阮阳说？

辛葵眨眨眼，把手机递到他面前。

“你说在哪儿？”贺云沂语气很淡，他没有打字，径自用语音回复，“她在我这儿。”

贺云沂说完后，等了几秒，视线在手机屏幕上定住。

何阮阳那端安静了瞬间，大概是没反应过来。

过了会儿，连续不断有“消息进入”的提示音响起。

贺云沂指尖微动了几下，像是在打字，而后直接将手机还给了辛葵。

从刚刚开始，辛葵就坐在贺云沂一侧，围观现场拿回手机后，她用眼神示意了下贺云沂，对方接收到了信号，单挑起一边眉，像是默认。

辛葵点了点下巴，刚要去滑开屏幕——

思绪骤回。

明明是自己的手机，她看个聊天记录，怎么就还要请示贺云沂了！

反应过来的辛葵懊恼了会儿，也没管那么多，低头看信息。

聊天记录里，何阮阳像是炮仗一般，咻咻发了好几条。

何阮阳：“你是谁？”

何阮阳：“这不是辛葵的微信吗？”

何阮阳：“等等，这声音这语气，怎么有点像姓贺那货。”

何阮阳：“不是吧，真是你啊？！”

辛辛向葵：“给我闭嘴，吵死了。”

辛葵的目光撂到贺云沂代发的那一条。

“……”

她的微信，居然发出了这样一条颇显“暴躁”的内容。

看这样子，刚刚那条语音果然影响到了贺云沂补觉。

他冷酷无情到，不惜通过她的手机，也要让何阮阳不好受。

在这个间隙，那头又发来消息。

何阮阳：“啊？？？”

何阮阳：“是你吧姓贺的，你让谁闭嘴呢！！”

此时此刻，手机在辛葵这儿，仿若一个烫手山芋。下一秒，“山芋”更烫了。没有任何停歇，何阮阳质疑完以后，直接拨了个语音通话过来，一副誓不罢休的模样。

手机“嗡嗡”响起，振动的频率大有要从手心里跳出去之势。

“不用理。”贺云沂看过来，“他自己会消停。”

贺云沂的话确实也很有信服力，那一头的何阮阳得不到回应，率先掐掉了通话。

“那……要和何阮阳说你这边的位置吗？”辛葵摇了摇自己的手机，“他又在问了。”

贺云沂双手抱肩，往后半仰在沙发上，视线闲闲地扫过来。

“你说呢？”这个反问就很有水平。

辛葵“哦”了一声，给何阮阳发了自己休息室的门牌号，具体的位置等会儿进了门，他应该可以问工作人员。

完事后，辛葵打了个小哈欠，看贺云沂闲散放松的姿势，也有模有样地学了起来。她跟着往后靠，整个人懒懒的半倚在沙发背上。这样不够，辛葵还放直了自己的两条小细腿，随意地搭着。

这样好像确实要舒服一点。

想到刚刚何阮阳在私下里的这般表现，辛葵觉得好玩。

网友应该是没看到，何阮阳明明比她更好笑啊！

在何阮阳国外拍戏的这一个月里，辛葵有幸观摩了他之前荧屏上的表现，他长得不错，演技也颇佳。

私下里倒是反差很大。

思及此，辛葵扭头看过去，贺云沂正和她并排坐着。

“前辈。”她唤了声。

贺云沂缓缓掀起眼皮，应了声。

“你跟何阮阳认识挺久了啊。”辛葵用的是肯定句。

贺云沂很快回了：“你问他干什么？”

没想到得到的回应是这样，辛葵愣了愣：“……我一时好奇。”

“看你们俩这样说话，肯定是认识很久，彼此都很相熟了啊。”

说到这儿，她径自解释道：“我在网上搜过他，说和你从小就认识。”

“在网上搜何阮阳？”

贺云沂说着直起身来，单手去拿在茶几上的水。

辛葵在这个时候才看到，之前她送给贺云沂的那瓶青柠味汽水，放在那瓶水的旁边，完好无损，瓶盖也没被打开。

贺云沂没喝。

他缓缓拧开瓶盖，仰头灌了一口水。

辛葵的目光落在贺云沂线条流畅利落的喉结处。

“对，我当时不认识他啊，就搜了一下。”她迟钝地回了句，随后把重点放在了其他地方，“那瓶汽水你不喝吗？”

“本来想喝。”贺云沂视线落在汽水上，尾调拖曳得很长，顿了一下，才继续说，“现在暂时不了。”

辛葵挠挠头，她本来还想说，贺云沂不想喝的话，再还给她啊。

一来不能浪费，二来她自己还想喝。

绕开这个话题，辛葵想起贺云沂还没正式回复他和何阮阳的关系，但听何阮阳话里的熟稔程度，以及这般相处模式，八成也跑不了。

“所以前辈，你和何阮阳算是很熟了吧，因为我和我哥就这样。”

“没。”贺云沂十分利落，“不熟。”

“……”这急速撇清关系的模样，堪比飞机、火箭了。

就在贺云沂话落的下一秒，休息室的门被重重地推开。

“姓贺的——！”随着这一声高高扬起的语调，和门板同时弹起的，还有“砰”的一声。

李松刚好站在门背后，和李严聊得正起劲。此时此刻猝不及防被突击，胸腔一番重度震荡，差点没一命呜呼。

他咬紧后牙槽，缓缓转过身来，死死盯住罪魁祸首。

“何阮阳，有空的话，我真得和你的经纪人联系一下。”

同是一个圈的，李松之前有和何阮阳的父母见过面。何父冷如冰霜，何母则完全相反，是性子火辣的小辣椒。

瞅瞅别人这遗传，何父的半点他何阮阳都没承接下来，真是遭罪。

看着不断揉肩的李松，何阮阳愣怔一瞬，而后很快反应过来，原来这儿还多了两人呢。

方才贺云沂骤然出现在辛葵这边，他震惊之余，觉得不对劲。

然而眼下并不是想象之中的两人单独相处，何阮阳突然有些讪讪。

“我来找我的，你继续忙你的。”何阮阳用脚带上门，亲昵地扶了把李松，径直往辛葵那边去了。

上来就是质问：“你怎么在他的休息室？”

辛葵指尖反向指着自己：“你问我啊？”

“我们俩经纪人是兄弟，然后他们在叙旧，我只好在这儿待着啊。”辛葵说完，手指指着的方向改为李严李松两兄弟，补充了句，“他们俩，亲兄弟。”

何阮阳顺着辛葵所指的方向定睛一看，啐了一句：“我就说啊，之前我就疑惑来着……”

“那你们俩这也太巧了。”何阮阳话虽然是对着辛葵说，目光却一直落在贺云沂身上，冷笑道，“不过吧，这真是委屈了小辛葵。”

“我不委屈。”辛葵学会了抢答，小手顺势在自己的腿上轻轻地拍了两拍，“前辈这种躺姿还挺舒服的，你要不要也学学。”

“……”何阮阳莫名一噎。

他视线还没移开，因此，能够完完全全看清此时此刻贺云沂的神情。对方的目光朝他压过来，唇角微勾，扯起一抹淡淡的弧度。

虽然贺云沂没说话，但何阮阳愣是被明目张胆的嘲讽浇了个满头。

因为何阮阳的到来，李严和自己亲哥的会晤提前结束。一路回自己休息室的路上，辛葵少不了许多疑惑要问。

“严哥，我觉得你哥和你之前说的也不一样嘛，什么一山不容二虎，你们俩明明很融洽啊。”

“小屁孩，你认识我几天。”李严推推眼镜，“融洽与否，不是你说了算，是我说了算好吗？”

这副稍稍有些抗拒的样子，未免太过于熟悉。

辛葵长长地叹了一口气。

“男人啊。”

李严几乎以为自己听错了，疑惑地看过来。

这怎么还突然感伤起来了呢，不像是辛葵的作风。

“男人……”想到贺云沂对何阮阳的态度，辛葵再次肯定了自己的说辞，“大概都心口不一吧。”

“……”

“贵宾室里的空调格外冷是不是，把你吹傻了？”

“你才傻了呢，这是我自己悟出来的至理名言。”辛葵连忙怼了回去。

有关于辛某人的至理名言，从小到大，那可多了去了，顾延之和辛邺是她灵感的主要来源。

不过眼下的重点不是这个，今天辛葵像是勤劳忙碌的蜜蜂，中途几乎没有停歇，不免有些疲乏困倦。刚才在贵宾室里歇了会儿，她在放松舒适之余，只觉得格外倦怠。

不说下午全程接收了热辣太阳光的洗礼，她表演的时候还戴了很久的玩偶头套。辛葵的脊背处已然敷了薄薄的一层冷珠，都是凝下来的汗。虽然没什么味道，但黏腻紧贴着肌肤，总归不好受。

她现在只想揣上自己的房卡，去酒店里洗漱。

“我们接下来没事了吧？没事的话我想回酒店了。”

“晚上还有场晚间棒球赛，没你什么事，累的话就赶紧回去休息吧。”李严要去休息室拿东西，“房卡已经给你了，待会儿我让司机开车过来，我们直接走。”

青徵棒球俱乐部的赛馆和华安庭成大酒店距离并不远，司机开车几分钟就已经到达了目的地。

李严和辛葵不是同一层，她和李严约定了明天相见的时间，拉着自己的小行李箱，去了上一层的电梯。

华安庭成是经营多年的六星级酒店，她住的整层都是豪华套房，艺人住的这层，配备和隐私性极好，旁边据说还有一间偌大的健身房。

等会儿泡完澡，若是还有精力的话，她考虑去试试。

辛葵洗漱的时候，抽空上了下网。

热搜上毫无意外，都是贺云沂。他足足包揽了前三个位置，堪称霸榜王者。

#贺云沂#。

#贺云沂青徵赛开球#。

#贺云沂观看开赛仪式表演#。

目光触及最后，观看……什么表演?

辛葵看到这儿，如福至心灵般，白皙指尖微动，点了进去。

因为是贺云沂的单人热搜，里面毫不例外，都是他的粉丝。

“呜呜呜，再一次后悔没有去现场！”

“楼上的，那是去不去的事吗，黄牛炒价高，摇号位置又随机，这该死的红。”

“哎每次都能被哥哥蛊到，为什么他只是单单站在那里都能这么绝啊！”

“哥哥原来喜欢这种可爱的舞蹈啊！好想看他戴兔子发箍！”

“哈哈，贺云沂在线冲浪实锤了，是还掏出手机拍纪念照了吗？”

粗略扫了几眼评论，辛葵看到了一段视频。

拍摄角度从上至下，很明显不是官方所拍，应该是从粉丝座席流传出来的录像。

尖叫声掺着刻意压低的交谈声，画面晃来晃去，观感不算太好，足以体现拍摄者本人的激动。

但拍摄的对象却很清晰。

贺云沂站在演播厅下方向外延伸的小台子上，旁边跟着一个人，是李松。

他单腿稍弓，微微弯腰，双手搭在白色的栏杆上，棒球帽檐压得很低，看不清神色。

但不难看出，他是在观看棒球赛绿茵场上的表演。

视频里的音乐还在播放着，音质被模糊了好几层，音调却十分好辨认，好像就是，辛葵今天下午跳的那支兔子舞的音乐。

辛葵放大了画面，努力在其中寻找自己的身影。这个视频的拍摄对象是贺云沂，所以要找到她，也不容易。

过了几秒，一个头大身子圆的玩偶滚汤圆一样，蹦着跳过来。

憨憨的球状身躯左右各自嚣张地扭了几下后，很快又跳开，和周遭的球童一起，直接消失在了画面里。

而后，辛葵看到，在视频里一直静止不动，堪比雕塑的贺云沂终于动了。他缓缓掏出手机，朝着棒球赛的场中心拍了拍。

辛葵生怕自己看错了，倒回去又看了一遍。

贺云沂的确拿出了手机，镜头也的确对着棒球场中央。

虽然不知道他到底在拍些什么，但她可能会入镜，甚至可能会在顶流的相册里，存活那么一段时间。

"……"贺云沂到底是有多爱兔子舞……

辛葵悠悠然，在祈祷自己不要入镜的同时，倏而叹了口气，将手机放在一旁的铁架上。

大概是洗漱间里的水温热有余，热气蒸腾之间，辛葵的心也紧跟着颤了颤。脑海里没预知的，蓦然出现了一道修长的身影。

虽然近距离的相处不是没有过，但是论及粉丝路人随随便便拍的生图和视频，贺云沂实在是太优越了。

毕竟这个很考验人脸和身材的完美程度。

说到身材……辛葵骤然想起华羽奖那天，撞破贺云沂换衣服的时候，在破晓将亮里觑到的模糊剪影。

思及此，辛葵双手抬起，放在自己的脸颊两侧探了探。

挺热的，好像还有点烫。

从浴室里出来后，辛葵看了会儿自己收藏的博主吃播，越看越饿。

今天忙碌到了现在，她才发现自己并没有吃晚饭。

李严和她一齐从俱乐部球员那儿打招呼回来后，应该是要和她一起去吃，奈何中间被李松截了胡。

那时候她也不太饿，一来二往，压根没想起来这回事。

深更半夜，也没人管，辛葵干脆放纵了一番，和往常那样，同时点了三份外卖，一家川菜、一家湘菜还有一家茶饮。

外卖显示抵达的时间都在五十分钟后，辛葵瞅了瞅时间，目前也没事干，干脆直接套上自己的葵花小睡衣，准备先去趟健身房。

房门被打开的同时，斜对面的套房自门板后传来窸窸窣窣的声音，像是人扯开嗓子尽情而吼。

辛葵脚步顿了一下，再仔细一听，那声音又消失了。大概是自己耳鸣了，这里套房相隔得不算近，隔音效果应该没那么差。

在她攥着房卡关门的瞬间，斜对面的木门打开了。

“那又怎样，今晚你还不是得和我睡。”

这样吊儿郎当的声音很是熟悉，好像是何阮阳。

辛葵斜着身子，侧过脸去看。

“不想睡沙发直说。”贺云沂紧跟着何阮阳从门内跨出来，姿态闲散，“这么有意见的话，你今晚别住我这儿。”

何阮阳想法变得也很快：“那不行，该蹭还是得蹭。”

贺云沂不知道想到了什么，目光投向他：“又蹭，你蹭上瘾了？”

“那也没有，你说话我怎么就这么不爱听呢，我搁你这儿也没蹭过什么吧，什么叫‘又’，我怎么就‘又’了？！”

“我不是说这回事。”贺云沂视线从何阮阳身上移开，而后倏然顿了片刻。

猝不及防被抓到偷听墙脚，辛葵讷讷地举起手来，挥了两下：“那个……好巧哦……”

走廊里很安静，也没有其他人在，女孩这句话虽小，但也轻飘飘地传到了斜对面。

何阮阳应声转过头来，看到辛葵后，双眼放光：“哟，小辛葵？”

“你半夜不把门锁好，出来干吗呢？”

何阮阳注意到辛葵的动作，她还穿的是睡衣。

“我没事做，想去健身房啊。”

“去健身房还穿睡衣？”

“我不是去锻炼，我就是去玩玩。”

“巧了，我和老贺也准备去。”何阮阳指了指一直在旁边没吭声的贺云沂，问辛葵，“一起？”

辛葵迎上贺云沂探过来的视线，点点头：“行啊。”

几次交集下来，她和这两人都算是相熟了，也没什么放不开的。

这个点周遭都没人，辛葵在健身房逛了一圈，掐着外卖到的时间点，提前结束了“旅程”。

回去的路上，何阮阳运动完，用衣服擦了擦汗，觉得疑惑：“小辛葵，你怎么老低着头啊，身体不舒服？”

“我没不舒服，就是有些困了。”辛葵打了个哈欠，“那个，我先进去了，晚安。”

她话还没说完，辛葵门前的酒店服务铃响了起来。这边外接和内接都有专属的客服电话，直通前台。

辛葵顿了下，刷了房卡后，摁了接通键。酒店管家的嗓音径自飘出来：“辛小姐，我们酒店前台这边拿到了您预订的三份外卖，是现在我们给您送过去，还是您等会儿自己下来拿？”

辛葵硬着头皮，说话都有些磕磕巴巴：“下来拿，下来拿。”

通话挂断后，她思绪转回来。

三份外卖。

不是一份不是两份，而是，整整三份。

何阮阳明显听到了，语气很是刮目相看：“哇，那你确实没有身体不舒服。”

“……”

如果她现在说那个辛小姐其实另有其人，他们会相信吗？

很明显不会。

辛葵清了清嗓子，开始为自己辩解：“我就是什么都想吃一点，就都要了。”

她说的其实也是实话。

辛葵现在只想快点结束这个话题，出于礼貌，象征地问了问：“那个我叫的外卖量挺多的，你们要一起吃吗？”

在等待这两人拒绝的时候，何阮阳发话了。

“真的吗？那行啊，你的外卖就在你房间吃吧。”何阮阳说着，很是体贴地给出了建议，“这样吧，你女孩子，穿着睡衣也不方便，我帮你下去拿。”

甚至没给辛葵拒绝的机会，何阮阳大步往一旁的电梯迈。

不是，正常情况下不应该是觉得太晚了就推脱掉并且说不好打扰吗。她现在后悔还来得及吗……？

辛葵愣怔的时刻，看向一旁的贺云沂，对方没吭声，但……也没拒绝。

过了会儿，他出声了。

“你方便吗？”

“方便是方便……”

“那开门吧。”贺云沂说。

“……”

率先进了房门后，辛葵领着贺云沂来到了小客厅这边。

套房的每个房间都是相独立的，隐秘性十足，所以有人来拜访的话，确实很方便。这边放置的有矮茶几，辛葵向来都喜欢坐在一旁的地毯上吃，所以她习惯而往，索性盘着腿坐了下来。

“你也坐啊。”辛葵拍了拍自己身侧。

既然都邀请人进来了，那也得大大方方的。

贺云沂听辛葵这话，看了她一眼，也跟着坐了下来。

两人没什么话，在等待何阮阳的时候，辛葵思绪渐渐有些飘远了。

贺云沂就坐在她的左手侧。放到一个多月前，辛葵也不会想到，自己能和他有这般的交集。贺云沂在之前，于她这个地位的新小花来说，其实是可望不可即的存在。

圈内的人都知道“贺云沂”这三个字意味着什么，又象征着什么。华语歌坛的无上神话，连续推释出爆红歌曲的实力派顶流。

他们俩本应该是两条互相平行的线，永远不会相交。可现在，两条线发生了偏移。后来的一切，也就随着偏移而发生了变化。

辛葵想到这儿，感慨了一下命运齿轮的转动。

思绪再转回来，她用单手撑住脸，转过身子来，准备问贺云沂能不能吃辣。然而因为茶几矮，她又盘腿坐了下来，可活动的范围很小。转身间，辛葵的细胳膊蹭到了贺云沂的衣袖。

他本来单手往后撑在地上，肩膀略微倾斜。辛葵的这番动作，让两人近在咫尺。她带着卷的发尾也紧跟着在贺云沂的手背上扫过，一部分覆盖在了他的手上。

无尽的沉寂间，空气里仿佛有什么在流动。贺云沂抬起手示意了下，而后直直看向她。辛葵"呀"了声，以为贺云沂是在无声抗议。

怕给人带来误会，她连忙解释："前辈……你不要嫌弃……"说着，她拍拍自己皙白的胳膊，"我洗过澡，很干净的。"

因为辛葵的这句话，贺云沂愣怔了两秒。

女孩确实是洗过澡，发尾透着被吹干的蓬松。她穿着略显宽松的棉质睡衣，上面绣着小巧精致的向日葵花，黄黄绿绿的缀在白衣之上。

浓郁扩散开来的，还有在空气里不断被放大的奶油草莓味。

是辛葵身上独有的味道，不管是刚才的健身房还是现在桌边的席地而坐，这样的气息，像是拉着的糖丝，细细密密地飘散开了。

贺云沂视线定定，而后像是有些无奈。

再开口时，他语调缓缓："不是。"

"嗯？"辛葵还保持着扭过身来看他的姿势，双眸水润润的。

"我没有说你的意思。"贺云沂说着，手指搭上她的发尾，卷了两卷。

他动作示意之下，开口道："只是很痒。"

辛葵感受到了贺云沂指尖的拉扯，分明不是多大的力道，但她仿佛不会呼吸了一样，头皮发软。

她那……她那充其量只是一个不小心。

"现在还觉得我误会你了？"

"没有了……"

"不过我知道你洗过澡了。"

"啊？"

"能闻出来。"

"……"

能闻出来就能闻出来吧，这也没什么。只是，她在他那儿，是什么样的味道呢。贺云沂在她眼里，就是一个行走的青柠罗勒香水瓶，还是窄腰长腿的那种形状。

辛葵想到这儿，才发现贺云沂的手指还在她的发尾上绕。

片刻后，他才松手放了下去。

贺云沂往后靠，这样的坐姿，辛葵看着像是被拢在了他的怀里。

“其实我有个问题想问你很久了。”辛葵顿了一下，复又开口，很是郑重的模样。

贺云沂手掌撑脸，歪过头来看她，静静地等着辛葵的下一句。

“前辈，你平常用什么香水啊？”

贺云沂稍稍直起身来：“我不用。”

而后他反问：“你呢，奶油草莓？”

原来在贺云沂的鼻息间，她是这种味道啊。

辛葵嘿嘿两声：“真是巧了，我也不用香水，我啊用的是芝芝莓莓的沐浴露，你要是觉得好闻的话，推荐给你？”

他没吭声，沉默了几秒。

这般听起来就很香甜的，小姑娘爱用的沐浴露，当然——

“你有推荐的话，直接微信推给我。”贺云沂淡淡出声。

辛葵得了认可，继而更加努力地阐述商品，滔滔不绝，停都停不下来。

她的这个样子，渐渐地和华羽奖颁奖典礼那天重合了。

“我还没和你描述完，那个沐浴露长得像是果冻，啫喱的质地，滑滑的，是透明的深粉色，挺漂亮的……”

“什么挺漂亮的？”何阮阳拎着三五个塑料袋，直接越过室内走廊，来到了小客厅的开口处。

辛葵被中途打断，有些傻了：“哎，你怎么进来的啊？”

何阮阳一副很是随便的模样：“门开着的啊。”

“你吓我一跳。”

“哈哈，你的胆子倒是蛮小的。”何阮阳转步，直接迈进来，将外卖放到桌上，“不是我说啊小辛葵，我刚刚听你说挺多的，我还以为你是谦虚呢，没想到啊，你这就是三个贺云沂都吃不完啊。”

何阮阳说着说着，目光往旁边一撂，贺云沂就坐在辛葵旁边。

“不是吧姓贺的，你怎么这么阴魂不散！”

也不是何阮阳惊讶，贺云沂长着一副禁欲的脸，平日里又冷淡闲散，一副什么都不放在眼里的模样，拽得要命，怎么看也不像是会和女生一起吃饭的那类人。

最起码，他从未看到过。更别提深更半夜，还是在这样的套房里。

贺云沂连陪他一起出来都嫌弃，现在又突然有时间了？

他以为贺云沂早就回自己的房间了。

何阮阳双眼微眯，挑衅的意味很明显。

“你坐下来。”贺云沂抬头，对着他说。

“突然这么好心？”何阮阳瞬间有些心软，贺云沂这还是顾忌兄弟情谊，在这种时刻格外关照他呢。

然而还没等何阮阳你来我往一番，贺云沂发话了。

“挡到我光了。”

“……”再心软，他何阮阳就不姓何！

辛葵从中间打着哈哈，将外卖盒子都打开来，弄得整整齐齐的。

“吃饭吧，吃饭吧。”

何阮阳应了声，在贺云沂身侧坐下来，很是不解：“你也不吃辣，你来凑什么热闹啊？”

辛葵点的都是辣味的菜，湘菜、川菜。

唯独甜品不辣，但看上去都是很冰很腻的茶饮。

“我愿意。”贺云沂看都没看他一眼，“你蹭多了，就不觉得自己是在蹭了？”

一招毙命。

何阮阳突然反应过来自己的定位，他也是依附于辛葵，来蹭饭的那类人。

“哦，我刚才就想问你吃不吃辣，结果忘了，原来你不能吃辣？”辛葵也听到何阮阳的话，探过来一个脑袋，“那你怎么办，还要吃吗？”

“偶尔也可以。”

听到这儿，辛葵蓦然松了口气：“哦，好的。”

那她之前送的小零食，类似于麻辣牛肉之类的，贺云沂应该也不会觉得难以接受吧？

第二天中午，辛葵到了棒球场，还一副昏昏欲睡的模样。

李严拍了拍她的脑袋："你昨晚梦游了还是熬夜了，这么困？"

"都没，就是睡得稍稍迟了些。"辛葵应着，又打了个哈欠。

今天棒球赛的表演相比于昨天要简单不少。辛葵只要跟着观摩最后一天落下帷幕的致辞，充当个背景板就可以了。

在李严越发困惑的目光下，辛葵在心虚中，透着一点很有自知之明的理直气壮。她睡得晚，那其他两个也睡得晚啊，他们肯定也很累。

昨晚夜宵吃晚了，三个人又聊了会儿。直到后来辛葵忍不住要瘫倒了，贺云沂才提议说他们走了，顺带拉走了明显意犹未尽的何阮阳。

就在辛葵揉着眼睛，睡眼惺忪地站在看台上，一齐观摩开赛仪式的最后表演时，她看到了和俱乐部投资人站在一起的贺云沂。

对方神采奕奕、面容清朗，一点也不像是熬过夜的人。

"……"为什么人和人的差距这么大啊？

从青徽赛回来后，辛葵接下来有一部青春偶像剧的客串，男女主直至各位配角，咖位都大。她在这部剧里扮演的虽是四五番的角色，但是戏份讨喜且多。辛葵提前拿到了剧本，做的第一件事就是钻研。

接下来她要进组几个月，在拍戏的间歇里，还要跑些大热的综艺。

鉴于接下来行程遍布的密集程度，顾氏影业分支的经纪部额外给辛葵配备了一个小助理。

李严虽然只带她一个，但是很多时候要忙着谈判合同行程，以及一些外转交接的重要事宜，其他一些琐碎的事务，就都由小助理包办了。

小助理年龄比辛葵稍长，刚度过严苛的培训期，被公司分配到辛葵这儿，开心得不得了。

问及为何这么开心向上，对方有些不好意思，说很久之前就很喜欢她了。

有一枚自己小小的迷妹在身旁，辛葵当然也开心，平日里吃香喝辣，免不了要带上小助理。

在正式进组前，辛葵有一段较长的休息时间。

李严撒手不管，把她扔给了小助理就算完事。所以很多时候，辛葵没了束缚，过了好几天比较安逸的日子。

其实掐着日子算来，辛葵已经好久都没回家了。

虽然以前算是有骨气地怒而不回，但辛父上次都这么委婉地要求了，那么她回一趟家也不是不行。

辛葵当初提出要进圈的时候，辛父就不同意。

辛郧和顾迎蔓一路以来将她娇养得很好，从小到大，什么重活都不愿意她做。父母孩子之间，从未红过脸。

第一次小有争执，是她自己在高中暑假的时候，没有吭一声，径自跑到偏远山区支教，雪白的小脸都晒褪了皮，后来养了几个月才又水灵回来。

第二次有争执的时候，便是当初她想要在娱乐圈里发展，被辛父怒吼，并扬言要她有本事就别再回来。鱼龙混杂的圈子，将来能发生什么，都是未知数。

后来，辛葵投奔了顾延之。好在顾延之从小到大和她熟的不得了，也愿意护着这个妹妹。所以辛葵也真就在外面住了下来，没回去过。

但父母心永远和孩子连在一起，辛葵从未觉得辛父有多么过分。

他也只是太爱她，怕她受伤害罢了。

所以她自出道起，虽然一直住在外面，但还是会经常和辛郧在微信上拌拌嘴。

辛父的小有退让就是让她千万不要进了圈，又在圈内找个男朋友，不然要她好看。

辛葵直接附和过去，那有什么难的，她当然不会啊！

最主要的是，现在的她，也算是拼搏出了一小番成就。

回到家，不怕被拧耳朵，不怕被叨叨，腰板也挺了起来。

辛葵盯着手机，想着这次回家的和谐画面，轻轻笑出了声。

“哇！妹妹，你别吓我。”小助理在一旁听到辛葵的笑声，惊了一下，看到辛葵手里拿着的手机时，她复又开口，“你也看到热搜啦？”

“什么热搜？”两人的思维不在同一条水平线上，辛葵很是疑惑。

“就刚刚爆出来的，我在想怎么不被严哥打死。”小助理说着，比了个“刀”的姿势，在自己的脖子上抹了抹。

“到底什么啊，有这么严重吗？”

“你清醒一点啊我的小葵葵——所以说是真的还是假的？”小助理说到这儿，语气有些急，她连忙把自己的手机递到辛葵的面前，“你和贺云沂上热搜了！”

辛葵内心油然而起一种不可说的预感。她视线投向小助理递过来的手机，上面的热搜词条前三位显示着——

#贺云沂#。

#贺云沂辛葵#。

#贺云沂辛葵酒店夜会#。

这样的词条名字颇有些娱乐八卦之前的风格，大概是觉得第一次挖到这样的料，所以在原本就有的超高热度下，买了些通稿，索性一并送上了前几位。

最新的三个词条后面都跟着“爆”这个字，这是辛葵继华羽奖之后，再次上的热搜，还是和贺云沂一起。

酒店夜会……？

这大概是前阵子，她和贺云沂、何阮阳一起吃外卖的那天。把何阮阳撇开就算了，这样的标题也实在是太违背当晚实际发生的一切。

辛葵这样想着，顺势点进去看。

果不其然，按照她预料的样子，八卦的标题虽是刻意这般，但是娱记爆出来的照片，仅仅只有各自的单人照。画面里显示，虽然她和贺云沂都是出入在同个酒店里，但都是拼接在一起的照片。唯有的相同点便是，贺云沂和辛葵出现的地点都是一样的，健身房。

拍摄的角度大概是从健身房侧面的灰色玻璃窗切入，画质模糊，反倒是印上了说不清道不明的滤镜。

下面已经有粉丝赶来维权，言辞正经有理。

“我哥第一次有这种热搜，我赶来看热闹，就这，就这？”

“不是吧，都没有同框的画面，就几张出现在同个地点的照片就完事了？这都能爆，现在八卦的成本这么低，钱这么好赚的嘛？”

“呵呵，评论里的路人大可不必趁机踩一脚，不说这个锤不实，退一万步讲，以哥哥的实力和从不媚粉（指故意讨好迎合粉丝）的性子，他真谈恋爱了又怎样？现在八字没一撇呢！”

“希望大家能够明白，我们不是接受不了，而是这样无锤而论的风气必须改改了吧。众所周知，我们哥哥吸粉的方面多了去了，别整天脸不脸的，我只想说，在有个性有才华的同时，还有一张绝色销魂的脸，那就是上天赏饭吃，哈哈！”

“不是粉丝，是路人。单纯路过想说一句，要真说什么，这个照片还没有上次时扬杂志的花絮甜呢。”

“对啊，想嗑的还不如去嗑那个花絮，这样算什么？”

“妹妹也去了青徵赛，我们粉丝都理解的，前线刚刚也说了，艺人都是住在一家酒店里的，散了吧散了吧。”

“等个回应，顺便想说一句，辛葵这么可爱的嘛，穿着的好像是睡衣吧，还是向日葵图案的。”

“喂，我们何阮阳不配出镜吗？是他热度还不够吗！他最近新炫耀的那双鞋也被拍到了啊，这明显是和贺云沂一起去健身，中途遇到了其他艺人啊。”

“楼上的华生，你发现了盲点……”

“何阮阳委屈。”

辛葵看到这儿，之前心中莫名紧张感，渐渐地消失了。她以为率先会迎来的是无尽的质问，可原来贺云沂的粉丝，对她都是这种态度。

大概是之前他从未传过绯闻，而唯有的一次，还是和她这种……看起来很“慈祥”的艺人？

最重要的是，虽然辛葵隶属于顾氏，资源最近也跟上来了，但也没有营销满天飞，只买过几个低位的热搜，算是比较低调的那类了。

思及此，方才她一直紧皱着的眉毛舒展开来。

小助理一直杵在旁边，看辛葵面上的表情反反复复。

而后她试探性地问了问：“现在舆论的大致走向还是好的，但你还没回答我呢，这是真的还是假的啊？”

“真假都有？”辛葵想了想，诚实回答道。

小助理就差没有跳起来："居然有真的！"

"我的意思是说，真的和他们去了健身房，假的话，就那个看起来很惊悚的标题啊。"辛葵耸耸肩，语气轻松，将小助理的胳膊往下摁了摁，"你别太紧张了，我们现在想的是如何应付李严。"

"你不说都是假的嘛，那严哥应该不会说什么了。"

辛葵表情凝重："不啊，他那天让我早点休息，但我没有嘛，然后又被拍到——"

说到这儿，她就差没哀号一句"他一定得骂死我"。

辛葵的预感也很神，她话音刚落，李严的连环夺命 call 就像是从天而降那般。专属的铃声也一如他本人，咄咄而响，直击耳膜。

辛葵特意凑远了接，刚点开通话界面的按钮——

"你翅膀硬了是吧，敢情我寻思着你第二天怎么那么累呢，你去了健身房？还是和那两位？辛葵，我刚走开参加个培训会的工夫，你就给自己惹麻烦，你要我怎么说你好？你的脑瓜里整天装了什么？"

等到李严噼里啪啦一通质问完后，辛葵才有机会开口："可也不是真的啊，媒体故意要取那样的标题，我也没办法……"

"不说这个了，我刚刚去看了，还好不是什么乱七八糟的画面。"李严的声音有一股劫后重生的庆幸。

"……"怎么说话呢！

"既然没什么，我去联系一下李松，商讨一下对策。"

说到这儿，李严顿了一下："此事到此为止，你可别乱说话，乱添麻烦了啊！"

原本顾氏娱乐分部和壹千娱乐就有合作，这样的通稿也在之前上了热搜，因此粉丝对此并不陌生。

从这个切入点去解释和撇清，再好不过了。

然而，就在舆论进一步发酵，事态在热搜持续维持在"爆"的情况下，有了新的扭转。

比各大公司，以及当事人两方回应得更快的，是何阮阳。

他上了线，发了澄清。

@何阮阳：谢谢大家，要不是我的鞋出镜了，我还以为我神隐了，时隔多年，再一次被某位姓贺的压了一头，呵呵，心情速度是一百五十迈。@ 辛葵，妹妹挺可爱的，偶遇去了健身房，以后有机会一起锻炼，最后，回关一下哥哥我啊。

“好委屈一男的哈哈哈哈。”

“谢谢何阮阳帮忙澄清，@ 辛葵，妹妹，这里有怪叔叔求回关呢！”

何阮阳大概是在线冲浪，看辛葵半天没回应，还特意用微信框“拍了拍”辛葵，求个回关。

何阮阳：“别慌，小场面。”

何阮阳：“多简单一事儿，别怕，吃了你的外卖，我也不能白占便宜。”

辛辛向葵：“谢谢啊，可我也没怕！”

何阮阳：“女孩子也不要硬是逞能，不过呢，说到这方面，我还是比那谁强。”

何阮阳：“你怎么还不回关？”

辛辛向葵：“……”其实今天她的微信消息已经快要爆炸了，相比以往直接翻了好几倍。

其中有很多平日里从未聊天的同学，都纷纷跑过来询问。

与其说是辛葵上了热搜引来周遭人的关注，还不如说是，辛葵和贺云沂一起上了热搜来得刺激大。

相比较之下，圈内最有话题度的贺云沂本人，才最有蝴蝶效应。

不过辛葵这时候也没敢懈怠，直接上了微博，关注了何阮阳。

下午时分，壹千娱乐和顾氏集团同时发了微博。

“联合声明：鉴于网络上不实的言论，我方两司的法务部门都将采取具体行动，请相关散发舆论者及时清理，否则我方两司将追责到底。网络不是法外之地，还请各位更多关注艺人本身。@ 壹千娱乐 @ 顾氏集团娱乐分部——接下来的跨年度合作正在进行中，两方艺人会有更进一步的合作，敬请期待！”

这样的声明无妨是打了个预防针，不仅说明了热搜不实，只是偶遇到了，也为接下来两方艺人的合作做了铺垫。

粉丝有了这样的声明傍身，底气更足，瞬间占领了其他营销号文章下的评论。虽然仍然有一部分质疑的言论，但总归比不过粉丝大军。

风波过去了，只在短短的几个小时内。但辛葵静下来，新奇之余，还是有些心有余悸。原来这样的热搜，会是这种感觉。

只不过，这次的贺云沂和辛葵，两方都没有回应。

辛葵唯一的举措便是点赞和回关了何阮阳，算是默认赞许的态度。

想到这儿，辛葵不知怎的，突然想知道贺云沂此时此刻，正在想些什么。她打开微信，撇过那些前来八卦的信息，目光定在了贺云沂的头像上。

一时无话，对方也一直静悄悄的。比起她和何阮阳，贺云沂那边仍然维持着人间蒸发的状态。没有话语，也没有任何本人回复。

辛葵没有发任何消息过去，一方面是有些微妙，一方面则是觉得她竟然和贺云沂上了热搜，还是这种，带有点儿暧昧味道……热搜？

辛葵心潮辗转间，手机上方瞬时弹出来一条微博最新动态的推送。

上面显示的是：

“@贺云沂上线，关注了@辛葵。”

贺云沂的微博关注除了品牌方和他自己的工作室，其余的就都是圈内认识的几位，例如何阮阳、宁燃之类的男性艺人。这次关注新增人数的动态一经释出，愣是硬生生地将其他的热搜给挤了下去。

#贺云沂关注辛葵#这个词条急剧飙升至第一。

到了此刻，贺云沂仍旧是未发任何一条新动态，但他仅凭着这样一个小小的操作，将还有一小波质问辛葵的声音，轻轻松松地堵在了喉咙里。

“看到没，都散了吧，正主回应啦！”

“真的好有气魄一男的，一部分活在阴沟里的人别骂妹妹了。”

“相信哥哥，不过这是继婆婆之外，你关注的第二个女人，我有一点酸！”

“贺云沂和辛葵是商务合作关系，妹妹也是为数不多粉丝可以接受的合作对象，别骂了，骂急了以后更没有物料看了。”

反转再反转后，辛葵指尖都有些麻，在她愣神之余，一旁的小助理比她还激动：“回关啊，回关回关！”

“真的要回关吗？”辛葵下意识反问，因为事态进展猛然往前推拉了许多，她一时之间，不知道该如何回应。

“当然啊，抓住一切风向扭转啊，这样那一小部分反对的人也不会说什么了，而且不是我说，贺云沂哎，为什么不回关？”小助理说到这儿，虽然也有些不解，但也将这一切归功于是辛葵的星运来了，“是很奇怪，我对于圈内的动态这一方面啊，可谓是拿捏得死死的。贺云沂他以前好像从不回应这种事的。”

“这种事。”辛葵抓住了关键词，扭过头来问她，“他以前遇到这种事，就直接不管？”

“不是因为遇到这种直接不管。”小助理笑辛葵脑子一根筋，连忙帮她把认知纠正过来，“是因为从未有过这种事，所以不需要回应啊。”

辛葵顿在原地，悟了好一会儿。好像有什么抽丝剥茧开，露出内里柔软的内芯，一层又一层的脱落，一层又一层的稍显清晰。

她想起，何阮阳说贺云沂从不加圈内其他人的微信。

小助理说他之前没有遇到过这些事所以不需要回应。

辛葵点进贺云沂的主页，定定地看他的动态。全然是关于工作、歌曲、代言。

简约明了，没有任何的日常，是和她完完全全相反的风格。

而现在，贺云沂关注人的专栏那里，多了一个小小的、暖暖的头像。

辛葵抿抿唇，缓缓地关注了回去。

状态栏那里，“互相关注”这四个字跃然于视野之上。好像有跳动的频率，沿着心房，一路放大加速，扩延至耳郭周围，形成四面环绕的立体音。

蓦地，辛葵又想起了顾延之。贺云沂和顾延之是朋友，她又是顾延之的表妹，之前三个人还一起吃过饭。大概是因为如此，贺云沂才会比较纵容这样放大两人正常来往以此来八卦的通稿吧。

辛葵当天就是准备要回家的，这次的热搜事件跨度之长，足足耗了近一天的工夫。

不提要攥稿来回应网友和众多粉丝的疑惑，如何公关和怎样才能公关好，其实才是最费心神的事情。

不管之后有没有新情况，这个家她还是要回的。

辛葵的家离自己独居的那套江景大平层不算近，她之前不怎么回去的缘由之一，也是因为麻烦。

辛家坐落于Z市的茗邸，是城南有名的富人区，住着许多达官贵人。Z市娱乐产业发达，除了国内娱乐产业龙头的壹千娱乐，其他好几个有名的娱乐公司也在此落户。之前Z市便号称是娱乐圈的名人聚集地，所以城南这块有不少明星的身影出没，他们户下的房产多是茗邸旗下的各类户型。

临海傍山的别墅或排屋类型，隐秘性极好，因此近几年更得一些明星艺人的青睐。

辛家是中医药世家，历史悠久，辛葵从小住的是老宅。近几年才跟随爸妈搬家来了同城的海边，而她没过多久便又搬到了江景大平层，真正在茗邸待的时间不多。

这次回来，她提前说了声，准备住个两三天。

回到家的时候，接近傍晚。

盛夏晚晴的天空，红霞渲染了大半边云际，夜幕渐沉。

辛葵在花园里便闻到了辛辣鲜香的味道，还没等她放轻松步伐过去，推开门落入视野的是挑高层的玻璃落地窗，灯火通明下，一道修长的身影杵在那儿，正背对着她。

辛葵看到辛邺的身影，这才猛然反应过来，用手拍了拍自己的小脑袋。因为今天突发而来的热搜事件要处理，她原本约定好要回家的时间，自然就往后推迟了。

现在距离她原本回家的时间点，直接延后了一个下午。

“爸爸。”辛葵攥着自己的小包包，慢吞吞地换鞋，顺带拿眼去偷偷瞟辛邺。

果不其然，知父莫如女。在她话音而落的下一秒，辛邺转过身来，平静地看她一眼：“别叫我爸。”

“……”这样冷漠的态度！那之前恳请她回来的那个人是！谁！

辛葵也只敢自己暗暗腹诽了，她趿拉着拖鞋，“啪嗒啪嗒”地往客厅那边走。

“我不叫你爸我还叫谁爸呀。”辛葵回到家就显得格外放松，从茶几的果盘上顺走了两颗车厘子，塞进嘴里，含糊不清地进行理论，“我要有新爸爸了，那爸爸你才该哭吧。”

辛郯：“……”他仍是不为所动，摆着一副严肃的冰脸。

怪不得平日里总是偶尔会惹辛母生气。辛郯不太会说好话，脸又冷，经常误踩雷区。可又是这样一个人，生活循规蹈矩，沿袭了老中医的那一派，骨子里很是古板老套。锲而不舍给辛葵转发公众号新闻的置顶首要位置，非他莫属。

辛葵长相随了顾迎蔓，尤其是那双黑亮有神的杏仁眸，鼻子嘴巴则像辛郯。其实辛家和顾家的人，长相都上乘，气质又佳，一看便是世家出来的人。辛郯这个年纪，仍是清俊逼人。

当然，这一切一切的前提，得在他不开口的情况下。

“你回来这么晚，这是让爸爸妈妈白白等你担心你。”辛郯大概是有所顾忌，今天没像往常那般直接开始说教，酝酿了会儿，才缓缓而谈，“你知道我被人通知说，我的女儿上了绯闻八卦的头版，是什么心情吗？”

辛葵早就料到辛郯会谈到这个话题。之前回家的路上，顾延之给她来了通电话，打了一剂预防针。这个时候，她早就想好怎么解释了。

“爸爸，那都是误会，后面不是还有澄清嘛，你看没看啊？”辛葵说着拿出自己的手机，非要递到辛郯面前，“喏，下面评论好多还夸我可爱呢。”

“可我看到了，也有不夸你可爱的。”辛郯抓着这点不放，“当初我就和你说了，想做什么不可以，你非要去，孔子曾说过……”

辛葵连忙打断，顺带赶紧转移话题：“爸！妈妈呢，我从一回来就没看到她人。”

提到顾迎蔓，辛郯的注意力瞬间被带跑，他略有些不自然，轻轻咳了两声：“在厨房呢，你今天回来，她做了很多你爱吃的。”

“哦哦，那我先去厨房。”辛葵实在是不想继续被辛郯拉着掰扯，连忙去了厨房。

厨房里，顾迎蔓守在料理台前，围裙下笼着窈窕的身材。

锅里仍在咕噜咕噜地冒着泡，辛葵直接从背后抱住顾迎蔓，狠狠地用鼻子吸了两口。

“果然还是妈妈身上的味道最好闻了。”说到这儿，辛葵转而用下巴磕了磕顾迎蔓的背，“咦，你怎么都没被吓到？”

顾迎蔓笑了：“你刚刚回来我就听到动静啦，多大了还要熊抱。”

说着，她掰开辛葵的小手：“去，洗洗手，收拾一下，马上就能吃饭了。”

辛葵乖乖地在一旁洗手，之后赖着没走：“妈妈，你和爸爸又吵架了？”

“那人又和你说什么有的没的了，你觉得我会和他吵？”顾迎蔓说到这儿，语气里夹带着点不易察觉的嫌弃。

“没说什么啊，只是我习惯了你们俩吵架时候的小氛围了嘛。还以为怎么了呢我爸要我回来一趟，原来又是小吵小闹啊。”辛葵说着转过身来，背靠着料理台的壁沿，透过磨砂的移门，看向客厅里的辛郹，“反正你们俩不知道什么时候又和好了。”

“小孩子别管那么多。”顾迎蔓看向辛葵，先给她盛了一碗汤，“我刚吊好的胡椒牛尾汤，补身体的，你先喝一碗，暖暖胃。”

柔和的灯光下，顾迎蔓盯了会儿自己的女儿，看她越发静美的面庞，叮嘱道：“你今天这个热搜，我也看到了啊，虽然妈妈不反对你的梦想和追求，但是你爸爸说的也没错，这娱乐圈里的人啊，我实在是不敢放心，就像今天那个什么云，虽然长得是很帅，但你还是小心为妙，尽量保持距离。”

什么那个什么云，人家叫贺云沂。而且，不放心的对象就算是顾延之，也不可能是贺云沂吧。他这个人看起来不羁，一副什么都不放在眼里的模样，但是真的是一个，很好很好的人啊。

起码对她来说，是这样。

总是给他招惹麻烦，各路不小心“碰瓷”他的人，是她才对。

辛葵觉得和父母商讨这个话题，是讨论不出个什么结局了，干脆直接敷衍过去。

“哎，妈妈，你放心好了，我都懂的。”

顾迎蔓点点辛葵的额头，笑起来：“这么傻的一只小白兔，真怕你被哪只狼给叼走了。”

吃饭的时候，满桌红艳艳。

虽说是在浓郁的中药味里长大的，可辛葵从小就不是个药胃，随了母亲，偏好于吃辣，口味和其他家人之间相差甚远。

辛邺坐下来看了眼，看向顾迎蔓：“全都是辣的？”

他一点辣都不能吃，很容易上头。

这堪比满汉全席的美味，可是一丁点可发挥的余地都没能留给他。

顾迎蔓笑了，一派云淡风轻：“不是有汤，你喝那个就够饱了。”

“……”辛邺没吭声，缓缓将金丝边眼镜取下来。

辛葵夹在中间，笑得死去活来，还不忘补刀一句：“爸爸，汤我喝过了，是加了胡椒的。”

胡椒味也辛，属于刺激性的调味品，辛邺的动作一顿。

这顿饭吃得氛围不错，辛葵好久没见顾迎蔓了，理所应当聊得久了一些。辛邺全程拿矿泉水蘸菜吃，活得像个孤家寡人。

每每这个时候，辛葵应该是来充当“和事佬”这个角色，奈何今天不按照寻常步骤来。听这两人的讨论，话题也渐渐地不对劲起来。

“宝贝，你还别说，今天和你上热搜的那个什么云，长相确实没得挑，我之前没看到图，现在看到了，这孩子真是惊为天人啊。”

辛葵应了声，又和顾迎蔓讨论了些什么。

辛邺轻轻地咳了一声，没人理。辛邺复又重重地咳了一声，还是没人理。

“……”

辛葵吃完饭，几乎是被辛邺赶到了楼上房间。

美其名曰，既然选择迈入这个圈，那么回家的时候也不能有丝毫懈怠，在家的这几天就认真努力地研究剧本。

辛葵也没埋怨，乐呵呵地看着父母闹别扭，径自回了房。

酒足饭饱之余，她猛然扎入床褥间，抬头望着天花板上的吊灯。

那光一闪一闪的，晃着耀着，一点点将辛葵脑海里，有关于今日所发生的一切脉络照亮。

热搜事件后，她回关了贺云沂。在那之后，辛葵忙着赶回家，不能够去细想和回味这发生不久的事。

眼下，之前的一切统统回放了一遍。

她的心在归于平静后，又泛起涟漪。

粉丝的那些话犹如记忆重塑，再次从海里倒灌回沙滩表面。

……时扬杂志的花絮？辛葵几乎把这件事给忘了。

之前因为网不好，她没能够看到那端发出的视频，之后因为有其他的行程，思绪被打了岔，她完完全全地将这件事给抛在了脑后。

她打开微博，将那个小视频搜了出来。

画面里显示的，是那次画报拍摄前后两天的所有花絮。

主镜头最多的，理所应当是贺云沂。辛葵当时没能亲临他拍摄的现场，而现在这段动态的展示，仿佛将她带回了那个揪紧他衣摆站在他身后寻求庇护的深夜，伴随而来的，还有那夜的梅雨浓雾。

哎……真像辛母刚才感慨的那般。贺云沂的长相属于惊为天人的那类，一眼便能直击心扉，占领心尖上一点。认真说来，贺云沂是辛葵认识的人里，品相面容气质，都最为上乘的。

风骨自成，而且骨子里还印刻着疯狂和内敛，两相融合却不相悖。

倏而，视频的画面转到了之后。是从背面而拍的结构取景，辛葵、何阮阳以及贺云沂三人坐在小沙发里，不知道在谈论些什么。画面再转，则是来到了户外取景地。中途还有何阮阳当初那副难以置信面貌的特写。

最后的最后，则是定格在了拍摄结束的时候。

贺云沂神色清冷，面容模糊在了朦胧小雨里。他半蹲着，修长的手指微动，正缓缓地揉着萨摩耶的绒毛。另一旁，辛葵站在不远处，亭亭杵在李严撑的伞下。贺辛两人皆侧对着镜头，迎面而对。

视频里有淅淅沥沥的雨声，也有工作人员来往的嘈杂。然而两人，一个蹲在雨中，一个站在伞下。是异常和谐的静止，像是一齐融在了墨色的夜景里。

下面的评论也很疯狂。

“云沂云沂，银河无垠；你星夜而鸣，我心永远向沂！”

“全能满贯，五大四小刊绝对一番，男歌手出道大断层销量王——贺云沂！”

“我去，最后一幕有影视剧的味儿了，有生之年我能看到帅哥美女合作拍剧吗？”

“辛葵好适合啊！我永远都爱看起来就很香甜的小妹妹！”

“我觉得女生永远最懂女生，辛葵太干净了，她总是能够激发我的保护欲。”

“我……嗑到了，这个真的看起来好美好啊，是不掺任何杂质的，宁静的夜晚。”

“哈哈哈，笑死了，何阮阳简直是里面的一股清流。”

“不是狗都欺负人，是狗只欺负同类，懂了吗 @ 何阮阳。”

“花絮挺唯美的，两人两狗，怎么越说越像一家四口？别骂我，谢谢。”

“哈哈哈楼上！”

辛葵看了一些点赞数高的热评，满眼可见什么狗不狗的。瞬间，她方才涌上来的那些小心思，全被这些评论给冲走了。

其实吧，在和贺云沂何阮阳这两人的相处中，辛葵大抵能摸出来点这两人的性子。

用小号网上冲浪了会儿，辛葵安静下来之余，准备给贺云沂发个微信消息。

她想好好地道谢一番，毕竟他所持着的那面旗帜，算是彻彻底底地种在了她这片向日葵地里。

于他这种流量来说，以后不管两人之间有什么事，这次算是给了她一件“免死金牌”。

相当于是将辛葵这个人，划分在了他的阵营里。

再怎样好的公关，威力和信服力其实都不如本人解释来得快、准、狠。

更别提是贺云沂这般格外有引导力的人。

因为这些事，就连当初承诺的葵花籽，辛葵都想再次追加了。

她还在冥思苦想要发给贺云沂的措辞，不知不觉中有些渴了，格外想喝水果碎冰。

盛夏的夜晚，是冷气都不能彻底从心间吹散而去的热。她刚刚吃了好多的辣菜，眼下后劲可算是泛上来了。

辛郦又是养生派，家里类似于碎冰之类的东西，大概率是没有的。

之前她在家，好说歹说，硬生生还能磨一点放在冰箱里，可她好久没回来了，估计里面放置的都是全世界各地的茶。

思及此，辛葵下了楼，准备去茗邸自带的二十四小时便利店。

它位于整个府邸内的商场旁，是无人的自助款，一般是用来方便整个园区的户主前来购买。

顾迎蔓还在一楼收拾，看到辛葵拿着手机在换鞋，扬声唤了句。

“宝贝，这么晚了你去哪儿？”

“呃……我去外面逛逛？”辛葵本来想说便利店，但是怕辛母追问，话到嘴边还是算了。

“那也行，早点回来啊。”

“嗯，知道啦。”

辛葵踩着花园里夜色的光，出了铁栅门，绕到了柏油马路的大道上。进了自助便利店后，她在机器上点了杯菠萝味的牛奶碎冰，而后坐在了靠窗的位置上，慢慢地等。

辛葵晃着腿，打开微信，想了会儿，还是想率先给贺云沂发致谢的信息。然而她大概是手滑，点进去后，指尖不小心在贺云沂的头像上滑过。

下一秒，他的头像抖了两抖。

随即，蹦出来的是：你拍了拍“Nephelo”。

死亡，窒息，沉默，安静。

“……”啊啊啊辛葵你在干吗！这玩意儿好像还不能撤回？

就在她想方设法怎么去弥补的时候，对方很快回应了。

Nephelo：“？”

辛辛向葵：“前辈，不好意思这么晚打扰你了，我好像不小心拍到你了！”

Nephelo：“没事，你找我？”

辛辛向葵：“对啊，就今天那件事，我想和你说声谢谢。”

这句话发出去，过了很久，对方都没再回复。

辛葵盯着手机屏幕，不知道贺云沂是什么表态，是安然接受，还是觉得她挺麻烦人的呢。

就在辛葵满脑飞天乱想的档口，手机“嗡嗡”一声。

Nephelo：“你现在在哪儿？”

辛辛向葵：“……啊？”

虽然不知道贺云沂突然问这个做什么，辛葵还是老老实实地回复说自己正在便利店。

在她回复过去的下一秒，几乎是立即，他的消息再次涌入。

Nephelo：“回头。”

Nephelo：“我在你身后。”

b o h e q i n g

第三章
牛奶碎冰

回头看他？这句话的意思是……

辛葵没反应过来，愣愣地盯着手机屏幕，视线落在贺云沂最后发过来的那条消息上。蓦地，脑海里电光一闪，像是飘寻的种子终于落地生根，辛葵骤然回头。

便利店的门口是一片浅淡的暗色，贺云沂杵在那儿，长身鹤立，头顶的聚光牌落下的光打在他身上，平白地给人镀了层暖意。

他攥着手机，敛眸低头，颈部的线条优越修长。屏幕散发出来的蓝光在鼻梁处投下了小片的阴翳。

下一刻，像是察觉到了她的回头，贺云沂指关节微弓，直接抬起头来，刚刚好捕捉到辛葵投过来的目光。

辛葵原本无畏地坐在高脚凳上，晃悠着小腿，此时此刻因为这般突如其来的再次相逢，她身子趔趄，差点没摔下去。

贺云沂单手插兜，像是笑了一下，大长腿一迈，转身望着她这个方向走过来。

抛开“为什么能在这儿遇到贺云沂”这个话题，辛葵关注的是，他这类大忙人，居然还有这么悠闲的时候？

毕竟这个点也不算早了，他还来了便利店。

辛葵定下心来，朝着他热情地招手。

“前辈！”

“嗯。”

辛葵的语气很是热情，惹得贺云沂略略挑了挑眉。

“那个……你先别过来！”看他走得越来越近，辛葵连忙摆摆手，以此示意。

贺云沂不解：“怎么了？”

辛葵略有些不好意思：“机器那边我买的牛奶碎冰做好了，你顺路帮我带过来？”

“……”

“那个勺子也要，你别忘了拿啊！”

“……”

贺云沂帮她拿好那杯菠萝碎冰，转而放到辛葵面前的时候，长手捞过一旁的座椅，顺势坐了下来。

“你还挺会使唤我的啊？”

辛葵捞起小勺子，在空中挥挥，同时笑出了两弯月牙：“不啊，是我相信，类似于这种举手之劳的事，你一定不会拒绝的。”

说完，她挖了勺牛奶碎冰，送进嘴里：“其实也刚好了，能在这儿见到你。”话落，辛葵觉得有些不对劲，秀眉拧住，“哎，可是你为什么在这儿啊？”

话题回到最初，辛葵这才注意到贺云沂的穿着。和上次最后见面那样，他穿得很休闲，黑色家居服映衬得骨架清瘦，黑发细碎地搭在额前。身上除了那股熟悉的青柠罗勒味，还夹杂点类似于皂荚的清香。

他应该是刚洗完了澡。

“带回家的电脑少了适配器，我来这边看看有没有。”贺云沂说着看向她，目光的探寻不加掩饰，他顿了一下，不给辛葵反应的机会，又开口，“你晚上在这儿吃东西，加餐？”

“……”说得好像她很能吃一样。

“这算什么加餐啊，我这顶多算饭后甜点。”辛葵又挖了勺牛奶碎冰，“前辈，你的家居然在这儿吗？”

“对。”

“可你之前给我的地址，是在江那边。”

“那我也不知道……”贺云沂也想到了这一面，“你的家在这边。”

“我平日不住这儿，我爸妈住这边。”

贺云沂手指在长桌上叩了叩：“巧了，我爸妈也住这边。”

他难得有空回了趟家。和辛家之后才搬来茗邸不一样的是，贺云沂从小和家人住在这边，出道后为了不打扰家人才搬出去独自居住。

贺家祖籍往上追溯，是有名的书香世家，而母亲那边几辈都是富商。父母辈又是当年娱乐圈内红极一时的神话，仔细说来，若要是真想往细里深扒贺云沂的身世，也能牵扯出几段渊源颇深的伉俪爱情。

但他也算是从小被保护得很好的典型，之前贺云沂出道伊始的一炮而红，着实在意外之余，惊艳了不少人。

一定程度上说来，他命里带红相，在超高的话题度下，贺云沂没有任何前期的铺垫，就仅仅是用自己的实力和歌曲，成功地站稳了脚跟，而后不断攀爬。

话题至此，两人一并沉默下来。

这样一来，其实也说得通了。

贺云沂能够出现在这边，也在情理之中。

夜色幽静，自助便利店里甜香浓郁的面包清香环绕在两人身侧。蝉鸣声拉得很长，扰人清闲的同时，也将辛葵的思绪拉了回来。

“不过说真的，今天热搜事件真是麻烦你了。”辛葵扒拉了几口牛奶碎冰，突然觉得在贺云沂面前，这样的清凉甜品都变得没那么有诱惑力了。

她将勺子攥在手里，开始有一搭没一搭地转着高脚椅。旋转下，贺云沂的身影在视野里消失，又重新出现。

辛葵玩上瘾了，声音都有些飘起来：“我已经想好怎么谢你了，等到厂家新出的那个味道正式上市了，我给你多追加一百包，好吧？”

贺云沂一条长腿曲起放在高脚椅底部的横杠上，一条长腿闲散地搭着。听到辛葵的这话，他单挑起半边眉，在辛葵正面转到他身前的时候，贺云沂轻微抬腿，踩住。

女孩的转圈在被迫中，戛然而止。

停下来的瞬间，辛葵望入贺云沂漆黑的眸。

“那你说说看，新出的是什么味道？”

“……奶油草莓味。”辛葵被他这样的动作挠得心尖痒痒，缓缓说出了口。

向阳牌虽然是国民牌瓜子，衍生的业务却没有想象中那么局限。这两年来，公司也在探索开发新出路。之前找辛葵帮忙宣传，就是新举措之一。西瓜子、葵花籽南瓜子应有尽有，顺带还做了坚果的新系列，很是受欢迎。味道上也在不断地做创新，现在还推出了迎合年轻人的口味。之前的喷香黄瓜和奶油蟹黄，都是辛葵的心头爱。

贺云沂有些了然。

“那你还真是喜欢这个味道。”

“嗯……”辛葵瞬间想起，贺云沂这应该是顺带提起那天她沐浴露的味道了。

她缓缓抬眼，意料之外的是，贺云沂还在看她。

他身高腿长的，窝在便利店这边的长桌一侧，有些伸展不开来。此时此刻，略显逼仄的空间好像承载了夏夜所有的热意，连带着，传递到了她的身上。

牛奶碎冰略微有些化了，辛葵顿了一下，攥着小勺子，将碎冰杯复又抱在了掌心里。

她挖了一勺子牛奶碎冰，放进嘴里缓缓地抿着。稍凉的清甜还未刺激味蕾就消散了，身旁又坐着贺云沂，辛葵凝神，不知道该说什么好。

其实她有很多的话题可以聊，她喜欢的歌曲，喜欢的电视剧，以及最近发生的一些琐碎小事。她觉得这些都可以和贺云沂说，但话到嘴边，她又会想，如果聊起这个，会不会更加奇怪？

道谢后的交流，好像理所应当地就停了，时间在滴答间沉寂，空气也紧跟着静止。

还没等她再有所动作，贺云沂微微倾身，年轻男人身上好闻的气息在顷刻间铺天盖地般砸过来。

辛葵目光怔忪间，只觉得唇边被什么柔软的东西覆盖住。贺云沂弯腰，视线落入的点全然在辛葵的脸庞上。

女孩面容莹洁，牛奶肌肤衬着葡萄般黑亮的眼。

触手便是白嫩滑腻，贺云沂动作未停，指腹缓缓抚过女孩的唇角。

辛葵受不了这样的打量，睫毛颤抖得很厉害："前辈……"

"嗯？"贺云沂应了声，而后稍稍带了点儿劲，缓缓抹掉，"你唇边沾了点东西。"

凑得近，他的嗓音却像是隔空而来，透着点氤氲的质感："说到味道……"贺云沂说着直起身来，"你刚刚吃的，是菠萝味的？"

他表面上疑问，语气却是径自肯定。

随即，贺云沂刚刚碰过她的那只手，反扣过来，像是在试探温度那般，用手背贴了贴她手心里的牛奶碎冰杯。

不过也就停留了几秒钟的工夫。在这种不经意间，她微微弓起环着杯壁的指关节，被他微凉的手背蹭过。

"有些化了。"他说。

辛葵回答不上来什么菠萝不菠萝、化不化的，她只知道，自己的掌心如同火烧，一点点蔓延开来，势不可挡。

辛葵回到家的时候，颇有些浑浑噩噩的意味。

顾迎蔓自辛葵刚刚出去，就一直待在一楼的沙发等她，眼下见她终于回来了，有些小埋怨。

"你再晚回来一些，我大概要夺门而出了。"她说着捶了捶腿。

"……啊？很晚了吗？"辛葵下意识抬头看客厅的石英钟。

"确实很晚了。"顾迎蔓起身，"你是没带手机还是没看手机啊，妈妈刚刚给你打了好几个电话，你都没接。"

辛葵刚刚出去其实带着手机的，但她自贺云沂出现，就放在了一旁，没空搭理。眼下，她拿出来觑了眼，应该是没电，自动关机了。

"妈妈，我那是手机没电了。"辛葵换好鞋，跨过玄关，来到茶几旁喝水，顺便蹭了辛郝放在一楼的数据线，给手机充电。

化掉的牛奶碎冰没有想象中清爽好喝，比较黏腻，她现在实在需要清水来解渴。

"知道没电还不早点回来？"顾迎蔓说着又往厨房那边走，"出去散步散这么久，你这是跑了个马拉松还是出去会情郎了啊？”

会……情郎？辛葵本来在喝水，听到顾迎蔓的最后几个尾音，差点没呛到气管里。

她惊天动地地咳了起来，刚好引起了辛郸的注意。

他恰好在这时候下了楼。

“怎么咳成这样？”见辛葵咳得上气不接下气，辛郸几步迈过来，“我要不要给你现熬几服中药？”

辛葵连忙摆摆手：“不用不用，我就是不小心呛着了，没那么夸张。”

“喝个水都呛着，是不是被你妈说中了。”辛郸很是严肃。

“说中什么？”

“情郎。”

“……那妈妈还说我去跑马拉松呢。”

辛葵没敢和辛父对视，心虚地摸了摸自己的小鼻子。

“反正看你今天不对劲。”辛郸说到这儿，不知道想到了什么，“今天和你一起上热搜的那小子，我算是记住了。”

“什么那小子啊，人家有名有姓的。再说了，爸爸你愿意别人叫我‘那女的’吗？”辛葵又灌了几口水，拍了拍自己的小肚皮。

今天承载过重，之后回去要是被李严知道了，恐怕得遭到追杀。

“我不管这些。”辛郸坐下来，缓缓啜了口清茶，“总之，之后我都不想听到有关这小子的消息。”

“……”难道不是他主动提起的吗！辛葵刚要反驳回去，眼尖地发现自己刚刚放在沙发旁充电的手机屏幕，亮了两瞬。

应该是有人给她发信息了，辛葵也不急着看，准备缓缓踱过去。

辛郸下楼就是来找自己充电线的，眼下“顺藤摸瓜”找到了，发现被辛葵占为己用。他执起自家女儿的手机，刚想说她想充就多充会儿，目光不经意间扫到了屏幕。

上面显示着“Nephelo：到家了吗？”

辛郸望着手机屏幕，双眉蹙起，缓缓出声，一字一句还原消息上的内容：“到家了吗——”

听到这儿，辛葵瞬间反应过来这是谁发来的消息。

她连忙加快脚步，甚至有些急，直接从沙发一侧跳着翻了过去，冲到辛郧跟前："爸爸，你把手机给我！"

本来辛葵不这样还好，一这样，辛郧更是有所怀疑。

"这条消息谁发的，你这么激动？"

辛葵两三步迈过去，小手一夺，也不管充不充电了，连忙攥到怀里，跟护宝贝似的："我哪儿激动了？"

"而且，我刚刚看都没看，我根本不知道是谁发的啊。"辛葵清了清嗓子，音调刻意拉高，以此显示自己是正直且清白的，"你可别乱冤枉人。"

辛葵说的确实挺有道理。大概是女孩子，长大了，想着要有些自己的小天地了。

辛郧想到这儿，理解中带着点伤感。

但是，自己的孩子，总归是了解的，辛葵的表现不大自然。

她以前闯祸，抑或者是背着大人独自做了一些决定后，都会摸摸自己的小鼻子。那种不自在，是平常便有的灵动中，带着点儿小小的，她自己都不易察觉的讨好。

"我知道。可是问你到家了没，还是这个时间点。"辛郧推了推金丝边眼镜，联想到刚刚晚归的辛葵，总觉得有哪儿不太对劲。

"所以到底是谁发给你的？"辛父严谨的追问里带着点锲而不舍。

辛葵在这个档口还低头看了眼屏幕，如她所想，确实是贺云沂发来的消息。

话到嘴边，她顿了一下，在差点脱口而出的间隙，很快改口道："能是谁啊……"

"就——卖葵花籽的，问我买的那些货到家了没。"辛葵语气肯定。

在辛郧越发迷惑以及沉思女儿话中真实性的同时，辛葵连忙绕过他，拿着手机径自上楼。

事已至此，再多掰扯未免就有些没意思了。要及时抽身！

听到动静的顾迎蔓从厨房里探出头来："哎，这么快就上去啦，我给你熬了雪梨汤，不喝一点吗，宝贝？"

辛葵三步迈两步地跨上去，边摆手边拒绝："我不喝了，妈妈。"

她本来就在外面贪嘴，回来又猛灌了好多水，就是再大的胃都承受不了。

而且……辛葵想到这儿，从旋转楼梯的栏杆处探出脑袋，冲着还坐在沙发上的辛郸说道："你给爸爸喝吧，他晚饭就没吃饱。"

在辛郸转过头来的刹那间，辛葵嘻嘻笑了两声，加快脚步，连忙朝着楼上自己的房间跑过去。

回到房间关好门，辛葵不像往常那般直接扑瘫倒在床褥之上，她脊背抵住门板，让自己静了两秒。

这样站着而不是坐着，能够完全避免那种血液倒流的感觉。

辛葵低头，滑开手机屏幕。

贺云沂之前发过来的那条消息，她还没来得及回复。

辛辛向葵："前辈抱歉啊，刚刚我的手机没电了，现在到家啦！"

Nephelo："好。"

辛辛向葵："虽然不知道下一次见面会是什么时候，可我的葵花籽已经到了，就寄到你之前那个地址吧。"

Nephelo："你还真惦记这么久。"

辛辛向葵："不是啊，这个是你应得的，不用跟我客气！"

而后，贺云沂像是懒得打字，又像之前那样，发了语音过来。

"我什么时候和你客气过？"

"该说这句话的，应该是我吧？"

明明周遭都没人，可辛葵还是轻轻侧首，贴着音筒，细细聆听。

静谧的房间里，贺云沂慵懒散漫的语调彰显得格外清晰。

或许是这夜晚太过沉醉，无声无息地放大了人的反应和情绪。

这样的情境，又将她卷入方才分离没多久的那场，在便利店里相对而坐的交谈里。

辛葵捧了捧自己的脸，依样画葫芦那般，贴着录音键，轻轻开口。

"那我们互相都别客气。"

"前辈，晚安哦。"

茗邸贺宅三楼，贺云沂进了自己卧房里的书房，桌上的电脑屏幕闪着淡淡的荧光。他停在原地，低头看了眼微信对话框，没有任何回复。

率先有动静的，是发了好几条消息过来的朋友。

宁燃："你掉线了？"

宁燃："买个东西买了这么久。"

何阮阳："放鸽子啊老贺，你不厚道。"

何阮阳："适配器买回来没？"

贺云沂敛眸看了眼微信的消息提示。

静悄悄的，另一边仍然没有任何动静。

他长指微动，敲了两下。

"不来了。"

"你们继续。"

宁燃："那你不早说，等你这么久。"

何阮阳："是啊，有这工夫我们自己都可以开一局了。"

何阮阳："我对你真是不屑又鄙视！"

贺云沂没去理上蹿下跳的何阮阳，直接关闭群聊。而后，他脊背往门板上一靠，视线落在桌面上，那里静悄悄地躺着适配器。

出去了这么一趟，缺的东西确实是买回来了，但贺云沂现在全然没了做其他事情的心情。

充斥在胸臆之间的，是莫名泛上来的烦乱。

他揉了揉额角，刚想再次去浴室冲个澡，手机的消息嗡嗡过来。

是辛葵。

女孩的头像是一朵五颜六色的太阳花，与他微信联系人里清一色灰灰暗暗的头像相比，十分显眼。

她报了平安，顺带交代了下自己为何这么晚才回消息的原因。

而后，隔了大概有一个世纪那么长。就在贺云沂以为辛葵不会再回复的时候，她学着他，发来了两条语音。

他指尖点开，小姑娘特有的清甜声，缓缓地，轻轻地，传了过来。

她压着声，嗓子像是打了充足气泡的苏打水，飘在了空中。

"那我们互相都别客气。"

"前辈，晚安哦。"

贺云沂敛眸，指尖微动，点了收藏语音后，径自走向书房。

他装好适配器，点开小群，难得再次开口。

“都出来。”

“再玩一把。”

宁燃：“？”

何阮阳：“你搞什么？”

何阮阳：“我拒绝！！！”

贺云沂长睫微垂，难得好脾气。

“别废话，开始。”

辛葵在家里窝了两天，还真是应了辛父的那句话，未曾出过门。

一来是她需要难得的休息和放松，二来是她需要研究自己即将出演的剧本，三来……是她难得夹带着的小心思。

那天的相处过后，辛葵事后一度都觉得很后悔。她居然还给贺云沂发了语音。

最关键的是，对方应该是认认真真地听过了，也回复了个“晚安”。

这样要是出门再相遇，她觉得自己都要榨成滴滴的葵花油了。

可转念一想，贺云沂能够有的休闲时间应该比她还要少，估计也不会像她这样，还能在家待个几天。

秉着这样的想法以及咸鱼躺确实很舒服的小九九，辛葵干脆彻彻底底地在家里窝了两天。

这次的剧本，是顾氏帮她接下来的，应该也花费了一番工夫挑选。虽说是个四五番的小角色，但能够在接到好剧的同时，可以拥有讨喜且戏份足的角色饰演，竞争其实也很激烈。

之前李严也简短地和她提过，顾氏是促成这次合作的主提方，但真正落实到选角，最终敲定辛葵，其实还是导演和整个制作组的意思。

对方看了她之前客串的小角色以及一些广告物料，当即就拍了板。

好奇之余，辛葵在大致了解中得知，这是和壹千娱乐合作的项目之一，耗资千万打造的青春都市励志剧《时间轮轴》，描绘了从校园过渡到都市的唯美爱情，剧本由当红编剧耗时三年编纂而成，刚刚完善，片方也才刚选完人。

剧中的场景还在搭建之中，目前还未正式官宣。但为了提前造势和拍前的热度，一些营销号提早泄露了主角的信息。

主演双方，分别隶属于两家公司。

女主角的扮演者龙淼是顾氏集团娱乐分部的艺人，男主角则是壹千娱乐的宁燃。两人皆是去年爆火而起的新生代演员，在近期热度很高，剧方从去年就在规划这个项目，直至今年盛夏，终于得以圆满启程。

用心打造的剧前期热度向来很高，更别提这部剧的配置之好。辛葵接了这样的配角戏，丝毫没敢怠慢。

除了休息，其余的时间，她先是花费时间将剧本看了整整三遍，而后一点点地去钻研属于自己的戏份。

说到用功这方面，只要是辛葵愿意去做的事，她从小到大就没中途放弃过，十分有毅力。

好比当初说要来演戏。

辛葵就读的学校是京华舞蹈学院，和国内的盛明电影学院齐名，并称为国内演艺高校的两座巍峨高山。

一直以来，她都以为自己热爱的是传统的舞蹈，从学校毕业后，当个舞蹈老师，抑或者是一名舞者。这也是辛父辛母在支持孩子的同时，对她最大的期盼。

直至一次两校联谊，京华和盛明举办了一场晚会。辛葵蒙面一曲民族舞，纤腰盈盈，惊艳四座。在结束自己的舞蹈后，有很多人慕名而来，想要她的联系方式，辛葵委婉拒绝后，坐在礼堂座席的一角，看盛明的学长学姐表演。

她至今都忘不了那种沉浸式的演出，像是亲身莅临到了剧中的每个场景。从小到大，她从未有过那么迫切想要追求的东西。

于是辛葵提出了入圈，在遭到拒绝的同时，她额外借着两校平行交换学生的机会，去盛明电影学院攻读了表演专业课。她花了一年半的时间，向学校提出申请，直接修完了两校四年内的课程。

于此并行的，是她迈入圈内的第一个脚步。

类似京华和盛明这样的演艺高校，本就有艺人在校便出道的例子，那些人多半是申请免修，待到期末考核的时候回校。

而辛葵这般提前攻读完的申请，校方在提升标准的同时，也乐意给这样的学生提供一条途径。

虽说找了顾氏做依靠，但也仅仅是一方面的支持，辛葵的这些履历，在出道后，从未拿到明面上说过。毕竟表面上，她还是在校大学生，还未真正毕业。

论谁也不会想到，这个年龄还不到二十的姑娘，对于自己追求的未来，尽自己最大所能，给予了周围一切关心她的人，一颗格外饱满的定心丸。

这也是辛家最终没真的过多干涉她的原因。

要说累，也确实是很累。但辛葵很会自我排解，抑或者是说，她自己从未觉得累过，只觉得真如自己向往的那般，一步一个脚印，向阳而行。

之前发生的这些在眼前定格，辛葵翻开剧本的最后一页，回忆在此终结。

现在她要想的是，更远、更美和更高的地方。

在正式进组《时光轮轴》前，辛葵轮期被安排了剧本研讨会，以此来进行整个剧组在拍片前的对戏和熟悉角色。

但因为剧方和制片方还未完善整个具体的流程，研讨会暂且往后拖延了会儿。

在此期间以及之后的很长一段时间内，辛葵都需要借着拍戏中抑或者是拍戏后空暇的时间，去跑大热综艺，以此来刷个脸，提高观众心中的认可度。

在没有戏播的时候，消失在大众视野里，才是最为要命的事。毕竟娱乐圈更迭速度快，在还没达到高处和巅峰的时候，网友的记忆被不断冲刷，形成不了固定的印象，自然会将她渐渐遗忘。

现在辛葵的前路，算是按照最保守的方法来。除去顾氏给她安排的，之后的具体表现，还是需要看她自己本身的努力。

李严忙完年度经纪人的培训，也回家休息了趟，回来后对辛葵可谓是形影不离，生怕她再出现之前类似的热搜事件。

按照他的话来说，这件事有利也有弊。辛葵的基本盘不稳，现在固然是好评如潮，但风险总归还是需要规避一下比较好。

“还真说准了，之前让你去锻炼一下，你不是不大乐意吗。现在呢，不锻炼不行。”李严说着，抬手示意，让小助理帮忙递给辛葵纸巾。

辛葵刚从棚内工作完。这一次她拍摄的是一段微博开屏的短视频。

前阵子她拿下了青春潮牌的化妆品代言，品牌方正式投放了宣传，她现在算是售后拍摄，自下周一开始到周末，一连七天的时间，微博上都会有全天性的开屏播放。

虽说是轮流制的，但曝光率十足，品牌方大概是真的很中意辛葵，十分舍得在她身上下功夫。

“什么锻炼？”辛葵接过小助理的纸巾，缓缓擦拭了唇角，“是你之前说的什么衍生赛吗？”

“不是衍生赛，是衍生节目。”李严推了推自己的黑框眼镜，“全明星赛制下的艺人体能锦标赛。”

艺人体能锦标赛在每年夏季举行，是壹千娱乐投资的大型艺人体能项目综艺，全方位拍摄，用以捕捉艺人在赛场上的风范，除去比赛名次以及赛场精神的传递，每年最为精彩的，其实还是艺人们的互动。除了在后台休息的艺人，其余的一举一动都会在镜头下放大。

最关键的是，每家座席都会有粉丝前来应援，粉丝的盯梢，也是每年盛夏的热点之一。

“这听起来怪好玩的。”辛葵说到这儿，突然想起来什么似的，连忙补充，“我没记错的话，我去年去过哎。”

虽然过去了一年，她大致还记得当初的情形，整整录制了两天。因为来也匆匆去也匆匆，她也没交到什么朋友。

李严叹口气：“你去年就跑个步，事后一点镜头都没有，白跑一趟了，想来我都心塞。”

“而且今年和去年不一样，今年改赛制了。”李严看她擦完了，拉着她到一旁休息，递给辛葵一瓶水，“今年因为和顾氏合作，壹千那边放了不少大咖过来，宁燃、贺云沂之类的都在计划表上。”

话到这儿，辛葵小小地“啊”了一声。

她拧瓶盖的动作顿住，像是走神了那般，黑亮如葡萄的润眸晃了晃，眼神瞬间放空了。

“你‘啊’什么？”李严拧眉。

辛葵撇开脑海里紧紧攥住不放的三个字，小声解释道：“我是听到了宁燃，怪惊讶的，他是我那部剧的男主角。”

“对，是他，所以你看今年，他都在计划里，证明这档综艺大概率会很有话题度，你呢就好好锻炼下，争取能有个好表现。”李严说到这儿，语气立刻又放了缓，“不过吧，虽然不知道这群人最终会不会来，但有一点你可给我记清楚了啊，不准再出现之前那次的事了。”

李严还在提上次的热搜事件。

他被顾延之叫过去问了话，扣了一个半月的奖金。

“哎呀，您也别太在意了，等今年年终奖，我给你加回去。”辛葵不像是听进去的模样，语气很是大方且随意。

一旁的小助理本来安静地待在一旁，听李严各种吩咐。

眼下说到年终奖，她当即凑了上来：“那我也会有吗？”

“当然啦。”辛葵嘻嘻哈哈地和旁边的小助理闹。

李严接下来还有要嘱托的话噎在了喉咙里，上也不是下也不是，十分无力。

辛葵接到的项目，正是传说中垫底也会有镜头的射箭项目。其他那种只有拿到成绩才能有镜头的运动项目，公司一开始就没给她接。

经历了去年“一剪没”的事件，今年辛葵可谓是尝试了一把优质的待遇。

她之前就想报名射箭了，但这是大热项目，那时候的她没有任何背景助力和傍身，技术也还不太精湛，节目组自然就没考虑到她的头上来。那些所谓的报名，背地里少不了会有些资本的博弈。

今年她凭借着自己混来的热度，再加上顾氏背后小小的推波助澜，节目组自然将目光放到了她的身上。最后也成功入了圈。于是辛葵从辛家出来的日子，便由钻研剧本和练射箭占据。她的行程地点，也在江景大平层和附近的体育馆中徘徊，两点一线。

这个体育馆，是附近住宅区内最高档的健身会馆，凭借门禁卡入会，须预付昂贵的会员费，才可以自由出入。

沿江这一带的江景房并不是有钱便能买到的住宅，讲究人脉。

这里汇聚的都是上流阶层的精英，不乏一些顶咖艺人，所以十分讲究舒适性和隐秘性。

一般情况下，许多人会选择去这里健身锻炼。

辛葵怕麻烦，又是个能熬夜的小年轻，一般都是挑很晚的时刻过去，独自练，也算是认认真真勤勤恳恳的典型了。

射箭除了讲究天分，其实也要靠赛前的训练。辛葵独自包了间房，开始了漫长的探索之旅。

之前其实有教练过来帮忙，但最近教练有事，她也学到了些皮毛，不好意思线上麻烦人，干脆径自不断循环基本功。

练到中途，辛葵觉得有些渴，一路往茶水区走。那边全天候提供甜点饮品和健身饮料，很方便。

在买完一杯咖啡后，辛葵站在一旁提供的吧台上，望着窗外浸染着墨色的天。

已经很晚了，辛葵刚想再啜一口的时候，她扎着双马尾的发梢被人从后面用手挑了起来。

头发略微的牵扯感令人瞬间回神，而眼前的落地窗在同时，朦胧地印出几道修长的人影来。

辛葵下意识护住自己的双马尾，连忙往后转头。

率先映入眼帘的，是一张格外熟悉的面庞。随之而来的，还有略显惊喜的语调。

“小辛葵！”是何阮阳。他身旁还有两个人，一个背对着这边，另一个……贺云沂听到动静，往这边迈过来。

视线掠过辛葵的小脸后，精准地落在辛葵的双马尾上。

走近后，他抬手直接打掉何阮阳揪住辛葵头发的手：“好好说话，别动手动脚。”

“我有在好好说话啊。”何阮阳有些讪讪，到这个时候也知道自己有点不妥，干脆只小声抱怨道，“你打人真疼。”

还没来得及质问为何贺云沂怎么突然这么爱管闲事，一旁的宁燃走了过来，朝着辛葵点了点头。

辛葵连忙从吧台前转过身，两人互相打了个招呼。

“啊，你和宁燃之前认识的吗？”何阮阳有些疑惑。

辛葵嘿嘿笑了笑，弯起月牙眼：“没有啊，只不过他是我即将要拍的那部戏的男主角，我知道他。”

“那还挺有缘分的啊，你们能在这儿遇到。”

“还好啦。”辛葵摆摆手，视线转向一旁的贺云沂。

对方不知道什么时候撇开了视线，侧脸对着她。

整个人动作散漫，目光落向窗外，像是懒得听他们之间的对话。

“真的很久不见了小辛葵，我看你外卖吃那么多也不怎么胖——”何阮阳像是发现了什么不得了的秘密，“原来你都是在暗地里偷偷摸摸地锻炼？”

目光从贺云沂那儿收回来，辛葵手里攥着咖啡：“我以前不来，这次是要跑个综艺，就过来练练射箭。”

“那又巧了。”

“什么巧？”

“除了英俊帅气的我去打网球，另外两个也是射箭。”

“……”难怪，都这个点了，这三人一并出现在这儿。大概就是从小到大，难以割舍的友谊吧。

辛葵看他们双手空空，自己又抱着杯咖啡，提议道：“你们要不要喝咖啡，我请你们喝吧？”

“不用。”代替何阮阳应答的是贺云沂。

何阮阳跟着附和：“对啊，我们才来，不渴。再说了，要请也是我们请，不用麻烦你。”

宁燃向来讲究高效率，看何阮阳还在叽叽歪歪，催促了下：“走吧，别在这边了。”

何阮阳拍了拍辛葵：“你训练室也在那头的吧，一起啊。”

辛葵点点头，紧跟着迈了过去。

贺云沂从始至终没有再多余的话了。他落在最后，步子闲散。

两间训练室相邻，到了这儿就分道扬镳。辛葵没由来地觉得今天的氛围有些怪。

明明气氛还算热情，但就是觉得空中弥漫了点淡淡的硝烟味，她略带茫然地抬手挠挠头：“我先去练了啊。”

“你一个人能行？要不要和我们一起，让宁燃教教你啊，他好像之前在其他综艺里练过，还拿了个第一。”何阮阳看着她的双马尾，跃跃欲试还想揪一下，还是及时打住了念头。

“不用不用。”辛葵摇头拒绝，“我有找教练指导过，现在我自己练练基本功就行。”

“那行，有事微信找我。”

“嗯嗯。”话落，女孩就跟受惊了的麋鹿般，一溜烟跑远了。

何阮阳感叹了一句：“哈哈，小辛葵真是可爱呢，说了再见，跑得那么快。”

宁燃戴上防护手环，笑了笑：“你确定人家不是被你吓跑的？”

“为什么是吓？”

“你的表现，跟那种热情怪叔叔没什么两样。”

“小姑娘双马尾可爱啊，揪两下又不犯法，你也太夸张了吧。”

“你确定你是揪两下，而不是预备掀起别人的头皮？”

“……”说不过宁燃，何阮阳一时无语。

他看向一旁正在低头摆弄射箭的贺云沂，想找个为自己说话的联盟：“我们贺神说说话呗，就说人姑娘是不是很可爱。”

“换作是你，你也会揪两下吧。”何阮阳继而又补充了句。

就在他话落的下一秒，贺云沂敛眸，缓缓拉起弓箭，箭头也随之转了个方向，继而精准无比地，准确地，没有任何偏差地，指向了他。

何阮阳：“……”

何阮阳在惊悚过后，瞬间反应过来，头皮发麻。

“你对着我做什么？”

“你要射谁？！”

“不射谁。”贺云沂冷静出声，瞄准后又将射箭缓缓地放下来，“试试手感。”

气氛凝滞一秒，何阮阳突然觉得有些瘆得慌。他往后退了一步，死死地攥住身旁的宁燃：“燃，救我，我看这个人今天有些不对劲。”

宁燃任由何阮阳拉着：“不对劲的是你吧，我没觉得他今天怎么。”

他望着已经转过身去的贺云沂，拍拍何阮阳的肩以示安慰："你还是先过去吧，你的训练室不和我们一起，这儿又不能让你打网球。"

"你也赶我呢。"何阮阳说着，觑了一眼贺云沂，格外地阴阳怪气，"对，听你的，我还是得走。我要是再不走，我就要变成被打的网球了。"

宁燃看何阮阳每天这样精力十足，劝他。

"何叔要是知道你每天被迫害妄想症这么严重，老是觉得被贺云沂欺压，你也不只是网球了。"

"那是什么？"

"被镂空的网球。"

"？？？"

"简称没有自己的判断力。"

贺云沂修长身形隐在靠角落的地方，听到宁燃的这句形容，紧跟着总结："也不算。"

何阮阳还没来得及细想，只听到贺云沂又补充。

"应该是没有脑子。"

"……"何阮阳带着小怨念走了。

宁燃在原地蹲了会儿，迈上前和贺云沂并肩，看他缓缓带上护目镜，倏然中也有些疑惑："你今天不开心？"

"没。"

"那你老怼何阮阳。"

"你没怼？"贺云沂反问。

"……"宁燃很少见贺云沂这么有攻击力的时候，以往的他对于这些事不做评判，也很少和何阮阳你来我往这么多句，更多时候，都是何阮阳十句，他懒洋洋回复一句。

"你啊你。"宁燃也没再继续说什么，占据着自己被分割的另半边位置，"不过，这次你来真的啊？"

贺云沂听到这句话，漆黑眉眼沉寂在明亮的训练馆里。这里并不安静，依稀能听见周遭窸窸窣窣的运动声响。就在这样的环境下，贺云沂像是研读书目那般，将宁燃的这句话反复捻思。

他认真地思量了会儿，而后，贺云沂微微勾唇，神态懒散："嗯。"

宁燃内心里有股念头在不断跳动，但他说不上来是因为贺云沂，还是其他的。只觉得，刚刚贺云沂的那种劲儿，仿若流星攒动，虽然转瞬即逝，却不可忽视。

“不就是个射箭比赛，你这么认真地想了想，弄得我也有点怀疑人生了。”宁燃想起方才何阮阳对于贺云沂的形容，好像是有些不对劲。

贺云沂自出道以来上过的综艺寥寥可数，仅有的几个有且都为上星而播的卫视主打。

宁燃来全明星体能锦标赛，是预备宣传自己的新剧，而据他所知，贺云沂近期并没什么新行程。

或许是为了之后的新专辑找灵感，抑或是闲得没事干。

总之，一切不可能的事在贺云沂身上都能找到可能。毕竟他自出道以来的实绩，确实输出了无限可能和不可能。

思及此，宁燃也没太过在意了。

练习到一半的时候，何阮阳从网球训练室那边过来，说是要去尝尝辛葵之前喝的咖啡。

当然了，他指名道姓只要宁燃陪同，连个眼神都没给贺云沂。

相比之下，贺云沂丝毫没受影响，悠闲自在地摆弄装备，头都没抬。

得不到回应，何阮阳又有些忍不住。

“喂，你怎么不说话？”

“懒得说，不行？”贺云沂话落，背对着他朝着靶盘射了一箭。

不轻不重的“咻咻”声里，何阮阳大概是有了后遗症，也没再没事找事，将门掩上。

瞬时，室内只留了贺云沂一人。他停下动作，将射箭放置到一旁，目光定了一瞬。隔壁的动静远远没有其他房间来得响。

贺云沂心思一动，准备去拿手机。

训练室的门就在此时响了，很轻，是很有规律的那种礼貌性敲门礼。两下后就停下了，应该是在等回应。

贺云沂略微扬声：“进来。”

应声而来的，是门板“吱呀”被轻轻推开的声响。

辛葵探过来半边身子，好奇地往里看。

偌大的训练室，只余下贺云沂一人的身影。

“前辈，你都不问谁，就让人进来了吗？”

“除了你——”贺云沂缓缓出声，“还能有谁？”

见辛葵仍然一副不解的模样，他难得解释了一句：“那两人不会敲门。”

“哦哦，这样啊，那你知道是我哦。”辛葵说着直接走进来，“所以那两个人呢？不在吗？”

“出去买咖啡。”贺云沂视线落在辛葵身上，“你怎么过来了？”

“我吗？”辛葵眨眨眼，“我是想到刚刚何阮阳说宁燃射箭很厉害，然后我基本功做完了，想试试看接下来的步骤，就来找找……他人呢？”

刚刚她立在门口，室内灯光耀眼，细碎的亮光在贺云沂的发间微微反光，叫人看不太清晰轮廓。

眼下走近了，才算是清晰地觑见他这时候的模样。

年轻男人面部线条优美深刻，冷白的皮肤仿若被打磨好的玉，漆深黑眸隐匿在透明的防护镜后，像是打着旋的海浪。

辛葵骤然想起之前网上看到的一句形容，简单易懂，也最符合当下。确实是……帅得让人想要尖叫。

“确定是要找他？”贺云沂眼睫低垂下来，睇她，“你把我放哪儿了？”

后面这句话成功地让辛葵从欣赏美色的绮念中回过神来。

是啊……这儿还有个贺云沂呢……他肯定不会差到哪里去。

“那……”

辛葵的一句“你方便不方便”还未出口，贺云沂截断了她之后的话。

“你没拿箭过来？”

“没，我还放在隔壁，有些重。”

“我到你那边去。”

“那也行，好啊好啊！”辛葵刚开始听贺云沂的语气，还以为要她再多跑一趟将自己的箭搬过来。

骤然轻松后，她答应的声音也格外真挚。

贺云沂明显感受到辛葵的愉悦：“很开心？”

辛葵想大方承认，又不好太直接，支支吾吾中应下：“因为我和前辈你……比较熟啊。”

不知道是不是只有两人的原因，辛葵觉得贺云沂又有些不一样了。

这种不一样彰显在他来了她的训练室以后。如果说之前的贺云沂不声不吭，一副散淡的模样，那么现在的他，动作幅度都和之前稍有不同，情绪看起来也好多了。

“你做到哪步了？”贺云沂长腿迈向放置射箭的地方，连带着环顾了一番这边。

辛葵收回打量的视线，指尖轻轻点了点：“基本功都做好了，但我感觉我一定是哪里出错了，刚刚试了下，不说靶心了，我的箭连靶盘都没碰到。”

女孩的语气罕见地带了点“丧”，说到最后，嗓音的尾调都承载着因尝试失败带来的小小的埋怨。

贺云沂看着辛葵略显垂头丧气的小脑袋，只觉得新奇。

因为是真的很少见。以往的辛葵元气满满，虽然不会逢人便笑，但语调通常都是轻飘飘的。活泼，乖嗔，带着点儿不易察觉的小娇气，甚至有些……说不上来的憨。

而后他就看到小姑娘像是自我消化完毕那般，再次充满了电：“不说这个了，我们现在开始吧？”

贺云沂没应，只是走到一旁，修长的手攥了什么。

“先别急。”他径自朝着她走来，“把你的护目镜戴好。”

辛葵视线落在贺云沂的掌心，那儿正静静地躺着她之前嫌麻烦没戴的护目镜。

她“嗯”了声，随后缓缓接过。

为了找出问题，贺云沂先让辛葵自己操作了一次。

身旁有他在，她不免有些不稳。勉强稳住心神后，射出的箭也还像是之前那样，在最开始就偏离了方向，稳稳脱靶。

不说蹭到中心环了……好歹能让她挨个边边吧！！

“你最大的问题应该是拉弓的姿势。”贺云沂双手抱肩，长腿随意地搭着，“左右手着重点不一样，弧度倾斜开来，之后才是瞄准。前期准备的时候，你首先应该找到最适合自己的姿势，箭弯的弧度和你的手臂长度结合，最后蓄力，发射。”

“至于发射前怎么瞄准，应该是你在把握好姿势后需要做的事，现在不需要。”贺云沂在说着的时候，拿过辛葵的弓箭，自己亲身示意了一番，“就像是这样——”

话落，贺云沂松手，箭朝前直接飞了出去，十分利落，直入靶心。

他侧对着她，护目镜架在笔挺的鼻梁之上。辛葵的目光从贺云沂优美的眉骨，略过鼻梁，绕着薄唇，直接来到他稍稍绷紧的下颌线。

刚才用力的那瞬间，一道光在他的护目镜上闪了下，堪称惊艳。

辛葵一直没说话。沉默和安静渐渐地在室内弥漫开来。

贺云沂挑眉，转身望过去，直接捕捉到辛葵直瞪瞪的眼神。

她是真的看愣了。而且，这还是有接触以来，她第一次，听到贺云沂和她说这么长的句子。

“没听懂？”

“……”

贺云沂双眸藏了点真真切切的笑意：“傻了吗。”

她大概是真的傻了，好一会儿都没说话。

辛葵硬着头皮迎向贺云沂：“也不是完全没听……就……隐隐约约听懂一些？”

听着的时候觉得自己都会，可是若是让她真的去找适合自己的角度，难度堪比登天，不然也不至于次次脱靶。

“没事。”贺云沂朝着她走过来，“我亲手教你。”

亲手教的意思是……辛葵抬眸的同时，身侧环过来一堵墙。

贺云沂的嗓音近在咫尺，响在她的头顶上方。她甚至能感受到他身体的温热，浅淡的鼻息，以及越靠越近的肢体交错。

他攥着她的手腕，搭在箭弓上。很是耐心的模样，时间都仿佛慢了下来。耳畔是清越且缓和的嗓音，辛葵猛然回神，任由贺云沂摆布的同时，将注意力集中在拉弓的姿势上。

被一步步地带领着，从脱靶到上靶，直至中位环。

像是大雨瓢泼里的浮萍终于找到了倚靠，辛葵的手感也越来越好。

“我好像有点感觉了。”小姑娘猛然转头，双眸亮晶晶的，“找到最舒服的姿势，然后靠视力就行啦！”

辛葵说话间，不自觉地倾身向前，语气里全然是迫切的，寻求表扬的意味。

“我厉害吧厉害吧？”

贺云沂后期虽然放了手，但也一直站在她身旁。

辛葵看贺云沂点了点下巴，得寸进尺，道：“不过我觉得吧，我那都不算什么，最厉害的还是前辈你了！”

“这就是厉害了？”贺云沂敛眸。

“对啊，因为是你教的啊。”

辛葵应得理所当然，语气皆是对于他的信赖和首肯。

小姑娘缓缓笑起来的同时，微微荡着的双马尾也跟着灵动起来。

带着微卷的发梢从贺云沂的手侧挠过。辛葵感觉到了，连忙用双手攥住，一边儿一个。

像是有些不好意思，她杏眸睁得圆圆的：“又弄到你了。”

历经酒店的相处，眼下的贺云沂已经完全习惯了。他目光深深地撂过来，手也随着视线而落，指尖轻勾住她单边的马尾。

辛葵任由他勾。而后，仔仔细细地打量了下贺云沂的神态，见他并不是要追究的模样，心底骤然升起来一个疑惑。

“或许前辈，你有觉得我的双马尾不可爱吗？”

脱口而出的同时，辛葵自己也觉得有些无厘头。

她也不知道自己为何如此执念于这个问题，但在这种时刻，她无比想问，无比想得到答案。

这个疑惑从今晚最初的偶遇开始，一直到现在。

抑或者是说，莫名感觉到贺云沂有些冷淡的时候，就默默地存留在心底了，始终悬悬地挂着。

比起回应，率先到来的是贺云沂的手机声响。

他收回在她马尾上的手，低头看了眼屏幕。而后贺云沂凑近她，轻声说了句什么，转身离开了。

待到颀长身影消失在门后，辛葵的视线才渐渐地有了个焦点。

她听到他说：“你说呢？没有。”

没有，不可爱。

连在一起就是，“没有不可爱”。

何阮阳和宁燃买完咖啡后，顺带给贺云沂也带了一杯。

然而推开门，训练室内却空空如也，一个人影也没有。

“我出现幻觉了？”何阮阳愣在原地，逡巡了一圈，“不会是什么要搞我的新招数吧？”

“不是幻觉，确实没人。”宁燃将咖啡全部拿过来，放在手中，“要搞你也不是这种，你以为贺云沂无聊到跟你一样幼稚？”

“我哪幼稚了？”何阮阳瞪眼。

“别以为我不知道啊，你到了这个年纪，还要抱着阮姨给你做的小熊玩偶睡。”

“……”何阮阳抽空给贺云沂发了条微信。

“搞什么，刚刚说要出去，他也不愿意，现在是在干吗。”

宁燃被何阮阳的脑回路惊呆了：“你还不允许别人有事，上个厕所之类的了？”

“说不过你。”何阮阳应声而起，“我不在这儿待了，去别的地方总可以快活吧，刚好去看看小辛葵练得怎么样了。”

何阮阳正要推门，门缓缓而开。

贺云沂直接迈进来，没什么情绪地睨了眼何阮阳。

“这边晚场快要结束了，走不走？”

“这就……走了？”何阮阳今天来的时候，蹭的贺云沂的车，贺云沂要是走了，他也不能在这儿久待。

其实除了晚场，这边还有凌晨场，也就是重新刷个卡的事。

但看贺云沂这般模样，应该是要提前走了。

“对。”

贺云沂说着看了宁燃一眼，后者有些茫然：“我也和你们一起走？”

何阮阳“喊”了一声，拍拍宁燃的肩膀：“不然呢，我们贺神都发话了，那就一起走呗。哎对了，等会儿去城西那边吃大排档，我请客。”

宁燃看着像是患了健忘症的何阮阳，这货不仅仅是忘了他之前再也不理贺云沂的誓言，连带着要去辛葵那边瞧瞧都抛在了脑后。

在辛葵抽空射箭训练的同时，《时间轮轴》的剧本研讨会也提上了日程。

这部剧的大致背景转接于校园和都市之间，没什么外景，除了后期出国拍摄外景和重要节点，多半是在国内的摄影棚内和影视基地拍摄。

剧方安排的研讨会地点，就在当初她试剧装的地方。

李严向来不爱拖延，又像之前拍画报那样，早早地就带辛葵过来候场了。

他们到了没多久，工作人员聚拢的地方人群攒动，响起一阵此起彼伏的欢迎声。

是女二号林荫到了。

对方踱步而来，路过辛葵的时候，朝她弯弯唇，露出浅淡的梨窝，应该是在和她打招呼。

辛葵有些愣，但也还是礼貌地回报以微笑。

没记错的话，林荫也是顾氏旗下的艺人。

“她刚刚是在和我打招呼吧？”

等到林荫的身影消失在尽头，辛葵转过头来去问李严。

她这样问也有缘由。之前辛葵和林荫在顾氏遇到过几次，始终神态清高，不太搭理她。不过辛葵完全不在乎这些，只当对方端着明星的架子，压根没放在心上。

像今天这样打招呼还朝她微笑，应该还是第一次。

“是，林荫经纪人和我认识。”李严不知道两人私下里交情如何，但是看辛葵没有拉着他问东问西，也大致知道点她的想法。

李严和辛葵又等了会儿，他低头看了眼表：“今天研讨会肯定要对戏，我们回休息室，你再去准备准备？”

“不在乎这一时，我剧本都翻烂了，你相信我嘛。”辛葵说着往之前的那个地方看了眼，“我其实是想等龙淼姐姐，她好漂亮。”

辛葵知道龙淼，却没见过她的真面目。

对方是顾氏娱乐去年力捧的女演员，长相艳丽，据传眉眼间汪着一潭会流动的春水。这种类似于“妖姬”的万种风情，令龙淼在娱乐圈混得很开。

但也有人盛传，龙淼的脾气好像不太好，圈内一个朋友也没有，被媒体小刊誉为最爱耍脾性的“小妖精”。

爱她的人很爱，讨厌她的人则很是讨厌，两极分化十分严重。大概这就是所谓“黑红体质”。

龙淼自打去年夏天一炮而红后，资源也越发好起来。现在都是女一号的剧本自发送上来，任其挑选。

相比较周遭人对于龙淼的敬而远之，辛葵其实对她还蛮有好感。

去年辛葵刚出道的时候，客串了一部顾氏自制的剧。晚间的时候剧组聚餐，辛葵由着自己嗨，窝在角落里自娱自乐。

那时候，路过的龙淼顺手给她拿了瓶果汁，大概是看她没有跟着一起喝酒，以为她落单了。

聚餐的地方灯光昏暗，两人完全看不清对方的脸。

事后，辛葵才偶然得知那人是龙淼。

“以后拍戏，有的是时间看，还在乎这点工夫？”李严不知道想到了什么，语气压低，带着点儿神秘，“不过她的话……算了，你看看也好，我陪着你吧。”

辛葵十分鄙夷地看了眼李严：“严哥，你想看大美女就直说啊，拐弯抹角的。”

最终辛葵和李严也没等来龙淼。

剧组片场的工作人员跑过来找两人，说是男主男配都到场了，收拾一下就准备去剧本研讨会。

研讨会室内，辛葵一进门就看到了斜对面的宁燃。她朝着对方点了点头，随后乖乖地在自己的位置上坐下来。

《时间轮轴》是一部有关于久别重逢题材的都市轻爱情剧。男主叶之落家境清贫，女主别樱则出身富贵。迎新晚会上，别樱对叶之落一见倾心，很快就展开强烈的追求攻势。

叶之落起初对别樱没什么多余的想法，一直报以回避和拒绝的态度。随后，在大学校园日益相处生活里，叶之落一方面忍不住对别樱动心，一方面又因为自卑而压抑感情。

叶之落从小在单亲家庭长大，家里有重病母亲瘫痪在床，需要支付高昂的治疗费用，日常生活拮据。而叶母因着女二徐招娣家之前的帮助，整日想着撮合叶之落和徐招娣。

因着前程、家境的巨大悬殊，短暂在一起的两人内心始终存在分歧落差，又因为误会迭生，最终两人分手，直至几年后再次重逢。

《时间轮轴》的下半卷则由都市开启，叶之落虽一路向上攀爬，站到了巅峰的位置，但是在与别樱分别的几年里过得如同行尸走肉，相逢后两人不断纠缠，终于消除误会，修成正果。

这个剧除了主线以外，最为精彩的，其实还是其他配角的戏份。剧本不仅仅阐述的是爱情，还有一众年轻人最真实，最热血的梦想。

编剧的群像指引，做得十分动人。

辛葵所扮演的是大学时期充当男女主助攻的小学妹，在都市卷内则是一路辅佐女主，虽然全程当了背景板，但戏份不少，也有自己被追求的搞笑戏码。

剧情捋到了这儿，辛葵不免叹息一次，心里也难受得如同淌了趟滚热的水，一抽一抽的。

她之前自己第一次通读剧本的时候，哭得稀里哗啦，中午下楼吃饭的时候，两个肿眼泡儿红通通的，把辛父辛母吓得不轻。

相比于她自己的剧情，辛葵更加喜欢男女主的爱情故事，专一、深情、仅有彼此。

这是她年少时期对于朦胧爱情在未来的向往和要求。

看似简单，其实很难做到。

相传撰写出这个剧本的编剧，是将父母辈真实的爱情故事结合，改编而来。

辛葵看到此，捏了捏自己的脸蛋，试图用痛感来小小麻痹自己再次泛上来的充沛感情。

“看个剧本这么愁眉苦脸的吗。”林荫坐在辛葵的右侧，见她这样，轻柔地笑了起来，“不过啊，确实是等得有点久了，你剧本都快再看完一遍了。”

辛葵迎上倏然开口的林荫，还没来得及想明白什么是“等得有点久了”，就听到对方又缓缓开了口。

“你看我们整个剧组的人就等龙淼一个呢。”林荫像是解释，又像是在寻求和她有着相似感受的同盟，“不过她那么忙，不说掐着点来了，就是迟到，应该也没什么吧。”

辛葵没附和，只是指了下时钟：“那个，林荫姐，距开始还有十几分钟的时间呢。”

林荫顿了一下，继而笑起来：“啊，我知道还没开始，我其实是急着想见人，奈何见不到啊。”

就在她话落的瞬间，研讨会室内的大门被推开。

龙淼波浪卷发、烈焰红唇，高跟鞋在地上发出清脆的声响。

制片方和导演登时站起来，热情地迎了上去。

龙淼一一半鞠躬，打了招呼后，入座前将墨镜往下推了推，很是随意的模样。

宁燃朝着龙淼点点头，两人聊了起来。

辛葵骤然见到真人，大脑在一瞬间停止了运转。

是真的漂亮啊……她就喜欢好看的小姐姐，更别提，这位小姐姐曾经还顺手送了她一瓶果汁。

“能把你的目光收回来吗？”李严看辛葵这样，半弯下腰，凑到她耳边叮嘱，“你这不像是来拍戏的，倒像是来拍八卦的狗仔。”

“……你才狗仔呢！”

“这么喜欢，你跟你哥说声，私下里请人吃顿饭呗。”

“不，我才不要呢，我哥难道很厉害？我才不要靠他，就不找他！”

即便顾延之也负责顾氏娱乐的艺人，但吃个饭还要找他来赏脸，辛葵想也没想就直接过滤掉了这个有效工具人。

一来她不愿透露自己的背景，二来求顾延之还不如靠自己。

剧本研讨会进行得很顺利。

辛葵早先就准备充足，在中途几段的对戏中，表现都十分好。导演频频点头，不时加以褒奖夸赞。

唯一的小不足就是在和女主对戏的时候，辛葵稍有些紧张。

但熬过去，就是新的开始，她也很快克服了，毕竟她之后还有那么多和龙淼一起的戏。

结束的时候，已经是下午了。因为还未正式建组，其他有行程的人就先行走了。辛葵大概率要驻扎在这边，分到了一间单独的休息室。

房间还未完全打扫好，趁着工作人员收拾的间隙，辛葵抽空看了下剧组搭建的场景和大棚，也算是提前熟悉一下，找找感觉。

盛夏炎热，棚内即便放了制冰机和大电风扇，辛葵逛了这么两圈下来，还是闷出了层薄汗。

她莫名有些蔫，干脆找了个摄影师用来休息的大躺椅，钻了上去。

摄影师看辛葵这么不拘小节，也任由她这么去了。

中途遇到同样在等待房间清理的林荫，对方优雅地坐在她的对面："辛葵，你热吗？"

"超热啊，感觉无法用言语描述，这个地方简直和烤炉一样。"辛葵用手给自己扇风，有些后悔怎么忘了带向日葵的小风扇。

"是的，你也这么觉得是吧。"

林荫略微抱怨了下，她的经纪人恰好这个时候从外面进来，给她撑伞的同时，说道："我们的开不进来，龙淼的房车停在那儿呢。"

"不能让她移开吗？"林荫皱眉，抬头质问经纪人。

经纪人耸了耸肩："肯定不能啊。"

随后，林荫的经纪人又嘱托了几句，跑开了。

林荫心里闷着一股蹿天的火，她将目光放到辛葵身上："辛葵，你的保姆车，应该是可以开进来的吧？"

"为什么要开进来？"辛葵正在和摄影师聊这附近哪儿的饭店最好吃，听到林荫的话，转身看了过来。

"没什么，我就问问。"林荫的语气幽幽的，"我是想，要是你想把保姆车开到片场，应该也很方便吧，这样更凉快不是吗，场戏拍完后，就能到车里休息。"

辛葵摆摆手："没事，剧组不是给我们安排了休息室嘛，到时候我去那儿。"

说到这儿，辛葵其实也很疑惑，林荫为何这么爱和她搭话，还总是一些很莫名其妙的话题。什么叫她将保姆车开进来很方便……她的车难道看起来很不一样？

“你也是天真啊。”林荫还在笑，但语气是遮掩不住的全然相反，“某些人苦日子过够了终于熬出头了，能享受就享受，到现在偷偷摸摸搞特权，福利好处都占尽了。你呢，你还在这儿乖乖听话呢。”

“什么偷偷摸摸？”随着这句话而出的，是骤然出现的龙淼。

对方嘴边噙着笑，看向林荫：“林小姐，好久不见，你是不是都不认识我这个人了啊？”

看着林荫的僵硬面容，龙淼貌似亲密，嘴角勾出一抹冷漠的弧度：“我呢，从来就是大大方方的搞特殊，偷偷摸摸的那得多麻烦。”

龙淼说到这儿，顿了一下，视线猛然转向一旁大眼瞪小眼的辛葵和摄影师：“你说是吧，辛葵？”

“……啊？”

“你跟我过来。”

“过哪儿去？”

“带你也公然地享受一下。”

“……哦，哦！”

等到坐上了龙淼的房车，辛葵还未从方才剑拔弩张的场面里回过神来。

对方自上了车后就闭眼假寐。

辛葵坐在她对面，突然间脑补了下大姐大问话的场面。

那她是什么角色……

狗腿的小跟班？

就在辛葵百思不得其解的时候，一直戴着眼罩的龙淼发话了：“小冰箱里有喝的和吃的，你要是想就去拿。”

“姐姐，”辛葵顿了一下，“你怎么对我这么好啊？”

“举手之劳。”龙淼声音没什么起伏，“外面多热，进来不舒服？”

辛葵也真的没把自己当外人，冒着星星眼，几步迈到小冰箱面前，认真地挑汽水。小冰箱一角靠近龙淼休息的沙发处，汩汩冷气交替间，辛葵闻到了一股淡淡的香味。

这种香味儿不是大众款的味道，很是独特。她鼻子使劲地嗅了嗅，瞬间有了股在顾延之办公室的错觉。

“你在闻什么呢？”龙淼好像听到了她的动静。

“车上挺好闻的，这个香味我没怎么闻过。”

龙淼也没在意，扯下眼罩看了眼辛葵：“你说的，大概是我的体香吧。”

“……”

辛葵万万没想到，这句话是从高贵冷艳的龙淼口中说出来的。

研讨会结束后，辛葵高兴了几天。

不需要用到其他人，她也可以自己搞定。

辛葵和龙淼互加了微信，中途热烈地交流了一番拍戏的时候哪儿窝着最舒服，哪儿的饭店最好吃。

龙淼其实大部分时间很忙，但是面对辛葵，她还真能抽空回几句。

相处下来，龙淼也没有网上传言的那般啊。

辛葵跑体育馆训练室的次数又多了起来。

艺人全能锦标赛就在几天之后，她的训练断了几天，眼下还得临时抱佛脚，争取将手感练得更加娴熟。

反正辛葵的目标就是不脱靶，擦边就好，这样不至于太丢人。

这几天她来到体育馆的时间都不太规律，但是总遇到同一拨熟悉的人，倒是有点好奇怪。

“宁燃没有来啊？”辛葵看见何阮阳的第一句，就是这个。

“这个你比我们更清楚吧，你们不是一个剧组的嘛。”

“呃，其实吧，我是真的没太关注他，我就随口一问而已。”

小姑娘莹润的双眸眨巴眨巴，怎么看都一副懵然的样子。

何阮阳笑笑，也没有真的去逗辛葵：“宁燃有其他行程，没时间过来。”

说着，他拍了拍一旁的贺云沂，以示自己的清白：“不信你问老贺。”

贺云沂也应了声，而后开了口。

他声音轻缓，像是随意提起：“你这几天锻炼频率怎么样？”

辛葵挠挠头，颇有些不好意思。

“不太多，我好几天没来了。”

哎……之前她好像还答应贺云沂，要多练习呢。现在这类似于现场处刑的尴尬扑面而来，让她的小面子往哪儿搁！！

一旁的何阮阳听着两人的对话，手肘抬起，照着自己的脑壳儿就是猛然一拍，丝毫不带轻的。

发出响亮的，“啪”的一声，当即将辛葵的视线惹过来。

“怪不得，我们倒是每天都过来，我寻思着怎么就一直没见着你人。”

“……你们每天都来？”辛葵抓住了关键词。

疑惑之余，她转而一想，其实心里也有些数。

越是站在高处的人，看得越是远，也越是努力。

好比贺云沂，他这么忙，还是每天抽了空。

辛葵思及此，缓缓抬眸，正好望入他漆黑的双眼。贺云沂扬了扬眉，虽然没说话，但辛葵莫名参透了他的意思。

大概就是类似于“之后可就不能懈怠了”的话语。

辛葵朝着他望，唇边缓缓地勾起浅浅的弧度。

这次的训练，三人干脆合并成了一间。

途中贺云沂指导了几句辛葵，何阮阳跃跃欲试，也要上前来抚摸几下，被辛葵大着胆子赶跑了。

结束后，何阮阳热情地邀请辛葵吃夜宵。

“就城西那家大排档，寻常人都找不到那地儿。你知道吗，一般的朋友我还真不告诉他呢。”

辛葵其实有些犹豫，但她一方面确实有些饿了，另一方面……也着实拒绝不了。

“老贺也去，之后我们忙都不来体育馆了，这顿算我们的散伙饭。”

“散伙饭是这么用的吗？”辛葵觉得有些疑惑。

何阮阳语气不确定，开口反问：“那……是这么用的吧？”

贺云沂看这两人一直掰扯，估计要说个没完没了，干脆放了话：“直接坐我的车。”

辛葵跟着两个年轻男人的步伐走，计算着等会儿吃完夜宵后回到家的点，下意识地拉开了贺云沂车的副驾驶座。

“……”

她好像之前那次，在自家地下车库上了一次贺云沂的车。

眼下残存的记忆还未完全消退，完全有点想当然的意味了。

何阮阳丝毫没怎么在意，但也不忘揶揄。

他自己拉开后座的门，俯身坐了进去：“行，女士优先，贺前辈的副驾驶，你来坐。”

辛葵撇撇嘴，突然觉得何阮阳吧……有时候话还挺多，怪不得之前贺云沂老不理他。

贺云沂看辛葵上车还在看手机，叮嘱她：“别看手机，你先把安全带系好。”

“嗯好啊。”辛葵盘算了下时间，完全来得及，而后放下手机，用双手去捞安全带。

何阮阳在辛葵拨弄安全带的间隙，有感触地喟叹：“谁能想到坐上我们贺神副驾驶的第一位女性，是小辛葵你呢。”何阮阳跷起长腿，看辛葵慢吞吞地折腾安全带，又开口补充道，“第一回坐，难免有些生疏，你慢慢系，不急。”

辛葵只是不小心坐到安全带了，得缓缓抽出来，下意识回应：“不是第一回坐啊，我就是不小心压到了。”

“不是第一回？”何阮阳惊了。

“……”

“啊！我的意思是，不是第一回系安全带。”

辛葵硬着头皮解释。

你来我往推拉了一番，辛葵轻轻地咬了下唇，视线无意识地扫过坐在主座上的贺云沂。

像是察觉到辛葵的视线，贺云沂看过来，勾了勾唇角：“好了，我开车了。”

何阮阳所说的大排档确实不是那种耳熟能详的大店，而是坐落于小巷子里的苍蝇菜馆。

没有固定的摊位，在角落里随意地摆了位置。

不太宽敞的店面，只在楼上有寥寥几个包厢。何阮阳早就想好要来，和这边的阿嬷又熟悉，早早地就定好了桌位。

贺云沂没什么想吃的，坐在辛葵身侧，将菜单递给她："你有想吃的就点。"

"你不吃吗前辈？"

"嗯。"贺云沂摇头，"我没什么胃口。"

"没什么胃口你还来？你这明明是倒我胃口。"何阮阳见缝插针，开启了怼人状态，丝毫不肯在嘴皮子功夫上吃亏。

何阮阳和阿嬷聊了几句，上楼晚，只能坐在这两人的对面。

贺云沂懒洋洋觑了他一眼，罕见地没回话，心情还不错的样子。

辛葵攥着手里的菜单，看了眼贺云沂，不知道在想些什么。

而后她拿起铅笔，草草地画了几笔，将菜单还给何阮阳。

何阮阳低头瞄了下，有些惊讶，他以为辛葵会按照之前吃外卖那般点，没想到——

"你点得有些清淡啊小辛葵，有点儿不够，我再加几道海鲜吧，行不？"

几道海鲜而已，没什么大碍。辛葵刚想应下，头都还没有点，有人比她更快出声，而且是直接地、果断地、十分利落地拒绝了。

"不行。"贺云沂长臂稍展，从何阮阳手里将菜单拿过来。

他敛眸扫视，下了定论，"海鲜都不要。"

"为什么！"何阮阳明显不服，"姓贺的，我之前吃海鲜你都不吭声，你要求那么多呢。你又不吃，别管——"

"没有为什么。"贺云沂打断何阮阳的话，淡淡睨他一眼，"辛葵海鲜过敏。"

海鲜过敏。

辛葵听到这四个字的时候，愣怔了瞬。

于她自己来说，其实很少将过敏放在心上。

她永远是典型的明知有错依旧还会犯的那种人。凭着运气，她每次过敏的程度不同，受到的伤害也就分为不同的等级。

但是换作是下一次，她仍然肆无忌惮，仍然会这么去尝试。

纵然是父母和亲戚照顾着不让她碰，她该尝的还是一个都没落下。

明知道这样不好，但抱着“并不会真的怎么样”这种想法的辛葵，遇到味道鲜美的海鲜，总会按捺不住自己。

可是在此刻，听贺云沂提及此事的语气，向来迷糊中有点小倔还有点小叛逆的辛葵，头一回产生了要好好听话的错觉。

只不过，难得那么久了他还记得。

如果辛葵没记错的话，上次顾延之带着她和贺云沂一起吃饭的时候，只不过顺带提了下。

除了辛葵，愣住的人还有何阮阳。

他一口气憋着散不出来，不上不下地吊着。

“你怎么知道辛葵海鲜过敏啊？”不仅是愣住，他还有些懵圈。

辛葵找到了回答的机会。

像是投降那般，她缓缓地将手举起，点了点自己：“这个也不难知道的，我们之前一起吃过饭。”

一起吃饭也不是什么稀奇事，但是和贺云沂一起吃饭就是稀奇事了。

何阮阳微微眯眼，目光从贺云沂这头，再落到那头。

不知道是不是错觉，他总觉得自己错过了什么，抑或是遗漏了什么。

不过认真说来，他们三个是合作过的。而何阮阳之前又因为工作的缘由出国过几周，在这期间，国内发生的事，他也预料不到。

大概就是那段时间吧，因为各类品牌方或者广告商的原因一起吃顿饭，好像也能够理解了。

“抱歉啊，我真不清楚，对不住啊小辛葵。”何阮阳想到这儿，连忙送上不好意思的笑容，“行，你不吃，我记下了。”

说着，他连忙望向贺云沂，挑了挑眉：“要不给我单独点一份？”

贺云沂说完后，也没顾及其余两人的反应，拿着笔圈圈画画了几下，在听到何阮阳的要求后，更是直接将菜单放进小篮子里，从一侧的窗户旁，用草绳放着落下去。

这边小巷里的构造还属老式的古楼，点单方式原始，如何下单也很随意，没有服务员，全凭顾客自主。

贺云沂用行动证明，什么叫作完全没给何阮阳继续点单加餐的机会。

“你吃的次数够多了，那么想吃的话就之后再点。”贺云沂身子微弓往后倾斜，直接靠在椅背上，慢条斯理地说，“今天你请客，在这种时候，总得照顾一下容易过敏的小客人吧。”

这家店是用小锅烹饪热炒，采用的是轮流翻桌的制度，方便快捷。

一般一次性做完一桌客人的量，才会照顾到下一桌。

所以无论单点不单点，菜品总会沾染点味道。

何阮阳也想到这方面了，为了照顾这独一位的女孩子，他也愿意牺牲小我，成全大我。

“行，我还是很能屈能伸的，再说了，还是那句话，多大点事啊。”

何阮阳还在那边自我感动，辛葵却忍不住将视线撂向坐在她身侧的贺云沂。

她没听错的话……

贺云沂刚刚说了，她是容易过敏的小客人吧。

小客人。

她确实是被邀请的客人，但是，就还非要带个“小”。

周遭立即升腾着带起那么点，亲昵的感觉。

贺云沂嗓音挠人得不行，像是未放的烟花，率先蹦溅出了火星，辛葵觉得自己没有过敏都要胜似过敏了。

在贺云沂眼里，她真的有那么小？

何阮阳虽然有些话痨，不过逗趣的时刻一过，他和贺云沂的谈天内容又正经起来。

就是那些正常的年轻男人都会讨论到的话题，譬如最近刚开赛的棒球，新款限量的车，以及之后的行程安排。

虽然还是何阮阳十句，贺云沂一句的模式，但盛夏夜里，靠在古楼的二层窗边，迎着溢出来的夜宵香气，辛葵倏然有一种浑身都轻松了的感觉。

她晃着腿，手肘搁在木桌上，双手捧着脸，有一搭没一搭地听着他们的谈话。

不过一会儿的工夫，楼下的阿嬷招呼了声，说是菜都齐了，让这一桌下去拿托盘。

何阮阳应了声，直接从楼梯口跑下去，身影很快消失在了阁楼转角。

木板楼梯踩上去发出的“咯吱”声响，颇有一种年事已高的高危感。

其实之前谈及夜宵这个话题的时候，辛葵也没想到，贺云沂和何阮阳，会带她来这种古朴的地方。

不曾接触前，贺云沂身上其实一直带着股遥不可及的疏离，被娱乐圈的封闭细细地刷了层透明却隔离的霜。

私下里，原来他也是正值大好年华的青年，会和哥们儿聊这些日常的话题。

贺云沂看了眼一直没说话颇为安静的辛葵，缓缓开口道：“会不会觉得无聊？”

“不会啊。”辛葵应着，将视线转了回来。

“看你没怎么开口。”

“哈哈，你们聊的东西有些我不感兴趣嘛，就不开口啊。”

贺云沂听到这儿，像是对辛葵的回答来了兴致：“那你对什么感兴趣？”

辛葵冲着他弯弯眼，两个小月牙勾成两瓣浅浅的弧度。

“那我感兴趣的可多啦，我想拍戏，想当女主角，想去海族馆，想去看星星，想去探索好多好多我未知的领域，还想亲自去体会这个万千世界的样貌。”说到这儿，辛葵顿了一下，“前辈，你呢？”

贺云沂掀起眼皮：“我？”

“嗯……”

他声音慵散，尾调拖曳得长长的：“我感兴趣的，在我身边。”

辛葵看着贺云沂，对他的回答不明所以。

但她也知道，他有无尽的才华，无数的拥簇，无上的荣光，以及无限的冠冕。

这些大概不需要贺云沂感兴趣，就自发环绕在了身边。

“前辈！”辛葵沉默了会儿，突然拔高了音调。

“怎么？”

辛葵几乎是脱口而出：“其实，我挺崇拜你的。”话落，迎上贺云沂星夜萤火般的眼睛，她在这样的美色里又缓缓补充道，“所以，我也想成为你这样的人。”

“嗯。”贺云沂像是明了那般，“那我等你成为我……这样的人。”

两人交谈至此，何阮阳拿着托盘上来了，刚好听了个尾。

“什么人不人，鬼不鬼的，你们在干什么，讨论人鬼情未了？”

“……”

在何阮阳高呼烫的时候，她倾身上前去帮忙。

像是有默契那般，她和贺云沂一齐选择了避而不谈。

何阮阳很是贴心，还给辛葵拿了瓶女孩子能喝的玫瑰米酒。

这家毕竟是夜宵店，主打的照例是酒，贺云沂因为要开车，反倒是不能碰。

夜宵吃到一半的时候，何阮阳那边来了通很是急促的电话，一连长串的铃声，锲而不舍。

何阮阳放下筷子，接了电话后，像是不能忍受听筒里传来的分贝，皱了皱眉。

挂断的同时，他站起来催促两人："阮女士今日回国，问我行程结束没，要我马上回家。”

惊异于何阮阳的听话，辛葵问："阮女士是……？”

“没谁，就我妈。”何阮阳说到这儿，看向贺云沂，“你现在能送我吗，是你们俩留在这儿吃，还是我们现在就走？”

贺云沂还没表态，何阮阳的电话又响了起来。

没办法，他只好又接通。

“得，我妈说要直接过来接我。”谁能想到虚与委蛇一番后，迎来的是生无可恋，何阮阳和面露难色，“我刚和她说我在剧组片场努力奋斗呢，要是被知道在这儿，估计会死很惨。”

顾不得再嘱托些什么，何阮阳拎起手机往楼下走："不多说了，我先走一步，你们自己慢慢来。”

望着那道身影下楼，直至消失不见，辛葵第一反应便是回头去看贺云沂。

对方指了指还有剩余的餐桌："你还吃吗？”

“我不吃了。”辛葵摇摇头。

“好，我去买单，你跟我一起坐车走。”贺云沂说着站起来，顺带帮忙拿了辛葵的小包包。

手里空落落没东西的辛葵愣在原地，安静了几秒后，她连忙跟上贺云沂的步伐。

这里附近来吃夜宵的，都是上了年纪的原住民。

阿嬷不认识这两人，但估计是看小伙子长得俊，干脆打了个八折。

辛葵沿着小巷子，往贺云沂车那边走的时候，还在回想阿嬷被惊艳到的表情。

“原来这就是传说中的刷脸啊，我算是见识到了。”

巷子长且黑，虽是夏天，但四周的墙壁都遍布青苔，潮湿的气息四面八方飘来，望不见的尽头像是幽深的无底洞。

脚下的路也崎岖不平。

不得不说，少了何阮阳，仅仅只剩两人的时候，氛围中安静又带着点诡异。

辛葵有些怕，紧紧贴着贺云沂走。

突然，前方颀长挺拔的人影顿住，辛葵愣生生停下，在尽力稳住自己的同时，混乱间踩了贺云沂一脚。

不过还好是从后方，他的鞋也没被踩掉。

辛葵庆幸之余，小声地喊：“前辈……”

贺云沂也没在意，只是说道：“你走在前面。”

“哦……”

辛葵松了口气。

迈过细长的巷子，两人从黑暗一并来到昏黄的路灯下。

这边儿鲜有人迹，但较之方才，视野算是开阔了，可以看到车子就在前方。

贺云沂突然开口了：“你急着回家吗？”

“不急啊，我平时一个人住。”说到这儿，辛葵还有些小窃喜，“没人管得了我。”

“那带你去一个地方。”

贺云沂站在车边，低头望着在他身前停下脚步的辛葵。

朦胧的暖光笼罩住两人，女孩浓密的睫毛稍敛，白净莹润的面颊上，依稀可见小小软软的绒毛。

辛葵疑惑地“哎”了一声，抬起头。

“不是说要看星星？”他直直望过来，漆黑眉眼落在夏夜的蝉鸣里，“上车，我带你。”

她拉开副驾驶的门，倏然又想起何阮阳的话。

之前辛葵皆是想也没想，径自坐在了副驾驶座上。

现在看来，是不是后座才符合她这个小后辈的身份啊……

还没等辛葵纠结完，贺云沂在她迟疑不断的踟蹰中发了话。

“你站在那边不动，嫌蚊子不够多？”

“……那我还是嫌的！”辛葵连忙应声，坐了进去。

贺云沂的车空间宽敞，她之前的小包包，被他放在了侧边的柜藏暗格里。

车子缓缓地驶入夜色中。

周遭是城西的老街，靠近郊区，拆迁危楼多，除了路灯鬼魅影子般闪过，狭长的无人街道空旷得很。

“前辈，你说要带我去什么地方？”辛葵缓下来后，又有点不安。

大概她从未和男生这样子，在这个点出来吃夜宵，又在黑透的幽深夜晚，轧着马路，缓缓向前。

“一个秘密基地。”贺云沂目不斜视。

车厢内没有开灯，周遭街景掠过，在贺云沂的半边侧脸上停下半明半昧的光线。

他冷白的肤被这样安然的夜色衬托，竟显出无边的柔和，几欲融为一体。

带了点莫名的温暖。

在这样燥意蓬发的夏夜，辛葵却冒上来点心沉静如水的感慨来。

要带她看星星，还把秘密基地都告诉她的意思是……

辛葵话到嘴边：“那你所说的这个秘密基地，和星星有关？”

因为她实在想不出贺云沂要带她去哪儿。

可到了此刻，即便没有具体的回应，辛葵也不会觉得有什么。

她指尖紧攥着手里的安全带，鼻息间，迎面而来的微风都是甜的。

“无关的话，你怎么看星星？”贺云沂过了好一会儿才开口，声音被揉碎，就这么飘在了辛葵的耳畔。

贺云沂带她去的地方，离刚才他们吃夜宵的巷道并不远。

从山脚沿着柏油马路，顺延着蜿蜒的盘山公路，一路往上，大概只开了十几分钟，就到了山顶。

车子缓缓地停下来。

一路看过来，贺云沂全程都没用导航，路线也十分娴熟，大概是经常往这边来。

“到了，你下来。”贺云沂熄了火，率先下车，转身单手搭在半摇下来的车窗上，往里面觑了一眼。

“嗯，我来啦。”辛葵应下，也开了车门。

落地便是稍显不真实的触感，自出道以来，辛葵行程虽不太满，但也很忙。家都没回几次，几乎没有能够外出的机会。

她往靠近天际的山峰迈了几步，迎面便是整座城市的夜景。

山顶只有轻微呼啸刮过的风，和树叶摇晃的哗啦作响。

城市的喧嚣和夏天的浮躁被山风刮散，凝在了山下的远景里。

前照灯大剌剌的光线直射前方，照亮了近处的路，也映出了贺云沂修长的身影。

“前辈，你经常来这边吗？”

“嗯。”贺云沂往后退了几步，闲散地靠在车边，“有时候独处久了，来这边兜兜风。”

“这就是你的秘密基地啊？”辛葵想起他之前说的话，“那你……也有这样带其他人来过吗？”

其实她原本想说的是，其他女生。

但话哽在了喉咙里，又悄悄然收了回去。

倒也不是不敢问，就像是脑海里“叮”的下冒出了这个猜测，又被人亲自摁回了原地。

大概是今晚夜宵的玫瑰米酒喝多了。

辛葵浑身软飘飘的，像是泡在了鸭绒里，没有任何着力点。倒是思绪，横冲乱撞，毫无章法。

“没有过。”贺云沂敛眸，继而视线抛向她，“毕竟，也没有其他人会和我说，想看星星。”

“……”

那她和他说了吗！

她明明说的是自己感兴趣的事情好吧！

而且也没说一定要现在看啊……

不过，既然他都带她来了，也算是一片好心。

那么她，怎么说也得好好地接下。再轻轻地捧住。

“这里很安静，离天空很近。”辛葵走到他肩侧，抬头望着夜空，伸出手试探着，朝着那儿抓了抓，继而缓缓地笑起来，“可是也没有星星哎。”

之前辛葵就想问了，贺云沂就那么笃定，他们一定会看到星星吗？

夜空像是被墨水泼过的幕布，一片乌黑，唯独没有粲然的亮点。

“星星一直在。”贺云沂骤然开口，鼻音很重，带着点浓浓的感冒意味。

不知道是不是山风侵肆，将人的话都吹变了音。

辛葵小声反驳：“不在啊，这里完全没有星星。”

说到这儿，她开始莫名怀疑起贺云沂的动机了。

辛葵偷偷拿余光觑站在她身侧的人，他双手插兜，略微歪着头，视线落在远方。

“确定没有吗？”贺云沂的声音淡在风里，像是笑了，“你再抬头看看？”

辛葵听话地抬头，望向天空。

云层缭绕在月亮周围，之后渐渐地散去。一颗一颗小小的星点蔓延开来，继而连成片。

“哇……”辛葵感叹了声，下意识描述，“好多星星。”

像之前那样，小姑娘细长的胳膊往天空的方向伸直，凭空够了够。

“前辈你快看，这里的星星好漂亮！”

辛葵声线里透着显而易见的愉悦。

贺云沂勾唇，含笑道：“嗯，我也觉得。”

“你在看什么，这么入神？”倏然而来的问话，将辛葵从手机的相册图库从拉回了神。

“……嗯？”女孩抬头，见到是李严，“我在看自己拍的图。”

李严顺势低头，瞅了一眼：“乌漆漆的一片黑，这也叫图？”

“严哥你怎么跟何阮阳一样了啊……”辛葵小声说。

“你说什么？”

“没什么，我只是想说这是星空图，你仔细看嘛，上面是有星星的。”

李严摇摇头：“没看出来有星星，只看出来你技术不佳。”

“……”

她拍得有那么差？

看辛葵噘起嘴来，李严连忙改口：“好了，也许是不小心手抖，我都懂。”

“不……你不懂！”

李严也没顾及小姑娘倏然而起的小脾性，只当是平常的小打小闹：“不说这个了，你准备好没，等会儿直接去采访就好了。”

辛葵的思绪回到正轨上：“我早就准备好了，论及这个，我可是专业的！”

体能锦标赛的全明星赛在今天晚间开始。现在各类艺人大都来齐了，各自待在后台的化妆间里。

辛葵因为之前华羽奖的优异口播表现，再次受到了青睐，直接被主办方钦点，这一次有对于赛中艺人的单独采访。

采访他人的任务，直晃晃地落到了她的手里。

俗称小小通报员。

不过单独采访也是有限的，只有最出名的那几个，才能得到这样的待遇。

毕竟这回会单独录成视频，作为官博引流的播出看点之一。

辛葵戴好耳麦，手里攥好话筒，再三和李严确认了下：“录播的形式是吧，那是我主动去，还是说等他们来啊？”

“想什么呢？还等他们来，当然是你主动啊。”李严哭笑不得，“我不能和你一起去，你就跟着摄影师走，结束就赶紧回来啊。”

“嗯嗯，我知道。”辛葵点点头，跟着一帮工作人员走，直至身影都消失在了门外，蓦地，又露出来一颗小脑袋，“严哥，可是万一有我不认识的，会不会很尴尬啊？”

“你还会有尴尬的时候？”李严安抚她，“圈内那么多人，你总不可能每个都认识吧，平常心就好。”

“好，那我真走啦！”

“……你可快走吧。”

辛葵拨了拨自己的耳麦，和摄影师一路走一路聊，顺带了解了一些关于收音录音的注意事项。

她紧跟着工作人员，七拐八拐后，在一道门前停住。

门上贴了一张纸，明晃晃地显示着“贺云沂休息室”。

“妹妹，你敲门。”摄影师别开身子。

“……啊。”辛葵盯着那张纸，暗自压住内心怦然而起的骤然紧张，“现在就开始录啦？”

“不是，先进去，定好三脚架后，找准位置，我们再正式开始录，你帮忙敲个门。”

“哦，好的。”

辛葵轻轻地敲了门，前来迎接的是李松。

他提早知晓了这次的单人独家采访，早就在等着了。

“小辛葵啊，进来进来。”

李松话落，惹得一行工作人员抬了抬眼。

这样的热情和蔼，其实蛮少见的。

众所周知，李松平日里虽然看起来一副憨憨的模样，但在圈内，他的态度一直疏离有度，把握得很好。

能够辅佐出贺云沂这样的人，早前又过了金牌经纪人的考核，他胜在做事踏实，平常能够帮贺云沂排开一切送上门来的烂桃花，在有接触前，直接杜绝一切后患。

大概因着李严的缘故，他对辛葵没有那份子排外感。

“什么时候开始？”李严将人迎进门后，朝着工作人员开口。

“李老师，你和贺神等一下，我们先落架，等会儿找好角度了，直接开拍。”

“那行，我先去趟洗手间，你们可以不用管我。”

“好的好的。”

辛葵被落在了一旁，她视线扫过沙发。

果不其然，贺云沂合着双眼，整个人懒散地倚靠在沙发里，无声无息。

“辛葵。”

“……哎？”她看得呆住了，直到身侧传来了声音，收回视线转身，才发现周围还有人。

宁燃坐在这侧的沙发上，正抬眸看她。

“你怎么在这儿啊？”

宁燃给她拉过来一个矮小的凳子，辛葵几步迈过去，挨着他坐了下来。

“你忘了？我也有项目。”

“哦对对，我想起来了，射箭！”

辛葵回忆起之前体育馆训练室的偶遇，宁燃也有射箭的项目。

“对。”宁燃语气温和，用手指了指辛葵的耳麦和手里的小话筒，“你这是什么，代班小主持吗？”

辛葵不好意思地笑笑：“是的，我又被安排到了这个任务。”

“那你等会儿射箭还来得及？”

每个艺人被安排的项目不一，到时候轮到的次序确定了，除去统一的开场外，之后的时间抓捏得很紧。

“来得及啊，就是动作得利落点。”辛葵用手指一一数着：“你看我给你举例，除了这个，我还有开幕誓言，还有候场，还有射箭……”

两人打开了话匣子，在工作人员忙碌的同时，又聊了些有的没的。

随后，宁燃的经纪人过来找人，他和辛葵道了别，起身走了。

辛葵坐在矮凳里，百无聊赖，径自用腿着力，转着圈儿。

等到整个身子转过来，视线再次落到对面的沙发上，她直接迎上一双沉静的黑眸。

贺云沂睁着双眼，视线沉甸甸地盯着她这儿，不知道看了多久。

骤然间碰撞上的眼神，辛葵大脑一时转不过弯来，登时停滞了两瞬。

幸好这时工作人员扬声招呼："妹妹你过来看看，这个是我们的主机位，旁边是采音的地方，等会儿你注意看镜头，中途收音不好的话，你记得提醒下。"

辛葵赶紧站起来，边点头边应下："嗯好的。"

正式开录前，她要站到工作人员指定好的位置，就位于贺云沂的左侧。一来便于拍摄，二来便于场景布局和人像入镜。

但辛葵的路线在中途就受了阻。

贺云沂交叠着的两条大长腿成了拦路石。他像是不知觉，在辛葵无声视线的示意下，也没有任何避让的动作。

无畏中，某种暗示的意味明显。

视线相比之前……也更加直勾勾了。明晃晃地看着人，也不出声。

辛葵不知道他这是怎么了，只径自挠了挠头。

仔细想想，其实也不难琢磨吧……

贺云沂大概有些睡醒后被吵到的起床气。

好几次都是这般反应，毫无例外，淡然中带着点儿不太明显的戾气。

辛葵顿在这儿，看他远远没有要挪开的意思，干脆绕了个远路。

猫着腰靠近贺云沂那边的时候，她仍然心有余悸："前辈，说实话，刚刚我有点被你吓到了。"

在那个郊外山顶的星夜后，辛葵心中以往对贺云沂的认知缓缓地改变了，现在她也没有太过于拘谨于此了，也就能诚实地将自己所想的，在贺云沂面前说出了口。

非要形容的话，那就是辛葵的胆"肥"了不少。

"被我吓到？"

贺云沂总算是说话了，视线紧跟着辛葵。

"是啊，超级，完全。"辛葵做了个不寒而栗的姿势，以表自己刚刚的具体心绪，来了个场景再现。

然而就是这句话，惹得贺云沂直起身来。

"行。"

“和别人聊天是开心，我呢，就是吓到你。”贺云沂顿了一下，语气冷飕飕的，“你是这个意思是吧？”

“……”

辛葵没想到贺云沂会这样想。

悄悄瞥了一眼他后，她没忍住，又偷偷地瞥了他一眼。

贺云沂侧脸线条冷硬，下颌线绷直，唇也抿成一条直线，面上的神情冷清疏离。

辛葵没回应他，取而代之的，是在不断好奇中越发扩大嘴角。

“很好笑？”贺云沂挑眉。

辛葵本想克制住，但一旦在脑海里细细回味贺云沂的语气，她就忍不住。

下一刻，女孩复又眉眼弯弯：“我没这样觉得，我只是想说……”

“前辈……你有没有觉得你刚刚的语气……”

“……好像怨妇哦。”

缓过神来的辛葵暗自懊恼了一番。她一定是飘了……

不是飘了的话，怎么就敢回怼贺！云！沂！

其实相比较于其他，辛葵在那一刻的感受，就是实实在在地觉得好笑。

她只不过是刚好联想到了之前看过的狗血剧，继而也被戳中了笑点，觉得贺云沂的语气颇像怨妇，挺有怨念罢了。

就仅仅是这么单纯的想法，别无其他。

但话语一出，她真这么解释，好像压根也没什么说服力。

辛葵暗自感叹中，又觑了眼贺云沂。

对方脸色淡淡，并且不怎么愿意搭理她了。之后辛葵的一系列讨好小动作，也无济于事。

哎……不得不说，此时此刻的贺云沂，颇有点像只闹了别扭，又很难哄的猫儿。

采访正式开始了。

“准备好了啊，一，二，三，开始！”

工作人员的这句提示词，将辛葵从天马行空的思绪里拉了回来。她连忙克制住自己不切实际的浮想联翩，清了清嗓子。

镜头前，两人表现无异，皆是最基本的对话和最基础的模式，辛葵问，贺云沂答。

但不过是这么正常的相处，放大至录制当中，你来我往间，竟是平白地增添了些古怪的意味。

辛葵问："我们都知道贺神很少参加类似的综艺节目，那能否具体说说，下定决心选择这次全明星赛的缘由呢？"

贺云沂答道："没什么缘由，就是突然想了。"

辛葵道："嗯嗯，听说这次你只参与了射箭的项目，对于射箭，有没有相关的经验说给大家听听？"

贺云沂道："找准对的姿势。某些人错就错在了这方面。"

辛葵道："……"

辛葵问道："和你一起参与射箭项目的，还有你的好朋友宁燃，你们俩赛前有互相加油打气吗？"

贺云沂道："这个没有，他不需要，我不需要。"

辛葵："……"

辛葵继续问："那……提到行程，粉丝对你接下来的行程很感兴趣，不知道贺神有没有具体的计划？在歌曲方面，抑或者是新专辑方面？"

贺云沂说："夏末会有新专辑和演唱会。"

辛葵问道："哇，那新专辑收录的歌曲，大概会是怎样的风格呢？"

贺云沂答："目前有在尝试的风格，但可以确定的是——"

贺云沂说到这儿，缓缓掀起眼皮，直接朝着特派小记者辛葵看过去。

紧接着，他缓缓补充了自己接下去的那句话："不会采用怨念风。"

"可以确定的是不会采用怨念风"，辛葵听及此，更加确定了内心那股隐约的感觉。

贺云沂就是在假公济私，特意在采访里暗暗呛她！

稳稳心神，辛葵维持着甜美的笑容："那到了我们最后的问题啦，贺神今天有想过拿第一吗？"

"顺其自然。"他没直接应下，语气闲散得要命，继而，一直没怎么按照台本上官方回复来答的贺云沂，再次出其不意地开口，"那你呢，你怎么想的？”

“……嗯？”辛葵愣怔了一秒。

“你觉得我能拿第一吗？”

“我觉得吗……”辛葵其实并不清楚贺云沂和其他人之间实力相差有多少，但这个问题成功地令她顿了一下，陷入沉思后，她缓缓补充道，“没有的话没关系，能拿的话再好不过了啊。”

采访结束后，工作人员竟也是久久不能回过神来。

刚刚这一段辛葵和贺云沂的你来我往，无比顺畅和流利。谈话间的神情动态都十分鲜活，小眼神和小动作就更别提了。

难得的是，贺云沂居然话这么多，多到在辛葵面前，还带了点逗趣的意味。

但论及当事人辛葵，则只觉得今天的贺云沂……莫名带了点蔫坏的意味。

还是那种刻意的，丝毫不加掩饰的，完全不符合人设的蔫坏。

辛葵在采访结束后刻意回避了贺云沂。

也不是因为别的什么……主要是……她也要面子的好吧！

陆陆续续又采访了三四个前辈，辛葵的小记者行程，总算是画上了圆满且艰辛的句号。

她回到休息室就躺平，一副生无可恋的模样。

那段采访视频之后肯定还会发到网上，也不知道到时候网友怎么想。

不过两人的谈话内容皆是围绕着双方彼此，其他人完全参透不了，自然探寻不到里面的玄机。

像极了只有两人心知肚明，只能彼此窥看的小秘密。

她之前怎么就没发现贺云沂还有两副面孔呢。

抛开这些，辛葵忙着背誓词。

全明星赛的开场，贺云沂是台上唯一的宣誓人和宣发人，而她是台下负责带领其他艺人背诵誓词的。

正式入场后，明亮的馆内乌压压挤满了粉丝。

每家都分到了不一样的区域，覆盖的面积大小也各有不同。

每个艺人进场前，都会有此起彼伏的尖叫声和呼喊声响起。

相比较去年，今年辛葵的入场实在是好太多了。

不仅纯粉的数量提升了，粉丝座席的专属位置——“葵花籽”海洋也占据了不算小的面积，遥遥望过去的时候，每个人手里的向日葵花盘灯显得格外耀眼，花花绿绿的，别具一格。

辛葵因为近来活跃于大众的视野里，好感度、国民度均有提升，现在她已然是同期出道小花里一骑绝尘的存在了。轮到她进场的时候，其他各家对她有好感的粉丝，都不吝啬于自己的嗓门，进行了热烈的欢迎。

当然，其余人的一切，较之贺云沂，则是细弱不起眼，且倍显微不足道。

他的粉丝遍布全场，规模也是史无前例，硬生生摆出了压迫感十足的气势来。

这次全明星赛的高票价以及座无虚席，实则都得归功于贺云沂。

他的粉丝不仅仅局限于年轻人群，上至上了年纪的大妈，下至咿呀学语的小孩子，都能看到身影，可见涵盖领域之广。

还划分为了两拨，不同却也和谐。

妈妈粉用的是闪电灯，年轻粉用的则是风车灯。这两款灯造型接近，光效不同。

前者不羁、狂妄，象征着无尽道路上的荆棘和破斧，划开无尽的未来和可能；后者温和，随风而转，寓意着星途顺遂，无上巅峰。

这也堪称是内娱粉丝现场的另一神话了。

最为震撼的，其实还是贺云沂粉丝的包场大合唱。

主办方播放了贺云沂的出道爆红曲《破狼》，整齐高昂的音调里，场馆响彻着回声，屋顶几乎要被音浪掀翻。

然而，这一切的热闹，在他出场之后达到狂野的巅峰后，复又归于平静。

在开场宣誓运动员精神的同时，整个偌大场馆里的粉丝都噤了声，只为配合贺云沂。

“我仅代表我自己以及全体艺人，秉承着奥林匹克竞赛的精神，遵守不作弊不服药、公平公正的信念。在比赛里，坚持和倡导友谊第一比赛第二。请全体和我一起宣誓——”

话落至此，本该平视前方的贺云沂微微往下看去。

辛葵正站在台下，同时抬眸看向台上那抹颀长优越的身影。

不同于以往的任何一次。

此时此刻，她的后方有无数艺人，可她的前方，只有贺云沂一人。

开场宣誓后，全明星比赛很快便进入白热化阶段。

今年来的大咖多，又因为采取了新的赛制，主办方很快便摒弃了去年那些又臭又长的水项目，直接进入了主题。

毕竟花费了大功夫做的综艺，总要考虑流量、直播观看人数和收视率等一系列的问题。

热点项目还根据一些明星的行程表来安排，统统往前靠，尽可能为了让流量能够出席。

不过热中之热，照常只有一项。

最重要的点睛之笔,还是往年的大热项目,也是开场的压轴项目——射箭。

辛葵今年只有女子射箭项目，目前的排表还在最基础的单项跑步和接力跑，所以眼下，她没什么事，只需要坐在场边就是。

附近周遭有休息区，艺人皆是席地而坐。

辛葵盘腿而坐的地方，是射箭区专属的集合区。

恰好，她背后就是贺云沂粉丝的专属区域。

自宣誓以后，粉丝定时定点，一齐高声呐喊应援词。

“云沂云沂，银河无垠；你星夜而鸣，我心永远向沂！”

辛葵听了听，好奇地望向左边——自己的那片小葵花籽海。

葵花籽大概是觉得喊不过，干脆放置了个偌大的蓝牙音箱，自动无限循环播放加油之类的词语。音响旁边，还放置了个会扭动的七彩太阳花。

中途还有人越过界限，朝着贺云沂的粉丝要了几块电池，并且互相交换了小零食。

辛葵：“……”

她觉得好笑，但是仍然是掏出手机，对着那片葵花籽海拍了拍。

没过多久，射箭项目的选手进行集合。

今年照样是男女单项分开来进行比赛，名为单项荣誉的比拼。

何阮阳是网球部的选手，时间排表放在了之后的赛程中，眼下无事，怎么说都要赖着周围的两人团团转。

宁燃拿他没办法，和贺云沂一起往辛葵这个方向迈过来。

辛葵还在盘腿坐着发呆。

背后登时有粉丝号叫的声音骤然响起，激动之情溢于言表。

她在这样热闹的嘈杂声中抬眼，看到这几道修长的身影，连忙直起身，坐姿十分正经。

“你和尚打坐呢。”何阮阳自认为和辛葵熟得不能再熟了，在她正对面坐了下来。

“这样坐舒服嘛。”辛葵回了何阮阳，视线却是抛向贺云沂，“你们俩不坐下来吗？”

宁燃点头，贺云沂则是没说什么，挨着辛葵，在旁边坐了下来。

这样的举动，令后方的贺云沂粉和葵花籽都亢奋了，一声又一声地高喊。

“这怎么就只喊你们两人的名字啊，当我死的？”何阮阳手里把玩着运动牌，“我难道过气了？”

宁燃觉得好笑：“你才知道你过气这件事？”

“粉丝区域划分不一样吧，喏，你们的在那边。”辛葵说着，指了指对面。

何阮阳掏掏耳朵：“我才不去那边，那边也有某人的粉丝，到时候把我给同化了怎么办？”

贺云沂不冷不淡地睨他一眼，懒得理。

宁燃作为中间人，插了话：“你还怕同化？网传里狗气冲天的不就只有你一个，别拉我们下水啊。”

什么叫狗气冲天？！

何阮阳顿住：“姓宁的，你有本事再重复一遍，你信不信我在现场就把你办了！”

他抬手圈住宁燃的脖子，两人现场纠缠打闹。

后方粉丝座席围观了一切。

“哈哈哈，这是大型互殴现场吗！”

“呜呜感情真好，何阮阳的手那么有力地圈住了宁燃的脖子呢！”

“拍下来，拍下来，世纪拥抱！”

辛葵听到这儿，“哈哈”笑了两声，肩膀抖起来，一晃一晃的。

何阮阳简直就是个活宝……堪称娱乐圈内的一股清流……

就在笑到坐姿都乱了的同时，她侧头迎上贺云沂的视线。

对方深色瞳仁里，印着一个小小的她。

他唇角微勾，也在浅笑。

虽然是看着她。

回过神来的何阮阳并没有打过宁燃，反而被狠狠地收拾了一顿。

他整了整衣领，颇为尴尬地咳了咳，假装无事发生，开始转移话题：“等会儿射箭，你应该挺有把握的吧。”

宁燃之前参加过其他的综艺节目，射技精湛，听到何阮阳这样问，理所应当地回应：“差不多，第一没问题。”

辛葵想起之前何阮阳他们讨论这个话题时候的笃定，那时候还让她有不会的去请教宁燃。

现在听了当事人的自我肯定，果然看起来很厉害的样子。

“……第一是真的厉害了。”辛葵垂下眼来，无意识地喃喃两句。

她还没来得及发表多余的想法见解，场馆内的语音播报响了起来。

“请参加女子单项射箭的艺人，到赛场集合。”

辛葵“呀”了一声，连忙从地上坐了起来。

但她动作太过于猛烈，起身的瞬间没稳住，直接趔趄了下。

幸好辛葵反应得快，在空中晃荡了会儿，这才堪堪稳住。

何阮阳在一旁看得惊心动魄：“你还是有把刷子的啊小辛葵，吓死我了。”

辛葵嘿嘿一笑：“多亏了射箭的基本功。”

她起身往赛区走的时候，身后的葵花籽连带着其他家的粉丝齐声高呼：“妹妹加油！”

辛葵用力地应了声“听到啦”后，抬腿跑远了。

望着小姑娘渐行渐远的身影，何阮阳转过头来：“跑得真快，我还没来得及给她加油呢。”

何阮阳视线抛回原地：“女子射箭比赛开始了，你们是不是也得去待定区等候了？”

他话落，没得到回应。

只发现贺云沂敛着眸，一副若有所思的模样。

辛葵全程照着贺云沂所教的重点来，刚开始的时候过于紧张，完全控制不住自己，手抖得厉害。

第一箭没发挥好，但也没脱靶。

这是她对于自己的要求，看不是飞空，倒也自我满足。

高兴之余，女孩的心气也渐渐地稳定了下来，接下来的几把次次内环，稳得不得了。

最后一把定夺赛前，男子单项都在待定区等候。

途中有镜头扫过，抓拍这些男艺人对于女子单项的反应。

导播给贺云沂的镜头格外多，但他全程没抬头，只自顾自慵懒地站着，双手抱肩，低着头。

这次和辛葵一齐竞争的总共八个女艺人。

除却一开始就被甩开的后几名，前三名的竞争格外激烈。

辛葵由于第一环的小小失误，拿第一就不可能了。但她的目标也不是第一，所以最后一把的时候，也没顾念太多，状态反而出奇好，显得格外的沉静。

大屏幕里就在这时候给了她一个特写，女孩带着卷的发尾披在身侧，细碎的发散落在白玉般的耳垂旁，秀美侧脸上，杏仁眸像是镶嵌上去的黑珍珠，亮得耀眼。

眼神坚定，姿势紧紧地绷紧稳住。

整个人都透着甜美又坚定的气息，惹人怜爱。

下一秒，她松手放箭。

十环。

全场粉丝在瞬间欢呼起来。

辛葵的最后一把，直接奠定了第三名的位置，算是很好的成绩了。

大屏幕里，她笑起来，双眼像是缀了星星，看得出来很开心。

宁燃看了全程，只觉得辛葵的姿势莫名得熟悉，但又说不上来哪儿熟悉。

他转过身，想去和贺云沂交流。

一直低着头的贺云沂，此刻手里攥着瓶矿泉水，仰头喝了口水。

视线紧跟着飘远，也不知道是不是在看大屏幕。

“你有没有觉得辛葵的这个射箭姿势，还挺不错的。”宁燃摸了摸下巴，径自凝思了番。

“嗯。”贺云沂的视线从大屏幕上收回，“现在去场上？”

宁燃的沉思被打断，只应道：“嗯好，也轮到我们了。”

女子单项射箭比赛的第一被一名搞笑女艺人摘得。

她在录制前三甲独家祝贺视频的时候，辛葵在一旁默默地等待。

男子单项紧随其后，已经开始了。

这个时候，场子已然被炒热，呐喊声和助威声全然被收录。

粉丝抛开矜持，在贺云沂比赛的时候，声嘶力竭地喊着“加油”。

一波又一波在安静中炸裂、在炸裂后又安静的尖叫声不断传过来，辛葵录制完视频，抬头去看大屏幕。

还没到最后一把，但是第一的位置，一直被一个人占据着。

是贺云沂。

虽然和第二名宁燃的分数咬得很紧，却一直未曾松懈，没有给人以超越的机会。奇特的是，贺云沂之前几把虽然稳，但未曾直中靶心，都是九环。

最后一把，辛葵远远站在场外，抬眸看向大屏幕。

贺云沂浓密鸦黑的睫毛笼在护目镜里，身姿清落优越，和之前在训练馆里的他，一模一样。

他细碎黑发半遮住优越的眉骨，目光懒散却专注。

在全场凝神，屏息的瞬间，他松手，箭标垂直而射。

快速且利落的弧线里，十环。

射箭比赛第一到手。

整座场馆就在这个时候沸腾起来，粉丝颇像是下了油锅炸的鱼儿，兴奋得很，堪比跨年时期的炸开的烟花，就差没有放礼炮了。

大屏幕里显示着第一名的每一档分数，清晰明了。

辛葵望着贺云沂最后那把的分数，紧跟着视线收回来，在远处赛场上找寻着贺云沂。

因为离得远了，看不太清，他缩成模糊且小的一道身影。可哪怕看不清，某些声音、某处跳动的频率却又格外清晰。

在心尖处揪紧，灼烧。

辛葵突然觉得，自己有些呼吸不过来了。

那边的男子射箭单项比赛落下帷幕，辛葵还不能返场。

她站在原地，手里攥着第三名的奖杯。

等会儿她还需要和前两名一起拍合照，暂时周转不开，也不能往旁边走。

眼下的场馆余热未消，还停留在方才的热闹气氛里。

全场都响起了欢庆的歌曲，应援棒一闪一闪，十分耀眼，比场馆的明亮还要绚然几分。

等到辛葵拿着奖杯和其他两位女艺人拿到合照后，男子单项射箭的前三名也在工作人员的带领下往这边走过来。

贺云沂打头，单手插兜，略微垂眼，一副漫不经心的模样，宁燃紧跟在他身边，正凑在他耳畔说着什么。

自贺云沂一路迈过来的途中，周遭的粉丝座席的呼喊也是此起彼伏，走到哪儿，应援到哪儿。

已经有观众席的站姐将比赛那会儿的偷拍图放到了网上，立刻成了热图。

那几张关于射箭的生图构图巧妙，捕捉到的瞬间动态，直击人心。

“我的妈呀，再次没后悔去往现场！”

“啊啊啊，哥哥好绝，眼神是不是要杀我，我不活了！”

“这射中的不是靶心，而是我的小心心啊呜呜呜！”

“太酷了，前线说是拿了第一呢，就很骄傲，我现在都不知道哥哥不会什么！”

“楼上的，你哥当然有不会的啊，不会谈恋爱的鸭子，哈哈。”

“这贺云沂简直是一台行走的酥断腿的心动贩卖机啊！”

现场粉丝的感受远远比这个要来得震撼，眼下贺云沂结束了比赛，尖叫声更是嗨破天。

和略显佛系的其他家相比，可谓是精力十足。

这次宁燃拿了第二，两人总分差距不大。但这点能够被拉出来嘲讽的大好机会，肯定不会被某些“有心之人”落下。何阮阳丝毫不放过任何可以埋汰宁燃的间隙，也算是好好地报了之前被宁燃胖揍的仇。

之前两人还没往这儿来的时候，何阮阳已经率先讽刺了一番。

论及这种小事，宁燃肯定不会放在心上。

他也有自己另外好奇的点。贺云沂之前训练的时候，表现得中规中矩，他也没怎么注意。

但这回被压，还丢了之前自诩能顾拿到的第一，宁燃有些讶然。

庆幸他没往镜头前说下类似于势在必得的战言，不然今天，他所有在场的粉丝，估计都会好好嘲笑一番，顺便再唏嘘会儿。

他是演员，粉丝平日里不怎么爱做数据，但总会从一些有的没的渠道，来做表情包和弄段子。

快走到颁奖台的时候，宁燃觑见了窝在工作人员身旁的辛葵。

对方正被嘱托些什么，怀里抱着奖杯，乖乖静静的。

“辛葵其实挺不错的。”宁燃走着走着，倏然来了这么句。

贺云沂像是有了反应，缓了会儿：“你这么说，是什么意思？”

宁燃没来得及细想贺云沂的语气，只径自道：“没什么意思，我是看她之前练了那么久，这次成绩也跟上来了，还挺可以的。”他顿了一下，补充道，像是在提醒，“你忘了？我们之前不是还在体育馆那边碰到她。”

贺云沂“嗯”了一声，视线往前眺望了一会。

辛葵正被工作人员团团围住，与大家一一合影。

大概是受欢迎且讨喜，其他艺人都没这待遇。小姑娘嘴边噙着笑，甚至主动去挽工作人员不敢伸上来的手臂，嘴里念念有词。

收回视线，贺云沂和宁燃继续并肩走。

在这个档口，宁燃又开了口，语气很是疑惑。

“不过我有件事很好奇。”

“你说。”

“你和辛葵是不是偷偷摸摸找同一个教练加练了？”

“……”

“不然为什么你们俩射箭的姿势那么像？”

“……”

贺云沂没吭声，但宁燃偏偏自有一番猜测。

他之前找了专业教练陪练，是以，能够明白姿势相像的点。

通常体现在一些小动作和小细节，而这样的习惯，应该是秉承一脉。例如握把的姿势，弓箭微弯的弧度，以及如何放箭才最合适。指关节用力的地方不一，也会影响最后的成绩。

见贺云沂仍然没出声，一副不置可否的模样，宁燃先入为主。

“还是哥儿们吗，这么不厚道。”

贺云沂听到这儿，眉眼一扬：“你是承认那位教练手法精湛了？”

“当然。技术高超，训练得当，姑且可以说是速成班最佳吧。”宁燃直接应下，并评判了一番。

“那我替他谢谢你了。”贺云沂挑眉，拍了拍宁燃的肩膀，随后走远了。

宁燃望着他的背影：“？？？”

今年的艺人体能全明星赛，是导播录播和现场直播并行。

射箭比赛结束没多久，全程视频 cut 很快就被放在了官博上，一时之间，引得众家粉丝前来观看。流量和热度指数，直接趋向千万。

其实每年类似于此的综艺节目收视率和关注度都不低。各家互掰以及自家爱豆的物料自足，都出此节目。

以往也不乏后续才曝光的圈内情侣提及在这儿偶遇心动的时分。认真说来，确实成了不少对。

粉丝既紧张又期待，加之今年又邀请了不少大咖前来，关注度更是呈火箭式攀升。

射箭比赛每年都有出圈的神图。

之前透露出的小道消息，以及在场粉丝描述出来的画面，远远没有视频来得直接。

“天哪，被酥到说不出话——我人都没了！”

“宁燃和贺云沂怎么回事，你追我赶的？”

“我宣布，今年的 Top1 非贺云沂莫属了！”

“没人关注女子单项吗，你们也太现实了吧？”

“对对对！都给我去看，直接拉进度条到后面 PK 那个阶段，辛葵那个特写，绝了！”

“有一说一，她表现真不错，在我意料之外。”

“楼上 +1，看得出来有在认真练习，不是来蹭镜头的，这个真的要点赞！”

“那个特写之后，紧跟着就是贺云沂喝水，连续两个高光镜头，导播，是在嗑，是在嗑吧？”

“星云 CP 还有谁不了解的吗，这波入股不亏！”

在当事人不知情的状况下，网上的热度在慢慢发酵。

今年目前的唯二热点，除开贺云沂，讨论度居高不下的，便是辛葵这次射箭的视频。

有关于辛葵的所有出镜 cut 被额外单独剪辑出来，引得越来越多的网友评论和转发。

不过一会儿的工夫，辛葵继之前细腰大热视频后，再一次成功地热转出圈了，事态也朝着全民热火朝天怜爱美女这个方向发展。

网上在讨论的时候，辛葵忙着比赛，以及跟进赛后的一些事，完全没有时间和精力去关注。

中途休息，辛葵乖乖地跟着李严回后台。

李严嘱托小助理跟着她，自己去往主办方那里跟进接下来的行程，看还有没有需要临时出镜的。

如果没有需要，那么辛葵的行程到此，就可以提早结束了。

小助理得了李严的吩咐，和辛葵一块往回走。

走到一半的时候，她问辛葵：“妹妹，我去趟卫生间，你要去吗？”

“我不去。”辛葵摇摇头，“没事，我先回去就行。”

“嗯嗯，那你先回休息室，我等会儿回来啊。”

“好的，你快去！”

辛葵别了小助理，路过走廊，往一旁的转角处走去。

周遭没什么人，走廊里静悄悄的。

辛葵悠悠然走着，走廊侧边是成排的透明窗。窗外是凌晨的夜空，窗内是无人的走廊。

四下无人，她的心却不像是表面那般平静，像是长了杂草，四处沾惹上了毛躁感。

哪怕只有丁点儿，也悄悄地挠着痒，足以扰乱思绪。

她的脑海里蓦然浮现今天场上的情景。

粉丝的不灭和热情，比赛的紧张和放松，以及大屏幕里的环数。

最后，统统转化为了远处视野里，那道挺拔颀长的身影。

哎……

辛葵边回忆至此，边往回走。

这时前方传来窸窸窣窣的脚步声，两道身影正往这个方向走过来。

莫名熟悉，是贺云沂和李松。

“……”好早不如来得正巧。

就在她步子莫名停顿住的时候，李松嘱托了贺云沂几句，身形一闪，很快消失了。

而贺云沂像是有所察觉，本来微垂着的眼抬起，视线落在她身上，步子直直地朝着她迈过来。

距离场上相见，其实不过是一晃神的工夫，可短时间内的再次相逢，将人打得措手不及。

辛葵心中警铃嗡嗡作响，脑海里应该出现的反应在此刻，像是失了所有信息的雷达，全部丧失了，只剩下乱七八糟绳索般的牵引，不断地拉扯着她的动作。

在贺云沂快要走到她跟前，手即将要从裤兜里伸出来的时候，她像是压根没看到他那般，纤细小腿加快步伐，目不斜视地往前又迈了几步。

而后，先贺云沂一步，直接迈过了转角。

小姑娘的身影一溜烟便消失了，随之传来的，还有快速开门的动静，以及迫不及待的关门声。

"嘭"的一声。

贺云沂的步子也缓缓停在了原地。

"……"

这是，假装没看见，躲他?

b o h e q i n g

第四章
奶油草莓蛋糕

辛葵结束艺人体能全明星赛的录制后，马不停蹄地入组《时间轮轴》剧组开始拍摄。

《时间轮轴》在隔壁城市的影视城拍摄基地举行了低调的开机仪式，在正式官宣前，已经悄然开始了拍摄的行程。

男女主入组后，相应的配角也分期驻扎在拍摄基地。

辛葵由于戏份较多，拍摄周期几乎与男女主一致，所以算是最早进组的那一批，带着李严和小助理，和剧组的人一起，住在了附近的酒店里。

短时间内，都不会再回 Z 市。

宁燃和龙淼之前早就试过了几条戏，眼下在配合中不断地磨合，比起最先开始的拍摄，要默契许多。

辛葵几乎是本色出演，适应得更为快。

她的人设是个小话痨，台词多，几乎全程都在和男女主对话。

又一场男女主对手戏后，龙淼在助理的簇拥下，下场休息。

她过来的时候，辛葵正在坐在导演一侧监视器旁磕葵花籽，看他拍摄。

见到龙淼来了，她扬了扬手：“姐姐，来这儿？”

龙淼脚步顿住，和周遭的助理说了些什么后，那些人散去。

她走过来，站在辛葵旁边："去我车里？"

"今天不用！"辛葵笑眯眯的，"等会儿会有人来导演这边分发剧组的水果，我等着呢。"

之前几天，她都去龙淼的房车里。专门蹭吃蹭喝蹭空调，外加蹭一波休息。

李严第一次见到的时候惊呆了，后来叮嘱她别老是去，怕剧组里会有相应的不好传闻，再说，她自己又不是没有。

但这些一一被辛葵给反驳了回去。

龙淼虽然看着冷淡，可事实上，每次辛葵去她车内小冰箱内扫荡的时候，里面几乎是一天一换新，都是龙淼助理帮忙买回来的吃食，也都是辛葵比较喜欢的，如青柠汽水，外加一些麻辣小零食。

李严看她这样，也阻拦不了。

毕竟整个剧组的人，除了龙淼，其他演员，包括一些出道多年的艺人，都特别喜欢邀请辛葵一块儿去吃剧组旁边的饭馆。

隔三岔五还会有晚间的娱乐活动，打牌或者狼人杀，也都爱带上她。

年轻，有活力，仿佛永远不会困一样。偶尔打盹，也随便披着一条毯子，就能原地瘫躺。

短短时间内，辛葵几乎成了组宠。

"好的，那你在这儿，我去车里了。"龙淼说着摸了一把辛葵的脸蛋，走远了。

组里的人对于龙淼之于辛葵的态度，已经见怪不怪了。

导演听到辛葵惦记着那点水果觉得好笑："你买不起水果，蹭我们的？"

"导演，你这句话说得，那你也不是买不起水果啊，这事儿不是蹭不蹭的问题，是我乐于融入集体。"辛葵一说就停不下来，"你是这个剧组的，我也是这个剧组的，我们的就是大家的，大家的又是我们的，你一起我一起，团结友爱嘛。"辛葵说着把大电风扇朝着自己转，撑着脑袋，目光紧盯着监视器。

主要是剧组里的水果做成了水果捞的模式，椰奶沙冰自助选，清凉解渴，这可比单一普通的水果好吃多了。

“说得挺好听。”导演笑了笑。

导演年龄不大，代表作不多，却用心至极，初出茅庐之时，仅寥寥几部作品，实打实地惊艳了不少人。

这次由他执掌这种都市轻爱情剧，拍摄手法十分符合当下年轻人的喜好。

他长相也不赖，在娱乐圈排不上号，但也算导演圈的佼佼者。

正因为年轻，辛葵和他来往几番，也格外聊得来。

等待水果捞的间隙，辛葵打开微博，准备上网冲个浪。

之前她经过李严提醒，才得知了自己热转出圈的事。最近她连夜连轴转，不间断地拍戏，完全没时间去看。

今天上午收工早，男女主重要戏份也结束，辛葵终于有空仔仔细细地观摩。

历经这么多天，那个剪辑好的单人 cut，热度不减反增，评论点赞转发仍然呈上升趋势。

这是辛葵的第二个千万播放、百万点赞的出圈视频了。

除了那个登顶热搜第一的直播特写镜头，这个 cut 里面其他的单独镜头，也被一一拎了出来做表情包。

“好可爱好想捏，呜呜呜真的好好看啊！”

“身材真的没话说，这么宽松统一的射箭服，就辛葵的腰最细！”

“妹妹看到自己那片葵花籽海的表情真的太好笑了，那个音响是认真的吗？”

“老婆！爱你！之前看官博的宣发，真的认认真真准备了好久！”

“为什么贺云沂那个圈子的人都和辛葵坐一起啊？如果说是集合，其他参赛的选手怎么说？”

“酸了，不仅仅是如此，你们有没有发现这群人互动好像格外多，之前那个酒店夜会后，完全没有避嫌，大概是真的关系好？”

“辛葵应该有背景吧，不过对我来说都不是什么事，圈内的里里外外不就那些模样，总而言之妹妹就是最厉害的！”

“作为一名从小学到大的射箭队的种子选手，我想说，贺云沂和辛葵的动作相似处也太多了吧，这简直就是一模一样！”

“按照这个说法，那我吃饭的动作和别人一样，也是有关系喽？烦请不要靠走倒贴这个路线搏关注好吗？”

“楼上好酸哦，说个相似点怎么了我很疑惑哎？”

“别吵了，星云女孩扛着CP大旗来了，这次偏偏不要圈地自萌，诚邀大家观看贺云沂压分最后十环的操作。”

“好可怕……我点进星云CP的超级话题，这个涨粉速度还以为是什么新顶流……”

“哈哈，因为这么久以来第一次有实打实的东西嗑啊，入股不亏啦！加入全民嗑的阵营来啊！”

前面的评论都还好好的，到了后面倏然一转，全面进入了新的话题，有吵的趋势，但是反喷回去的人更多。

辛葵视线顿住，全然被“星云CP”这个词吸引。

她点进网友评论后方自带的蓝色tag，是一个刚建立不久的自萌地。

头像是贺云沂和她，还是之前时扬杂志拍摄的花絮的同框图——贺云沂半蹲着，轻抚萨摩耶，辛葵站着，立在伞下。

蒙蒙梅雨中，有且仅有两人。还加了滤镜，十分唯美。

可是第一条热门就不那么唯美了。

@星云彩虹屁中转站：我做了九张长图，一帧一帧分析了我们小贺当时抬头喝水的心理活动，各人理解不同，诚心而见，相信大家心里都有答案了吧。P.S.当时他抬眼正对的是大屏幕；而大屏幕上是谁，不言而喻了吧。

这还不够，这个超级话题竟然是CP榜第一。

“……”

辛葵连忙退出来，她完全没想到，会有自己和贺云沂的CP粉，还这么多。

最重要的是，那些心理分析，和被人指出来的小动作，竟然都无一不差地，和她之前的朦胧感受贴合在了一起。

大概是午后的天气热，一旁的大电扇片也转出了夏季独有的烧热感，辛葵突然觉得自己的手机有些烫手。

她刚将心神转回来，片场门口出现熙熙攘攘的人群，还交杂着的嘈杂声。

导演在一旁也注意到了，逮住一个从那边过来的工作人员问："怎么了这是，弄个水果捞这么吵？"

"不是，是贺神请大家喝下午茶！外卖到货了，我们刚刚都去凑热闹呢。"工作人员说到这儿，语气很是激动。

"……贺神？"辛葵在旁边发了话，"是我想的……那个贺神吗？"

工作人员看她发问，弯腰凑近，拍拍辛葵的头："娱乐圈里还有哪个贺神？就是那个呀！"

"刚刚人手不够，外卖送来了一卡车青柠汽水和奶油草莓蛋糕，私人茶坊的，味道肯定好。"说到这儿，工作人员又准备转身而去，"妹妹，这个刚好都是你爱吃的，要不要一起过来拿？"

"等等！"辛葵还是不明白，干脆直接站起身来，"贺云沂怎么请我们剧组喝下午茶了？"

导演和贺云沂有点交情，他就坐在一旁，插了话："送给宁燃的吧。你们这些小女生的贺神，和他是朋友，今天还问我要了地址。"

"对，说是外卖先来，今天晚上再过来探班。"工作人员笑着跑开，"这肯定是探宁燃的班啊。"

原地只留下辛葵和导演两人面面相觑。

辛葵眨眨眼，导演也紧跟着眨眨眼。

一来二往，导演率先忍不住，他很是疑惑："你盯着我做什么，想吃就去吃啊，剧组里的水果捞到时候也给你留一份。"

辛葵："……"

她现在想的是水果捞这个事吗？！

她只是在想，"青柠汽水"和"奶油草莓蛋糕"，这对于她来说，真的算是，很熟悉的两个词了。

《时间轮轴》剧组都传遍了，贺云沂晚上要来探宁燃的班。

作为男主角，宁燃第一次听到这个传闻的时候，愣了一会儿。

他在上午的戏份结束后，和场记编剧探讨了下之后剧情的问题，就回附近的酒店休息了。

之前宁燃拍了一场雨中戏份，因为之后又跑了几个通告，成功地在这个大夏天，热感冒了。

昏昏沉沉间，他也记不清，贺云沂到底有没有说要来。

下午睡了觉，又眯了一会儿后，他才细细地回想一遍，看到了贺云沂之前发的消息。

宁燃在小群里发了话。

Fire：“@Nephelo，老贺，听说你今天要来探班？”

Fire：“哦，我感冒了没看到你消息，地址还要吗？”

Nephelo：“现在不要了。”

Fire：“行，受宠若惊。”

Sun：“？？？”

Sun：“为什么不来探我的班？”

Sun：“我也在拍戏，深山老林的，还没有通路，贺云沂你有心吗？”

Fire：“通路都不一定去，你还没有通路，你没点数？”

Fire：“不过老贺点的那些外卖什么玩意，我本来就不爱吃，现在感冒了更不能吃。”

何阮阳成功地捕捉到了宁燃的抱怨。

Sun：“看到没姓贺的，别人还不领情，你这样不探我的班，之后兄弟情断要是上了头条，可别怪我没事先提醒你。”

Fire：“滚，你的兄弟情难道很重要吗？”

Sun：“哇，更暴躁了，宁燃你在干什么，我也没和你说话啊，别倒贴。”

Fire：“酸，继续酸。”

Sun：“去你的，我没酸。我就想知道，到底是什么外卖啊，你嫌弃成这样？”

Fire：“什么汽水，什么奶油蛋糕？”

Sun：“……”

Sun：“那这个班，还不如不探，这真的不是女孩子爱吃的？”

宁燃和何阮阳在群里自导自演，全程你来我往，聊了很久。

Nephelo：“有意见？”

Fire：“……”

Sun：“……”

那还真的是不敢有意见。

下午剧组复工的时候，辛葵的时间被堆得满满当当。

临近傍晚，她的戏还未结束。

有一场关于大学校园选社团的戏，各个机位都增添了不少的补拍镜头，所以她拍戏的时长延后了。

辛葵换上了学生制服。按照戏中的剧情，她作为小学妹，需要坐在校区内干道的摊位专聘区，专门招揽想要参加社团的人。

剧组里虽然有用于物理降温的冰车和大电风扇，但盛夏烈阳下，又是长时间工作，按理说，再怎么灵动，再怎么元气满满，也得蔫了。

可辛葵偏偏没有。

补拍完各类镜头后，她还是有说有笑，不见半点疲态。

辛葵确实就是这般的状态，工作就是工作，再累也不觉累。

有句话说得好，挥洒过汗水的享受，才是至上的欢愉。

“这些外卖都还冰着呢，你要不要再拿点？”李严看辛葵对于今天这些送过来的外卖格外克制，竟然都开始主动劝她了。

还别说，李严是真的担心辛葵热傻了。

他也了解她，那个什么汽水什么奶油蛋糕，比起水果捞，其实更符合辛葵的口味。

“……啊，不用嘛，我之前不是吃过了。”辛葵坐在场边玩手机，身形顿了一下，头也没抬。

“你之前也没怎么吃吧，拿着手机在那儿拍拍拍，你拍什么？”李严现在是陪辛葵拍戏，顺便负责她的商务。

他顺手拿起一罐青柠汽水，准备旋开。因为是私人茶坊特供的甜品，都是精致的玻璃罐装。

辛葵有些讷讷：“我觉得好看不行啊……”

当时剧组里的人都在分，只有辛葵默默地站在一旁，看看。

鬼使神差地，她就拍了一张，当然，也仅仅是一张。

就这样，居然还被李严看到了。

“……”

“行啊，没说不行。”李严说着低头瞅了眼玻璃瓶，菱格的形状，一看就挺贵，“不过确实是好看，就一外卖，还挺花里胡哨的，这应该花了不少钱。”

转念想到这是谁送的，他顿住了：“不过这是别人给主角探班的，你觉得好看拍了就算了，之后可别在网上发啊。”

李严继上次“酒店夜会”热搜后，实在是有后遗症。

他现在算是辛葵的严格事业粉，什么事都操心。

“……我当然知道嘛。”辛葵视线在某个不知名的地方落脚，而后凝住，思绪也紧跟着跑远了，像是在喃喃，“我不会发出去的。”

李严不这么说……她也不会发的。

辛葵指尖揪着自己的发尾，无意识地绕了两绕。

短暂的休息过后，摄影打板，辛葵又开了工。

拍摄到中途的时候，她明显感觉到了拍摄片场的异常热闹。

如果说之前这边都是工作人员来来回回走动的嘈杂声，那么现在则是有好多声音只往一个地方猛蹿。

像是在欢迎谁的到来一样。

辛葵内心惴惴，强自稳定心神，将注意力集中稳定在戏中的角色身上。

宁燃这时候没戏，接到了贺云沂到来的通知，去地下车库接他。

贺云沂是一个人来的。

“你最近怎么这么空，想着来探班？”宁燃说话还带着点晕音，感冒后遗症。

“现在空，之后就忙了。”贺云沂戴着口罩，眼睑下垂，语气清淡。

宁燃应了声：“你这话说的，这意思是，反正之后忙，所以干脆提前把一些事做了？”

毕竟类似探班这种事，圈内的规矩，通常是在拍摄的中期或者后期。哪像这次，刚开拍不久，就来一卡车的外卖应援，既低调，又高调。

说低调吧，剧组悄然开拍，没有正式官宣，这样的探班媒体即便接到风声了也来不及拍；说高调吧，贺云沂亲自来不说，又外加了一卡车的甜品，好像确实也低调不起来。

“大概吧。”贺云沂的嗓音敛在口罩内。

“你之后是忙什么，新专辑和演唱会？”宁燃七拐八转，带着贺云沂来到片场入口，“除此之外再上些综艺？”

“差不多是，很忙。”

贺云沂随着宁燃走进片场，立刻周遭围过来不少人。

但贺云沂戴着口罩，只露出上半边脸，眉弓清冷似雪，眼睫低垂，整个人清疏寡敛，风骨自存，成功与周遭环境隔离开来，也就没人敢趁机上前搭讪。

“现在那边辛葵在拍。”宁燃抬了抬下巴，带着贺云沂去导演那边。两人都和导演相识，得打声招呼。

坐下来后，贺云沂整个人往后倾靠，视线落在方才宁燃提及的棚内。昏暗的拍摄实景里，小姑娘光洁莹润得发亮。

路灯的昏黄衬托出她柔顺流畅的轮廓，乌发黑得宛若绸缎，偏偏发尾又翘起，平添一分俏皮，像是勾着人去绕那般。

纯白的上衬，格子裙，小腿宛若藕节，纤细白嫩。

侧脸专注凝神，秀美的鼻梁下，唇角微微翘起弧度。

她沉浸在表演里，未曾发觉这边。

辛葵总觉得有些不对劲。

仿若有人在自己背后盯着自己，视线像是胶水，又宛若烫了红的铁烙，紧紧跟随，如芒在背。

她微微忍着这丁点儿的怪异，终于在导演的一声“卡”中，结束了今晚的最后一场戏。

辛葵转身，刚抬眸，就觑见不远处的几道人影。

贺云沂和宁燃坐在监视器旁，正在和导演说着什么。

他今天戴了口罩，离得远了，又坐在背光区，不仔细看压根辨认不出。

但坐姿和身形又太具有攻击性，实在是让人过目难忘。

所以，辛葵也知道那是谁。

她匆匆下场的时候，低头看着脚下的路，那儿都是各类缆线，得注意着点。

等落到平地，辛葵再抬眸。

不期而然，碰撞到贺云沂不经意间探过来的目光。

“……”

辛葵愣然间，格外正经，率先平稳地转移了视线。

和导演打完招呼后，又聊了会儿。

宁燃带着贺云沂转了下，而后，两位年轻男人就站在一旁角落，聊了起来。

其间，有场记代表着全体工作人员去道谢。

贺云沂点头之余，听到宁燃开口：“你这些是造福了大家的口味，倒是一点儿没照顾到我。”

“汽水还不够你喝？”

“大哥，我重感冒，我要是猛灌几瓶，接下来你只会在新闻头版上看到我了。”

“嗯？”

“重感冒转至发烧，高温迷糊不起。”

贺云沂听到这儿，似是联想到了什么：“剧组里就你一个人感冒？”

“当然啊。”宁燃笑起来，“关心我呢。”

“不是，怕你没吃药，传染给别人。”

“……”

还是别探班了，赶紧走。

剧组里的工作人员，其实还是女孩子偏多。

对于这样一位平日里，如若不是演唱会，即便是在圈内也很难接触到且见到的传奇人物，大家自然抱着难以自制的八卦态度，小声且密集地讨论。

于是乎，辛葵不间断地就从身旁工作人员的嘴里听到了好多对于宁燃和贺云沂两人对话的转述。

她有一搭没一搭地听着，不仅仅是正常的打招呼没去，就连之后宁燃喊她过去，辛葵仗着现场人多口杂，竟然也理直气壮地，格外大胆地假装没听见了。

李严让她收拾收拾回酒店休息。辛葵应下后，准备去剧组后台的休息室拿自己遗漏在那儿的平板。

后台不像是化妆间，工作人员不可以随意进出，相对隐秘些。

是以，在看到那抹高挑的背影后，辛葵下意识就猜到了是谁。

身侧刚好就是安全通道，指示牌依稀透着点幽幽的绿光。

以往辛葵压根不会去的地方，在这个时候，居然成了用来遮挡的好用处。

……就是这儿了！

辛葵刚想效仿之前那次，快速转弯，进而消失不见的时候，前方那抹身影晃了晃，那股熟悉的青柠罗勒味像是布下的织网，细细密密地卷过来。

贺云沂将人推着，压进墙角。

他指尖抬了下她的下巴，也没用力：“辛葵，你躲我？”

幽暗密闭的安全通道里，带着点消毒水和潮湿的味道。夏天闷热，这样的潮湿像是长在了泥土里，深深扎根。

但抵不过贺云沂身上那股好闻清新的味道，比起青柠罗勒，偶尔还像是加了薄荷的苏打绿茶水，就这么幽幽绕绕地往鼻尖怼。

辛葵在被他推至墙角的瞬间，整个大脑当机一瞬，濒临空白。

晃神间，只鼻息交错着的清浅呼吸在提醒着她，眼前的人是贺云沂。

他微凉的指尖在抬起她下巴的那一刻，轻轻往上使了点劲，但不重，很快又松开。

下巴尖那块细软的肉，像是被麻痹，泛着酥酥的痒。

辛葵努力地辨认了下他刚刚所说的那句话。

他说，她在躲他。

“……”

她那是下意识的反应，原来是在……躲他吗？

仔细想来，一些辛葵自己都预料不到的动作和反应，在此刻都有了答案一般。

在他看来，好像就是在躲。

哎……

在辛葵没吭声的同时，贺云沂放开手，直起身来，往后退了两步。

原本被环绕着禁锢住的地方，两人从被圈住和圈住，变成了同为站着。

她长长屏息，还未将自己蜷缩的身体舒张开来。

贺云沂长臂一伸，将方才进来之时没有被关好的门给重重地关上。

这样门外门内，就是一个完完全全想隔开来的天地。

只有两人。

而后，贺云沂再次将辛葵压进墙角。

“这是承认了？”贺云沂发话的同时，也将辛葵的思绪骤然拉了回来。

他在问她。

他微微弯腰，两人几近相贴。

辛葵知道，自己此时此刻的脸应该已经彻彻底底红透了。

还好，黑暗给了她遮蔽。

“没有……我哪儿承认了……”

小姑娘讷讷反驳，很明显底气不足。

论及到底是承认还是不承认这个话题，那肯定是不承认好啊。

不管怎么说，潜意识里，辛葵就觉得应该这样答。

“你没躲的话，这几次像是见不到我一样？”贺云沂垂眼，“以前你前辈前辈叫得开心，现在呢？”

“那我现在也还叫前辈啊……”辛葵这句会回答，连忙应上了。

她抬头的同时，直晃晃撞入他漆黑的眼眸。

贺云沂的眼睛生得极好，眼角末梢狭长，是极为冷感的弧度。

这个时候辛葵才发现，贺云沂不知道在什么时候摘掉了口罩，冷白的皮肤在昏影里，像是镀了一层滤镜。

他的轮廓影影绰绰，半明半昧里，双眼像是幽深的海。

“今天的下午茶吃了？”

“……啊，吃了。”

“好吃？”

“嗯……”

贺云沂像是得到了满意的答案，直起腰来。

辛葵稍稍抬眼，就看到他修长的脖颈。

然而下一秒，他掌心放过来，在她的头上轻轻地拍了拍。

哎？居然和她预想里的不一样？

辛葵……都这种时候了……你到底在想些什么有的没的。

“那我算是弄清楚了。”

清楚……什么？辛葵杏仁眸倏然瞪圆。

“以后还躲我吗？”贺云沂话落，用骨节分明的手顺着她的发旋，指尖轻轻捋着鬓角的碎发。

“不躲了……以后都不躲了……”

“那个……我还有事，是很重要的事，反正我挺忙的，我就先走了啊！”

一鼓作气不打岔，在应下的同时，她连忙往外迈。脚步磨出去的瞬间，头顶往上蹭到什么东西，很硬的感觉。

两厢碰撞间，引得贺云沂闷哼一声。

顾不得发顶被撞的头痛，辛葵也不知道哪来的力气，猫着腰，一溜烟地跑出去了。

打开安全通道门的瞬间，夏天的热风往脸上呼呼吹。

她的耳畔里，传来了贺云沂的轻笑。

怕被贺云沂追上，她加快步伐迈过走廊，直至转角前往自己休息室的时候，才变为一路扶着墙走。

不知道为何，辛葵只觉得手中必须要抓点什么，才能有安全感。

她几乎是一丁点一丁点挪回自己休息室。也没别的……就是单纯地，莫名地，腿软。

主要是贺云沂刚才完全就像是拎小鸡，把她拎过去进行一场绝对压制性的“大佬谈判”。

这样堵着人就算了，那般盛气凌人，却也丝毫没觉得有任何不妥。

抛开不妥这件事，回过神来的辛葵觉得难以置信。

她刚刚到底是为什么……就那么听贺云沂的话。

思绪正一片混沌间，休息室门被缓缓打开。小助理探出身来，见到默默扶墙的辛葵，嘴巴张了张，好久都没合上。

而后，她连忙快步迈过来。

“天哪，妹妹你怎么了，你是被人打了一顿？”

“……”

在小助理左右环顾，检查辛葵到底是不是真的被揍的同时，辛葵制止住了她的动作。

“没有啊，真的没有啦，我怎么可能被人打。”

要说打，那只能是敲打了。

小助理仍然很狐疑：“你一个人能走吧？”

“嗯……”辛葵本来是没精打采，神游天外地应了句，但奈何小助理语气里的质疑太过于明显，辛葵再开口时候连忙为自己争取，“能，当然能！”

“突然好大声……”小助理捂住自己的耳朵后，引着辛葵走进休息室，“你到底要回来拿什么东西啊？”

“我想拿平板电脑，回酒店看视频。”

“这样啊，刚刚严哥走之前嘱托我，要我把你送回酒店，我等了好久没看见你人，刚准备出来继续找你呢。”

“对不起姐姐，刚刚我是……”辛葵说到这儿，顿了一下，“有事。”

“知道了，这有什么好对不起的。”小助理挥挥手，“你去拿吧，我等你，出来后记得关门。”

“嗯嗯。”

“不过妹妹……”小助理像是不放心，迟疑地又问了句，“看你动作有点迟缓，你是不是中暑了？”

“……啊？”

“你脸很红。”

“……”

等到回到酒店，辛葵洗过澡后，照例趴在酒店的大床上，用平板电脑看视频。

因为在酒店住得久了，这里的房间几乎成了辛葵的个人场所。

四处稍显乱，但很温馨，有辛郸给她求来的平安符和养生茶包，顾迎蔓前几天给她寄来的自制麻辣肉脯，也有四处放置的小玩意儿。

刚刚上来的时候，她和小助理解释了好久自己并没有中暑，就差没有直接在酒店客服前台来个现场测量体温了，小助理才将信将疑。

还说辛葵的头发有点乱，抬手将她的发顶抚平了。

事实上，现在辛葵仍然觉得有些不真实。

分明是不久前才发生的事，但像是过了很久，很久。

之前必看的土味吃播在此刻都没了趣味，一点儿也不香，怎么都不是个滋味。

辛葵怅然间，像是赌气那般，将平板推远了。

她翻转了个身，眨眨眼，抬眸望向床褥上方酒店的吊灯，一闪，又一闪。

她想到了贺云沂的眼。

辛葵连忙用手捂住脸，心跳在四下无人的沉寂间，越发上下攒动。

通常都说，人的情绪和思维，从心散发，由心而控。

可是，当本心无法秉持的时候，那般横冲直撞的无法控制，又由谁来定夺，又由谁决策。

那般快速的，怦然的，想要跳脱出且不被囿于心房的心跳。

就像是那粲然的吊灯，一下，又一下。

辛葵将脑袋埋在被褥之间，“吱吱呜呜”了会儿，抬手轻轻地抚上仍然未曾停留下来的心区。

她今天好像有点没救了。

贺云沂很快就要走了。

宁燃凌晨有夜戏，一直守在片场。

“东西帮我拿回来了？”

“嗯，拿去。”贺云沂刚刚去了趟后台，帮病号宁燃拿东西。

他直接递给宁燃，对方双眸一亮，接了过去。

这是用以治疗鼻炎的喷雾，拍戏的时候，感冒者专用，效果颇佳。

“你干吗去了，好久没回来，没找到路？”

“没有。”贺云沂将手随意地放在宁燃的肩上，拍了拍，“你继续拍，注意身体，我先走了。”

“啊这么快？要不要送送你。”

“不用，你感冒了就在原地待着。”贺云沂话语落下的时候，挑了挑眉，额外又补充道，“注意点，别传染给其他人。”

“……”

宁燃在感动和无语中左右交替。

怎么听贺云沂最后那句话，都有点冷酷无情的意味呢。

感冒也不是什么大事，就那么容易传染给别人？再说了，现在剧组里个个健壮如牛的，一个赛过一个，他反倒是成了最先倒下的那一位弱者。

他不禁联想到日常对戏时龙淼散发出来的高贵冷艳，应该是在嫌弃他感冒发音不准，之后还要重新将这几集录音。

不过对方到底没有在明面上说出来。宁燃颇有点进了剧组，还没有辛葵混得舒服的错觉。

说到这儿，宁燃打了个喷嚏，涕泗横流，泪眼蒙眬间，他看到贺云沂缓缓地戴上口罩。

“你刚刚没戴口罩？”宁燃现在才注意到这件事，“该不会是因为我感冒了，所以你只有在靠近我的时候才戴，怕我传染给你吧？”

可能是被何阮阳荼毒久了，宁燃虽然觉得这样的猜测有些荒谬，但也不无道理。

贺云沂懒得解释，轻飘飘地看了他一眼：“我走了。”

宁燃一路看着贺云沂的背影消失在片场出口。

不知道是不是热感冒过了头，导致他头昏眼花。之前他好像看到贺云沂长指微弓，指尖放置在下巴处，格外缱绻地摸着。

怎么，他的下巴开过光？

这个问题有些无解，宁燃转身，继续去研读剧本。

辛葵近期的行程全然是在《时间轮轴》剧组里，所以相比之下，她轻松很多。

平日里有戏拍的时候累，但是没戏拍的时候就可以回酒店休息，影视基地旁有许多地方还可以供以闲逛。

剧组里很多演员多是承担了其他的通告，来来回回赶，昼夜颠倒。辛葵暂时没这个烦恼。

但等拍摄进入中期，辛葵就需要跑很多大热综艺，这其中有当初顾氏给她安排的，也有因着最近的热度，特地前来邀请她去做飞行嘉宾的。

辛葵知道行程后，看了眼安排表，她之后上的多半是闯关类、智力类，抑或者是升级打怪类的综合性综艺，里面参与的和被邀请的多是些大腕大咖。

而表单上的第一行，再是有贺云沂，也不足为奇了。

他永远是出席名单里，排在最前面的那位，像是钉在了上面那般，永恒不变。

渐渐的，辛葵好像已经有些习惯，在这些录制中，有他的身影。

事实上，自华羽奖以来，两人在无形中，有了越来越多的交集。

时扬画报终于上线了之前三人共同拍摄的杂志。

照例是有贺云沂专属的单条链接以及其他正常版本购买的渠道。

当天开卖，单秒售罄，三秒瘫痪。

直冲而上，轻轻松松地破了贺云沂之前的记录。

其实之前贩卖排行榜里的记录，也全然是贺云沂的身影。

更久以前的销量神话，追溯到曾经，还是壹千娱乐旗下的男团 Ace 时期了。

这些年来，娱乐圈新人层出不穷，有过大红的人，也有过很快便陨落，销声匿迹的人。

而真真正正惊艳到众人，扛起前行的旗杆，逆流而上并创造新一轮潮流追随的，有且仅有那么几个。

成功不是复制前人的路，成功是沿着共有的目标，向着山巅而行，开辟出新的道路。

眼下，贺云沂就是新一代而起的神话。

近年来，线下销售实体的成绩其实并不理想。面对粉丝，杂志社持有的态度是线上线下并行，实体和电子刊各分一半的销售模式。

能够邀请到贺云沂这种粉丝购买力疯狂的艺人，做一期大概便能保证超过全年一半的盈利额。

因此，在销售模式上，杂志社自然也做足了充分的准备，扩容了服务器。

但即便是这样，仍是无用功。系统在瘫痪后很久，仍然是显示连接不上。

除去买到的，更多的是哀号买不到的。

纵观这次贩卖榜单上，前方大佬多半是贺云沂的氪金粉，动辄投入百万；再往下便是土豪粉、站姐以及做数据的站子；单人购买的用户数量多且广，几乎翻不到底。

而在这次，一个突破了贺云沂粉丝原有构成且招惹晃眼的组织，在没有任何预防的情况下横空出世了。

星云 CP 自费团购，组织集体下单，竟然也挤进了前十的榜单。超级话题一片红红火火，只余一片欢庆。

大粉睁一只眼闭一只眼，面对这和之前不同的情形，倒也没开口多说什么。毕竟，花钱了的，就是准则，就是上帝。

闲暇之余，有的粉丝花时间将所有名单拉了出来，做了个前一百名的花费氪金榜单，一览无遗，清晰明了。

“哈哈哥哥牛啊！还好我有先见之明，提前定了闹钟，抢到啦！”

“刚进去就显示无法连接到服务器，我连个影都没摸到！”

“单秒破纪录，千万销售在手，贺云沂超绝有没有！”

“星云 CP 怎么发家的，不知不觉中氪金比一些站子还前面了？”

“我进去看了，里面宛若打了鸡血，哈哈哈。”

“小道消息，贺云沂去探班宁燃了！”

“如果小道消息是真，那辛葵不是也在这个剧组？星云 CP 不是更好嗑，更可以嗑了吗？”

“我去，我好像发现了什么不得了的事情……”

“我也……”

“能不能别给眼神了啊，有这么主动送人头的嘛，嫌弃人家糖不够多是不是！”

其实前线透露出来的小道消息，大多数人还是信的。

就跟《时间轮轴》剧组还未正式官宣一样，从一些片场路透和营销号宣传来看，便能够得知具体参演的都有谁。

一时之间，贺云沂探班宁燃这则消息，不时之间掺和着点儿辛葵，光是版本，就传出了十几个。

对于自己的杂志成品图，辛葵照例要上微博，配合时扬杂志官博宣发。

“@辛葵：薄荷亲吻夏季，夜晚蛊惑人心。你们的向阳公转女孩儿，带着清甜的气息，站在了这个盛夏里！［九宫格图］”

多日不见的何阮阳在这个时候上线，顺带点赞评论了一番。

“@何阮阳：合作愉快，谢谢小辛葵的小电风扇！”

“@辛葵回复@何阮阳：不用客气！”

下面除去控评的粉丝，有好一部分人都在好奇何阮阳口中所说的小电风扇，更多的回应是想要购买同款。

辛葵挑了一个回复，说是自己定制的，市面上找不到一样的。至此，粉丝才纷纷停手作罢。

时扬杂志这次的热度本来就高，先前贩卖之时，官网图册一经披露，就涌入不少人前去观摩。

眼下，何阮阳和辛葵小小互动，热搜位居高位，飘了近半天。

直至贺云沂悄然上线。

他在宣发完毕后，先是点赞了辛葵，而后点赞了官博。

唯独遗漏了发布时间在中间的何阮阳。

“贺云沂点赞辛葵微博”这个词条很快将“何阮阳辛葵互动”给挤了下去。

辛葵自然也看到了这个词条。

她不知不觉中，悄悄地翻进贺云沂的主页看。上面的动态显示，贺云沂确实赞过了她。

其实之前她在朋友圈有发过在剧组“浪迹天涯”的各种活动照片，展示她在拍戏之余丰富的生活。

那时候，贺云沂也跟着宁燃、何阮阳，给她点过赞。

但私下里微信上的动态，和微博上明面摆着的动态，几乎是在千万阅读量的公开下互动，是完完全全不一样的感受。

辛葵滑过他的动态相册，视线恰好定格在时扬杂志拍摄的这一期。

图片里，年轻的男人动作随意，风格简约，轮廓眉眼利落，摄人魂魄。修长的手随意地搁着，落在领口处的时候，指节微弓，虎口突出。那颗颜色淡淡的桃花痣像是点缀，十分招人。

就是这样的一双手，前不久刚刚抚在她的头顶，还有……她小巧的下巴尖。

那份温柔中带着点力道的触感，直至今日，仍觉新奇。

辛葵从微博大号里退出来，辗转间上了小号。

她敛眸，冥思想了想。而后她用这个小号，关注了贺云沂。

网上冲浪的时间并不多。

辛葵被导演唤了声，连忙从沉浸着的手机世界里脱离开来。

今天拍的戏有雨中的戏份，男女主吵架后，她作为陪伴女主并劝解女主的小学妹，紧跟着过去，而后天空应了景，下起瓢泼大雨，展现情绪的爆发。

下雨前有一场男女主情绪转变的对峙质问，如若不是一条过的话，衣服被沾湿就得重新再来一遍。

是以这一条连贯的戏十分难拍，剧组的人工降雨备了十几次，辛葵造型也重新做了十几次，反复过后，追求完美的导演才终于满意地喊了“卡”。

结束后，李严怕辛葵像之前宁燃那样感冒，特地将保姆车停了过来，让她赶紧去休息室换衣服。

换好衣服，辛葵裹着大毛巾在保姆车上闭目休息了会儿，下车准备前往片场。

这一路上为了防止外界偷拍，早就围起了栅栏。

而栅栏沿路的整条柏油马路上，停泊的都是各路艺人的保姆车房车，要么就是自己开的私家车，满满当当，一眼看不见尽头。

在快要到片场入口的时候，一道修长的身影闪出来。周遭停留的人，应该是随行的工作人员，立刻为他打起了伞。

一行人一齐往片场里走。辛葵眼尖，很快就认出了这人是谁。是化作灰她都能认出的顾延之。

两人从小相处到大，可谓是对彼此再清楚和熟悉不过了。

只是……他今天怎么在剧组里，还没跟她说一声。

辛葵疑惑间，步子迈大，心中的疑惑紧跟着泛上来。

刚刚顾延之，好像就是从哪辆车上下来的。但她也找不出来究竟是哪辆。

毕竟刚刚，顾延之的身影只是一闪而过，快到她几乎以为自己眼花了。

一辆房车的车门缓缓打开。

龙淼露出面容来，脸蛋仿若滴水玫瑰。

“龙淼姐？”辛葵步子顿住。

龙淼没想到在这儿遇到辛葵，毕竟刚刚两人都拍了雨戏，是分拨去换的衣服。

“你衣服换好了？”她缓缓下车，“挺快的啊。”

“还行吧，你倒是很慢。”

龙淼淡淡应了声，下来的时候被脚底的石子绊了下，稍稍有些站不稳。

辛葵眼明手快，一把扶住她：“小心点。”扶住人的同时，她将龙淼的衣服领口由肩侧往上拨了拨，“姐姐，你衣领都没穿好呢，都掉下来了。”

“哦谢谢。”龙淼将头发往耳垂后拨拨，“怎么就你一个人，你助理呢？”

“还在片场休息呢，我没让她跟过来，换衣服又不需要人。”

“好，那我们一起过去好了。”

再度迈入大棚的时候，影视基地很是热闹。一贯坐在监视器旁的导演站了起来，周围的工作人员将其围成了一个圈。

辛葵的小助理看她，跑上前来，附耳轻语："顾总来了。"

小助理和经纪人都是顾延之亲手挑选，拨给辛葵的，所以她的个人私密档案，这两人都看过。对于辛葵和顾延之的关系，这两人也都是知情的。

"他来这儿干吗？"辛葵和龙淼分道扬镳后，在一旁没人的地方找了个小椅子坐下。

"可能……"小助理紧跟着她坐下来，扭身拧眼问道，"也是来探班的？"

"可别！"辛葵下意识就拒绝，继而她想起什么似的，复又道，"就算是探班，他也没提前和我说过啊，一句话都没有提过呢。"

最重要的是，圈内没多少人知晓她和顾延之的关系。

顾延之要是真来探班，那岂不是太过于明目张胆了？

"那就有可能是来视察工作的。"小助理说着径自点点头，"这次的戏不也是和壹千合作，顾总算是半个投资方了吧。"

"你这样说才真是有可能。"辛葵点点头。

她收起手机，再抬头时，发现剧组里的女演员几乎都围在了顾延之周遭。

在这里面无动于衷的，除了辛葵，就只有坐在对面，一言不发，径自在玩手机的龙淼。

"这样看来，龙淼姐眼光真好嘛。"辛葵撑着下巴，倏然来了这么句。

小助理好奇："为什么突然说起这个？"

"你看林荫平日里不怎么出现的，现在我哥来了都要凑过去。"辛葵顿一下，在小助理耳边神神秘秘地说着，"可是龙淼姐就丝毫不为所动啊，我刚刚观察了，她一个眼风都没扫过去，这不是眼光好是什么！"

人家这类型的，加之这样的表现，怎么看都觉得是看不上顾延之。

小助理听了这话，咽了咽口水。良久，她揪揪辛葵的脸蛋儿，语气很是妥协："好啦，你怎么觉得就怎么觉得吧。"

顾延之刚刚来了现场，就没发现辛葵的影子。

奉辛郧之命，他得定期过来探望下小姑娘。加上他自己也有些事需要在这儿处理，干脆就借着视察工作的行头，带着一行人来《时间轮轴》剧组。

眼下终于揪到了窝在左边角落里的那一小坨葵花，他正要和周遭的工作人员叮嘱些什么，一旁有人袅袅婷婷地凑过来。

声音很是轻柔："顾总。"

顾延之抬眼，是林荫。他不动声色，只淡然地应声："嗯。"

"顾总今天是来视察的？"林荫看着他，面上噙着笑，紧攥着的指尖却泄露了她此刻的真实情绪，"若是有空的话，晚上一起吃个饭？"

顾延之视线往另一边扫，听了她这话，低头看了下手表："不用了，我之后还有工作。"

林荫还是笑："哦，那没事，以后有空的话，我再请您。"

顾延之压住心里冒上来的些许不耐烦，也没应，余光继而往片场的角落里扫。

辛葵凑到了右边，和龙淼坐在一起。两人面前站着宁燃。宁燃说了句什么，给她们俩分别拿了两根冰棒，递到手中。

说说笑笑，只远远看着，也觉得这三人应该快活极了。

辛葵回到休息室的时候，顾延之已经在候着了。

这其实也在意料之中。

"哟，大驾光临呀顾总！"她声音捏着尖儿，细细的。

顾延之听到了紧紧皱眉："你从哪儿学来的这个调？"

"哈哈，柔弱美人投怀送抱，不都是这样的嘛。"辛葵说着抛了个媚眼，"有空一起吃个饭？"

顾延之要是再没听出来，那他就是傻子了。

他冷冷一笑："学些什么不好，学这个。过来，把你的东西拿过去。"

辛葵顺着顾延之指尖，望向桌面。上面整整齐齐地摆了好多瓶瓶罐罐，都放置在一个编织袋里。

每个瓶罐上面，贴着熟悉的标签，那是辛家专有的标识。

"啊……我爸又给我熬东西了？"辛葵想到最近辛郧叨叨的什么中药原理，不寒而栗。

“不只是这个，还有小姑姑让我带给你的自制麻辣罐头。”顾延之用下巴示意了下，让她往里再翻翻。

辛葵随意拨弄几下，有些迷惑，抬眸看向他：“哥，你不会是想和我说，你远道而来，就只为了给我背几个罐头？”

“当然不是了。”顾延之果断否定，“做什么春秋白日大梦？”

“那你来是干吗，真的就是工作？”

“不然呢？”顾延之浅浅地应了几句，颇有些不耐烦了，语气也没以往耐心，“辛葵。”

辛葵在拨弄罐头之际，不紧不慢地应了声。

“嗯，你说呗？”

“之前你爸怎么跟你说的，你知道的吧？”

“……什么我知道？”

“和圈里的人远点。”

“……”

“这事要提几遍啊。”辛葵头也没抬，“你干吗突然提起这个？”

“看你今天和剧组男演员走得近。”顾延之的语气平缓，但也算不上太好，“没事就别凑太近。”

其实吧，以往顾延之对于她还算是和善。但他今天的态度真是让人捉摸不透。

思及此，辛葵小小地“噘”了声，她还真以为是什么不得了的大事呢……抑或者是点名道姓谁呢……

所以，莫名放心的同时，她直接呛声回去。

“正常交朋友总没问题啊，就日常聊天，想这么多哦，你管好宽啊顾大爷！”

顾延之看她这副无所谓的模样就来气，他象征性板起脸，拎起人叮嘱了一番，这才收拾了下，带领着手下走了。

顾延之走了，辛葵拨弄罐头的动作也渐渐地停了。

她视线定定地落在一个地方，没有任何焦点。如果是刚才顾延之叮嘱的那句话，换作以往，她可能干脆利落地就应了。

不管是在顾延之面前，还是在辛邺面前。

可是今天，无论如何，哪怕只是口头承诺，她都有些开不了口，更没有直截了当地应下。

拍戏之余，辛葵的综艺录制也插播而来，提上了日程。

忙完当天的戏份拍摄后，辛葵在剧组请了几天的假，马不停蹄地前往卫视台，参加一档无限闯关的大热综艺。

这档大热综艺名为《Catching！ You~》，意为，抓到你了。

相比于传统的闯关游戏，这档节目做了很多的创新，正因为抓住了热点，迎合了潮流，才在近两年逐渐成为上星网播两者皆爆的红火综艺。

到时候参与的明星艺人会以分队的方式进行录制，在闯关的同时，需要时刻警惕敌方队伍的追赶和破坏。

集齐大逃杀、CS、真人水中秀、密室逃脱、鬼屋惊魂各种令观众尖叫的项目，每一队在探险时候的配合以及脑力运转，都是看点之一。

辛葵来之前在平板电脑上看了几集，每期的赛点都不一样，比赛方式各异，实在是刺激得很。

她看得入了迷，好几天都没休息好，将睡美容觉的时间，全然投入在了这上面。

这次男嘉宾里，只有贺云沂和何阮阳是她相识并且还算是比较熟悉的。

但说实话，知道有这两人在的时候，辛葵莫名松了口气。

综艺节目一旦开始录制，经纪人就不能够同行了。

所以李严这次在后台里，又有滔滔不绝的架势。

“严哥，我发现你的话越来越多了，真的好爱叨叨，你以前可不是这样的。”

“还不是生活所迫。”李严呵呵了声，“你以为我愿意这样？”

李严说着，看了下录制内容：“有几项你好像真的不会玩，到时候也不管拖不拖后腿了，你要是害怕，记得躲着。”

“哈哈哈，真的有这么恐怖吗？可是我看之前的节目，还挺好笑的啊。”

“那是因为你是观众视角，你自己亲身体验试试？”

“好啦，我心里有数，我又不是一个人，到时候不是要组队吗，我可以拉着人和我一起。”

辛葵拍拍胸脯，一副英勇就义大无畏的模样。

“行，你这样说，那我在你录制的时候也不准备时刻观望了。”

辛葵应了声，从沙发上弹跳起来：“你甚至可以在休息室睡一觉，这样你醒来，我第一期说不定都直接录好了。”

“然后我们一起进医院，被吓得。”

“……”

有这样咒人的经纪人吗！

化妆间里待够了，辛葵出去了趟。

她从卫生间里出来，洗好的手上还残留有水珠，眼下没人，她开始自顾自地在空中晃荡着自己的细胳膊，企图将水滴甩掉。

晃荡着的中途，路过角落里的楼梯，她的余光里瞥见一道颀长的身影。

有点儿熟悉哎……

想起之前所说的不躲人，辛葵这次准备好好地打个招呼。

就在她准备迈过去的瞬间，视野里，又出现了另一个人。

是一位身材姣好的女生，站在贺云沂的面前，激动地说些什么。

昏暗的背光处，年轻的男人被拦住。那位女生一直在阐述，声音断断续续。

好像……是在告白。

辛葵愣怔间，脚下后移往后退的动作比大脑的反应还要快。

她将整个人埋在墙后，到底又忍耐不住好奇，悄悄露出半颗脑袋去看。

贺云沂眼睑低垂，双手插在兜里，整个人懒洋洋地倚靠在栏杆处。

长腿随意地搁着，一副漫不经心的模样，不知道在没在听。

下一秒，他像是有所动作，直起身来。

辛葵心脏骤停了瞬，怕被发现自己在偷窥，连忙收回视线。随即，她乖乖地将自己露出来的那半颗脑袋塞了回去。

辛葵转身，背靠在墙上，双手攥住。

……好险。

动静沿着墙缝钻过来，更为清晰了些。

声音持续了会儿，继而是女生隐忍不住的啜泣声，夹杂着些许狼狈。最终，是沿着楼梯往下奔跑的杂乱脚步声。

世界在这之后像是静止了。

辛葵联想了一番，心里也不知蹿上来的，是什么滋味。

但是……就还是很想去看，很想去确认。

她再次轻轻地翻了个面，就像是方才那般，探出一颗小小的脑袋。

就在她挪出半边脸的时候，正好撞到一道视线。

好久不见了的人。

一样好看的面庞轮廓；一样漆黑清冷的瞳仁；一样对着她的时候，嘴角淡淡的笑。

就像是提前布下的网，缓慢地，缓慢地收紧。

只落在她头上，只捉她一人。

“你还要在那里看多久？”贺云沂掀起眼皮，“到我这儿来。”

辛葵万万没想到这样也能被抓包。贺云沂是不是口袋里塞了个雷达，以至于方圆近景都能一一勘测出来。

她在原地磨磨蹭蹭，脚下的那一步怎么也迈不开。

贺云沂逆着光，挑了挑眉。他长腿迈开，一副作势要主动走上前来的模样，辛葵见此，怕他真的要过来。干脆一不做二不休，一鼓作气，小跑过去。

在贺云沂面前停留的时候，辛葵小小地呼了口气。

面对贺云沂，她远远没了之前的矜持和疏离感。

“跑这么急？”贺云沂稍稍抬手，将她落在鬓角和耳侧的碎发拢到耳后。

辛葵抬眸望他，黑亮亮的瞳仁像是被浸泡过的星星。

她没能错过贺云沂话语里满满的揶揄。

跑这么急还能是因为谁！

明明他一副，她自己不主动过来，就要去揪她的模样。

辛葵低头，小声说："我不急，你才要急呢……"

"你说什么？"

"我说——"辛葵拖曳着嗓音，拉长音调，浓密的眼睫垂着，再次抬起头来，倏而转移了话题。

"你刚刚在这里多久了啊？"

贺云沂应了声："还好，没多久。"

"这样哦……"

"你放心，我没答应。"

贺云沂看她又低头，缓缓又补了一句。

"答应什么？"这下好奇的，轮到了辛葵。

"你大概可能会想到的那些。"贺云沂见她这样，也没具体解释，他的视线撂过她的肩线，转向窗外，"刚刚你听到了多少？"

辛葵听到这儿，才知道贺云沂指的是什么。

她抬起手，无意识地去卷自己的发尾，贝齿咬了下唇侧，缓缓开口："其实也没有听到多少……因为离得太远了……"

话落，贺云沂的目光很快又从窗外收回，自然而然落在了辛葵的肩侧。

小姑娘今天穿了一字肩的可爱碎花衬，两瓣锁骨弧度莹润，纤细洁白，很清新，很夏天。

辛葵没在意贺云沂视线。

她只是在想，自己说的可是实话。

但因为那个女生情绪过于激动，语速过急促，她依稀之中，好像也能辨清到底发生了什么事。

无外乎是关于什么情情爱爱的。

据说，娱乐圈这类事很常见，但辛葵还是第一次这么直击现场。

"那更好。"贺云沂笑了笑，"之后离得近了，会听得更清楚。"

"什么意思……"辛葵的重点放在了"之后"这两个字上，"前辈，你之后，还要和那个人聊天？"

"不会，我不和不熟的人聊。"他顿了一下，"你觉得我和她很熟？"

辛葵摸摸自己的小鼻子："那肯定没有，我可没这样觉得啊。"

大概是贺云沂应下得很快，又没有过于的迟疑，辛葵心里泛上来点果然如此的预感，以及……自己也说不清道不明的感觉。

她只觉得心情很好，嘴角漾着的弧度也恰恰好。

倏而，不等贺云沂回应，她不知道想到了什么，骤然来了这么句：“那这样说的话，你和我是很熟……啦？”

贺云沂敛眸，迎上辛葵探上来的视线。

“你说呢？”

辛葵听了他的话，突然觉得茅塞顿开，嘴边的笑容像是清渠里绽放的芙蓉，浅浅浮开来。

“好哦。既然这样，那可说好了啊，今天的综艺，你得带我。”

贺云沂看辛葵像是耍宝一样眉飞色舞，秀眉都微微挑了起来，面上的神色灵动不已。

像是藏了宝的小松鼠，吱吱呜呜里窝着自己的松果，死死不放手，兴奋地说：“看，我抱到了最大的一颗！”

他勾了勾唇角：“好。”

论及抱大腿这个话题，之前辛葵在上小学的时候，曾经和顾延之讨论过。

那时候顾延之还不是大魔王，而是小魔王。

对于小女生的这种问题，他统统觉得幼稚，不可理喻，并且觉得不屑于回答。

同时警告辛葵，他不会给她抱大腿。

辛葵仅仅只是了解到了字面上的意思，等到回家请教了辛郕后，才彻底明白过来，也知晓了顾延之对于这个问题的不耐烦和误以为她要抱他大腿的抗拒。

自那以后，她反倒是脱离了原有的浓浓兄妹情的轨道，真的没把顾延之放在眼里。

顾魔王不知晓的是，那时候青春期里无心之举的一句话，便让辛葵的大旗彻底倒戈了出去。

他至今都以为是女孩子大了，有自己的小心思了，也懂得要自然而然地保持距离了。

反观回今天，辛葵这口气算是彻彻底底地抒发了出来。

看看人家，那么粗的大腿呢，都可以直接应下给她抱！

辛葵开心之余，回化妆间换服装。

上妆的间隙，辛葵动弹不得，拿不了手机去检索，干脆去问一旁的李严："严哥，你知道怎么分组的吗？"

李严坐在一旁的沙发看娱乐杂志："不知道，你不是号称将之前几期看了个昏天黑地吗，怎么反倒要来问我？"

"可是它每一期都不一样，完全不固定。"

"那不就是了，你这样问我，我也不清楚啊。"

"……"

辛葵有些无语，转过身去，哼了一声。

她本来想问问李严有没有拿到什么事先的录制过程安排，看这副模样，他应该也不知情。

不过再回过神来，辛葵也没觉得有什么大不了的。

纵观能不能分到一组，那应该是看节目组安排，由不得她。

无论如何，她总归算是，得到了对方的亲口应允。

正式录制前，艺人依照工作人员的安排，在搭建的棚内景处聚集在了一起。

这一期节目组还没有正式宣布参加人员，但提前放了风声，说是会有神秘嘉宾到来。

一时之间，全网的粉丝都在找寻自家艺人的行程表，以求能不能对应上。

辛葵等待间，往四周张望。

贺云沂和何阮阳都没来，大概是重量级的嘉宾，所以候场不在一起。

视线无意识地逡巡间，辛葵瞥见了一个略显熟悉的身影，身材姣好，面容紧绷。

是她下午在楼梯角落里，不小心撞见的那位向贺云沂告白的女生。

这个女生离辛葵并不远，双手抱肩，冷冷地站在角落里，周遭有两个女生围在她身边，好像是在和她说些什么。她眉尖紧蹙，神情高傲，似乎不太友善。

还没等辛葵收回视线，那个女生突然抬起头来。

视线扫过来，直接定在辛葵身上，像是在打量，目光十分具有攻击性。

辛葵旁边站着一位小演员，叫成莺，性格大大咧咧，超级爱讲冷笑话，和辛葵比较聊得来。

此时此刻，成莺也感受到了对面探过来的视线。

她往辛葵这边缩了缩："辛葵，你认识她吗？"

辛葵收回视线，诚实地摇摇头："我不认识哎。"

"我也不认识她，但我听说过她，好像叫……徐应甜？"成莺说到这儿，还来了劲，反正录制等待中，也没有什么娱乐活动，她干脆自给自足。

"她好像是富二代，家里有点背景的，平常各种傲，我之前还觉得没见过她人，不好评价呢，刚刚她那样看过来，真的有被吓到。"成莺像是有些后怕，"天哪，我真希望不要和她分到一组，这种大小姐，我好害怕她掉进泥里然后扒我的衣服穿呢！"

辛葵本来拎了两瓶水过来，准备给成莺分一瓶，看她音调越来越高，就差没有捂住她的嘴了："啊呀，这边人很多的，你小声一点点！"

"小辛葵，你人真好。"成莺接过辛葵递过来的水，又开了口，"对了，我还没说完呢，就国内那个中医药世家——辛家，知道的吧？"

辛葵正在喝水，听到这句话，差点没被呛到。

这……她当然知道。

"徐家就是给辛家做事的，听说也蛮厉害的。"成莺说着将五指卷起，握成一个小拳头，"懂了吧，就是这种类型的厉害。"

辛葵眨眨眼，嗯嗯两声："哈哈，那在你看来，辛家是不是更厉害啦？"

"那当然了啊。"成莺正说着，就看见有人从一侧的阴影处闪出来。

随即，辛葵的单马尾被人轻轻用力，从后面扯了下。

"小辛葵，好久不见啊。"何阮阳笑嘻嘻的，看到辛葵转过身来要拿着矿泉水瓶打他，连忙高呼，"你变了，你不再可爱了，你现在都敢打我了！”

贺云沂紧跟着迈出来，看到辛葵下意识的拍打动作，朝着何阮阳淡淡开口：“打你还轻了。”

成莺本来看到何阮阳和辛葵这么熟稔，就很惊讶了。直至贺云沂从旁边缓缓踱出来，她直接愣在原地，像是被雷劈了的鹌鹑。

她忘了和辛葵使眼色，直接一溜烟跑没了。

“你还说呢，我朋友都被你吓跑了。”辛葵捂住自己的单马尾，颇为“怨念”地看向何阮阳。

这次不是双马尾，还是深受其害。就非要来捉弄她……何阮阳要是这么喜欢的话……怎么不自己去买顶假发！

“你确定你朋友是被我吓到，而不是被‘嗯嗯’吓到？”

“‘嗯嗯’是谁？”

“还能是哪条狗。”

“……”

话至此，辛葵这才将注意力放在一旁的贺云沂身上。

为了避免波及自己，以及内心里天平的下意识倾斜……辛葵直接往贺云沂的那个方向挨了挨，站位确立得很明显。

何阮阳目瞪口呆：“你这个小叛徒，怎么成了贺云沂的跟班了？”

辛葵打着哈哈：“我站在正义的一方，哪是叛徒了？压根不算嘛。”

再说了，也不能说是跟班吧。

“……”

为何一朝一夕之间，连小辛葵都变了。

何阮阳敏捷地感受到了其中的不寻常。

“不管了，反正今天录制，我和你们俩势不两立。”

贺云沂就在这时插了话：“你确定？”

“嗯？？？”何阮阳目光警惕。

“那更好了。”

“不了不了，我仔细想想，我还是需要你，姓贺的，我不能没有你。”

辛葵听不得何阮阳这种口气，干脆跑到一旁又拿了两瓶水：“喝水吗？”

“喝，待会儿刺激的时候压根喝不到。”

“有多刺激？”辛葵站在何阮阳面前，手里递水的动作顿了一下。

“上来就先是真人 CS，反正你和姓贺的自求多福吧，我是绰绰有余，不带怕的。”

习惯了何阮阳的自吹自擂，辛葵将水塞到他怀里的同时，笑开来：“我怎么记得，你当初网球比赛，好像都没进决赛呢。”

“……”

“你这笑容令人瘆得慌，是真笑，还是假笑？”

“不是真笑也不是假笑，是对于你成绩的认可呀。”

“那我还真是信了你的邪。”

何阮阳接了矿泉水后，也没有马上喝，他四处拍照，说是要发给宁燃看，让对方羡慕羡慕。

辛葵走到贺云沂面前，将手中攥着的矿泉水递给他。

“前辈，给你的水。”刚刚从冰柜里拿出来的冰水，放在了手心焐热了一会儿后，瓶身沁着淡淡的水珠，连带着辛葵的整只小手掌，都传染得清凉无比。

贺云沂伸手，没有像是正常那般，直接简单地接住水的另一端。他从底部覆着，握住瓶身，再缓缓地上沿。

一触即离。

贺云沂的手擦过辛葵的指关节后，用指尖勾起，在小姑娘的掌心挠了挠。

他微微弯了弯腰。

“谢谢了。”接过水，贺云沂缓缓出声，眸中带着点笑意，“小跟班？”

贺云沂和何阮阳因为要最先录制艺人介绍，所以提前走了。

辛葵掌心还残留有微凉的触感，久久不能回神。

待到那两人的身影离开后，她垂眸看了看自己的掌心。

成莺就在这时候像是游魂一样，又出现了。

“辛葵，你够厉害，之前的热搜都是真的吧？”

“什么厉害？”

“你是不是和这些人融入一个圈子里了啊，我感觉你们很熟稔。”

成莺语气里带着点儿佩服，纵使给她这个融入圈子的机会，她都不一定敢呢。

因为这样几位优质流量，她实在是驾驭不了。

“……一个圈子啊。”辛葵重复了这句话。

要说他们这三个的圈子，好像从一开始，到现在，从来都不是她主动窥探，而是被人主动地拉了进去。

耳畔就在这时，乍然响起了贺云沂缓缓的嗓音：“小跟班。”

小、跟、班。

他在叙说的时候，尾调勾着，音节拖曳得长长的。

像是天生来勾人，只几个字的嗓音，成功地便在脑海里烙印下来。

辛葵连忙抬手，用残留有余凉的掌心去捧自己的脸。

辛葵被排到最后一个录制个人介绍。

其他录制完的人都在一旁守候着，有些人在闲聊，有些人在低头等待，还有些人，就这么站在一旁，看辛葵录制，视线和眼神毫不掩饰。

辛葵没想到自己的录制会引来那么多的围观，她硬着头皮，刚在腹中过了一遍自己的稿子后，抬眼便是一脸慈父笑的何阮阳。

“……”

辛葵稳稳心神，视线往旁边撂了撂。

贺云沂面上没什么表情，神色沉静。

两人相隔而望，一秒钟的工夫。

但只这么一眼，莫名地让辛葵安心下来。

她对准镜头，开始了自己的录制。

开场的个人介绍准备完毕后，《Catching！ You~》暑期特辑大放送也开始了正式的录影。

第一轮便是选队友，地方选在了棚内，还未轮到户内。

相对于前几期的具体环节来看，分组的方式和以往应该差不多。

做赛前的小游戏，以此通过排名的方式来挑选队友。

谁的排名高，谁就有率先挑选队友的权利，挑选完一名后再由第二名挑选，以此类推，随机性很大。

辛葵在听到综艺编剧说出这个要求的时候，了然地点点头，其实她并不怎么意外。

这样子来选队友，其实还蛮有看点的，并不是说拿到第一名就能一味地挑选自己心目中的强者，只是占有先机罢了。

后面几名的人只要战略技术对了，能够挑选到配合自己的队友，那么在之后的竞赛比拼里，也会有逆风翻盘的机会。

每一期最后的赢家都说不准，所以如果不是执念过深，非要和自己想要的队员组合在一起，那么也没必要非要争取第一，综艺效果在这个时候更重要了。

大部分艺人对于这个赛前小游戏，并未放在心上，打打闹闹来几番段子才是真。

但等待宣布的同时，导播和编剧又在话筒里发了话。

“各位参赛者，这次选人的规则，其实有些改动。由于是暑期的盛夏特辑，所以这一期，我们节目组想做些不一样的改变。”

此话一出，周遭的人都吸了口气，而后纷纷窃窃私语起来。

成莺将头探过来：“这能怎么改？我完全想不到。”

“我也不知道，其实吧，我还是最担心第一盘，我怕我还没热身就出局了。”

辛葵有些纠结，她现在的重点远远不在如何分组上面，而是如何闯关。

每一轮通关都会有队员淘汰，如果队伍里最后没几个人了，哪怕通关，都算作是输。

辛葵之前看节目组的剪辑，加之后期的效果，每一轮都热血沸腾，让人欲罢不能。

眼下，她也希望有这样的过关机会。

“哎，我就希望能够有人带我飞，躺赢的那种。”辛葵说着剁了剁脚，在偷偷祈祷，将视线抛向远处的贺云沂。

虽说因为赛制的原因，不指望对方真的能带她。

但……有大腿总比没有大腿强！

贺云沂本来就是正对着她，只不过目光都落在何阮阳身上。

眼下，他朝着她懒懒掀起眼皮，像是知道她心中所想那般，若有若无地，点了点头。

点头的意思是……这是什么暗号吗？

辛葵自诩还未完全理解对方传递过来的信号，贺云沂的视线率先移开。随后，整个棚内又响起“当当当当”的音乐。

导播的话语响在耳边。

“为了提高大家的积极性和节目的趣味性，这次的第一名，可以一次性选走五到八名的队友，人数可自定；第一名选完后，确认好自己想要的队员，接下来再由往后推的后一名进行挑选，以此类推；被选中的队员没有拒绝的机会，只要是排名低于前面的人，都有被选的可能；接下来，开始！”

此举一出，周围的艺人直接炸了。

其实这里面有参加过这个节目的人，这次赛制突如其来的改革与创新，简直是为排名靠前的人谋取福利。

“不是吧，本来强的人就不多，如果第一轮就被选完了，接下来的岂不是要被吊着打？”

“哈哈好刺激啊，这样才有挑战性不是吗？”

“什么？我真的感觉我要完蛋了，不提其他，若是只有一个组存活，万一第一盘其他组就全部 out，那这个节目的后期都只是在拍他们？那岂不是成了专期录制？”

“不会的，有复活赛，所以全力以赴吧，这玩意儿真的讲究运气。”

就在有参与过的明星安慰同伴的同时，导播笑眯眯的脸出现在棚内场下的主摄像机后，“这次没有复活赛哦，只有复仇赛，要是想复仇，只能选定一个人。”

全场冷静三秒，而后是各类疯狂的 reaction。有些艺人专门负责调节气氛，此时此刻夸张到倒地。辛葵的脚差点被人砸到，往旁边跳了两跳。

成莺拉住她，面如土色：“我说真的，要是有胜负心强的人拿了第一，那肯定都选男生啊，哪儿会挑我们这些手无缚鸡之力的女生呢，太惨了太惨了，我已经做好和你一起战斗的准备了。”

“你放心，我要是被谁选了，我把你给捞过去。”辛葵看成莺语气低落，掩盖住自己的情绪，摸摸她的毛儿，“一般这种比赛肯定会照顾一下我们女孩子的。”

“可是今天请来的那两位主咖就不一样啊，特别是贺云沂。而且你看起来就白白嫩嫩，娇生惯养的，没什么力气，肯定没人选你。”成莺反过来安慰她，语气郑重，“我还有力气，我带你。”

辛葵本来还有些紧张，被成莺带得，没忍住笑出声：“知道啦。”

话落，辛葵感觉有人在盯着自己。转身去望，离她很近的徐应甜嘴角弯起冷漠的弧度，不屑地转开视线。

应该是听到了她刚刚说的话。

辛葵觉得莫名其妙，也没把这种人放在眼里。两人互相不认识，这敌意未免来得太明显。

对方率先没由来地冒犯她，最好的做法便是直接无视对方，这样让对方有口难言，想趁机发泄都没机会和入口。

佛系敌对法，又称内伤敌人大法，伤人于无形之间。

辛葵转开视线，导播催促倒计时的声音近在咫尺。

用来分组的游戏比赛很简单，男女生都自愿举手参与，获得前四名的人有机会选自己的队友，最后一名较惨，只能全盘接受没有被选的队员。

具体的比赛形式就是 PK 记忆能力。

后方的大屏幕墙板上会出现九九八十一个格子。

节目组现场给予每位参与竞选的艺人，三十秒的记忆时间。

而后大屏幕会显示出被挖去部分图片，由参赛者来填补，对的越多，排名越往前。

第一轮是较为简单的数字，之后升级难度，由古诗词挖空，再到打乱的汉字。

三轮统共得分最高者，为第一名。

何阮阳一看是这样，连忙打了退堂鼓。

“我不行，让我记台词我可以，这个古诗词和打乱了的汉字真的不适合我。”

贺云沂静静瞥了他一眼，没说话。

“你是不是也不去？反正我们俩肯定会被选就是了。”何阮阳咂摸咂摸，他和隔壁的男艺人相识，对方怎么说第一轮也会选他们俩。

再者，他们俩也不需要强制表现和在乎镜头量，肯定是被疯抢的那类啊。

“姓贺的，你说句话。”

“为什么不去？”贺云沂径自直起身，长腿一迈，往比赛区的方向走，“当然去。”

“……”

何阮阳有些惊呆了，但也不是不能接受。

“我懂了，我们贺神巅峰待久了，就爱上了这种绝对掌控的傲视感了是吧，但你去了万一不行，到时候可别怪哥儿们我没照顾你啊。”

“你说谁不行？”贺云沂说着，头也没回，“何阮阳，你要是话少点，我等会儿还能拉你。”

何阮阳紧步跟上，大声叨叨：“你行，你最行了好吧！”

他嗓音抬高，导致周围跃跃欲试在看赛制决定要不要上前一比的人都纷纷望了过来。

何阮阳见此加快脚步和贺云沂平行，顺带压低了声音：“拉我的同时，你能不能顺便带个小辛葵？”

反正也熟识，带个可爱的妹妹总归没什么吧。

“你是不是搞错了？”贺云沂在划线区站定，目光直视前方。

“……啊？”何阮阳还以为贺云沂不怎么烦辛葵，算是一件稀奇事。但眼下他语气里的拒绝太过于明显，以至于何阮阳直接愣在了原地，“原来你不愿意啊……？”

“我的意思是，你说反了。拉她的同时，才顺便带个你。”贺云沂长身鹤立，转过身去没再看他，话语轻落，带着点漫不经心，“懂了吗？”

“……”

好心相问，却落得个被频频数落的下场。

何阮阳习惯了，只不过他之前会更加用力地反驳回去，这一次看贺云沂答应带上辛葵，自我纾解而道：“没事，我也都能理解，就算是看在我的面子上，你也得拉一把人家小姑娘。”

贺云沂看了他一眼，没说话，而后又看了他一眼。

何阮阳不解：“怎么了，被我的默默承受感动到了？”

“你该走了，这里是参赛区。”贺云沂开始赶人。

“……哦！”

参赛区那边寥寥几人，有男有女，但不多。

辛葵待在原地没动：“等他们比完了，我再过去，我也想试试。”

刚刚她举了手，现场编剧将她的名字也录入进去了。

论及记忆力，辛葵最近一直在剧组拍戏，状态饱满，所以有点信心，就想试试。

比赛笼统分为四个组，要是幸运地进了前四名，她完全可以组建自己的战队。

刚好这次主动参与竞争挑选队员的人不多。

成莺在旁边拍拍她的肩膀：“不错不错，你真的勇气可嘉。”

导播喊了她的名字。

她和成莺挥挥手，径自往参赛区跑过去。

参赛区站着几个人。其中一位鹤立鸡群。

其实这样的身姿，放在满是俊男美女的明星里，也永远是最吸睛的那位。

其实辛葵在刚才就疑惑了，贺云沂怎么也来了？

更奇怪的是……本该是演员的何阮阳，却没有参加。

她略微回头，便看见何阮阳抬手在脑门儿处，给她比了个十分帅气的手势。

也不知道是什么意思。

辛葵微微笑着回应，埋下心中的疑惑，她选了个角落观看比赛。

每个人被分到的内容不一，但是难度都是相同的。

第一个参与者是圈内小有名气的男演员，据说台词功底很好，但还是有很多空没填上。

第二个参与者，辛葵知道名字，是之前那位，成莺口中的徐应甜。

平心而论，她的表现比第一位男演员好很多，但总共也没多出多少分。

第三个参与者表现得无功无过。

第四个才是贺云沂。

大图出来后，年轻的男人双手撑在桌前，略微弯了腰，平视前方。

以往漆黑的眸里，倒映着大屏幕落下来的流光，几番轮转。

每幅图都有三十秒的记忆时间。

但是贺云沂抬手，估计是嫌弃太长了，直接要求在三十秒内看完三幅图。

场内登时安静了瞬间。

辛葵在倏然爆发的叫好声里，默默地望过去。

贺云沂好像很笃定他的时间够一样。

认真说来，这样势在必得的贺云沂很少见。

以往她遇到的他，都带着股天生的漫不经心，很多事他不是不在乎，而是根本抵达不入眼底深处。仿若，从未有人能够阻止得了他，也从未有人能够看清过他。

这样从未将任何事物放在眼里的贺云沂，是很多人苦苦追随的神。

他好像，确实有这样的底气，让人无端便相信，无端便臣服。

三十秒的时间很快就过去了。贺云沂直起身来，筋骨利落分明的手直接拿起话筒，没有任何犹豫和停顿，开始说出自己的答案。

“第一幅图：从左往右，空出来的是——1、6、70、9、58。”

“第二幅图：古诗词总共有三首，残缺部分多，挖空的词语字数不一样，分别是——楼兰、枝头抱香、北风、趁年华、漫寂寥、河湟地和元元。”

“第三幅图：魑、魉、魅、鬼。”

话落而下，一旁紧跟着核对的场外编剧紧张却又笃定地点了点头，算是承认了他的战绩，紧接着话筒音传来：“回答全对。”

场内倒吸凉气的声音此起彼伏，不是那种为了综艺效果的戏剧化表现，就是那种无法用言语描述的震撼。

正确率高是一回事，可偏偏每个都对，用时还这么短，这就很匪夷所思，也让人在被迫接受的同时，想要跟着尖叫。

贺云沂之前没上过这种模式的大热综艺，未曾想到，就连这样的模式，他也能驾驭得很好。

抑或者不是很好，而是绝了。

节目组设置的关卡肯定不是想当然的那种容易，特别是最后一幅图，并不仅仅是单纯考验打乱了的字。

综艺编剧当初在设置比赛内容的时候，就刻意加了难度。这些字因为字形相似且难辨，远远望过去其实都是差不多的，在考验记忆力的同时，反应速度和认准读音，都是难点所在。

可偏偏贺云沂都答出来了。

在缩短了近一分钟时间的三十秒观察里，他全部正确。

辛葵围观了全程，此时此刻只想狂欢。

她担忧自己回答不上来，担忧自己组队，担忧之后很快出局的杂念，在此时此刻，统统消失了。

有时候会觉得，贺云沂不仅仅是为了第一，而是为了……

这时，主持人的声音又缓缓传来。

“恭喜贺神！不愧是万千少女心目中的神话，你拿到了节目开播以来，第一个环节的大满贯！没想到一开始就进入了白热化的阶段，这让我们更期待接下来的比拼，还有几位没上场的现在可以——”

话至一半，被贺云沂轻松打断。

“主持人。”

主持人应了声：“嗯，怎么？”

“满分的意思就是绝对的第一？”

“当然。”

“那我现在可以开始选人了？”

主持人没想到贺云沂提出来的是这样的要求，他愣住。

“啊……是这样说没错，可是接下来万一其他人也是满分呢？”

说到这儿，主持人自己都顿了一下。

其实事态至此，他也觉得，几乎不太可能了。

接下来即便有人满分，那也是第二个满分，无论如何，贺云沂都是优先选择的那类人。

主持人听到这儿，点点头。

他转头和周围的人商榷，到底给不给这个机会。

工作人员的意见毫无例外都是统一的，并且决定在这一环节给出额外特写，到时候节目播出，必定是热点之一。

除了工作人员，接下来那几位没有上场的，也抱着纷纷看戏的状态。

要是运气好，被挑到了贺云沂的战队里，那接下来比赛都用不着了。

“那我能问问，你为什么这么着急选人吗？”

主持人笑眯眯问，其实早选晚选都一样。

“不是着急。”贺云沂回应，“我只是怕我想要的没了。”

“贺神也有怕的？”主持人复又笑了笑，继而扬声道，“那你现在开始选吧。”

贺云沂点头，目光从众人头上一扫而过。

还在愣神的辛葵接收到了他的目光。

她没想到，一贯像是对什么都不在意的贺云沂，这次比赛，如此的认真，全力争取。

大概是后面比拼的那些人里有他心仪的队友人选，他怕有人进了前四名，继而有了自己的战队，就不能一起组队了？

根据他刚刚那句“我想要的”，应该就是如此了。

刚想明白，贺云沂就发话了。

“辛葵，何阮阳。”

而后，他又在还未上场的男艺人里挑了两个，统共五个人。

不多不少刚刚好，正是组队的最低人数，连多一个都不愿意。

还未上场就已然结束了的辛葵，有些傻眼了。她还没建立起自己想象中的、伟大的战队帝国蓝图，刚刚冒了个参与的泡儿，就被拉进了贺云沂的战队里。

不过……这样的结果并不坏。

比起抱着最坏的打算，去组建自己的战队，这样子的安排，好像比想象中来的，要来得开心一些。

辛葵抿了抿嘴角，秀挺小巧的鼻子嗅了嗅，四周好像飘散着甜甜的味道。

“被挑中的人自行前往贺云沂的战队，接下来的后三名，由其他人竞争。”

导演的话将辛葵的心尖捏得酥酥的。

她还未迈步上前，就被高兴不已前来观摩的何阮阳，从背后揽着，推向贺云沂那边。

何阮阳一边推着辛葵，一边在她背后唠叨。

“我们贺神就是有两把刷子啊，到时候网上还不得疯。”

网上疯不疯辛葵不知道，缓过神来的辛葵觉得自己也有点疯。

她所在的这一组，就她一个女生，到时候就是四带一了。

另外被挑选的两位男艺人，就是之前何阮阳所说的熟识的男艺人。

在带着贺云沂的大名吹水的同时，何阮阳牛气哄哄，非要说是自己兑现了承诺，拉了对方两人一把。

棚内明亮的场上，还在录制着其他人的比拼。贺云沂的战队在给了专门的特写后，镜头便转走了。

撇开其他聊得正热火的三个人，辛葵站在贺云沂的身侧，无意识地用脚尖去踩地上飘着的彩带。

贺云沂赢得了大满贯后，节目组为了这突如其来的完美战绩，提前将庆贺的彩带放了下来。

彩带落在了透明台子的四周，蓬蓬松松地堆着，还怪好看的。

还没等她感慨完，贺云沂笔直的大长腿突然进入视野中心。

“你刚刚怎么也参加了？”年轻的男人视线落在小姑娘的发旋上。

类似于这样的场景，两人有过很多次，但却是头一回在公开的录制场合里，好像还有些，明目张胆。

“我是怕没人要我，干脆试一试，万一进了前四名，我也可以有我自己的战队。”辛葵如实回答，“……我没想到你真的选了我嘛。”

“不是说要我带你吗？”贺云沂扬眉，“你就这么不信我？”

突如其来的“控诉”，让辛葵登时没了话。可是她也不知道，贺云沂应下，就一定会带她呀。

他好像，还将此当成了约定。

辛葵才后知后觉，贺云沂想要的人里，包括了一个她。

在录制棚内充足的冷气里，贺云沂穿着淡灰色的夹克，冷白的肌肤犹如打磨好的釉，好看得不像话。

“好像是这样。”辛葵看着他，笑起来，带了点不自知的撒娇意味，开始讨好他，“可我也不知道会这样，我现在就觉得……很荣幸，很荣幸，很荣幸！”

小姑娘冒着星星眼，一连带了三个“很荣幸”，崇拜之情溢于言表。

莫名还有些狗腿的意味。

原来躺赢的感觉就是这样啊，飘飘欲仙的。

“不用客气。”他像是被她逗笑了，勾了下唇角。

“既然都承诺了，那前辈当然得落到实处了。”说着，贺云沂双手插兜，往后懒散靠在大棚搭建的高脚架处，“不管怎样，我的战队里，一定有你。”

一定有她。

辛葵将贺云沂这句话在脑海里过滤了一遍后，视线抛向场上。

这时其余几组的战队也已经完完全全分好了。

开场分组的录制到此为止。

接下来照例由摄制组带领，前往场外进行综艺录制。

场记大致介绍了下接下来的闯关安排。

第一关便是真人 CS，录制时间的长短由各战队解决敌方队友的情况而定；第二关是鬼屋冒险，由从第一关存活下来的队伍进行 PK；第三关则是顺应了夏季特辑的标题，是之前节目里从未出现过的海洋球大战。

现在中场休息，所有人都得去化妆间和更衣室，换上对应的战服。

辛葵告别了自己的队伍，在后台等李严的时候，她心里面油然升起一股不太对劲的感觉来。

就像是，遗忘了什么。

还没等辛葵埋头苦想到底是什么限制了她的快乐，蓦然出现的成莺直接拧住她的脖子。

“好啊，你个晒脱了皮的葵花籽，说好要带我的呢！”成莺虽然只和辛葵相处了半天，但和她很是聊得来。对于这个软软糯糯的小姑娘，成莺其实还蛮有好感。

只不过，辛葵也没有想象中的那么上道，还很健忘。

看她出现以后，辛葵的眼睛睁得大大的。

“我就说我有什么事忘了……原来是这个……”辛葵用力掰开成莺箍住她的手，转头问她，“所以你呢，你被分到哪一组了？”

“就最后一组，不过也还行，不幸中的万幸就是，没和那个什么姓徐的在一组，之前她老朝着我们俩这个方向看。”

辛葵点点头，正企图转移有关分组这个话题的时候，成莺拦住她，继而又原模原样地“质问”了一遍。

她逃不过，开始解释：“我也想带你，可是我还没反应过来，就选完人了，选择权不在我手上嘛。”

说着，辛葵用胳膊肘在空中转圈圈，比画了一下，“而且当时我离前辈好远，他还在比赛台上。”

辛葵说的也是实话。当时情况紧急，外加她确实把这事给忘了。

再者，她也不能狂奔过去，当着全场和导演的面大声喊说再带一个人。

离贺云沂那么远，她又不是长臂猿，捞都捞不着。

“你放心，之后我一定带你。”辛葵拍拍胸脯，“第二盘你就紧紧跟着我。”

“你傻了？”成莺面孔浮现出一种难以置信的神情，“组队成功的话，后面不会再换队员了啊。”

“……”

辛葵顿住。

“你确定……吗？”辛葵试探性地问了问。

“嗯啊，要不然每轮为了分队员，再接着比拼一盘，到时候节目没录完，人先进急救车了。”成莺到底也没怎么放在心上，一个综艺而已，她在意并且觉得不对劲的，是其他。

“不过，我有个问题想问很久了。”成莺语气神秘。

辛葵还在等李严，她闲得无聊，开始数地上的瓷砖，顺便应了声成莺的疑惑："嗯哼？你问啊。"

成莺目光闪烁，往通道左右两边看了看，确认四下没有可疑人物路过后，她压低声音，在辛葵的耳畔轻轻开口："你是不是在和贺神谈恋爱啊？"

嗯。谈恋爱。

等等……和谁谈、恋、爱？！

辛葵若是此刻在吃饭，她一定能够在当场、立刻、马上咳到血花四溅，顺带呛死。

脸上的血液热了瞬，复又往里回缩。

辛葵也学着成莺，只不过将声音压得更低，凑过去问："没有啊……你为什么会这样想？"

成莺听到这个和心中预想相去甚远的答案，很是惊讶："不会吧，这样子都没在谈吗？"

"……"

成莺顿了一下，似是了然，挤眉弄眼道："哦，我懂了，你们是不是还在暧昧期？"

辛葵平日里大大咧咧、没心没肺惯了，此时此刻却羞赧得要死，连忙去捂成莺的嘴："你不要乱说……"

哪怕和贺云沂之间，只是沾染上了那三个字，都觉得心神不安，像是有团烈焰，在熊熊燃烧。

"我没乱说，凭直觉。"成莺看着不像是在说假话的辛葵，缓缓道出自己疑惑的点来，"可是如果没乱说，那他为什么又只选了你？"

"……"

什么叫只选了她，贺云沂也有选其他人啊，另外三个男艺人就这么没存在感的吗！

"主要是我之前有在热搜上看到你们哎，还以为是公开了，后来点进去，才发现是什么同框，什么微博关注。"成莺摸了摸自己的下颚，"其实我超八卦的，但我又不太相信网上的真真假假，所以今天也就没好意思问你，可后来不是……"

成莺说到这儿，点到为止，暗示寓意明显。

她也算是今天刚刚录制那场比拼的全程围观者，颇有话语权。

再者，成莺演过太多小成本的剧了，那里面男主角不都这样撩女主角的吗，俗话说得好，事出反常必有妖。

贺云沂作风向来都别具一格，从不媚粉，清冷孤傲。

毕竟如果贺云沂不露脸，仅仅凭歌曲出道，也能坐稳现在的位置。凭借实力说话，永远会走得更远。

贺云沂最近这一系列的操作，确实是与平日不同，如果不是辛葵这种国民好感度高的，其实真的有很大的可能，会被骂成筛子。

辛葵讷讷地，还没吭声，又被成莺拉住。

“而且！你还叫他前辈，至今也没谁真敢这么喊他吧，最关键的难道不是他还真的让你这么喊了吗？”

“你们不这么喊？”

“当然不啊。”

“那……我是习惯了。”

辛葵回想了下，她其实真的没怎么在意周围人对于贺云沂的称呼，听到最多的，也只有何阮阳“姓贺的”“贺狗”之类的叫法。

撇开这些不谈，就她自己来说，好像也只这么喊过他，对于其他人，她基本都是直呼其名，抑或者是名字加个“哥”或者“姐”。

“算了算了，我随口一说，你就当我是在放屁吧。”成莺看辛葵认真揣摩的样子，拍拍她的肩膀，“要是我给你造成困扰了，那我只能说——哈哈，那你继续困扰着吧！”

辛葵“呀”了声，目送成莺灵活地逃开，背影消失在通道里。

周遭有少许往来的工作人员，辛葵收回视线，也不好意思继续高呼。

等到被李严揪着回到更衣室换好 CS 战服的时候，辛葵目光还是直愣愣的。

看她这副模样，李严又叮嘱她，要她打起精气神来。

他们这组就她一个女生，稍微表现不好，就会明显被当作在拖后腿。

辛葵蔫蔫地应下，脑海里过了两三遍《时间轮轴》的台词，收起心思，这才又恢复元气。

之前通过比拼形成的四个组，在第一盘比赛中，便理所当然地成了四个对手。

首轮真人 CS 里，被击中人数最多的战队，将直接踢出接下来的比赛。而后，每一轮淘汰一支战队。直至最后存留下来的，才是获胜者。

这次的真人 CS 场景坐落于棚内基地不远处居民区附近的半山丘陵，山岭荒野的，完全原生态。

节目组尽可能地在各个角落安装了摄像头，并配以空中航拍飞行器录制。

山上不会有任何工作人员跟进，四个队伍被散落在山体的四个角，而后分头开始行动。

队伍的任务，不仅仅是消灭敌人，还需要去指定的山顶拿宝箱里面放置的万能卡。这张卡也是之后几轮比赛的保障。

何阮阳让辛葵殿后，让他们四个人能保护她。

他将枪放置在怀里，用身体压着，率先探过用以躲避的小高坡，透过浓密丛林树叶，往四周觑探。

蓦地，不知道看到了什么，他倏然来了声。

"我的天！"

辛葵吓了一跳，她紧张又兴奋："怎么啦怎么啦，有人来啦？"

"不是，我看到绿色护栏外的救护车了。"何阮阳说着，语气颇为感慨和震撼，"节目组这是来真的？"

"……"

辛葵扶额，她还以为是什么呢。

再次屏息凝神之后，何阮阳又依样画葫芦地来了句："我的天！"

这回没等大家询问，他低头看了眼自己怀里的 CS 枪："这玩意儿不会也是真的吧？"

其他两个男艺人胆子其实算大的，但也经不住这么一惊一乍地吓唬，纷纷抱怨了何阮阳几句。

何阮阳还要嚷嚷，就在这时，一直在旁边待着没吭声的贺云沂有所动作了。

他抬起手，直接将枪抵在何阮阳背部，用了点劲，声音却依旧平静如水："你再这么大声，那这就是真的了。"

何阮阳："……"

"你是队长你最大，听你的听你的，赶紧麻溜地……收回去！"何阮阳摆手，"要是不小心走火怎么办。"

这道题辛葵会答，她连忙安慰何阮阳："这里面都是带着颜料喷射的激光弹，对人不会有太大伤害的，你别害怕嘛。"

"我没害怕。"何阮阳自觉面子上过意不去，顿了两顿，"被宁燃那家伙骗了，他和我说带烟的，我还以为开真火呢。"

说话间，山头的另一端突然传来"嘭"的一声，动静很大。

辛葵几乎能从身下的泥里，感受到那股巨响传递过来的波动。

她默默地朝着左侧身旁的贺云沂移了移。

看这模样，大概是有队伍碰上了。

去往山顶寻求宝箱的期间，本就可以探寻任何对自己有利的道具。

譬如烟幕弹、防震盔甲和防弹衣，以及各项帮助指数max的小武器。

刚才的声响过大，肯定不是手里CS枪能够发出来的动静。

"看样子他们都碰上面了。"一个男艺人琢磨了下，道，"我们还是分头行动去山顶吧，一直在这边待着，又聚集在一起，很容易被一窝端。"

这个提议不错，其他几人都没意见。

辛葵不知道怎么分头，下意识转身看往贺云沂。

贺云沂确实发挥了队长的作用，冷静沉着，很快就分配完毕："何阮阳你们三个往左边绕上去，辛葵跟着我。"

"为什么不让我和小辛葵一起？"何阮阳拧头，白皙的脸上可笑地沾了几点泥。

"我能够保证她安全。"贺云沂看着他，语气平缓，"你能保证？"

"……"

"你今天挺嚣张啊。"何阮阳哼了声。

瞅瞅贺云沂这神气的样，这狂妄的语气。

何阮阳刚想怼回去，其他两位男艺人想到何阮阳方才的表现，率先瞧不过："得了啊你，你刚刚被枪吓得屁滚尿流，还是人家女孩子安慰的你。”

“有一说一，我怎么屁滚尿流——”

何阮阳话语还没落下，不远处，又传来一阵巨响。

他这下彻底没声了。

“小辛葵，给哥争点气啊，必要时刻，你也可以牺牲贺云沂。”拍拍辛葵肩膀后，何阮阳在其他两位男艺人的催促下，迈出两步。

辛葵径自吐舌。

到了“必要时刻”的话，这种事……她当然不会做啦。

何阮阳往左侧还没走多远，又惊叫一声：“糟糕！”

两位男艺人登时回头：“怎么了怎么了？”

何阮阳面如菜色：“救我，我好像踩到炸弹了。”

辛葵离他近，往脚下觑了两眼。黑乎乎的一团，确实有点像。

“那个好像不是炸弹。”辛葵眨眨眼，“是节目组的摄像头吧……”

“……”

何阮阳彻彻底底没话了，以迅雷不及掩耳之势，跟着那两位男艺人，消失在了左侧山头。

望着对方匆匆忙忙的背影，辛葵回过神来，笑弯了眼。

她又不好太大声，所以这笑，憋着憋着，转而撞入身旁贺云沂的视线。

贺云沂瞥了她一眼后，继续往丛林里勘探。

辛葵紧紧跟上，两人挨得很近。

“前辈，我懂你的。”

“懂我什么？”

“心很累的哦？”

“……”

“有时候也会拿何阮阳没办法吧。”

“差不多。”贺云沂小声，“我们从左边绕过去，你跟着我就行了，不管发生什么，别单独落下。”

他顿了一下，像是不放心那般，强调道：“记住了吗？”

当她是幼儿园学生啊，还记住了吗，她当然能啊。

“我知道，就是像上次那样，做你的小跟班！”辛葵说着，径自点头如捣蒜。

贺云沂定定地看了她一秒，小姑娘的脸蛋衬在军绿色的战服里，嫩得仿若能掐出水。

他抬手，撇开挂在她鬓角的一根草。

“嗯，注意点，别离我太远。”

贺云沂看了会儿地形，大概是率先便在心里策划了一条路线。

一路带着辛葵从左边而上，途中没遇到任何其他队伍。

从林间，两人找到一处绝佳的遮蔽点，安安分分地守着。

透过这儿看，再往左绕，已经是没有路了。

而去往山顶的方向，必定要途经一条大道。说不定就会遇上埋伏的其他战队，还是要小心为妙。

热烈明媚的光线透过枝丫，在贺云沂的脸上落下斑驳的光影。他的睫毛都被晒得恍若被熨烫过的金粉。

刚才找到这儿的时候，贺云沂特意给她拨出一块相对安全的区域，而后他才长腿微弓，在一旁紧跟着蹲下来。

辛葵旁边就是树，这样一来，颇有点被圈住的感觉。

贺云沂专心致志，辛葵也不好打扰，干脆在等待间去拨弄草，顺便注意贺云沂视角盲区——触碰不到的那些地方，以此来帮帮忙，探探敌情。

等了会儿后，贺云沂凑近过来：“你这样蹲着有没有不舒服，脚麻了吗？”

“啊？”辛葵扭头，“没有不舒服，脚也没麻，好好的呢。”

“嗯，那就好。”贺云沂将她没好好拿住的枪往上拨了拨，“如果待会儿有意外情况，不管看到谁，你就像是之前射箭一样，直接射出去就好。”

“好哦……”辛葵应下，而后没忍住觑了他一眼。

其实她没有不舒服，只是觉得有些热。

夏季闷热，他们却都捂得严严实实，藏青色的全套 CS 战服，很是憋闷，没有任何透气的地方。

套装里，还穿了件同样色系的短袖，脚下是黑色的军靴。

反观贺云沂，将这样的战服穿出了正装的感觉，肩侧平直，领口挺括，不带一丝热气，看起来清凌凌的。

辛葵继而又往他那边靠了靠，想从“人工制冷机”这儿沾染点冷意，却被太阳直射的强烈光照刺得眯了眯眼。

贺云沂不解地看着她。

“你不热吗？”辛葵这样想着，开始用手拼命给他扇风，顺带还解释了一番，“你顾前，我垫后，所以呢，你得舒舒服服的。”

她的手拼命鼓动，扇来扇去不停歇，像是小海狮。

树林草丛间，只那么一丢丢的清风被吹起。

小姑娘瞪圆杏仁眸：“怎么样，有没有凉快一点？”

贺云沂“嗯”了声，“还行，你手不酸？”

“不酸。”辛葵笑眯眯地应下，随后更加来了劲。

守株待兔期间，比拼声越来越近。

其他战队估计都已经开始正式比拼了，整个山上陆续出现络绎不绝的系统淘汰提示音。

其中，还夹杂的有辛葵认识的人。

“4 队玩家‘成莺’淘汰，4 队玩家‘成莺’淘汰。”

“居然这么多人都淘汰掉了……”辛葵有点儿诧异。

不过幸好，她目前没听到自己队伍队员的淘汰提示。

一边的何阮阳他们三个，也不知道怎么样了。

“我们现在过去，等到了山顶再找个躲避处，到时候看能不能会合。”贺云沂还是那副波澜不惊的模样，但就是这样的没情绪，才给予辛葵无边的安全感。

“好，我无条件听你的。”辛葵答应得很快，成莺看起来这么灵活的都被淘汰掉了，她这样的，一个不留神，就“一命呜呼”了吧。

贺云沂动作稍顿，望向她：“无条件？”

“对啊。”遑论怎样，辛葵就是没由来地相信他啊。

贺云沂目光幽深，而后径自起身：“跟上来。”

"哦哦，来了来了！"

两人从林间出来后，还没迈上大道，就有暗处的人想要瞄准他们。

"咻咻"的音效间，大概是离得远了，没把握好距离，沾满颜料的激光弹还未碰到人，率先落了地，砸得满路都是。

贺云沂护住她，沉稳中加快脚步，用中途捡到的道具挡了挡。

两人躲到山顶旁的一块巨石后，贺云沂拿上枪，嘱托她："我去拿宝箱，你在这边待着，等我回来。"

"不要我陪你吗！"

"现在不是陪不陪的问题。"贺云沂本来站着，为了配合她，复又半蹲下来，长指点了点她的脸颊，"山顶没有丛林遮挡，很容易被击中，你在这边待着比较安全。"

辛葵点点头，安静地窝在原地，哪儿都没去。

贺云沂的身影还没消失太久，辛葵的身后方很快传来窸窸窣窣的声响，脑海里的枢纽瞬间扣紧。

她在吓到的同时，按照之前贺云沂叮嘱她的那番话，像是射箭那样，转身直接喷射。

然而等到她看清楚是什么的时候，讪讪地放下了CS枪。原来是用以拍摄的航拍飞行器。看这模样，也不知道在这儿拍了多久。

不是其他战队的人就行。

就是吧……这飞行器有些惨不忍睹，上面沾满了颜料。

辛葵有些愧疚，对着镜头挥挥手："对不起哈……但这也算是小燕子穿新衣？姑且算是我送给你的新衣服吧。"

飞行器是由在场外的节目摄制组来控制的。

而后辛葵就看见飞行器朝着她上下摆动了会儿，像是在缓缓地点头。还别说，蛮可爱的。

辛葵也不敢和飞行器互动太久，就在她一步一步挪回去，想要窝回原地的时候，石头侧面的不远处，有人将视线死死地定在这边，而后挎着CS枪，大跨步前进。

辛葵也感受到了危险的降临，在猫着腰快速起身的同时，她也看清了气势高昂的来人。

是徐应甜。

不仅仅是一个人，对方转身朝着后方扬手，大概是在呼喊同伴，很快又叫来一个很高的男人。

两个人一齐往这边走来。

辛葵本来想直接迎上，但是对方一下有了两个人，事态骤然像往一边倒的旗帜，无法翻转。

她往前就是直接送死。

真正到了应付敌方的这一刻，周遭又没有帮忙的人，要说不紧张，那肯定是假的。

往旁边躲也不可能，山顶草丛稀疏，哪怕是石头旁的绿色遮蔽，也都是遍布的荆棘。

越来越靠近了……徐应甜嘴角勾起势在必得的弧度。

一起上热搜，一起组队又如何？今天她偏要在第一轮里，漂漂亮亮地拿下辛葵的“人头”。

辛葵凭空想象了一下等会儿出击的时机……径自想象……骑虎难下间……就是现在！

还没等到辛葵猛然抬枪，准备来个你死我活，大不了一起被淘汰的战斗的时候，随着“嘭”的一声，徐应甜背后遭受猛击。

下一秒，她的感应器被颜料浸染。

淘汰提示音随之在山谷里响起——

“2队玩家‘徐应甜’淘汰，2队玩家‘徐应甜’淘汰。”

被淘汰的人需要立刻停止任何动作。

带着满腔的怒意，徐应甜想看看到底是谁，然而等到她转身看清来人的时候，整个人像是被雷骤然砸倒，直接凝固在原地。

贺云沂举着枪，神色冷然。

他没有给对方任何一个多余的眼神，连对视没有。

而后，贺云沂的枪缓缓移开，直接指向旁边的男玩家。

2队采取的是主动出击的战略，现在只剩下他一根独苗，如果被淘汰了，那就是全军覆没。

除非有其他队伍也是全军覆没，2队还有机会翻转，不然直接无缘之后的闯关。

贺云沂用枪指着人的同时，辛葵也看到了在后方候着的，何阮阳等三个。

一人都没被淘汰。

“你过来。”贺云沂抬眼，示意了下辛葵。

小姑娘这时候才回过神，连忙几步跑过去，藏到他身后，只堪堪露出一双眸子。

2队的那位男玩家放下枪，举起手来，比了个投降的姿势，率先求饶：“贺神，我看你们也拿到宝箱了，放我一马呗。”

他这样其实也蛮聪明，将对立面抬至到了其他的战队里。

反正第一是贺云沂这队无疑，他还可以有机会争取。

再说了，毕竟只是个综艺。

辛葵凑近，小声说：“他刚刚拿枪指着我，可恐怖了。”

“是吗？”贺云沂像是在反问，又像是在自问，一副“敢动我的人”的大佬模样。

而后，他朝着那个2队男玩家开了口：“转过去。”

男玩家以为被放过了一马，也就真的照做了。就在他转身的下一秒，贺云沂利落瞄准，直接对着他，开了一枪。

随着系统淘汰音的再次响起，2队团灭。

那个男玩家转身望向自己的队友徐应甜，耸了耸肩：“好吧，认赌服输。”

徐应甜待在原地没说话，面上没表情，但是心里感受到越发难堪。

原以为在楼道里阐述自己的好感，被没有任何犹豫地直接拒绝了，便是最最极致的尴尬、愤懑和难过了。

未曾想到，在这综艺比赛中，又被他亲手淘汰掉，丝毫没有给予自己谈判的机会。

甚至一个多余的眼神都未分过来。

男玩家和步伐沉重的徐应甜退离了比赛区域。

辛葵等到那两人的身影消失，何阮阳三人再凑过来的时候，才敢从贺云沂身后迈出来。

她抬眸望着贺云沂，表面尽力维持着平静，内心里却像是剖开大地脊背，从火山口蔓延下来的熔浆，和这个盛夏的午后一起，卷进了无尽的疯狂里叫嚣着。

因为实在是太酷了，这男人帅得她面颊发烫。

更因为仅仅是她小小抱怨的那句话，贺云沂轻轻松松便又解决掉了本可以放掉的弱者，丝毫没留情。

不管是为了她，还是为了团队，这样的贺云沂在她看起来，令人乱了心跳。

“真酷炫啊。”何阮阳率先走上来，拍了拍贺云沂的肩膀，“宝箱拿到了，万能卡也是我们的了，我们战队是不是已经赢了？”

其他两个男艺人笑起来：“对，剩下的让他们自己 battle，真是没想到啊，还算是轻松。”

接下来第一盘闯关中排名比拼的看点，就全然交给了另外还存活的两队。

毕竟他们人没少，又率先拿到了宝箱，稳坐第一的宝座。

这次赢得了任务，不仅仅是拿到了宝箱，里面的万能卡才最是关键。

有了万能卡，他们在接下来第二轮的鬼屋探险里，能获得一些其他战队不知情的线索。

占据了先机，更能够在接下来的路里，畅通无阻。

辛葵也听到了男艺人的话。

能轻松也是因为贺云沂吧，她这样想着。

通过此，辛葵心里对于他的认知，在原有的基础上，又细细地拨开了一层面纱。

越发挺拔，清晰，透彻。

因为拿下了宝箱，一行人也不用继续录制了，可以退出场外。

何阮阳三人在前方走得气势高昂，好哥们架着肩膀，仿佛在短期内就建立了深厚的友谊。

辛葵和贺云沂落在后方，她就在他身旁，不需要刻意靠近，直接唤了他一声：“前辈。”

"嗯？"

贺云沂收枪以后，就一直在看她，小姑娘面上神情变幻莫测，是少有的凝思和慎重。

以为她还沉浸在方才被枪指着的情绪里，贺云沂问道："刚刚吓到了？"

"……那没有啦。"

她本来就是提前想好了鱼死网破的终极局面，准备来个"你伤我也伤，你亡我也亡"的对峙，大不了同归于尽。

"我就是觉得，你刚刚，很厉害很厉害。"辛葵说着，嘴角缓缓扯开。

贺云沂默默地盯了她会儿，抬手拍了拍她的小脑袋。

辛葵很久没扎双马尾了，为了综艺更只是简简单单地弄了个单马尾的发型，清爽好看又很方便。

贺云沂的余光瞥到前方何阮阳的背影，倏然想起了之前体育馆的画面。

他复又抬起手，这一次，则是带了点力道，揪了下辛葵的发尾，触感柔顺，带着点蓬松。

在辛葵转过来凝视他的时候，贺云沂敛眸。

"小跟班，你知道就好。"

等到全员结束录制，已经是接近傍晚了。

节目组统一放餐，吃盒饭。

成莺拿着自己的那份，凑到辛葵旁边，比起之前和她在通道里交流之时的激动，现在的她可谓是毫不掩饰。

"我和你说，我今天不是被淘汰了吗，然后我下场的时候，在监视器那边看你们继续闯关。"成莺神神秘秘的。

辛葵应了声，有些没精打采。

她心思不在那儿，而是在手中的饭菜里。

她口味本就偏辣，这么激烈的 CS 真战后，热意迟迟未消退，没什么胃口。

节目组供应的都是比较清淡的吃食，换作是别的女艺人，不吃或者塞两口就完事儿了。

可辛葵不吃就会饿，也会没什么力气，她向来都是外卖小能手，绝不会委屈自己。

接下来的鬼屋探险是整个综艺的精华，刚刚第一轮的真人 CS 都只是热身，之后才缓缓步入高潮。

她又比较怵什么鬼不鬼的，如果到了必要时刻要以蛮力拼搏，她估计还斗不过。

“你怎么这么蔫啊，有没有在听我说话！”成莺又唤了几声辛葵，才惹来对方的反应。

辛葵看了成莺一眼，低头望了眼她手中的餐盒，还是满的：“哎，你不吃饭的吗？”

“影响身材，干脆不吃了，再说了，也不怎么好吃啊。”成莺说到这儿，指了指自己，“你别看我瘦，其实都是饿出来的。”

辛葵收回目光：“我是没胃口吃。”

“为什么会没胃口啊，是刚刚 CS 累了？可你不是一路躺赢吗。”说到这儿，成莺想起了刚刚被打断的那个话题，“我们被淘汰的不是在监视器那边看你们吗，你和贺云沂都没怎么分开过，有个视角的镜头一直在拍你们。”

辛葵还在有一搭没一搭地戳着自己手中的盒饭，听了成莺的话，不知道在想些什么。

成莺也没执着于这个话题，很快又聊到徐应甜那个话题上去：“你是不知道，当时她那个吃瘪的表情好好笑啊。”

好久都没得到回应，她瞥了一眼辛葵，继而连忙阻止：“你快停下来……你快把饭盒戳穿了！”

辛葵这才反应过来，望了下自己惨遭蹂躏且惨不忍睹的盒饭：“呀，我的盒饭！”

她还想着能够勉强塞几口呢，眼下看来，真当是灰飞烟灭了。

成莺看辛葵欲哭无泪的小模样，哈哈而笑，还想要说着什么，被工作人员叫了过去。

辛葵落了单，悠悠然叹了口气。

她这是怎么了，老是心不在焉的。

就在这个档口，手机“嗡嗡”作响。

屏幕上显示：“卖葵花籽的”发来一条信息。

乍一看这个，辛葵还以为自己加了什么微商。但反应过来后，她没忍住偷偷地笑了声。

恐怕是贺云沂本人，都不知道他在她的手机里，是这种备注吧。

这还是上次的事了。

那天晚上之后，怕辛父再多加询问，辛葵把贺云沂的名称改成了这个。

俗话说得好，不怕一万，就怕万一嘛。

若是再被揪住，她还能有个蒙混过关的机会。

辛葵指尖有点麻酥酥的，不受控制。

她点开消息。

卖葵花籽的：“你对棚外后方通道这边的休息区，熟不熟？”

辛辛向葵：“怎么突然问这个？”

辛辛向葵：“不过说认真的，那边和我的化妆间不是一个方向，所以不知道……”

卖葵花籽的：“那也没事，你回头。”

辛辛向葵：“嗯嗯嗯？”

辛葵虽然迷惑，但也听了贺云沂的话，回过头去。

她身后的区域，横亘着一块巨大的玻璃，玻璃外，是一条长长的走廊。第二间房间里的玻璃窗上，似乎是映射着一道修长的身影。

没有停留几秒，很快便闪开了。

卖葵花籽的：“看到了？”

卖葵花籽的：“第二间房，过来。”

辛辛向葵：“……”

辛葵也不知道贺云沂喊她过去做什么，她放下盒饭，看了眼四周，没人关注她这边。

而后，她迈着步子，直接往那边走过去。

辛葵刚到门口，门板便缓缓地打开了。

入目转眼便是随意坐在地上的何阮阳，对方大概是掌握了她之前吃外卖的精髓，姿势一模一样。

“小辛葵，过来过来。”何阮阳朝着她招招手。

贺云沂在辛葵进来后，就掩上了房门。

一时之间，这里只有三个人。

辛葵看到了桌上大大小小的外卖盒：“你们不吃盒饭啊？”

“拿了啊，但我不太想吃，就叫了外卖。”何阮阳不以为意，“你是不是没吃饭，快，过来一起吃。”

辛葵有些不好意思：“你怎么知道我也没吃盒饭？”

“老贺和我看到的啊。”何阮阳说到这儿，语气较之以往，都要来得正经些，语速都慢了。

他抬眸看了眼贺云沂。

准确地说，应该是何阮阳不小心碰到的。

他拿外卖回来后，恰好碰上站在玻璃窗那儿的贺云沂，何阮阳顺着他的视线，自然而然地就看到了一直低头戳弄饭盒，一点儿也没动筷子的辛葵。

辛葵听此，立刻转过头去。

贺云沂望着她，没否认。

他长腿一迈，径自坐到沙发上，用手拨弄了下外卖盒，直接推到辛葵面前：“你准备在那儿站多久？”

这语气，辛葵愣生生地听出来一股“难道还要我亲自喂你”的大佬感。

辛葵愣了一瞬，随后从善如流地在何阮阳的对面坐下来，她也不爱客气，更别提和这两人客气，她又不是不熟。

辛葵拆开包装盒，掰开两个筷子，一手一根攥着，笑得两眼弯弯：“那我不客气啦！”

狗腿完，她垂眸看了下菜色，鼻尖是熟悉的辛香气，蹿过来的辣味弥漫着，逐渐在空气中扩散开来。

“喀喀喀——”就在这时，何阮阳惊天地泣鬼神地咳起来，“水……给我水……喀喀！”

贺云沂不紧不慢地给他拿了瓶，何阮阳接过以后，咕咚咕咚灌了几口，开始抱怨。

“什么仇什么怨啊，突发奇想点这么辣的外卖，你自己又没吃几口，姓贺的，你是不是故意整我？”

“爱吃吃，不吃就闭嘴。”贺云沂缓缓开口。

在这两人交谈的过程中，辛葵为了省时间，也是埋头苦吃。

她夹起一大筷子菜塞进嘴里，鼓着腮帮子，径自嚼着。

自以为没被察觉地，偷偷摸摸地抬眸，去看身侧的贺云沂。

然而他似乎是一直都在看她。

对方用手半撑着脸，微微偏过头来，目光戏谑，像是在欣赏她较为“优雅”的吃相。

“……”

步了何阮阳的后尘，辛葵也惊天地泣鬼神地咳了起来。

但是辛葵还是快速地吃完了外卖。

胸腔里残留的仿佛还有那股子辣味，她回了趟自己的休息室，塞了两颗草莓糖，等到口腔里全然是清甜的水果味，她才将刚才的那段记忆埋了下去。

那种时候，偏偏要那样认真地盯着她。

……是要怎样！她不要面子的吗！！

贺云沂叫她过去就只是单纯地吃外卖，可好像又不只是这么单纯。

辛葵依稀记得之前何阮阳说过，贺云沂不怎么吃辣。

小姑娘的目光再回来，落到了自己的包包里。

她手伸进去，拿了样东西。

第二轮的闯关录制就在饭后。

李严一直在休息室待机，看她回来又走开，也没过多问什么。

经过第一轮游戏，2队全员被淘汰，也提前结束了节目的录制，所以早就离开了。

接下来的三个队伍从不同的鬼屋出口出发探险，目的和任务也只有一个，那便是寻求宝箱。

万能卡若是在这一轮也能攒到，那么对于最后的大闯关的同行，便有很大的帮助。

鬼屋探险里，队伍之间不会进行互相“杀”人的环节，阻拦前行的，是鬼屋的各类关卡。

辛葵跟着战队迈进去的时候，四周都是一片漆黑。

大概是为了营造幽深恐怖的氛围，这里还播放着带着些诡异感的音乐。

凉风嗖嗖中，她感觉到自己的细胳膊上泛起了密密麻麻的鸡皮疙瘩。

细听之余，周遭有滴落下来的水声，潮湿的味道像极了雨后的青苔藓。

因为第一轮贺云沂这个队长的绝佳表现，第二轮何阮阳说什么也要自己大出风头，甚至说是要带领他们这个战队，披荆斩棘，一边拉一个男艺人走在前头，辛葵和贺云沂稍稍落后半步。

“你很怕？”贺云沂似是有所察觉。

辛葵忙不迭点头，细糯的嗓音都带着抖：“嗯……”

分明只是刚开始，还没有走太远，辛葵却觉得这里安静得像是过了一个世纪。

之前的 CS 真人战都没令辛葵这般抗拒，大抵还是小姑娘，虽然做了再多的心理建设，等到了真正进来的时候，还是没出息地会害怕。

她在努力适应黑暗。

整个大队缓慢地朝前行动，龟速慢移，偶尔传来何阮阳的小小惊呼。

突然，不知道哪儿传来“咔嗒”一下的落锁声。

何阮阳终于没忍住：“这也太折磨人了，你开个灯都是好的啊！”

像是心有灵犀，何阮阳话音刚落，这一小片区域稍稍亮起来，但都是昏暗的绿光，更显恐怖。

墙上显示着几个淋了血迹的大字——曾经的我也想过，光亮的地方，就是远方。

这灯还不如不开。

贺云沂就在这时候将手伸过来，嗓音压得低低的：“害怕就抓住。”

辛葵像是终于找到了栖息地的浮萍，连忙侧身靠过去，用双手攥住他的手臂。

她早就想这么做了。

辛葵借着幽暗的光看清了墙上的血印，一个接连一个。不知道是不是心理作用，她甚至感觉自己都闻到了一股血腥味。

节目组做得过于逼真，同时也让辛葵过于发狂。

她心在不断地颤动，已然是尽力在保持冷静。

现在他们被困在这边，需要找到前往下一个房间的线索，才能一环解一环，拿到宝箱。

四处寻求线索的同时，他们逐渐在房间里分为了两拨。

因为大体的环境幽暗淎沉，时不时还发出了乌龙事件，在你碰我和我碰你之间，闹出了不少害怕的惊呼。

“我警告你别过来啊！”“谁踩我了？”“啊，谁摸我了！”

因为有贺云沂在旁边，辛葵倒也没有过于害怕了，开始静下心来找一切的关键点。

探寻间，两人也没分开，贺云沂清晰的呼吸声就落在她头顶。

“你有没有发现，绿光只照射了大概四分之一的地方？”贺云沂凑到她耳边。

辛葵也察觉到了：“对，所以我觉得，其余四分之三的地方应该有蹊跷？”

贺云沂“嗯”了一声，稍稍弯了腰：“看到刚刚墙上的字了吗？”

“……有看到！”辛葵几乎被他笼在了怀里，“上面写着——曾经想过，光亮的地方，就是远方？”

“对，证明有绿光的地方才有通往下个房间的线索。”贺云沂的嗓音落在辛葵耳畔，挠得她痒痒的，“所以在黑暗处找，只能是无用功，我们去绿光那边。”

“好。”

和何阮阳三人在黑暗处摸索不同，辛葵和贺云沂来到绿光处，在墙上找到了镶嵌着的，同样色系的荧光灯。

用荧光灯再往黑暗处照耀，地上很快显示出荧光色的血迹，一路蜿蜒至……何阮阳的脚下。

何阮阳惊了下："谁？"

辛葵喊道："是我们啦！你往旁边移一下，挡到我们看密码了。"

"这密码看起来挺恐怖啊，都是血迹。"何阮阳越发搂紧两个男艺人，而后往旁边迈了迈。

密码随之浮现。

来到通往下一个房间的关键点，贺云沂没动，让辛葵输入密码。

他的声音很轻，只有两人能够听到。

"这个功劳，给你。"

之后的几个房间，相比第一个，难度更大。因为不是密码解锁的类型，还掺杂了些在里面扮鬼的身影反复出没。

被吓着攀爬，被追击着奔跑，在慌乱中，也在贺云沂的带领下，一一突破关卡。

辛葵到最后只敢闭着眼了，但身侧的人什么也没说，中途最紧张的时候，反过来牵住她的手，带着她一起通关。

两人全程都没分开，就是让人莫名安心。

最后一个房间有宝箱，但比起之前的所有房间，要来得更为黑暗些，完完全全看不清周遭的人。

在拿到宝箱的同时，他们还得走出去，才算是完成任务。

再次陷入黑暗的时候，辛葵攥着贺云沂，比刚刚更为用力。四处都透着点说不上来的诡静。

倏而间，在队伍绕过一个长走廊的时候，前方好像有瞬时的白影闪过。

灯光偶尔亮起一瞬，吊着的影子看起来像是人。

何阮阳被吓了瞬，而后他大抵是觉得自己高呼了这么多回，总该要挽回点面子，干脆高声道："搞什么啊！要吓人正面吓好吗！躲躲闪闪算什么好汉！算什么正人君子！有本事就冲着我来！"

辛葵看过这档综艺，想提醒何阮阳，这边都有夜视摄像机在拍呢，这么高声喊，还是这么一长串的话，后期剪辑只会往搞笑方面弄。

她还没出声，正前方直接冲过来一个人影，像是在滑轨，飞速而来。

何阮阳位置靠前，所以被正面暴击的，只有他一个。

队伍里的其他人只听到了一阵尖叫，而后也顾不得其他，纷纷往旁边逃窜。

辛葵慌乱间没控制住平衡，就在她不小心，即将要倒地的时候，一双手伸过来扶住她，顺势往旁边的角落里带。

熟悉的青柠罗勒味再次席卷而来，严严实实地将她罩住。

辛葵之前拼命让自己稳住，一心安心闯关，殊不知，已经压抑了太久。

她不是神人，身临其境的时候，真的会紧张，一颗心几乎是一直都攥在喉咙眼的。

这个时刻，那些悉数建立起来的故作冷静，都在贺云沂气息的笼罩下，尽数崩塌。

她双手紧紧箍住他，她侧脸埋在他的肩窝里。

“贺云沂……”

“我在。”贺云沂回应着，抬手在小姑娘的脊背上抚了抚，以示安慰。

两人在角落里窝了会儿。

怀里的人好像是察觉到了不妥，开始尝试着，挣动了两下。

“放心，这边拍不到。”

小姑娘放弃了，安安静静地窝着。

而后她的嗓音明显带着后怕，清甜里带着点糯糯：“那个白影走了吗？”

贺云沂侧头看了下，黑暗里依稀能辨认出队友的所在位置，他们都没再尖叫了。

白影早就晃了过去，还得去吓其他战队的人。

话到嘴边，他缓缓出声：“还没。”

辛葵瑟缩一下，不吭声了，两只手改为了攥住他衣服的下摆。

此时此刻，蔫掉的小鹌鹑变成了埋在沙坑里的小鸵鸟。

“还是很怕？”贺云沂感觉到了她的动静，问。

辛葵忙不迭点头：“嗯……”

贺云沂长手一伸，将她更往自己的怀里摁：“那抱紧我。”

第二轮是的鬼屋探险，穿的是短袖，十分轻薄。

辛葵被倏然抱紧，在身子更往贺云沂那侧倾斜的时候，她几乎能感受到贺云沂略带温热的胸膛。

辛葵很明显感受到自己和贺云沂接触的那边脸红了。

也像是火烧，噼里啪啦地热了起来。

不，或许都不只是单纯的热了，她现在完全可以和太阳肩并肩！

如果说此时此刻让辛葵跨过半个地球去印度卖魔鬼椒，她的脸色，大概完全可以与之融为一体。

这边是夜视镜头下的拍摄盲区，是死角拍不到的区域，黑暗又放大了彼此的鼻息，两人就这样挨着，辛葵想到贺云沂刚刚最后的那句话，手还是没往前伸，只是死死地攥住他的衣角。

“……那现在呢？走了吗？”她的嗓音尽量保持住了平稳。

贺云沂凑过来反问道：“你说呢？”

多么简单的事，他个子高看得更清，而且被他的身形覆盖住的，明明是她。

就还非要来反问她！

听着贺云沂醇厚的嗓音，辛葵仿佛又梦回到之前地下车库那一夜。

明晃晃地逃过各处的摄像头，在黑暗里你侬我侬。

还没等辛葵的遐思飞遍天空，贺云沂压着嗓音，颇为正经地说：“又过来了。”

听及此，辛葵什么小心思都被无情地抛到了脑后，她小小地“呀”了声，往贺云沂的肩窝钻。

却只听到头顶那人的声音又缓缓传过来，甚至带了点儿笑。

“这么好骗？逗你的。”

“……”

辛葵有些无言。

逗什么逗，看她被吓到就有那么好玩吗？！

“好了，这下应该是真的没了。”贺云沂说着捞住她，“我带你去找他们。”

辛葵忙不迭点头，紧紧跟着贺云沂行动。

中途，他倾身到最大的俯拍镜头下，在最后房间返程的地方里，朝着机器兑换了什么。

而后，把一样东西塞到她手上。

“哇，这个是什么？”辛葵试探着摸了摸，是粗扁的长条，像是棍子，但又不太像是。

她不免有些摸不着头脑。

贺云沂带着她出了角落，往有脚步声的地方靠：“防身棍，之后我们返程的路上，要是再有什么吓人的东西冒出来，你拿着揍就是。”

辛葵首先注意到的便是“我们”两字。

我们，比“一起”更贴切，比“我”多了一道不设防的心门。

她径自在内心咀嚼了番，很快又反应过来：“可是……你哪儿来的这根棍子？”

贺云沂的嗓音像是立体音，环绕在四周：“拿万能卡兑的。”

“……”

万能卡？

“那可是万能卡——”在惊异的同时，辛葵的声调都略微扬了起来，“你真的兑换啦？那之后最后一盘的闯关要是特别难怎么办？”

说来，万能卡的作用就在于此，专门应对难的关卡。

辛辛苦苦拿到的，肯定会有大用处。

“不是还有一张？”

贺云沂说着，来到了房间拐角处，前方便是墙，他抬手在辛葵面前挡了挡。

总共就只有两个宝箱，换算过来也就是两张万能卡。

之前贺云沂带领着他们战队，直接全盘拿下。

可贺云沂看她害怕，就直接兑换了这个防身棍。

二分之一的救助机会，他可以说是没有丝毫的犹豫，甚至完全没和她商量，就径自下了这个决定。

防身棍此时此刻落在辛葵的掌心，似是有千斤重。

她左右摇摆晃了晃，复又捏了捏上面的软毛，在心底描绘了下这个棍子的形状。

估计这辈子都很难忘了。

“前辈……这个会不会有点不值得啊？”辛葵还在考虑这个问题，讷讷道。

一张万能卡兑换了这么个没什么大用处的棍子。

到时候要是再有白影晃荡着来吓人，这个真的能恐吓到对方？

辛葵头一回有点怀疑人生了。

可贺云沂的这份举措，无论看起来有多不理智，可她在心里暗暗揣摩，一寸一寸寻思的时候，竟然也没有不情愿去接受。

相反，辛葵甘愿极了。

然而还没等到她权衡清楚这个兑换到底是不是真的划算的时候，贺云沂发话了，直接回答了辛葵心中的疑惑。

“用在你身上，当然值得。”

这个防身棍在之后还真的发挥了作用。

当他们俩一齐去寻找跑远，且走散了的队友的时候，半途有人猛地冲撞而来，当时辛葵杵在贺云沂的斜后方，感受到风声的同时，三下五除二，也没有管太多，直接抬起棍子，照着人就死命拍揍。

那一刻辛葵想起方才贺云沂护着她的场面，突然就远远没有以前那么害怕了，提棍就上。

这个棍子软中带硬，皮和肉在碰撞之间，被揍的声音便会显得格外的响亮。

对方没来得及躲闪，也没有任何防备，用手挡住自己后，哀号了几声：“谁啊！好痛啊！”

听到熟悉的声音，辛葵哑然。

这是……何阮阳！

“……啊对不起对不起，很痛吗？”辛葵有些不好意思。

原本一心想要保护人，结果却打到了自己人。

“辛葵？”何阮阳黑暗里也听出来了她的声音，嗓音里全然是难以置信。

像是不知道她会这么暴力揍人那般，最扎心的是，她暴揍的对象，是他！

“是我平常虐待你了还是怎么的，又是嘘寒问暖又是说你可爱的，你居然这样对我？”何阮阳真的心碎了，他勉强直起腰来，觉得此刻的自己就是微信里那张“流泪阳阳头，雨中独自拉肖邦”的表情包。

“我不知道是你啊，你突然冒出来，以为是又来吓人的，我就觉得先下手为强比较好嘛，反正也不会出人命。”

“……”

辛葵的语气带了点抱歉，却并没有带着任何的忏悔。

那意思大概是，不管下一次是谁来，她还会这样做，如法炮制。

也不会出人命……？

听听，听听，这是人说的话？

“好了，别太大声，另外两人呢？”

贺云沂蓦然出声，惹得何阮阳又被吓到。

“怎么你也在？”他下意识抬眸，从方才辛葵的那个方向，转而落到贺云沂开口出声的地方，“你们俩刚刚在一起？！”

这么黑暗的时候，居然还能凑到一块儿去？

这不是缘分是什么，还得是见鬼的缘分——字面意义上。

“好啊，你们就让我一个人到处冒险！”何阮阳越发不满，“你们知道这地形有多恐怖吗，我周围又没人，都不敢出声，怕那个白影又正面暴击我。”何阮阳像是在回忆，不禁瑟缩了下，“我严重怀疑出来和进去的道路，被分割成了完全不同的两条。”

“确实。”贺云沂勘探了下，难得地肯定了他的猜测，“应该是中间密道改道，出来的路便换了，其他两个人应该还在原来的路上。”

等到他们费时耗力，辛辛苦苦从鬼屋里出来的时候，距离第二轮开始的录制，已经过去了四五个小时。

回大棚的时候，何阮阳朝着贺云沂伸手：“那两张万能卡呢，你给我看看。”

辛葵本来就夹在两人中间走，刚刚是左看也不是，右看也不是。她刚刚眼观鼻鼻观心，本来决定假装没听到，想：瞒得了一时，瞒不了太久，辛葵琢磨一番，还是开了口：“那个……其实就剩一张了。”

“弄丢了？”

“不是……中途为了自保……我们就用万能卡兑换了一个你还算

是比较熟悉的道具？”

辛葵眨巴眨巴眼睛。刚刚都打到他了，姑且算是熟悉吧。

“所以那是什么？”

何阮阳加快脚步，绕到辛葵和贺云沂面前，再倒过来，正面瞧着两人，倒退着走。

“还是我比较熟悉的玩意儿？”

“能是什么。”贺云沂懒懒掀起眼皮，丝毫不避讳，直接回答了何阮阳源源不断的疑惑，“打你的东西。”

“……”

何阮阳单方面和贺云沂冷战了。

这个情景一直持续到第三轮闯关的“海洋球大战”。

节目组几乎没有给前来录制的艺人太久的休息时间，马上就开始了最后一盘的闯关。

鬼屋探险后，4 队被淘汰。

最后剩余的两支队伍，需要待在大棚内，进行比拼。

海洋球大战的地方因为游戏规则的设定，需要挑高的房梁。

所以当初组建录制地点的时候，最后一关被留在了棚内。

框内的白色细网栏杆内，铺满蓝白色相间的海洋球。这一轮采用的规则是真心话大冒险版块里的真心话。

海洋球的上方各自设置了两个座椅，不断升高降低，两个战队各派出一人，在座椅上相对而坐。

台下也需要各自派出一人，回答主持人提出的刁钻问题。在回答的同时，手需要放置在测试撒谎的仪器内。

但凡测谎仪嗡嗡作响，在海洋球之上的，同队的队友座椅便会上升一格。

总共仅有三次可供上升的宽容机会，待到升至最高格，座椅会将人弹出，直接落入海洋球中。

哪一个战队先被全部弹落至海洋球中，便算是落败。

这就需要在面对刁钻问题的时候，尽可能地说出最真实的回答，以此保证测谎仪不响，也就尽可能地让同队队友，不至于面临被抛入海洋球的困境当中。

说实在的，这一关卡，十分考验队员之间的配合与默契。

那便是考验面对刁钻问题的时候，能够有多么诚心。是选择不回答，还是选择稳住队友。

节目组宣布完规则后，同队的人需要进行队内讨论，来决定由谁出场。

每个队都要派出两人回答问题，两人坐升降椅。

何阮阳依旧念念不忘贺云沂之前的“冷酷无情”，在这个时候，眼睛不是眼睛，鼻子不是鼻子的，就差没直接上脸了。

压根不怎么搭理人，也不表态。

辛葵倒是跃跃欲试，她就是想坐在稍高处的座椅上面，体验一下，玩一玩。

最糟糕，也不过是落入海洋球中，指不定还会很舒服。

左想右想，危险系数也没有太高，她便自告奋勇。

“那刚好我想去上面，我可以去吗？”

“当然可以。”贺云沂想也没想就点点头，颇像是直接给了小属下特权的大佬，“我和何阮阳在台下。”

何阮阳抱着肩，从鼻子里哼出一声：“现在知道我有用了？早干吗去了。”

贺云沂意有所指：“你是忘了你之前在鬼屋里的表现了？”

“……那是我状态不佳！”

相比于何阮阳只是单纯不爽贺云沂，暂时不怎么理人，其他两位男艺人更在意的是节目组的刁钻问题。

这是夏日特辑的独家放送，肯定会问些难以回答的问题。

在娱乐圈内，不回答就是最好的回答。

秉持着多一事不如少一事的原则，他们俩默契地没吭声。

待到双方派出的选手都在海洋球上的座椅安稳坐下的时候，提问很快开始。

何阮阳率先入场。

主持人：“第一个问题：我们都知道，你和贺云沂是从小相处到大的好朋友，可进圈以来，两人人气相差悬殊，你可否有过不甘心，抑或者是嫉妒的时候？”

何阮阳应得很快：“那没有。”手中的测谎仪没有响，顺利通过。

何阮阳笑笑：“应该是他嫉妒我吧。”

主持人：“……”

主持人：“第二个问题：您有过恋爱经历吗？”

何阮阳瞪大双眸：“这什么问题？”

主持人：“超过十秒不回答，座椅也会升一格。”

何阮阳：“……没……没有！”手中的测谎仪嗡嗡而响。

何阮阳傻眼了：“这完全不准！”

他将疑惑的视线抛向贺云沂，然而对方压根没在看他，视线落在细网内的海洋球上。

辛葵升了一格。然而小姑娘乐不思蜀，笑眼弯弯，很是享受的模样，还在和对面座椅上的女生聊天。

主持人：“第三个问题：您之前在微博上和辛葵互动，是否对她有别样的想法？”

何阮阳利落：“没有。”手中的测谎仪再次嗡嗡而响。

“……”

这会儿何阮阳再看向贺云沂，对方探过来的眼神幽幽然。

比起之前，还带了点凌厉。

这玩意儿害人不浅，就是不准吧！

再怎么样，他都不可能对辛葵有那种想法啊。

大概是看何阮阳的表情过于可怜和难以置信，以及感受到这一队之间莫名剑拔弩张的气氛，主持人凑过去低声提醒他：“你声音不要太大，有时候这种会被测谎仪看作是掩饰。”

何阮阳深吸一口气，决定让自己静下心来，而后——

他在回答第四个问题的时候，再次惨遭滑铁卢。

辛葵在这时，已然被推至了最高层的顶点。

另一个战队的录制由另一个主持人负责，别人到现在只升了一格。

何阮阳下一个问题的回答，直接会影响比赛的结果。

场上事态登时陷入两极相对的白热化阶段。

主持人正要说出第五个问题，贺云沂直接插话："这个问题用万能卡跳过，何阮阳你下来。"

何阮阳"啊"了声，显然没想到万能卡在这个时候被使用了出去。

"你确定你之后都不用？"何阮阳走近。

话落，他有些心虚地指了指不远处的辛葵："测谎仪要是再响一次，小辛葵就直接被弹飞了。"

"你也知道机会被用光了啊。"贺云沂淡淡瞥他一眼，揉了揉手腕骨，"你再嘴瓢一次，她现在已经飞了。"

所以还不如不回答，直接跳过这个问题。

何阮阳径自补上这句话。

贺云沂刚刚就那么轻飘飘地看了他一眼。

然而就是那云淡风轻的一眼，何阮阳愣是从里面看到了淡淡的不屑和不爽。

何阮阳拍拍他肩，做最后的挣扎："那你确定你能够沉着应对？"

"说真话而已，有什么难。"

贺云沂拍开他的手，转身朝着台子的方向走。

轮到贺云沂的时候，问题又飙升了好几个难度。

前面四个问题，皆是辛辣又刁钻的话题，但也没有难倒他。贺云沂淡定从容，四个问题全部安然度过。

直至最后一问。

主持人："贺神最近有没有格外心动的时候？不是指其他方面，单纯指感情方面。"

贺云沂敛眸，看了眼自己手腕虎口旁的那处印迹，像是桃花痣。

再抬头时，他也没看向主持人，视线撂远。

辛葵在贺云沂上场的时候，就停下了和对面女生的交谈。

一直在侧耳倾听他的回答。

到了此刻，有关于最后一问，有关于这样一个情感方面的私密问题，引得全场都诡异地安静下来。

都在等他的答案。

毕竟，他之前从未在公开场合回应过有关的讨论。

贺云沂的性子本就淡，加之大多数时候，又透着点什么都不放在眼里的不羁慵散，更遑论思考了。

这样子的他看上去，就不像是会正面回答这类问题的那种人。

在这个时候，辛葵也不知道在心尖乱蹿着的，是什么样的杂乱情绪，犹如野草疯涨般，拼命地，肆意地蔓延着。

辛葵眼睫抬起，而后她看到贺云沂目光定定的，像是绳索一样牵扯过来，就这么看着她。

主持人还在催促："十秒内不回答测谎仪也是会响的哦，还有三秒！三、二——"

就在这个关键的时刻，贺云沂收回视线，拿着话筒应了声："有。"

全场屏息三秒，注意力集中在贺云沂手中的测谎仪上。

未曾"嗡嗡"作响。

也就是说，他这句有过情感方面的心动，是真话，没有掺假。

现场节目组的灯光音效组就在此刻播放了用以欢庆的歌曲。

主持人没想到贺云沂的回答是这般。

迎着这样的音乐，他颇为感慨："恭喜你们，通关完成，就是有点遗憾，这样的问题戛然而止，未免太过于意犹未尽了。"

提问停在了最关键和最精彩的时刻，全场人的表情都有些变幻莫测。

一般艺人问及这种问题便很棘手，何况是贺云沂。

最主要的，其实还是没有问到关键处。

例如哪类感情的心动，心动的时间，心动的对象，以及一个大概模糊的轮廓。

毕竟，众多采访都未能挖到的料，居然在这里，在这个综艺节目里，有了些许的苗头。

辛葵的座椅被缓缓地降了下来。

辛葵纤细的腿一勾，直接从座椅跳下，落入无尽的海洋球里。

她用手拨开散着落在周围的球，朝着出口走的时候，心仿佛也跟着这海浪似的飘动，慢慢地飞扬了。

他说，有过心动。

无论是哪方面的，贺云沂那时候，视线扫过的人，就只有她一个。

这个认知，比从前以往的任何一次，甚至比起他亲口应下的那一声，都让人无比确认。

辛葵感觉自己所有的心绪都漫到了嗓子眼，继而缓缓地倒流着。

这样直冲以后，反反复复的感觉，让她在本就不好开辟的路中，头重脚轻，走路都有些笨重。

辛葵抬手撇开周遭沉沉浮浮的海洋球，耳畔皆是棚内录制中嘈杂的音效声。

就在这个时刻，像是有所感知，她在细网出口的地方，朝着台阶下看。

贺云沂和何阮阳，还有另外两个队友，都在等她。

对视相触的第一秒，辛葵连忙收回视线。

骤然间，又想起他在回答问题前看她的那一眼。

所以……干吗要那样看她！

一个恍惚，在将脚迈下台阶的那一瞬间，辛葵没站稳，又是一个趔趄。

她想，他肯定看到她脸红了。

由于另外一个战队答题的时间略长，最终贺云沂带领全组人赢得《Catching！ You~》盛夏暑期特辑的最终冠军。

并且也是为数不多的，第一盘大满贯后，夺得全部宝箱，每盘闯关皆是第一的MVP。

现场祝贺的时候，辛葵站在旁边，默默地给他鼓掌。

今天突然沉默的人，除了眼下的辛葵，还有一旁的何阮阳。

向来聒噪的他，看看辛葵，又看看贺云沂。目光接连周转在两人之间，一会儿是恍然大悟，一会儿又是迷惑不已。

总之，黏黏糊糊，像是嵌有绳索的雷达，时时刻刻不分离。

辛葵被这样打量，内心里觉得奇怪，但又觉得何阮阳性子本就是如此，也就任由他去了。

获得第一名的冠军组，是有福利视频奖励的。

长达近十分钟的采访视频，会在节目末尾作为彩蛋。

一路去往采访间的时候，何阮阳抱怨着热。

接连着录制，轮番周转，几乎不带任何停歇，虽说每盘比赛中有少量的休息时间，但是每一盘闯关花费的精力也多。

直至录制完成，前前后后统共花了差不多将近一整天的时间。

节目组这边除了棚内有中央空调，其余地方不可能都兼顾的有冷气。

更别提来来往往的工作人员多，再凉爽，都会被这样子的走动撞散。

听到何阮阳抱怨热，辛葵心思一动，倏然记起她录制前，从包里拿出来的那样东西。

她一直放置在裤子侧面的兜内，没有拿出来过。

“我要去趟厕所，你们不用等我，直接先去采访那边呗。”何阮阳提议道，而后伸了个懒腰，朝一旁的两个男艺人问，“你们来不来？”

“去个卫生间被你说得要去干嘛似的。”那两位男艺人嘴上是这样说着，却一窝蜂地闯了进去。

小姑娘收回视线，看向孤零零站在一旁的贺云沂。

“前辈，我们要等吗？”

贺云沂转头看她：“不用，直接走吧。”

两人一齐朝着前方走，贺云沂身高腿长的，比她高了一个半头，步伐虽然不紧不慢的，但是走得总比她快些。

辛葵跟不上，走两步就要加快速度跑一步。

一来二往，像极了跟在后方追赶的小媳妇儿。

辛葵想到这儿，拍了拍自己的脑袋。

这个时候，前方人像是有所察觉，他没说什么话，只是放慢了脚步。

辛葵加紧两步跟上他，两人并肩而行。

到了采访间的时候，周遭工作人员还在调试设备，贺云沂带她去了门后。

这里滞闷的气息扑面而来，还夹带着被大灯照射的灼烈。

“那个……你热不热？”

辛葵思量再三，主动开了口。

辛葵白净的小手攥着他的衣袖，略带着劲，稍稍拉了拉。

因为离得近，他还能看到小姑娘秀窄的指关节，小巧圆润的指甲盖，透着猫爪粉。

“嗯？”贺云沂单手插兜，低下身来。

“我说……你热不热？”

辛葵早就习惯了贺云沂俯身靠近，这样的姿势，在两人之前的相处过程中，便频频出现。

她是没有大惊小怪了，但却忽略了，周遭工作人员的惊恐眼神。

采访间门后这边有人在忙碌，可路过的人也多。

虽然惊异于这两人的亲昵和熟稔，但真真切切地出现了，确确实实地发生了，好像也在情理之中。

在缓缓消化和暗暗震惊间，工作人员致力于呼朋唤友，奔走相告。

传来传去的八卦具体到了哪个版本，当事双方呢，肯定是不知情。

“还好，不是很热。”

“不是很热……那也是有点热吧？”

辛葵眼睫扑闪，像是在等待着什么那般。

贺云沂话到嘴边，压着嗓子，语调稀松平常：“你想说什么直说好了。”

不过，他也是了解她。

知道她这是葵式的说话法则，在缓缓地铺垫，之后说的，在中心区域打着转，然后才是重点。

“嗯嗯，那我就当你热了。”辛葵傻傻地笑了两声，献宝似的，不知道从哪儿拿出来个小电风扇，递到他面前，“送你一个。”

贺云沂接了过来，是向日葵造型的小电风扇。

他扬扬眉，察觉到了小电风扇的温热：“送我的？”

“嗯，早就想给你了，我一直带在身上，但是因为忙着录制，就给忘了。”辛葵的杏眸亮晶晶的，她指了指，“这种样式的你是不是没见过？”

辛葵顿了一下，又补充道：“这是我定制的，市面上压根买不到，看起来不会眼熟，简而言之，就是你不会有撞款啦。”

看起来不会眼熟……那可能还真没有。

他在何阮阳那儿就看到过。

但，种种而言，现在也有了不是吗？

还是亲手送的。

贺云沂眉眼舒展，淡淡回应："那我拿着了。"

辛葵点点头，有点儿期待的模样："那你喜欢这个吗？"

"嗯。"贺云沂看着她，"喜欢。"

录制节目彩蛋的时候，辛葵比起之前录制后期的状态，要好不少。

何阮阳一行三人后到，从卫生间回来的时候，看到她生龙活虎的，又想着去逗她。

"怎么了呢，你这是打了几吨的激素？"

"你才打激素了呢，我反正没有在录制的时候，还高歌几曲。"

何阮阳吃瘪："哦哟哟，小姑娘怼我呢啊。"

"我也没怼啊。"她语气无辜，她没把"鬼哭狼嚎"这四个字说出来就不错了。

何阮阳无语，干脆绕到贺云沂面前，将手搭在他的肩上。他看着辛葵，啧啧出声："现在的女人啊，真的是不好惹，伶牙俐齿的。"

贺云沂利落地拍掉何阮阳的手："别碰我。"

好吧，不仅仅是女人，男人也是。

因为这一组有且只有一个女生，录制彩蛋的时候，导播格外照顾了下辛葵，多问了她几个问题。

"录制的过程中，队内哪个成员最照顾你？"

辛葵想了一下："都挺照顾我的，但要说最多的，还是——"

她说着，指了指贺云沂。

这是由衷的，到时候节目播出，观众亲眼所见的，会更为直观。

"那你觉得这次的录制，队内谁的表现最佳，最厉害。"

辛葵坐在高脚转椅上，拿着话筒。

她没敢看贺云沂，语气轻轻的："我们队长。"

何阮阳就在这时莫名"哎"了一声。

虽然导播没有捕捉到这一茬，但是坐在贺云沂和何阮阳中间的她，最有发言权。

她是听到了，虽然不知道在“哎”些什么，但配合着刚才的这个问题，莫名得叫人脸热。

“刚刚提问何阮阳的时候，他说他比较喜欢御姐型的女孩儿，还示意了下对方的妆发，你呢，你有什么理想中的类型呢？”

这个问题，刚刚辛葵就想吐槽了，她也看到那个图了，何阮阳喜欢的类型……真的不是非主流吗！

话题再回到自己身上。

说到理想中的类型啊，其实于她而言，并没有具体的，可以说得上来的类型。

辛葵也很诚实：“我没有理想中的类型，但是有欣赏的演员。”

她说了个名字，是国内表演兼京剧并行的国粹大师，十分著名，今年已经六十几了，德高望重。

“那不说类型，有没有什么中意的妆发啊，比如说你未来的另一半是长发还是短发啊，有腹肌还是没腹肌，就这种之类的，有照片看看就更好了。”

听到这儿，辛葵脑海里莫名蹿之而上的，是贺云沂出道曲《破狼》里的一句词。

“我欲可解，红发征途而行；没望能先，醉酒霸难而停。”

这是之前有天晚上，她反反复复睡不着，突发奇想听了贺云沂的歌。贺云沂全版权包揽了作词作曲。她用微博小号绑定的音乐软件，还付了费。

听完这首歌的时候，她感慨了下怎么这么好听，竟然就着他的歌嗓，缓缓睡过去了。

分明不是催眠的歌曲，但她在夜晚时分，也觉得很好听。

“嗯也没什么具体的……就红发吧，我挺喜欢红发的。”辛葵在脑海里径自想了下贺云沂红发的模样。

红发是他歌词的内容。

现实生活里的她还没见过这样的他呢，感觉会，很好看很好看。

想到这儿，辛葵也发出了和刚刚何阮阳同样的感叹声，“哎”了一下。

导播结束了这边的问题，最后的着重点，理所当然是放在了贺云沂身上。

“那就接着刚才的问题问吧，贺神有没有具体理想的类型，可以说一个出来。”

“没有，我看感觉。”

辛葵听到这儿，抬眸看了他一眼。

这一点，两人不约而同地契合了。

导播叹了口气：“感觉问不出什么来，观众看到这儿也不要觉得没新意哦，我们也要完成上面 KPI 的，这些问题不问不行啊。”

棚内嘻嘻哈哈了番，气氛登时又轻松起来。

“那继续了啊，反正不管怎样，这道题粉丝肯定喜欢。贺神像刚刚小辛葵那样，也说说自己喜欢的类型呗，我举个例子，单马尾还是双马尾，高个子还是矮个子，之类的。”

贺云沂好一阵没说话，就在导播想着直接跳过这个死亡话题的时候，他发话了：“双马尾吧。”

整个节目录制结束后，各自都有相应的行程，大家分道扬镳。

贺云沂被众星捧月般，拥着上了保姆车。

他自上车以来就歪靠在座椅上闭目养神，没说话也没吭声，车厢内皆是一片安静。

李松早就习惯贺云沂这副模样了。

有时候觉得自己带的人吧，不像是何阮阳那般聒噪，也算是省心；可又有时候吧，觉得他话太少，没能和自己高谈阔论一番。

隔壁的宁燃就挺有劲儿，见谁都温温和和的。

算了，想到贺云沂每年给他这位经纪人的分红，李松又觉得自己可以了！

他知道贺云沂肯定没睡，开始询问：“大明星，你新歌作曲怎么样了？”

“收尾阶段了。”

“不错不错，公司这方面肯定是不干涉你的，都你自己决定，就是到时候演唱会的具体事宜，还得再商量一下，也快了吧。”

“嗯。”

“你接下来没综艺跑，但估计有的忙了，等到今年的巡回演唱会结束，咱们工作室，就算是提前完成业绩额了，到时候要不要给工作室的人放个假？”

贺云沂睁眼，缓缓直起身来：“这个都由你安排吧。”

“行，这个交给我，肯定没问题。”

车子从拍摄基地缓缓驶出，李松望着外面的烈阳，嘀嘀咕咕：“一会儿是梅雨，一会儿呢，又是这大热天，真的能把人逼疯。”

说着，李松转过头来，想听听同伴的意见。

只看到贺云沂低着头，手里正在把玩着什么，神色颇为专注。

李松凑近了，才发现是个小电风扇，黄黄绿绿，花里胡哨的，正“呼呼”地刮着。

“你哪儿来的这玩意儿？车里有开空调啊。”李松间歇地被小电风扇的风吹到，不免瑟缩了下，“够冷的了，你还吹小电风扇。”

然而贺云沂完全没有要关掉的意思。

就在李松唠叨的同时，他还发现了件更诡异的事。

大概是自己眼花了，不然，他怎么可能还看到，贺云沂对着小电风扇，笑了笑。

b o h e q i n g

第五章 薄荷轻

综艺录制结束后，辛葵重新回到《时间轮轴》剧组，进行下一阶段的拍摄。

剧组前期大学校园的戏份拍摄完毕后，几天后将换个城市，以此推进都市部分的情节发展推进。

演员们的服装也偏向于精英化社会化，不再像之前，穿得比较休闲。

辛葵扮演的小学妹在都市部分也一路辅佐女主。

因为角色活泼招人，为了符合人设，辛葵时不时地就需要穿一些 cosplay 的衣服，周末参加各类活动。

辛葵拍摄完后，深夜时分回到酒店，照例看了土味吃播。

一天定番用以放松的消费份额结束，她刚想从视频软件里退出来，目光牢牢地锁定在了今日排行榜第一的最热上面。

是有关贺云沂的视频。

是一个 UP 主做的，对《破狼》MV 深度化解析后，一键拼接的现场版本。

大概因为他仅有的现场也屈指可数，只在大型颁奖典礼和演唱会上表演，所以一并剪辑而出的视频，热度飙升得很快。

辛葵顿了一下，还是点了进去。

除却创作型歌手的这个身份外，贺云沂舞台的表现实力也不容小觑，问鼎现役男歌手榜首。

弹幕几乎铺满了屏幕，一层又一层，重叠而上。

"我不活啦，贺云沂就是最厉害的！"

"这也算是千万混合直拍了吧，把贺云沂好牛打到公屏上！"

"感谢 UP 主的剪辑，首页通知书来了（指推荐出现在 APP 首页的视频）！"

"呜呜呜这个男人我这辈子都不会逃离他了，这个坑太深了！"

"我死了，鼻血横流，今晚要我怎么睡，嗯？要我怎么睡？？"

辛葵的心情也随着这些弹幕一起，浮浮沉沉。

但是很快她发现，有弹幕完全看不到贺云沂的脸，她干脆关掉，径自看起了原版的视频。

想要最高级别的高清无码，还得充钱，辛葵想了想，大手一挥，直接充了十年的会员。

反正……贺云沂应该还能蹦蹦跳跳唱唱至少……十年？

辛葵弯了弯眼。

哎，他就是一个很厉害很厉害的人啊。

这点毋庸置疑。

她低头，心思复又沉浸在视频当中。

因为是剪辑版本，辛葵相当于看完了他所有的现场，包括服装、妆容、表现。贺云沂就好像是天生属于舞台那般，王者神祇，永远在最耀眼的中心点，一眼攫走所有人的视线。

"无边游离，无限曲解。"

"落日抵消人们关于深夜未知无垠松懈。"

"看，狼的视线，它的猎物远在莆野；撕开它的伪装，破釜沉断族灭一切。"

"我欲可解，红发征途而行；没望能先，醉酒霸难而停。"

"血枪抵喉，捕蝉在前谁是谁非谁能醉梦沉吟；狼驱等候，猎物在后谁撺谁掇谁可伸手牵引。"

Lyrics by：Nephelo.H（词：贺云沂）

Coposed by：Nephelo.H（曲：贺云沂）

Produced by：Nephelo.H（制作人：贺云沂）

歌曲高潮时分，镜头定格在他的目光中，是宁静中的疯狂，是在天才和疯子之间自由转换的灵魂。

她刚刚好像，被一眼狙击了心脏。

这和平日里，她所遇到的贺云沂，太不一样了。

在台上时，有神秘感，她是站在台下的观众；在身边时，有亲切感，她是平日里得到他照拂的后辈。

她对于他的感官复杂而多变，好像能够摸得清，好像又不能摸得清。

但是唯有一点需要确认的，那就是，无论如何，她也要加快脚步。

她一定要坚定地，坚定地前往去最高处的地方，和那里的风景比肩。

辛葵关掉视频，一个猛子扎入床褥里，这边扭扭，那边转转。

而后，她像是忍受不了被子内的憋闷，掀开被子坐起身来，揉了揉自己乱糟糟的头发。

为什么闭上眼都是贺云沂啊。

剧组下一个拍摄基地在 S 市，是个海滨城市。

搬迁前夜，剧组在 Z 市找了个深夜饭馆聚餐。

宁燃和辛葵经过这段日子一同拍戏相处，已经很熟悉了。

饭后，他提出了合照，遭到了龙淼的无情拒绝。林荫倒是很热情，主动迎上来，奈何宁燃跟她平日里说不上几句话，尴尬之余，他连忙拉了辛葵过来凑数。

合照后，宁燃发了朋友圈。

辛葵倒是没发，在前往朋友圈给宁燃点赞的时候，发现何阮阳比她还快。

何阮阳：“@Nephelo，哟，合照呢。”

宁燃回复何阮阳：“你艾特他干什么？”

何阮阳回复宁燃：“没什么，我乐意，不行啊。”

点完赞后，过了几秒，像是心虚，又像是好奇，辛葵再次点开微信朋友圈。

动态栏那里显示的人里，果然有贺云沂的头像，他回复了。

就一个字。

“滚。”

“……”

何阮阳确实走在冲浪的前线，并且还和贺云沂在一起。

贺云沂新歌 MV 拍摄，他来探班，倒也不是网传的什么兄弟情深，他就是单纯地没事干，跑过来看看。

“你没觉得很过分？为什么不和我一起讨伐？”何阮阳拧眉望着一旁正在看着手机的贺云沂，“小辛葵和我们一起录制综艺，怎么也没说要和我们合影啊？不觉得很不公平吗！”

贺云沂大致浏览了下照片，手指微动，好像是在裁剪着什么图。

然而还没等他探头凑近，贺云沂已经利落地处理完毕，将手机收了起来。

“何阮阳，其实我有个问题想问你很久了。”

“嗯，你说呗。”

“你为什么对辛葵这么关注？”

“……”

何阮阳像是被问住了，一时半会儿竟然也答不上来。

但是可以判断的是，他关注辛葵，好像都是和贺云沂、宁燃有关，没有贺云沂的时候，他和辛葵几乎完全没交流。

顶多就是微信朋友圈上的那种交往。

思及此，何阮阳联想起之前的种种疑惑，质问了回来，颇为理直气壮。

“你问我，我还要问你呢，你为什么对辛葵这么关注？”

贺云沂不回答了，缓缓地转着手机，那神情，那姿态，别提多么淡定了。

“都回答不上来，彼此彼此，反正我没有不安好心，而你就不一样了。”

听到这句，贺云沂挑眉望了过来。

何阮阳迎上他的视线，格外无畏：“不就是个新专辑吗，还弄了这么个发型，这颜色，啧啧啧。”他顿了一下，字字笃定，“听粉丝说你冷淡，我看你就深藏不露，深藏不露知道吧，懂？”

“我不懂。我只知道，你大概是活得不耐烦了。”

被利落地揪住，就差没有一命呜呼的何阮阳几乎是拼命求饶，贺云沂才优雅地拍拍手，继续闭目养神。

一旁的李松路过，笑了两声：“兄弟俩关系不错。”

你才不错呢，谁要跟贺云沂关系不错了！

这样想着的何阮阳，刚想拿手机发条朋友圈抱怨，却发现因为刚才被暴揍的关系，他的手机都不知道去哪儿了。

他用脚碰了碰贺云沂的长腿：“借下手机，我手机找不着了，我用你手机给我手机打个电话。”

见贺云沂不理，何阮阳变本加厉：“整天闭目养神，沙发就这么好睡，你腰不好还是怎么？”

贺云沂被他弄得有些没脾气，径自解了锁，直接递给他：“快点。”

何阮阳哼了声，接过来以后，去翻通讯录。

通讯录没几个人，很快就翻到自己了，但是由于他翻动的力度太大，竟然直接到了底部。

而后，他在手机通讯录里看到了一个备注——××。

相比于贺云沂给他的正常备注，就只是名字，这个好像有点不简单。

虽然光看备注，并不明确是谁，但是这人的通讯录的头像，和辛葵的微信头像一样，都是七彩的卡通太阳花，十分好辨认。

何阮阳起了心思，直接给对方发了条短信。

他拍了张贺云沂腰部以下的长腿图，展现为瘫在沙发上，虽然没露脸，但从号码也能知道是本人发的。

“腰不好的老年人。”

然而还没等到何阮阳继续，贺云沂已逼近，将手机夺回的他垂眼看了下内容，继而朝着何阮阳缓缓地眯起双眼。

辛葵还在聚餐，本来正抱着果酒在小口小口地啜，小脸绯红。

就在这个时候，手机“叮”了一声。

就是手机自带的短信提示音。

她点开来看，是贺云沂的手机号码，发了一张……大长腿的图片。

还附带了一句话。

“……”

这是喝多了吗，还是怎样？

辛葵稍有些晕乎，但也还能分辨出周遭的场景，交谈声，剧组的人，以及眼下手机短信里蹦出来的消息。

她回复：“……”

而后又说道：“前辈，你喝多了吧？”

很快，那边直接拨了个电话过来。

这是什么意思？

辛葵抖抖嗖嗖间，连忙点开铃声大噪的手机。

她径自跑到室外一边的角落，扶着栏杆，缓缓地蹲下来。

深夜的风都渗透着夜宵的香气，和胸腔内的果酒混合在一起，越发上了头。

“……喂？”她轻轻开口。

“我没喝多。”那头的嗓音缓缓，“刚刚何阮阳拿的我手机。”

“嗯……”辛葵应下，原来是这样，那她好像有些明白了。

“你喝多了？”

“……啊？”辛葵脸蛋热热的，她也不知道自己有没有喝多，听着贺云沂的声音，她缓缓地回应，“我没喝多。”

“少喝点。”他叮嘱道。

贺云沂那边好像有风声飘过，随之掺杂着的，还有很吵闹的窸窣声，应该也不是在室内。

“刚刚那句话你怎么想的。”

“没怎么想啊，何阮阳说的，恶作剧嘛，听听就好啦。”辛葵抱着栏杆，抬眸望天，末了，她又说，“不过不管怎样……有时候还是要多注意点身体。”

“嗯。”贺云沂缓缓道。

电话那头的鼻息缓缓，虽然轻，但是也能捕捉到。

耳外是嘈杂的劝酒声，高谈阔论声，可耳内，是贺云沂近在咫尺的聆听。

大概是听她呜呜啊啊、吱吱呜呜说不出什么个所以然来，贺云沂复又开了口：“你觉得谁是，都不能觉得我是，懂了吗？”

“当然懂啊。”辛葵连忙狗腿，语气谄媚，点头如捣蒜，“前辈你浑身上下，哪儿哪儿都好，就没有不好的地方！”

许是夜风迷离，辛葵说得上了瘾，还挺头头是道的。

辛葵夸赞了半晌，总算是像哄小孩那般，将人哄好了。

贺云沂最后又嘱咐了一番，让她少喝点，还威逼利诱地让她发誓之后不再喝了，才挂了电话。

可是……她也没觉得自己喝多了啊。

辛葵凝视着已经显示通话结束的屏幕，复又将脸贴在栏杆上。

夜风拂着栏杆上的带着点白天照射后残余的温度，轻轻贴着的时候，无比舒适。

辛葵半阖上眼，好让自己去感受这夜晚。

她需要在外面休息下，以此来缓缓。

然而就是这时辛葵在包厢室外的露台上，看到了半点猩红的火光。

烟蒂泛着星星点点的亮，还在径自燃烧。而后那抹亮光转瞬而逝，在墨色夜空里一闪而过。

辛葵着实是吓了一跳，她迷蒙中撩起眼皮，在黑暗中看到了一道身影。

她有些不确定，但还是试探性地喊了声：“龙……龙淼姐？”

那道身影转过来，指尖捏着烟，低头望着她，红唇轻勾：“是我。”

辛葵抚了抚自己的小心脏：“吓我一跳。”

她扶着栏杆，缓缓地站起来：“你不在里面吃饭，出来干什么啊？”

龙淼没回答，径自反问：“那你呢？你也在外面啊。”

辛葵不好意思地笑笑，眉眼弯弯成一条月牙似的缝儿：“我在打电话。”

说到打电话，辛葵蓦然止住。

“姐姐，你没听到什么吧？”

龙淼挑起打火机，轻微划拉一声，火光骤亮，蓝焰跳动，衬出龙淼冷艳的侧脸。

“没有什么。”她说。

辛葵正要松一口气，龙淼紧接着又来了一句：“也就是知道了，你的前辈浑身上下，哪儿哪儿都好。”

“……”

在Z市的拍摄结束后，《时间轮轴》来到了S市，继续接下来的拍摄。

自那天露台电话被龙淼撞见后，辛葵几乎是能见到她就躲，生怕对方继续追问这个“前辈”到底是谁。

剧组这次入驻的酒店是S市的海景房，辛葵要来了全景靠海的一个小套房，偶尔下戏了叫点大餐外卖，日子倒是比在Z市的时候还要舒服。

辛葵拍摄的时候，宁燃带妆，在龙淼旁边感叹：“她每天精神都好饱满，我是真的不行。”

“你哪儿不行了，整天拉人打牌、玩狼人杀。”龙淼戴着墨镜，优雅地喝着大麦茶。

途中她的助理跑过来，低头附耳说了声什么，她应了几声。

宁燃温和而笑：“你这是夸我很行？事实上，我无论如何，都会赶着在凌晨前睡。”

龙淼看他一眼：“身子弱确实是需要早睡，你上次感冒的后遗症还挺厉害，最近才好吧。”

宁燃：“……那不叫身子弱。”

“哦？”龙淼笑。

“你今天还要外出吗？”宁燃说。

据他了解，龙淼近两天都会晚归，剧组里的活动，她都推了，不知道去做什么。

“今天不了。”龙淼懒洋洋地瘫在椅子内。

“接下来几天就是吻戏了。”宁燃往后靠在椅背上，单手搭住，“怎么说，都不会感染到你。”

龙淼无情地拒绝：“贴唇膜。”

宁燃挑眉。

龙淼不知道想到什么，声音扬起："逗你的，这次不借位了吧。"

说话间，辛葵下了戏，往这边迈过来，听到了两人的聊天，不禁觉得好奇："什么借位？"

宁燃像是打发狗狗那样挥手："没什么，这个话题不适合小孩子。"

辛葵气鼓鼓地在旁边的矮凳上坐下来，"怎么不适合我了？我知道嘛，吻戏。等你们拍的时候，我就全程观看，360度都不放过的那种。"

"怎么，提前吸取经验啊，为了应用到未来男友身上？"宁燃笑笑，打趣道。

"……"

"我才没有！"

辛葵不知想到什么，显得格外激动，也不在这边坐了，直接从矮凳上跳开，像是被电到那般跑远了，徒留下一阵风拍在了宁燃的脸上。

宁燃望着兔子一样跑没了的辛葵，略有些无言："我怎么她了吗？跑这么快？"

龙淼耸耸肩："女孩子的心思，你也别问了。"

辛葵在剧组片场磨了会儿，晚间才回到了酒店。

外面夜幕低垂，浪声滔滔，海风习习。辛葵享受了会儿，才发现顾迎蔓在早些时候发了她一条微信。

妈咪："宝贝，有没有拍完戏？"

辛辛向葵："拍完了拍完了！"

妈咪："好晚哦。"

辛辛向葵："习惯了就好，我精神很好的！找我什么事，怎么啦？"

妈咪："没事还不能找你了？"

妈咪："你表哥好像最近也去S市了，有空的话我们一起吃顿饭。"

辛辛向葵："我们？"

妈咪："嗯，我去S市散散心。"

辛辛向葵："哈哈，爸爸惹你生气啦？"

妈咪："怎么可能，他会惹我生气？他惹不到我。"

辛辛向葵："哈哈哈哈，好的嘛妈妈，我请你吃这边的特产，可好吃了！"

和辛母聊完后，辛葵暗自思忖了会儿。顾延之最近真的是人模狗样啊，来S市也不和她说了！这个人怎么回事儿，怎么做哥哥的啊？！

不过也没事，他也不是多重要的人。

辛葵这样想着，刚搁下手机，酒店房门被敲了敲。

她连忙跑过去开了门，发现门外是龙淼和她的助理，以及辛葵自己的小助理。

“你们来我这儿……吃夜宵？”辛葵脑袋从门缝里探出来，不明所以。

“不不不，我们就来蹭个床。”龙淼的小助理连忙摆摆手，“吃夜宵会胖，我姐不能吃。”

辛葵的小助理附和道：“今晚一起看你的综艺吧妹妹，好像已经在电视上面播了，播完了的话，等会儿准时准点，我们就能在网络上看了，我们现在也没事干。”

“……”

等到全员盘腿坐在酒店绵软床褥上的时候，辛葵才回过神来。她在床上瘫倒下，半撑住脸：“这么说，导演带着宁燃他们去玩啦？”

“顺便玩吧，他们要拍一场回忆的戏，一群男的，在海里面。”

辛葵摇头，啧啧两声：“一群男的在海里面。”

等待综艺在网络上开播的间隙，她凑到龙淼旁边，枕着对方的腿，顺带自己也跷着纤白的两条小腿，晃荡了两下：“等等，我怎么不知道今天播啊？节目组都没和我说过，难道不应该要在开播前宣传吗？”

辛葵的小助理哈哈笑了两声：“早宣传了啊，你今天拍戏的时候我还问你了，那时候你忙，估计忘了这茬儿。”

“哦哦。”辛葵瞬时舒了口气，“我还以为把我的删减光了呢，所以才没通知我。”

“那不会，虽然现在网络上的还没播，但电视上的已经快结束了，你早就在热搜上挂着了。”

辛葵现在对于热搜这两个字很是敏感，听到这句话，慌忙坐起来：“什么热搜？”

但因为辛葵的动作过于迅速，头撞到了龙淼，她痛呼了下。

辛葵连忙转头，用小手去摸摸龙淼："姐，没事吧？"

"没事。"龙淼莞尔一笑，"也就是内伤。"

"……"

两个小助理转过头去面对面，朝着对方无声大笑，而后估计是笑到不能自已，一齐往后瘫倒在了床上。

辛葵忿忿，又不好直接怼，在给龙淼薅毛的同时，她打开微博，发现热搜上第一第二挂着的是贺云沂。

#Catching！ You~ 神秘嘉宾贺云沂 #。

全能满贯贺云沂 #。

之后除了一些圈内八卦，往下的排名才是辛葵。

贺云沂辛葵 CS 组队 #。

贺云沂辛葵鬼屋 #。

万能卡之情 #。

星云 CP#。

辛葵黑暗暴揍何阮阳 #。

因为分了上下期播，所以最后一关的海洋球大战留到了下一期。

辛葵的视线都没好意思在那个突兀的"星云 CP"上多加停留。

所以她大致看了会儿，连忙关掉了微博。

"我好期待！"辛葵的小助理复又从床上弹起来，"妹妹，你和贺云沂组队，他有没有很照顾你啊？"

岂止是很照顾，简直是非常，且完全了。

辛葵小脸一红，打着哈哈："看综艺看综艺。"

她们是准时准点进去了，但事实上，网络上提早几分钟就释出了片源。一进去就是满满当当的弹幕，很多粉丝电视上看完后，又来网络上二刷。

不得不说，节目组制作十分精心，全程没有多余的地方。

辛葵四人看了个开头，就被吸引了。

第一轮选人的环节，弹幕疯狂而过。

"啊啊啊哥哥好帅！我第一次在《抓到你了》这个节目里看到第一盘满贯的！"

"呜呜呜这个男人真的太有魅力了，为什么这么厉害啊，天与地之间，就是没有贺云沂不会的吧！"

"贺云沂科班出身，但也不过是刚刚从盛电毕业的年轻人，这样还这么牛，娱乐圈有些人的心不虚嘛？"

"哈哈哈，等等，辛葵那一脸懵的样子是怎样啊！"

"前面的，妹妹的心路历程是这样的——本来以为还要奋战一番组建自己的战队没想到我直接躺赢了！"

"啊啊啊星云女孩今夜无眠！冲啊！"

看到这儿，辛葵的眼神瞄了瞄其他三个人，皆是聚精会神。

她暗自稳定心神，继续看。

真人 CS 的时候，导播特地将贺云沂和何阮阳做了鲜明的对比。

因为贺云沂的参加，他们这组的镜头格外多。

"何阮阳能不能闭嘴，好好的一个帅哥，就是长了张嘴。"

"好怂啊，笑死了 @ 何煦以，何冰冰，看看你儿子这样！"

"我觉得哥哥对队友好宠啊，哥哥一直带着小辛葵呢！"

"楼上的，什么叫队友，其他三名男队友后期都跟蒸发了似的，只剩这两人并肩作战。"

"妹妹真可爱，还给贺神扇风，好甜！"

"最后那一幕真的不是偶像剧吗呜呜呜，直接说'过来'，我也要来！我！也！要！来！"

"好酥啊，这护犊子情节，莫名带感啊，太配了。"

"哎呀——"小助理看到这儿，咂摸了声，目光也直愣愣地射向辛葵。

辛葵用双手捧住自己的脸蛋，没底气地解释道："团队精神，团队精神。"

龙淼也定定地看向辛葵，只不过相比小助理，她的目光更有穿透性。辛葵瞬间有了种自己没穿衣服的错觉。

辛葵还在和龙淼玩拉锯战，小助理拉扯着辛葵的胳膊："你和贺云沂躲到哪儿去了？镜头完全没有哎。"

辛葵目光转到屏幕上，镜头倏然而转，来到了鬼屋："啊……那时候我害怕，就去了角落里。”

准确地说是，还抱了，不止一次。

因为没被拍到，所以这还是镜头外，只属于两人的秘密。

弹幕在这里，相比之前更加疯狂。

“我去，这两人配合得好棒啊！好厉害！”

“何阮阳真有你的，跪求你综艺常驻，此时此刻我的笑声完全能冲破地球穿越宇宙！”

“等等，白影闪过后，贺云沂和辛葵去哪儿了？完全消失了？”

“估计进入了视角盲区，啊这不是出现了吗！还是一起出现！”

“就这？就这？贺云沂用万能卡换了个打狗棒？有卡任性啊！”

“哈哈哈！辛葵不知情中狂揍何阮阳真的好笑！”

“妹妹在用自己的方式保护哥哥，只有我这么觉得吗？相互的！”

“都让开！星云女孩大队即将到达现场！”

看到这儿的辛葵，终于是忍不住了。

那个星云 CP 粉买了皇冠特权会员，弹幕可以直接覆盖其他人，字体加粗，是大写的红，后续的一行字闪着光，缓缓弹出来。

“这两人小角落里偷偷摸摸干吗呢，虽然看不到但我不管，四舍五入就是恋爱了！孩子我都想好名字了！”

辛葵：“……”这群人真敢想也真敢说！

一同看的两位小助理眼神复杂，虽然不知道是真是假，但是综艺节目里这样表现出来，也不怪粉丝脑补。

就在这时，手机“叮”了两声。

辛葵还没来得及去翻看，小助理先“哇”了声：“贺云沂发微博了哎，不是模版的那种。”

辛葵也在这时候看到了，微博热点直接进行了最新热点的推送。

“@贺云沂：抓到你了。@辛葵……”

小姑娘的目光一顿，随后她点开微博，才发现贺云沂发了条自己发的正经宣发，微博推送的时候，折叠了后半部分。

在她之后，他还艾特了同组的其他人。

但是，他就是把她放在了第一位。贺云沂把辛葵放在了第一位。

综艺的时长持续到深夜。但大家看得津津有味，意犹未尽中，还想紧接着看下一期。

节目组特意剪辑了预告，最后一幕落在了贺云沂被提问“有无心动”的档口，根据现场其他艺人的所有反应来看，回答到底怎样，完全揣摩不出来，总而言之，就是挠得人心尖痒痒。

“妹妹，当时贺云沂回答了什么啊，你能提前剧透一下吗？”小助理追问。

辛葵把手机抛在一边，没正面回答：“保密保密……到时候节目播了你们就知道了嘛。”

“哇你真是变了，还学会吊人胃口了，你以前不是这样的！”

在小助理的抗诉中，辛葵堪堪躲开魔爪，直接扑向一旁的龙淼。

“姐姐。”

龙淼挑眉看过来。

“你有男朋友吗？”辛葵这个问题想问很久了。

毕竟龙淼有些时候都不在剧组，据悉，好像还不是工作行程。

“不算是。”龙淼应得轻松，没有任何迟疑，“想得到的时候得不到，干脆不想了，也没什么难的。”

“我懂，事业比较香。”辛葵点点头，杏眸水盈盈的，“可是你要说得不到就不可能，很多人喜欢你啊。”

“你也有很多人喜欢啊，而且比我更受欢迎，怎么也没见你有呢？”龙淼虽然演过女主剧，但因为风格受限，在国民度上，确实辛葵的好感值更高一些。

她被辛葵逗笑了，抬起手来捏捏对方嫩滑的小脸蛋，声音也刻意压低了，凑近辛葵，用只有两人能听见的耳语轻声说：“或许你已经有了，是不是？”

“……”

“怎么可能，我哪儿已经有了！”

继之前被宁燃提到有关于这方面的话题，辛葵已经是第二次当众奓毛了。

辛葵表示自己清清白白，但是话说出口后，又仿佛觉得不妥似的，觉得总会有反转似的。而后，她的声调小了下去。

之前进圈内，她从未想过这个话题。

不承想，到了现在，小姑娘也有了想要正视这方面的想法。

或许明天更灿烂，或许未来更清晰。

但心里的趋势感越发强烈，紧紧地牵扯着她的思绪，令人不容小觑。

“知道了，但是总会有那一天的。”龙淼看着辛葵，复又摸了摸她的发尾，像是在感慨，又像是在祝福，“圈内像你这样的女孩子真的不多了，我相信，你之后会很幸福的。”

在S市拍戏的间隙，盛夏也终于在紧密敲锣的连绵热暑里，缓缓地落下了帷幕。像是盛大的献礼，初秋的影子也在不断变幻莫测的温度转换中，出现在了人们的视野里。

在这个季节交接，热意稍有持续，未曾绵延的时刻，贺云沂推出了他全版权自创的新专辑。

专辑主题为《超时蔓延》，主打曲则是《限时捕猎》。

贺云沂推出的专辑向来曲风多变，而每一张相比于之前，又是新的突破。

同一张专辑里收录的歌曲，每一首都是完全不同的音乐风格。

这是他作为一名站在顶峰的优质歌手，交给广大听众的满意答卷。

也是将自己过去以往的创作，以不容误差的绝对自创，直接地展现在了大众的面前，供以众人评价讨论，抑或者是沉浸其中。

而粉丝，同样地将热情还以回报，反过来将满意的成绩单，回馈给了这位实力派歌手。

《超时蔓延》网上贩卖上线零点一秒，突破百万销量；上线十秒，突破一千两百万销量。

线下实体店铺货的销售也在全面进行中，开卖当天，各大店铺贴出了“缺货，请耐心等待七天”的标识。

这不仅刷新了他自己的纪录，同时也刷新了华语歌坛有史以来的纪录。

他的受众不仅仅是粉丝，界内的明星艺人，包括一些路人，也都围观且参与了这场盛况。

一时之间，整个娱乐圈都弥漫着分享贺云沂歌曲的喜悦气氛，没人能够成为那个例外。

除此之外同时开启的，是与系列专辑同步推出的全国巡回演唱会。

新歌的初舞台，将会在那里闪耀。

但因着对于舞台的严苛要求，又秉承着能够让每场演唱会水准在线的原则，贺云沂的演唱会巡回，在时间点的安排上，并没有那么密集。

辛葵当然没有错过贺云沂的新专辑，她在微博小号里买了一千张。

只不过，还没有来得及细细欣赏。

自从剧组的拍摄地点搬到S市，度过前期的悠闲期和适应期后，导演快马加鞭，开始催拍摄的进度了。这部戏是公司重点投资的项目，按照计划，拍摄配音再剪辑完毕后，直接送审，争取趁着热度，在年内播出。

因着赶进度，辛葵忙到几乎没时间看手机。

但她知道贺云沂演唱会的时间点，起始点在Z市，之后再在国内轮番转。

演唱会当晚，主题曲MV和现场才会在同一时间内释出。

当天，辛葵还在拍戏，她颇有些心不在焉。

两人这段时间，都在各自忙着自己的事，没有任何联系。

或许是心灵感应，在演唱会开始的前三十分钟，贺云沂给她打了个电话。

听到铃声响起，辛葵捧着手机去了角落里，心口发烫，蜷缩着窝在那儿倾听。

对于这通贺云沂率先打来的电话，两人颇有些心照不宣的意思。

沉默中，两人谁都没说话。

过了会儿，他像是笑了，而后喊了她的名字：“辛葵？”

“嗯……我在听呢。”辛葵说完才发现自己的嗓音有些许甜腻，她用手指无意识地抠了抠墙，连忙清了清嗓子。

“我今天演唱会。”他的声音像是从风里飘过来，背景音很是杂乱，应该是在演唱会后台。

“我知道的，我知道你今天演唱会。”辛葵说，“你那边很热闹的样子。”

“很吵？”贺云沂说着，像是走了几步，而后，电话那头的嘈杂声也尽数消灭了，“现在呢？”

“没啊，我没觉得吵。”辛葵也不抠墙了，干脆用脑袋抵住墙，声音很轻，“演唱会还是热闹点好，肯定会有很多人来看，来支持你啊。”

他那样优秀，就该是站在巅峰之上的人。

是视线所及之处，最耀眼、最灿烂的光。

贺云沂“嗯”了声，顿了两秒，他仿佛格外地轻松，尾调拖曳着，“那你会看吗？”

“会的。”辛葵怕他没听见，抑或者是觉得自己不够坚定，又重复着强调了一遍，“我一定会的。”

末了，虽然觉得很羞耻，但辛葵也会想，贺云沂是不是逐一通知了其他相熟的人。

鉴于之前两人相处之间的种种表现，辛葵顿了一下，还是开口问道：“……每个人你都像是这样通知了吗？”

“我没那么多时间。”贺云沂声音离得有些远，仿佛带了无限的柔意，“也就等你了。”

挂了电话后，辛葵低头看了眼手机屏幕。

他在上场前，就给她打了电话。

还……还说了那样的话！

辛葵准备回酒店看直播的时候，恰好有个工作人员路过转角这边的角落。

他看着匆匆而去的小姑娘，还没来得及打个招呼，视线落在墙上，顿了一下。

虽然知道这边的墙体年老失修，但怎么就……抠出了一幅地图呢？

回到酒店，辛葵格外缄默。

但她照旧是行动上的疯子，先是扑到床褥上转了两圈，而后又去刮有海风的落地窗阳台那儿吹了吹。

待到心神稍稍平静，她才停歇下来，抱着抱枕，去看贺云沂的演唱会。

演唱会的现场和线上直播是同步进行，花钱就可以预定。

倒计时开始的时候，直播画面里全然是星星亮亮的应援灯，宛若一片流动着的白色海洋。

拍摄视角也在不断地转换，从演唱会顶部的天空，一路顺畅向下，代入感十足。

而后，屏幕的下方，打出了一行小字：

开场曲，《薄荷轻》，by Nephelo.H。

镜头翻转，又来到舞台中央，那儿缓缓升上一道颀长的身影。

辛葵眼睛一眨不眨，而后她便看到最后一秒倒计时定格后的画面，灯光骤亮。

开场的那瞬间，倏然而起的尖叫声仿佛能穿透屏幕。

明炽的亮光被吸引，只聚焦在他的身上。淡淡的辉色里，辛葵也看清了贺云沂的造型。

烈焰般的火红发色，冷白的肤，敛眸再抬眼的瞬间，他直直地朝着镜头看过来，精准捕捉。

就如同他的新曲那般，超时蔓延后，是限时的捕猎。

辛葵恍惚而然间，觉得自己的心跳，也在超时和限时中，无限翻转。

贺云沂他……染了她最喜欢的红发。

贺云沂的演唱会一票难求，多半都被炒至到了天价，去不了的粉丝全程观看线上直播，一齐分享观看的人数也已逾千万。

辛葵结束了观看后，连忙打开手机里的音乐软件，仔细去听那首《薄荷轻》。

宛若被烙印在脑海里，自从这首开场曲目后，她便一直心心念念。

之前时扬杂志给她的主题词便有薄荷亲吻。

“夏日蝉鸣，踮脚轻盈，你冠容雪予我白鸟归迎；玻璃球盏，夏夜晴晚，我心攒然给你柔情千万。”

“奶油草莓，青柠汽水，绿荫烈阳里的每一帧你我都尽数追随。”

“薄荷轻轻，吻你轻轻；轻轻吻你，如你卿卿。”

辛葵反反复复地用手拨动着歌曲的进度条。她滚动着播放，将歌词翻来覆去看了好几遍。

细细想来，好像每一句，她都能找出对应的场景。

还有，这样甜甜腻腻，腻腻歪歪的歌词……真的是贺云沂写出来的吗！

辛葵去往《薄荷轻》这首歌的详情页面，上面的作词作曲者，明明白白是他。

他之前从未写过这样轻快风格的小甜歌。

虽说曲风多样，但贺云沂最拿手的还是捕获人心的强劲舞台，歌曲也多半往那个方面靠。

再配以他清疏冷然的声音，是完完全全的反差。

这男人，天生就是来俘获人心。

这首歌下的评论也沦陷其中。

"我哭了，有生之年居然还能听到哥哥写这种风格的曲子！"

"呜呜呜好甜啊，歌词好清新啊，整首给我的感觉就是盛夏陷入热恋！"

"我真的觉得心都被唱酥了，我仿佛回到了高考完的那个暑假，凌晨无人的街道里，少年正当，青春飞扬。"

"绝了，是小情歌，是小情歌吧？贺云沂真的太会了！"

"星云女孩来了，代入以后真的好甜啊，真的没在谈吗？"

"楼上的笑死我了，一群人鬼哭狼嚎，就你们 CP 粉嘻嘻哈哈，一派欢天喜地的，这个粉丝群体有点好玩的。"

"做人嘛，最重要的就是快乐；做 CP 狗嘛，最重要的就是不费吹灰之力，吃糖都是被主动喂的！快来入股，星云女孩欢迎你！"

哎……

辛葵看到这儿，又想起了之前所看到过的 CP 粉根据地，那个超级话题。

真的有这么多人，是在共同支持着她和贺云沂两个人，并且觉得两人相配的吗？

辛葵想着想着，耳畔又浮起贺云沂给她打的那个电话。

她在床褥上扑腾了会儿，因为太过于忘情，竟然半个身子都翻下了床。

刚好床侧的墙上镶嵌着落地镜，视线正对，辛葵觑了眼，镜子中的女孩双颊绯红，杏眼恍若浸泡在叮咚山泉里，亮晶晶的，不见半点疲态。

“……”

这么晚了还这么精神抖擞是要怎样！

辛葵理直气壮地将这个锅，推给了贺云沂。

《时间轮轴》剧组很快就要杀青了，近来都在进行收尾工作。

顾迎蔓就在这个时候，从 Z 市来到了 S 市，说是要散心。

她居住的酒店，刚好和辛葵剧组入驻的酒店是同一家。

顾迎蔓大部分时间都是自己出去游玩，辛葵要拍戏，她也不好多过打扰，只探班过一次，请剧组里的所有人吃了顿饭。

而辛葵有时候昼夜颠倒，休息的时间也不确定，很多时候摸不到人影，她就是想在酒店里陪女儿，也不太可行。

这天中午辛葵下了戏，从下午睡到傍晚，饱觉满足之余，才找到闲暇的机会和辛母一起吃饭。

辛葵带着顾迎蔓去了离酒店不远的地方，那里是她平时和剧组里的人一起聚餐和夜宵之处，专门做 S 市的特产菜，味道不错。

顾迎蔓顺带还叫来了最近在附近办公的顾延之。

不过等到都快开席了，对方才姗姗来迟。

他从助理手中拿过两个包装精美的袋子，这才进门入了座。

“小姑姑，好久没见了，我让助理给您和妹妹订的包。”

“哟，真是有心了啊。”顾迎蔓大大方方地接了过来，打开包装看了眼，是新出的限量款，早前先在欧洲上市，国内各大商场的专柜压根还没铺货。

“这个款式国内还没有上吧，你在哪儿买的？”顾迎蔓不免有些好奇，据悉，顾延之在 S 市待了挺久的。

顾延之垂眼，给顾迎蔓倒了杯茶，又给辛葵倒了果汁：“之前去国外出差，顺带订的。”

“太阳从西边出来了，你之前哪儿有这么贴心过！”辛葵毫不客气地从他手中接过果汁，猛然啜了两口，“你来S市都没和我说过呢。”

顾延之没回应，看了辛葵一眼：“你多吃点菜行不行。”

仿佛是在嫌弃她话多。

“不行，你看看你，竟然只要我多吃点菜，果然是野生的哥哥。”辛葵夹起一筷子，“我偏偏要多吃一点肉。”

顾延之：“……”

顾迎蔓被辛葵逗得笑笑：“你妹妹就这样。”

顾延之点头：“我知道，习惯了。”

顾迎蔓颇为感慨：“从小到大你就宠她，现在无法无天的。”

顾延之应了声：“应该也不能无法无天到哪儿去，上次我去她的剧组探班，已经敲打过了，让她别和圈内的男艺人走太近。”

辛葵之前就有些听不得这句话了，到了眼下，更是如此。

“……正常的交际你也管？”

算了，不跟这人计较。

他又不能时时刻刻盯着她，他也管不着。

“不管是不是正常的交际，你三番五次上热搜，七成都是和男艺人有关。”顾延之拧眉，“我数数看，贺云沂，何阮阳，还有——”

“那是参加综艺节目。”辛葵连忙反驳回去，转头向顾迎蔓寻求帮助，“妈妈你也知道的。”

“贺云沂？”顾迎蔓在脑海里搜索一番，总算是找寻回了之前的记忆，“哦，就是你之前那位！”

顾延之听到这儿，半点好话都没帮着讲抑或者是帮着介绍。

虽然他和贺云沂是哥们儿，但最近一齐提及的频率，实在是有些多了。捆绑也好，不捆绑也罢，热搜次数多了，名字只要是并肩排在一起，总归有那么些刺眼。

辛葵毕竟是他看着长大的，心性格外单纯，也很好骗，只要对她好她就记在心里，傻乎乎的。轮到谁在他这儿，都不太行。

这个时候，顾延之的想法和辛郸的想法就不约而同了。

顾延之还等着小姑附和自己，结果他等了半天，只听到顾迎蔓带着点激动的嗓音："就那个很帅的！"

"……"

顾迎蔓越说越来劲儿："宝贝，其实后来我有好奇地去搜过他，这孩子看起来真不错，年纪轻轻事业有成的，我周围朋友啊，朋友的孩子啊，都格外迷他。上次不是还有那个你们一起的综艺，妈妈也看了，他很照顾你啊，新歌也好听的，你有空了帮我要张签名照。"

辛葵点点头，时不时地帮忙补充。

后来话匣子打开，竟是有滔滔不绝的架势，顾迎蔓还提到了何阮阳，她以为对方是搞笑艺人。

辛葵笑到几乎快要抽筋，好说歹说，才将顾迎蔓的观念给改了回来。

因为有了这样的话题，内容便不断地延展开来。

女人向来对于这方面感兴趣，一来二往，顾延之反倒是成了中间人。

顾延之看着无人问津的限量包包，突然觉得头有点疼。

吃完饭后，顾延之将顾迎蔓和辛葵送回了酒店。

"延之，你也别太忙了，要找个时间，好好停下来休息休息。"顾迎蔓隔着车窗劝说，"也是时候想想结婚的事了，身边总得有人陪着才好。"

这么些年来，顾延之堪称业界内的楷模，就连过年，在顾宅也待不了几天，几乎是全年无休的状态。

顾延之手放在方向盘上，表情看不太清："我知道的，小姑姑不用太担心我。"

大概是黑夜迷离，使得他侧脸晦暗，辛葵突然觉得顾延之好像有些可怜，她身子前倾，双手扒拉在半摇下来的车窗上。

"哥，我觉得我妈妈说的没错，在这个世界上独守够了，你也该去寻找自己的幸福了。"

辛葵在他面前难得这般乖巧。

还别说，这话从她口中说出来，听起来还怪窝心的。

顾延之笑笑，手抚上辛葵的小脑袋，刚要说点什么，就听到小姑娘又缓缓补充。

"最关键的是，你也老大不小了。"

“……”

顾延之冷漠地将手收了回去。

待到车的尾灯都消失在了夜色里，顾迎蔓和辛葵一路往酒店的大厅走。

“你这样和你哥说话，他没骂你就不错了。”顾迎蔓想起刚才的最后一幕，“男人的心吧，有时候比女人还脆弱。”

辛葵胡乱点点头：“比如我爸。”

提到辛郢，顾迎蔓就来气，她冷哼一声：“他那都不是脆弱，是易碎。”

“好了嘛，小打小闹。”辛葵习以为常，“妈妈，其实刚刚吃饭的时候爸爸就和我说了，他已经到了S市了，就在酒店里等你。”

顾迎蔓的脚步一顿。

辛葵话音刚落，只见辛郢从酒店大厅的沙发上站起来，直直地往这边走来：“老婆。”

辛葵真的被吓了一跳：“爸爸，你一直……在这儿等着呢？”

她以为辛郢只是在房间里等着呢。

辛郢清俊的脸上浮上来一些不好意思，他轻轻地咳了咳，修长身影晃了晃：“那个……我在这儿等很久了。”他望向顾迎蔓，“我还没吃饭。”

细听之下，语气里带着点不易察觉的委屈。

“那你继续饿着。”顾迎蔓丝毫不接他的茬，“怎么，还要我亲自做给你吃？”

这两人正互相纠缠，辛葵的手机“嗡嗡”两声。

她滑开屏幕以后，发现是贺云沂发来的消息。

卖葵花籽的：“你现在……在不在酒店里？”

辛辛向葵：“嗯嗯，在啊。”

卖葵花籽的：“我就在酒店附近，请你吃饭，下来。”

辛辛向葵：“……啊？”辛葵一时之间没反应过来。

贺云沂怎么就在她酒店这儿了，他来S市了？

种种疑惑涌上心头。

而后，辛葵蓦然想起，贺云沂这两天在S市有演唱会。

所以，他这是提前抵达，还算是有空。

大概是看她疑惑，贺云沂很快又回了消息。

卖葵花籽的：“之前你帮我拿了时扬的礼盒，说过的要请你吃饭。”

卖葵花籽的：“这不是来兑现了吗。”

辛辛向葵：“……我想起来了！”

只不过，那么久远的事，贺云沂居然还能记得那么清楚。

紧接着下一句，贺云沂发来了一条语音。

辛葵连忙点开听，但因为周遭是酒店大厅，有假山喷泉以及过往客人的脚步声，所以听不太真切。

小姑娘将手机贴近了，听贺云沂的嗓音缓缓落在耳畔，不紧不慢的，格外好听。

“来不来？”

“来的话，我就等着，定位发给你。”

辛邺和顾迎蔓拉锯着的同时，余光瞥见自家女儿在那里贴着耳机的话筒听消息。

一脸……说不上来的表情。

总之，很愉悦就是了。

他觉得有些不对劲，果不其然，辛葵放下手机就屁颠屁颠地跑了过来：“妈妈，我去见个朋友，待会儿回来哈。”

顾迎蔓“啊”了声：“和谁啊？刚刚不是说好了一起去做 spa 吗？”

难得辛葵接下来没大戏要拍，顾迎蔓早就计划好了。

“你那个朋友是谁？叫什么名字？”辛邺看向女儿，“这么晚了还非要见面？”

辛葵摸摸自己的鼻子：“就……之前在综艺里交的好朋友，成莺。”

迫不得已搬运了这么号人物出来，虽然心虚，但是日后解释，怎么也都说得过去。

“不行，我不同意。”

“也可以。”

在辛葵话落后，两个大人的意见不同。

前者是辛邺，后者是顾迎蔓。

顾迎蔓轻飘飘地看了辛邺一眼。

“见朋友又没什么，别听某个人的。你去吧，手机时刻要保持通畅，别回来太晚了，注意安全。”

辛葵听顾迎蔓叮嘱完，点点头，而后望向辛邺：“爸爸，你可要庆幸我这个电灯泡走了，你和妈妈好好聊，我就不打扰你们二人世界了！”

辛葵朝着两人挥挥手，很快就往大厅外跑了出去。

辛邺心里隐隐觉得不对劲，但是辛葵最后那句话也算是说到了心坎里。

顾迎蔓掉头而走，辛邺连忙追了上去。

出了酒店，迎面便是咸湿的海风。

辛葵打开贺云沂发的定位，好像是在一个沙滩上。

如他所说，确实是在酒店附近，并不远。

她照着路线走过去，在踩过绵软砂砾，继而又绕过好几块礁石的地方，看到了熟悉的身影。因为他整个人气质独特，风骨自存，所以即便是这般昏暗的环境里，辛葵仍旧是一眼便知道是他。

辛葵在见到真人的瞬间，心神皆是一阵微颤。

她怎么就半点犹豫也没有的，直接地跑了过来呢。

那见到面该说些什么。

辛葵躲在礁石后，无意识地用指尖去绕自己的发尾。

哎……今天好像也没有扎双马尾。

她东想西想，思绪紊乱。

就在小姑娘还在犹豫的档口，礁石的一侧，出现了半边衣角。

贺云沂直接走上前来，近在咫尺。

“你躲在这儿？”

辛葵心跳骤然加速，她拼命压抑着自己的嗓音：“……我没躲。”

“我不过来的话，你大概要在这边待到天亮了。”贺云沂穿着黑色的短袖，整个人都好看得不像话。

辛葵鼓起勇气看了他一眼，又低下头：“你怎么来我酒店这儿了，你知道我住哪儿？”

“问了宁燃。”

“这样啊。”辛葵顿了一下，“那要叫他一起吗？”

贺云沂挑眉：“不需要他。”

“嗯……”辛葵到这儿，突然发觉有些不对劲，“可是——”

“可是什么？”

“我已经吃过饭了……”

辛葵莫名有些沮丧，大概颇有些这顿饭要泡汤了的预感。

“我知道。”贺云沂单手插兜，说着，他抬起另一只手臂，张开手，掌心朝下，稳稳地落在小姑娘的头顶，停住后，他缓缓地弯腰，视线和她的平行，“但说好了请你一个人，你想吃什么就吃什么，不用拘束。”

辛葵提议吃夜宵。

一路跟着贺云沂走的时候，辛葵才猛然反应过来。

他带领着她去的地方，一看便是比较隐秘的位置，不像是大酒店，抑或者是其他的饭店。

“前辈，你对这儿很熟吗？”

“嗯，我祖籍在这儿。”

贺云沂说到此，也勾起了辛葵大致的记忆。

之前网络上显示，贺云沂祖辈是书香世家，就居住于 S 市。

这样一来，他对于这个城市的熟稔，也不是没有缘由的。

没过多久，两人就来到了一家烧烤小店。

这个地方离酒店很近，装修透着点年代感，应该是城中村。

类似于这般的苍蝇小馆，大多数的味道都很好，好比之前何阮阳带她去的那家阿嬷小店。

贺云沂问她：“你要吃什么？”

“就……来点串串啃啃。”

“好。”

点完单再回来的时候，辛葵手肘撑在桌面上，双手捧住脸，就这么盯着坐在她对面的贺云沂。

方才在室外，她没看清楚，也没好意思去细看。

眼下室内光亮，将人的模样照耀得一览无遗。

贺云沂还是红发，整个人硬生生被映衬出一股妖孽的气息来。

末梢稍狭的眸盯着人的时候，几欲令人窒息。

辛葵还在用双手捧着脸。

但只有她自己知晓，她掌心紧贴着脸颊肌肤的那一面，如同火烧。

小姑娘欣赏了会儿，越看越觉得蛊惑人心，缓缓开了口："你的头发是什么时候染的？"

"拍新歌 MV 的时候。"贺云沂挑眉看过来，"过阵子再染回去。"

也就是说，他新曲 MV 的录制里，这个红发造型会永久地存留下来。

即便他还会染回去。

"嗯……挺好看的。"辛葵这样说着，内心里却是在想，他真的是她见过的人中，将红发演绎到极致的男孩子了。

半永久也不是不行。

说话的间隙，烧烤串串一一摆了上来。

应该是迎合了辛葵的口味，做得辣，味道悠悠然飘出来，特别得香。

辛葵被勾得连连啃了好几串，而后才回过神来看贺云沂："前辈，你不吃吗？"

"我不饿。"贺云沂长指搭在桌面上，桌底下的长腿无处安放，时不时地会触碰到她的小腿，"看你吃就行了。"

虽然隔着衣料，但肌肤的相蹭，温热的触感，都是真真实实的。

"你的演唱会就在明晚吧。"

"你要来？"

"不……我要拍戏。"

辛葵垮着张小脸。

事实上，她之前确实有这般的打算，想去看现场。

她甚至在当初得知贺云沂要来 S 市开演唱会的时候，还特地关注了时间。

但是《时间轮轴》剧组正在收尾阶段，杀青前，时间的安排上，有时候密集到让人只能住在片场里，有时候又没什么补拍的戏码，没规律极了。

今天，她虽然能够有空出来。可是行程追溯到明后天，她却完全没有时间。

“很遗憾？”贺云沂看辛葵这般模样，缓缓开口。

“嗯啊，超级无敌。”辛葵说着，叹了口气，手里的烤串登时不香了。

“也不需要遗憾。”

“……嗯？”辛葵抬眸。

贺云沂一只手探过来，揪了揪她的小脸蛋：“我真人就在你面前，看我就够了。”

伴随着这句话而来的，还有贺云沂的揉捏。

他的指尖泛着微凉的温度，璞玉一般。

心满意足地将面前小姑娘的脸颊肉往外扯了扯，才缓缓地松开手。

辛葵猝不及防被捏，低呼一声，连忙抬手捂住自己的面颊。

她抬眸，朝着坐在桌子对面的贺云沂看过来。

“前辈……”

“我在。”贺云沂心情很不错的样子，黑眸勾点笑意，整个人往后倾靠，倚在椅背上。

辛葵的侧脸上，仿佛还残留有贺云沂的气息。

不仅仅是这完全没打招呼径自而来的上手，贺云沂刚刚那番话也让人……

什么我真人就在你面前？什么看我就够了？

虽然知晓贺云沂在她面前展现出来的模样，和在大屏幕前那副冷淡自持的样子相去甚远。

但等到他真切地坐在辛葵的对面，说着这样的话，做出这般的举动，辛葵心里那根隐隐牵引着的绳，“啪”地断了。

呜呜呜。

这可怎么办才好，她有点呼吸不过来了。

但即便是这样，她又觉得也是甘愿的。

辛葵对于周遭的感知被无尽模糊，只觉得只有两人独处的时候，夏末的风沿着小巷子朝着店面里汩汩而进，没那么燥热了，带来换季的信息。

新的季节就要来临了。

一如两人现在。

“我……要说看的话……”辛葵话说出了口，像是不甘示弱那般，回应了贺云沂，“我今天一直都在看你啊。”

语气格外得理直气壮，她阐述的也是事实。

店里，桌面，哪儿哪儿，都唯独只有两人。

事实上，从两人在沙滩上一路过来的时候，她要看，也只能看见贺云沂一人。

他也挑不出什么毛病来吧……

“今天？那也只是一天罢了。”贺云沂说着，继而补充，“可能连一天也还没有。”

姑且算是小姑娘偷换概念。

他和她说的，完全是两个意思。

“一天还得了,半天就不错了。”辛葵小声反驳,他来到这边的时候，时间本来就不早了。

贺云沂没错过她的这番话：“听你的语气，还挺骄傲的？”

像是在说，能看你就不错了，能有半天就很好了啊。

“一点点，一点点。”辛葵应得没有半点心虚，皆是真情实感，她手里攥着的两把串串都凉了，也没顾着去吃，径自晃了晃，笑出一个月牙缝，“你看，我只是一点点骄傲，我也没有更骄傲嘛。”

贺云沂没忍住，被她这副模样逗笑了。

他很少这样展露完完全全的自己，以及明白透彻的情绪。

清浅的笑意荡漾开，像是冰雪烽原里融化的春水，万物逢春。

贺云沂指关节有一搭没一搭地在桌面上敲着，嗓调不疾不徐：“那你想不想要更骄傲的？”

辛葵：“……想的吧？”

“嗯，那会有的。”贺云沂径自点点头。

虽然不知道是什么，但辛葵稀里糊涂地应了下来。

可她能有什么更骄傲的啊。

这个问题一直持续到贺云沂送她回了酒店。

再往具体的方面，辛葵也不能准确地说出个所以然来。

可朦胧中，辛葵终究在云雾环绕里抓住了什么，但又像是埋松果的小松鼠。

得到了以后，又想着要攒着，慢慢地抱着度过，在只有自己能看见的地方，好好地塞进去，继而再囤起来。

一个又一个。

贺云沂那天并没有和辛葵独处太久，他之后行程满满，演唱会之前还需要彩排，马虎不得，需要全身心投入到其中。

辛葵知晓他忙，也就没有去叨扰。

兜兜转转间，不过几天的工夫。

《时间轮轴》结束了在S市的拍摄，正式杀青。与此同时，剧组才在官博上进行了角色的官宣。

辛葵结束了在S市的行程，终于辗转又回到Z市。

相处了几个月，她对整个剧组都有了感情。无论是平时里相处的工作人员，还是一起搭戏拍戏的同组艺人，辛葵都倾注了不少心思。

分别那天，她显而易见情绪不太高。还是导演说之后有全剧组配音的再聚机会，才让辛葵稍稍好受了点儿。

这部戏比预计中要花费的时间，要来得短一些。

主要是剧组里氛围好，导演负责，工作人员也尽心，演员在这样的状态下进行拍摄，确实会发挥超常。

辛葵接下来的行程，照样是综艺拍戏来回跑，不断地进组。

而因为比预计之中要结束得快，直到下一阶段的通告开启，辛葵有足够的时间来休息。

李严自己也放了个小长假，嘱托她一些注意事项后，就回公司了。

辛葵也没回茗邸那边的辛家，径自盘在自己的小窝里，闲着没事，整天打打游戏，看看剧，过得潇洒又颓废。

这样的满足之余，她也会去翻开一些娱乐信息。

网上冲浪都是必不可少的。

在这段还算是长的放松时日里，辛葵之前所说的一百包葵花籽，终于有了着落。

她自己都忘了，几个月前，自己在厂家那边预约了好多新的口味。

厂家直销直运，他们坚决没要辛葵的钱，说是以后还会有机会继续合作。

辛葵有些不好意思，收到货以后，仔仔细细地数了数，一百包还蛮重的，她亲自送过去的话，又怕碰到人，思来想去，还是快递划算。

想到这儿，辛葵点开两人的聊天框。

辛辛向葵："前辈，你之后几天会回Z市的吧？"

卖葵花籽的："会，怎么了？"

辛辛向葵："那就好！之前所说的一百包葵花籽还记得不？虽然有些迟但是已经到了。"

辛辛向葵："我准备快递给你，想着你要是有时间接收的话，同城快递又方便又快！"

贺云沂过了好一会儿才回答。

卖葵花籽的："不需要。"

辛辛向葵："啊……你不需要了吗……可是一百包已经到了……"

辛葵转身看了眼堆在自己房屋里那堆成山的葵花籽，犯了难。

要是他不要，她自己吃，得吃到猴年马月。

卖葵花籽的："我的意思是不需要快递。"

卖葵花籽的："我亲自来拿。"

辛辛向葵："那也行！"

辛葵事后反应过来，又觉得有些不对劲儿。

贺云沂这是要登门造访她这儿的意思吗？

可还没等她多纠结，后面又过了几天，贺云沂突然在微信里主动找了她，说他暂时先不来了，葵花籽也先放着。

辛葵当他是忙碌，也没多想什么。

可也不知道是不是自己多心。

之前她在网上看过贺云沂的行程，他这几天早就回Z市了，又没有其他别的通告。

那他到底在忙什么呢，一点儿时间都分不开来？

辛葵点开两人的聊天框，静悄悄的，一如他的头像。就在她莫名陷入沉思的时候，手机里倏然进入一条消息。辛葵点开，是何阮阳。

何阮阳：“小辛葵，十万火急，求救助！”

辛辛向葵：“嗯嗯，怎么啦？”

何阮阳：“我看你朋友圈，你最近乐不思蜀，都没什么事，今天也空的吧？”

辛辛向葵：“对啊，我接下来还很空。”

何阮阳：“那更好了，哥拜托你一件事，你一定得答应。”

辛辛向葵：“你这样的话……我突然有些不敢答应了……”

何阮阳那端估计是看她在打退堂鼓的边缘试探，干脆直接打了个电话过来，看来是真的心急火燎了。

“我这边很忙，完全走不开，你有没有时间去贺云沂家一趟？”何阮阳那端很是嘈杂，“我等会儿录制马上开始了。”

“去贺云沂家？”辛葵愣了愣。

原来他是在家的啊。

说不好蹿上来的是什么情愫，她又听到何阮阳噼里啪啦说了一长串：“你帮我把药送给他，好像回来就发烧了，也不知道有没有好。”

“发烧？”辛葵听到这儿顿了一下，连忙追问，“他没去医院吗？”

“说是懒得去，自己休息就能好，让我帮忙再送点药过去。”何阮阳呵呵冷笑两声，“这不是装吗，我看就是发烧烧糊涂了，他之前吃了药就睡了，估计还不够。”

辛葵连忙应下：“嗯嗯，你交给我，我挂了啊。”

“小辛葵，爱你！等到这姓贺的好了，我押着他去谢你！”

辛葵挂了电话，也没顾忌太多。

何阮阳所说的药，得去市中心的专门机构拿。

在路上，她不知道想到什么，辗转又回了趟辛家。

辛辛向葵：“爸爸，求配一服中药，要那种治疗感冒发烧的！”

爹地：“你怎么了？身体不舒服？”

辛辛向葵：“不是！是……是我一个朋友……对，身子虚！”

爹地：“你朋友身子虚？我明白了。”

爹地：“可是中药是慢性调理，没有这么专门的针对性，不过我可以帮忙配一副用来强身健体的药，喝个一副就能精神不少。”

辛辛向葵：“好的好的，希望我回家就能拿到！”

爹地：“这么着急做什么，慢慢来。”

辛葵小旋风一样地到了家，父女俩还没唠嗑，辛葵拿起药就跑了。

在他略微感慨，自家女儿就这么飞了的时候，辛葵从客厅外面的草丛上，扒拉着落地窗的开窗，直接探进来一个小脑袋，吓人不轻。

“爸爸，西药和中药不冲突的吧？”

辛郸抚着自己的胸口，故作淡定：“不冲突的，身子虚确实容易感冒，搭配吃效果更好。”

还没等他再开口，辛葵又已经跑没了影。

这是交了什么样的朋友，这么紧急？

辛葵原先便有贺云沂的地址，她站到门前的时候，发现自己没有这儿的密码。

她发给何阮阳，对方过了好久才回复了一串数字过来。

何阮阳：“你这么快？”

辛辛向葵：“对啊。”

何阮阳：“你直接进去吧，辛苦了啊，我现在录制期间，不能多说。”

辛辛向葵：“嗯嗯。”

输入密码，摁开关，一气呵成。

随着“嘀——”的声，门开的瞬间，何阮阳又发来一条消息。

何阮阳：“等等……我记得我没告诉你贺云沂的地址吧，你居然就到那边了……你怎么知道的？！”

情况紧急，她不想继续掰扯。

辛葵罕见的没有理人，假装没看见。因为，她还有更重要的事。

迈进去的时候，辛葵四周逡巡了番。贺云沂住的也是沿江的大平层，户型和她的稍稍有些不同。

入目便是简简单单的格局，是整体偏灰色的装潢。

和他本人最初给人的印象那般，冷淡，没有太大的烟火气，干干净净的。

此时此刻窗帘应该都被尽数拉上了，透出点儿微弱的光芒。

然而在这样再寻常不过，无数个早晨都会有的情景里，辛葵莫名屏息。

虽然是全然陌生的环境，但是空气里弥漫的那股子青柠罗勒味，是她所熟悉的，贺云沂身上的味道。

辛葵拎着大包小包，轻轻地放在桌上。而后缓缓地摸索着，朝着卧室的方向走。

门是半掩着的，深灰色的床上，被子被拱起，明显有人。贺云沂大概正在熟睡，一条手臂从床幔处垂下来，修长如玉的指尖自然垂落。

卧室相比客厅，要来得更加昏暗。

辛葵推开门，放慢了脚步，轻手轻脚地踱过去，迟疑地唤了他一声："……前辈？"

没有任何应答。

辛葵又往前迈了两步，来至床前，半蹲着看向他。

贺云沂侧脸埋入枕间，鸦黑的睫毛沉沉覆盖住，冷白的肤像是被打磨了层上好的釉。

辛葵单腿跪在床褥之上，稍稍俯身而近，双手撑住，轻轻地唤他："前辈，起来吃药吗？"

辛葵径自感慨了番，为什么贺云沂只是随便地躺着都能够像是一幅画，上帝在造人的时候，果真是不太公平。

欣赏了会儿，她才倏然想起来今天自己前来的使命。

就在辛葵鼓足勇气，抬起手来，想要去推推他的肩膀，以此来召唤人起床的时候，一直沉睡的贺云沂倏然睁开了眼，漆黑的双眸定定地锁住她。

四目相对间，辛葵的小小惊呼喀在喉咙里，还未完全散出来。

他伸出手臂，拽住她以后，稍稍用了点儿力气，便往自己这个方向带。

辛葵没有察觉，半跪着的腿一软，整个人身子往下降，控制不住地朝前一扑，直接和来人撞了个满怀。

贺云沂顺势将她抱住，骨节分明的手放置在她的后脑勺。

辛葵大脑宕机了好几秒。

“我我我……你……”辛葵声音都是不自觉发颤的，在她想要逃离这个被桎梏住的怀抱的时候，贺云沂复又摁住她。

他像是很困，倦怠极了，声音低低地，在耳畔缓缓响起。

“别乱动，让我安静睡会儿，好困。”

辛葵认命了那般，也不再挣扎了。

一时之间，空气里起伏的颗粒，也好像静止了，定在两人的上方，俯瞰着两人。

辛葵的小脑袋缓缓地垂下。

她原本被贺云沂摁住，埋在他的肩窝里。此时此刻稍稍偏了头，改为侧脸埋在他的锁骨处。

骨骼硌得人难受，但贺云沂刚刚的那句话，更吸引人的注意。

这句话后，他没有再多余的词了。

“你还是很困哦……”辛葵小心翼翼地，几乎用的是气音。

“嗯。”

不知过了多久，贺云沂才缓缓地用鼻音轻轻地哼了声。

那应答从胸膛处传来，缓缓地震了瞬，像是余波未消尽的电磁。

辛葵静息间，只听到彼此的心跳声。

快过一阵后，紧接着又是慢一阵的速率，不知道是他的，还是她的。

倏而间，头顶上的人又没了声。

辛葵努力地抬头，想去觑他，她还没来得及脸红，贺云沂又将她往下摁了摁，捞进怀里。

“陪我。”

这下没吭声的，是辛葵。

她像是啄木鸟，小小地，定定地，迅速地点了点头。

这句话是怎么从他嘴里说出来的啊，还要陪他。

辛葵睫毛颤巍巍的，假装闭眼，大概是催眠自己，刚刚这一切发生的都是假的。

思绪渐渐回笼，很多事情便回到了刚才发生的节点处。

辛葵到这时候才倏然想起来……她怎么就……怎么就和贺云沂同

床共枕了！

来不及想太多，辛葵喉咙里发出轻微的呜呜咽咽。

她干脆装死，俯首崴了下去。

也不知道是今天没休息好，还是一路奔波而来的路上浪费了太多精力，自从闭上眼，辛葵的眼皮紧紧地阖上，像是胶水般黏住，死活也睁不开了。

她的思绪渐渐地游离，继而发散了一片。视线的四周没有任何着落点，只中间的白光往余遭扩散。在好闻的气息和贺云沂的怀里，辛葵睡了过去，还做了个梦，梦里的她像是在海水里漂着，无处可依。

她在随着海浪起伏而不由得自己的时候，看见了在岸边的贺云沂。

对方视线像是嵌在了她的身上，不曾转移。

但任凭她如何呼救，对方却不曾有任何动作。

那样如烙印而滚的目光，即便是在梦里，相隔得那么远，她都能够明晃晃地察觉到。

“所以干吗不救我……”

辛葵呢喃而道，而后她缓缓地掀开眼皮。

目光所及之处，是挑高天花板上的灯。

“……”辛葵呆滞一瞬，几乎是立刻反应过来，马上从床上弹起来。

辛葵迷蒙着眼，继而自发地拍了拍自己的脸。目光涣散的同时，意识率先回笼。她下意识往旁边看，空荡荡的。

身旁已经没有贺云沂的影子了。

她来给贺云沂送药，来探望他。结果睡得呼呼的那个人，变成了她自己？！

辛葵油然而起一股近似于羞赧的感觉。她抬起胳膊，揉了揉自己还在发蒙迷糊的眼。下了床后，逡巡了四周，发现连鞋子都没有，辛葵干脆赤脚往外边挪动。还没走几步，那门像是有感应似的，直接开了。

贺云沂推开门，看向她：“醒了？”

辛葵吓了一跳，双手抱肩，往后退了瞬。

定下心神来，她才开了口，还有些不好意思：“……前辈，你醒了怎么不喊我啊？”

“看你睡得熟，也就没喊你。”贺云沂穿着休闲的家居服，细碎的黑发垂在额前，目光从小姑娘的乱蓬蓬的头发往下撂。

辛葵光着脚。

辛葵听他的声音，跟往日比，除了低沉了些，好像也没太大的变化。

他现在又主动起了床，病是不是已经好得差不多了。

“你把鞋穿上。”贺云沂目光顿了一下，继而收了回来。

辛葵抬眸：“可我没看到我的鞋在哪儿。”

夏末，天气还不算太凉。她今天过来时穿的是浅粉色的凉鞋，用以细带环绕，所以……刚刚她睡着的时候，是贺云沂亲自帮她脱的鞋。

贺云沂没在意太多，他稍稍侧过身去，在话落以后便缓缓地迈了出去，身影消失在门框处：“你原来那双，我放在床的另一侧了。不过也不用急着现在穿，你先去床上坐着，我去给你拿拖鞋。”

“哦……我才想起来，我今天进门的时候没有换鞋。”辛葵听到他说拖鞋，这才反应过来。

只不过一瞬的工夫，贺云沂去而复返，他直接迈进门内。

走近以后，在她面前单膝而半蹲，放下了一双男士拖鞋。

“没事，本来我这也没有女生的拖鞋。”贺云沂说着直起身来，“你先穿我的。”

辛葵动作缓缓，没吭声。

贺云沂看她这模样，挑了挑眉，作势又要蹲下去：“要我帮你穿？”

一招毙命，辛葵顿时活了过来：“我自己穿……自己穿！！”

等到从卧室里出来，辛葵看到桌上放的药，直接问他：“你现在有没有好一点儿？这个药吃了吗？”

“刚刚吃了一片，好多了。”

“前辈，你就不好奇我为什么在这儿吗？”

“不好奇，何阮阳都和我说了。”

“嗯嗯，他说你烧得厉害。”

贺云沂本来在客厅的沙发上坐下来，听到辛葵的这句话，眯了眯眼，而后看向她：“他的话你还信？我就是普通的感冒。”

贺云沂这样说，何阮阳当然不信，因为有生之年，很少看见他生病。

但之前演唱会有一场水中舞，刚好又逢换季。这个节骨眼，稍微有些不注意，就被病毒有机可乘了。

贺云沂自觉能够自我调理好，也就没去医院。

辛葵杵在桌子前没动。

等到空气里再次凝结下来，诡异的安静平铺在两人之间。

“离那么远做什么？”贺云沂朝她招手，顺带拍了拍自己周围的位置，“放心，传染不了你。”

随着他这样一句话，辛葵茅塞顿开。心里之前一直存着的迷惑，都被尽数拨开了掩盖着的灰烬，大剌剌地露出原本的样貌。原来他不过来拿那一百包葵花籽，无缘无故爽了约，只是怕传染给她。

辛葵踱过去，在他身边坐下来。不像是之前那般，反倒是认认真真地盯着他瞧。贺云沂身姿干脆往后闲散地一瘫。

“你在扫雷？”

“不啊。”辛葵还在盯，“我是在看，你的气色有没有好一点儿。”

她从小在中医药世家长大，不说仔细攻读钻研出了什么，但是耳濡目染之下，也会看一下面相之类。

贺云沂现在确实趋向于正常。

想到这儿……辛葵猛地拍了拍自己的脑袋。

“哎呀。”

“怎么了？”

“我给你带了中药过来。”

“嗯？”

辛葵迎着贺云沂疑问的视线，语气恳切：“我从我爸那儿要来的，他说这个可以和西药搭配着一起吃！”话语间，小姑娘自告奋勇，“我帮你去熬！你这儿有锅吗？”

“有，但没怎么用过。”

“没事，我也没怎么用过，刚好很配。”辛葵嘿嘿笑了两声。

“那你去弄。”贺云沂看向她，语气颇有点无奈，“别把厨房炸了就行。”

辛葵迈入厨房的瞬间还在想刚刚贺云沂的最后那句话。

……什么叫别把厨房炸了？她会那样？她能是那种人？！

虽然没做过饭，但是加点水熬熬的事，听起来就很简单。

她要让贺云沂知道，做什么都不能小瞧人，她也是可以的！

辛葵满怀信心地开始了，中途没敢去问辛郦具体的操作怕引来更多的质问，干脆就上了网，在搜索引擎里搜查了一番具体的操作。

一顿操作猛如虎后，辛葵拿着锅，缓缓地从开放式的厨房旁，探出一颗脑袋出来。贺云沂扬了扬眉，看到她的额前，有一小撮儿黄毛儿，大概率是被火给烧的。

“前辈……我大概率是不行了……”辛葵语气弱弱，“但是药不能浪费，要不你来试一下？”

贺云沂一副早知如此的表情，优哉游哉地直起身来，朝着厨房这个方向迈。

辛葵也没走开，围在他身边，开始给自己一个台阶下，准备无死角地开始吹彩虹屁：“多稀奇的事啊，病人自己给自己熬药，我还是很佩服的。”

贺云沂唇角微勾：“你每天脑子里就在想着这些？”

“那也没有都是这些……”辛葵双手撑在料理案板上，一眨也不眨地看贺云沂操作。

其实她都不知道贺云沂会这些，只是凭着直觉，觉得他什么都会。

就是无条件地信服他啊，没由来的。

但事实证明，她的直觉没错。

贺云沂确实操作利落，看得出来不是当下研究完就直接新手上路。

他抬手盖住盖子，低眉垂眼，头顶晕黄的灯影影绰绰地罩下来。

“前辈，你做饭是不是很好吃啊。”

“嗯。”

辛葵看了会儿，觉得有点看不够，干脆转过来，背抵住料理台。

又径自开口：“等你熬好药我就走吧，时间好像不早了。”

贺云沂听到后没吭声，只是撂开药罐的盖子，修长的身子转过来。

他长腿微弯，身子前倾，双手撑在辛葵身侧两边的料理台上。

“晚饭我也会做得好吃，你要不要留下来。”

他的视线一寸寸下移，而后落在小姑娘的耳垂。那儿正以肉眼可见的速度，变得绯红。

辛葵被圈住，指尖抠住料理台的边沿，她眨了眨眼。

“那我之后回家……”

“我开车送你回去。”贺云沂利落地回应。

辛葵听到这儿，缓缓地点了点头。

药罐在文火慢慢煨着，渐渐散发出辛涩的苦味。幽然的慢炖汩汩声里，药气直蹿鼻孔，可辛葵却觉得周遭散发出来的味道，带着点儿甘甜。

贺云沂复又去观察那个药罐的时候，辛葵还杵在原地。

这样家居的他，敛去舞台上的锋芒毕露，带着罕见的温柔，眉眼都被氤氲的雾气融化开。

今晚注定很漫长，和他待在一起的时光，都被一帧一帧地切割开来，被好好地保存着。

他对她，永远都很有耐心的样子，但却又带着点了然于此的势在必得。

辛葵想了想方才贺云沂的神情，他就这么笃定她一定会留下来！

辛葵摸了摸自己的鼻子，可是好像也没什么好辩驳的。

因为她确实也留下来了。

熬药只需要慢慢地焖煮个把小时就足够了。等待的间隙，辛葵也没让贺云沂真的做饭。她也是真正到了饭点后，才想起来这茬。

如果真的做了，一顿下来，前后花费的时间也不短了。

贺云沂这么个病号，要是忙碌的时候再一个不小心，如若真的是因为她直接进了医院……

辛葵没敢细想下去。大局当先，还是要以身体为重！

“前辈你大病初愈，还是别劳心伤神了。”辛葵摇摇手机，在茶几一侧坐下来，“我们就吃之前吃过的华安庭成吧，大酒店有保障，他们外卖很干净的，做得很不错。”

“你定吧。”

“嗯嗯，我陪你吃清淡的。”

辛葵爱吃辣，虽然快到了顿顿不能离辣的地步，但是为了贺云沂，小小地牺牲一下，也不是不行。

想到这儿，她偷偷摸摸地去观察贺云沂。他也紧跟着在茶几一侧坐了下来，面前摆着笔记本电脑，倏然亮起的荧幕映在他的面容上。而后拿起一旁的手机，明晰的指尖点在屏幕上。

蓦然，他停下手里的动作，直接朝着她看过来。

“谢记牛肉馆？”

“啊？”辛葵不知道他突然说这个做什么，只知道是自己经常爱吃的川菜馆，径自点了点头。

“我点了你之前吃的。”贺云沂将手机放置在桌上，“吃你喜欢的，不必特意迎合我。”

辛葵揪过来一个抱枕，放在怀里，使命地揉。

听到这儿，她捏了捏软绵绵的抱枕。

“那……多加点辣！”

“嗯，备注过了。”

辛葵下巴搁在抱枕上：“你在工作吗？”

“不算是，记录点东西。”

辛葵拖长腔调应了声，像是在叹气：“跟你比我好像就没那么忙。”

“为什么这么说？”

“我这阵子一直很空啊，接下来我准备找些地方玩玩，再不出去走走，我大概率要沉灰了。”

贺云沂指尖动作停下，沉思了会儿：“你接下来都很空？”

“对。”

两人有一搭没一搭地聊着，等到辛葵又犯了困，上眼皮坠坠地搭着。不知过了多久，外卖才来。

茶几上结界分明，清汤和红汤，在颜色上的区别格外明显。

辛葵也没能想到，自己有生之年，居然还能在贺云沂的家里，和他一起窝着吃外卖。

“哎，我突然想起来一件事。”

脑海里小助理的叮嘱仿若还在耳边，辛葵骤然想起，《Catching！

You~》盛夏特辑的下期，昨天刚播。据悉热度很高，昨晚热搜就挂了很久，占据了热搜榜的半壁江山。

算是给这个夏季，画上了一个完美的句号。

只不过，她还没来得及看。

“前辈，我们吃饭的时候就看这个！”

贺云沂罕见地没应得快，顿了一下挑眉望过来：“你昨天没看？”

“我忙着冲浪了……没来得及……”辛葵不免想起近来，她自己在家造作的那些时光，她本来就是准备今天看的。

“我昨天看过了。”贺云沂缓缓而道，像是要知道小姑娘能有什么反应似的。

话落，不等她回答，他又补充道：“但我可以陪你再看一遍。”

这话一环套一环的，也将辛葵噎得一愣一愣的。

贺云沂起身去到沙发右侧，打开投影仪。

这期盛夏特辑的重点回顾全在于最后一盘闯关的海洋球。

因为时长统共不多，所以被节目组刻意地吊着人心，直到最近才放在节目末尾，压轴播放。

投影仪将屏幕投射出来的瞬间，各种颜色的弹幕直接冲了出来。

辛葵捞了口饭，还没嚼两下，就被这密密麻麻的弹幕给震惊到了。

相比于之前她们看的上期，下期几乎是进行了屏幕上半部分的完全霸屏。

“啊啊啊来了来了星云女孩！冲！”

“何阮阳全程是来搞笑的吧，何阮阳，搞笑界有你了不起！”

“我代入了，有过心动？是在谈吧，是在谈吧！”

“星云女孩崛起的一天！”

“前方后方给氪金大佬让路！”

辛葵看着那个显得格外嚣张的红色弹幕，牛肉饭都不香了。

她余光去瞥贺云沂，对方目光未曾移动，像是在欣赏什么宝贝一般，聚精会神。

那个弹幕就有那么好看！

“这个问题好刁钻啊，他慌了他慌了！”

“何阮阳就是纯情啊，我打保票，贺神肯定也是！”

“对的，这种冷感的，也很不错啊！”

“……”

辛葵看到这儿以后，差点没呛死。她就不该提议去看这个节目的。

上期和小助理她们一起围观投屏的时候，辛葵顶多是心里默默地想，默默地念。

可现在情况不一，她是和贺云沂一起。

感觉耳垂都在发烫。

吃完饭后，贺云沂把所有的外卖盒子收拾了。

在辛葵的循循叮嘱加目光的专注洗礼下，等到他灌完了一整碗中药后，贺云沂才看到辛葵松了口气。

“苦不苦，苦不苦？”她急切地追问。

贺云沂被她拽着袖子，顿了一下：“还行。”

“喏，给你的。”辛葵不知道从哪儿拿出来一捧糖，“我小时候喝中药的时候，觉得好涩啊，不愿意喝，然后我爸爸说，喝完就能含一颗糖，那之后我才情愿的。前辈，你也试试？”

小姑娘杏仁眼儿里盛满了期许，贺云沂接了过来。

低头垂眼看了下，是奶油草莓味的糖果。

“你哪儿来的这个？”

“今天出门急了点，但我也没忘记拿一把这个，我家里有一箱。”

辛葵说着将一颗糖果的糖纸剥掉，亲自递到他嘴边。

贺云沂张嘴咽了一颗。

“这样不苦了吧？”没等回应，辛葵还在径自补充，“中药是慢性调理，你得一直记着喝，这捧糖吃完了，中药刚好就喝完啦，很轻松的！”

末了，她看向他，语气认真：“所以你得喝完，这样才能彻彻底底地好起来。”

贺云沂掌心收紧，看着辛葵，启唇开口：“好，知道了。”

送辛葵回去的路上，途经一条种满法国梧桐的道路。

夜色中叶子影子落在柏油马路上，投下交错的阴翳。

等待红绿灯的间隙，辛葵坐在副驾驶座上，抬手将车窗半摇了下来，双手扒在玻璃窗沿，视线探向窗外。

“咦……今天的夜空好美哦。”小姑娘望着深色的天空，苍穹透明几净，不免感慨了番，“遗憾的是，没有星星。”

夏末秋初的夜，风带着点微微的萧瑟，轻轻鼓吹的时候，将鬓角的头发丝都吹得痒痒的。

辛葵不小心吃到了，开始和自己的秀发做斗争。然而越心急越撇不开，不管怎么弄都拿不开迷了眼又晃了嘴的细发。

贺云沂就在这个时候倾身过来，仔仔细细地将发丝撇开。

辛葵抬眼看他，贺云沂眉眼沉静，神情格外认真。

她的心就在这个时候，猛然漏了一拍。

贺云沂帮她处理完，也没立即离身。

“又想看星星了？”

“嗯……”辛葵撇开眼，嗓音轻飘飘的，“我已经打算好去天文馆看了，反正前辈你也知道，我很闲的。”

“不用特地去天文馆。”贺云沂凑得更近了，唤了她一声，“辛葵。”

小姑娘在这样微瑟薄凉的夜色里抬头，双眼清澈如初，乖乖地等他发话。贺云沂抬手抚了抚她的秀发：“等到我演唱会结束了，带你去看星星。”

因着贺云沂最后的那句话，从地下车库，再到电梯，直至回到家中的床褥之上，辛葵都是浑浑噩噩的。

这种感觉既新奇，也不新奇。在每次见到他，抑或者是见完面后，辛葵都有这样的感受。

一如既往的，毫不例外的。

他说什么来着……嗯，说是要带她去看星星。

啊啊啊！看！星！星！

触及这三个字，心中像是雨后展露的新桠，枝芽之上，是带滴的水珠，润过的藤蔓，潺潺绕绕的，揪着人漂浮往上。

辛葵在被褥之间憋闷了会儿，期待之余，又觉得如果那天真的到来了，又该如何是好。

手机就在这时“嗡嗡”两声。辛葵划开屏幕。

卖葵花籽的：“到家了没有？”

辛辛向葵：“嗯！”

卖葵花籽的：“好，我走了。”

看到这儿，辛葵才明白过来。

原来贺云沂一直都在等待着，还没走吗。

像是有感应那般，辛葵从床上猛然弹起来，也顾不得穿鞋了，赤着脚，风一般跑过客厅后直接来到落地窗前。

她趴在透明的窗柩上，视线略略俯低，往下看。没过多久，地下车库的出口那，一辆黑色的车缓缓地驶出来。尾标带红，一闪一闪地越过安保处，在大门口停留了会儿后，转角张扬而去。

这下是真的离开了。

辛葵还未收回视线，目光定在凝重深沉的夜色里。

贺云沂就是要等她安全到家了，他才走。

随着两人那天晚上的告别，这个夏天恍若中也跟随着脚步慢慢地结束了。四处各景不知不觉中便褪了色，迎来微凉的初秋。像是完成盛大的献祭，有关于这个季节发生的一切，在辛葵的脑海中像电影放映般一幕幕闪过，一并鲜明地封存在了过去。

虽说相对来讲比较空，但是在闲暇之余，辛葵被李严自主安排了些新的小通告，以此来过渡入驻新剧组和跑新综艺的间隙。多半是一些电台主持，各类节目小客串之类的小行程，不怎么耽误平日生活。

在调理之前拍戏带来的不良作息时，她甚至去了几趟大热的直播间，以此维持着一直出现在人们视野里的状态。

同样落下帷幕的，是贺云沂的国内系列巡回演唱会。

他的场次并不多，但因着一票难求，票价飞天，即便在场次周转之间的空白期，讨论度仍然居高不下。

辛葵不管在什么时候，什么场地，都能接收到有关于他的消息。

最后一场演唱会照例来到最初的起点。

回到 Z 市的这一场，是安可场。用以遵循新起点便是新终点，新终点又是新起点的原则。

贺云沂今年的实绩又一次彻彻底底地突破了自己，也突破了新一代曾由他保留的票房纪录。

加之与其相关的专辑贩卖，接下来的几个月里，这些成绩和榜单将又会一一地垄断和见证，为明年的拿奖做铺垫。

辛葵谁也没告诉，悄悄地去了现场看。

虽说票不好买，但她毕竟算是一枚圈中人士，不说内场票，拿一张看台票还是很轻松的。

买票的中间人她也不敢找太过于熟识的。

若是找了李严吧，那等待她的，肯定是严刑拷打；如若是找了小助理吧，又是一起看过综艺节目讨论过弹幕的关系，那等待她的，肯定是锲而不舍的逼问；如若是龙淼……对方看她的眼神也像是洞悉了一切。

宁燃和何阮阳更不可能。上次就因着“她到底是怎么得知贺云沂家里地址”这个话题，何阮阳隔三岔五就要来敲打一番，来问有关于此的解释。当然了，辛葵还算是有那么点儿小聪明，每一次都在不知不觉中，悄然地躲了过去。

最后，她以“自己亲戚想要”为借口，找一位合作过的时尚杂志副主编，要来了一张票。

这般做贼心虚，可谓是辛葵以往这些年来，不曾做过的事。

偷偷摸摸，可又很心甘情愿。她就是想去看一场。

因为谁都没告知，辛葵简单打扮了一番，挎着小包包就去了现场。

虽说入了秋，可演唱会馆内的氛围却是全然相反。辛葵戴着口罩，都能感受到周遭的热情如火。尖叫，嘈杂，热浪一并卷着过来。

她这片区域，应该是粉丝的包场区。四处都是结伴而行的小群体，大家讨论得热火朝天。在这样的情景内，全场灯光黯淡下来后，反倒是一鼓作气地一并安静下来。

辛葵倒也没觉得孤独，听完讨论后，她目光也全然集中在了场上。

只是她第一次亲临贺云沂的现场。

之前或许是在网上听说过，又或者是刷到过直拍视频，抑或者是在视频软件上看过现场直播。

可那些感受，远远没有在现场来得真切。

需要亲自见证到乐音的鼓动，舞台的疯狂，她才能更深入地去贴近他的本身。有关灵魂，有关情感的渗入，有关他……这个人。

大屏幕上骤然而出那张脸的时候。辛葵紧跟着周遭的人一并欢呼了起来。以往都是藏着匿着，没能有够这样的机会。可加入大部队的海洋当中，不顾自我地疯狂呐喊，真真算是人生的新体验。

辛葵还掌握了呐喊的规则和频率。

贺云沂的新专辑，她反反复复听了很多遍了，所以跟着粉丝应援的时候，她很快就跟随着唱，还能够游刃有余地衔接交换。

贺云沂之前的演唱会，以《薄荷轻》开始。

到了现在，又以《薄荷轻》结束。

“薄荷轻轻，吻你轻轻；轻轻吻你，如你卿卿。”

歌词转音结束，整场演唱会也到了最后的高潮处。贺云沂退场后，音乐还在不停歇。全场粉丝没有任何人退席，一直在大合唱。

这样大规模的默契如斯的合唱，引得回声阵阵凯旋，在演唱会馆的上空盘转不停歇。

周遭的人哭了又笑，笑了又哭。这样的小情歌用来作结尾，其实再好不过了。气氛轻松动人，昭示着下一次再见面的快乐。

辛葵跟着歌轻哼的同时，周围的粉丝骤然围在了一起，热情地讨论着什么。

她离得近，自然也听了进去。

“我去，宁燃和何阮阳都在贵宾区，你们看到饭拍了吗？这是什么神仙兄弟情！”

“啊啊啊婆婆也来了，在家属区，好激动！”

“圈内这次来了不少人啊，果然是贺云沂效应。”

“等等……哥哥发微博了！”随着最后这声高亢的话语，周遭人在安可唱歌的同时，直接拿出手机开始做数据。

丝毫不带慌张的，仿佛训练过很多次，游刃有余。不知道的，还以为把整个打投组都召唤了过来。继而，全场都陆续得到了消息，开始做低头族。大片望过去，都是闪耀着的小方屏幕。

辛葵被震撼到了，但是也因着好奇，连忙去看贺云沂发的新微博。

不像是想象中有关于演唱会结束的感想。

贺云沂格外得特立独行，只是发了一张照片。

药罐占据着图片的主要位置，可以明显看到罐中熬煮的黑褐色液体，是中药。

药罐旁的一角，摆了几颗糖果，粉红与黄蓝相间的可爱包装。

“@贺云沂：[分享图片]按时喝完了。”

下面的评论也一如今天的现场。

“啊啊啊，热烈庆祝贺云沂演唱会圆满落下帷幕，往后的花路我们一起走吧！”

“千万人次动员，破亿销量纪录，最遥远的银河，都让我们送到你的身边！”

“呜呜呜，之前就说哥哥感冒啦，果然在喝中药，要注意身体啊！”

“贺云沂也是会吃糖果的人吗？”

“呜呜呜，只有我想知道哥哥吃的糖果是什么牌子吗？求同款！”

“搜了搜，好像没有牌子，应该是手工做的吧？”

“谁给他手工做……？”

“疑惑点来了。”

辛葵扫了眼微博评论后，发现周遭的粉丝在收拾东西的同时，还在热烈讨论那份糖果的事。

“……”小姑娘垂眼，视线定定地落在贺云沂新发的那张照片上。

那是她给他的糖果。

演唱会馆内已经开始陆陆续续退场了，辛葵没有跟着粉丝的大部队前行。她耐心地等到了最后，才起身从演唱会馆的出口出来。

外面的粉丝准备的花墙早就被拆掉了，天空黑得深沉，夜幕坠下来，挨得很近。大多数人已经散场完毕，即便是在外面的人，也寥寥无几。

开完演唱会已经将近十点半了，大家都在忙着往家里赶。

虽说是晚上开场，但如若要看完整的一场演唱会，总归得从上午就得好好收拾前往，下午领点应援物之类的，这样的一天注定忙碌。

是以，周遭仅剩不多的人在路过的时候，都是行色匆匆。

辛葵再也不怕被看见，干脆将口罩摘了下来。

秋天的夜晚露水深重，晚风席卷而过，还有些泛凉。

从那般热闹的场景里脱身而出，再回归到会馆外的柏油马路上，总会有一种不太现实的虚空感，仿佛丢失了什么一样。

辛葵跺了跺脚，准备也往家赶的时候，手机有新消息。

卖葵花籽的：“睡了吗？”

辛葵反反复复地看了好久，确认是贺云沂发来的消息，不免疑惑了瞬。这个时间点，还是在演唱会刚结束的节点，他这么空吗？

但也顾不了太多，辛葵连忙回复。

辛辛向葵：“还没呢！”

卖葵花籽的：“好，你等我，我来找你。”

辛葵几乎是傻眼了。

辛辛向葵：“你……要来找我？”

卖葵花籽的：“嗯，老地点，我在你家楼底的地下车库等。”

先不论什么老地点不老地点的了，辛葵所在意的是，他要在今天直接过来？可……可她现在不在家啊……还在演唱会馆附近！

大致思考了番从这儿出发回到自己家的路程距离以及时间，辛葵沉默了。

辛辛向葵：“前辈……你现在出发没？！”

辛辛向葵：“还没开车的话，你等我一下！”

卖葵花籽的：“怎么说？”

辛葵盯着屏幕。

辛辛向葵：“那个……我在演唱会附近。”

辛辛向葵：“说来你可能不信……我今天来看你的演唱会了……还没回家……”

对方大概是没想到这般，过了会儿才回复。

卖葵花籽的：“好。”

卖葵花籽的：“我在演唱会偏馆的地下车库这边，你过来。”

然后就发来了定位分享。

辛葵点开那个定位，挎着包往那边跑。

在熟悉的车驶过来的时候，她利落地打开副驾驶的门，一鼓作气地坐了上去，顺带还给自己系了安全带，动作别提多么流畅了。

贺云沂迟迟没有开车。车厢内弥漫的是无尽的沉寂。

其实仔细算算……两人已经很久没有见面了。但是每一次的相处，在鲜活中，又会觉得，已经上演了无数次那般，熟悉无比。

“你……怎么不开车啊？”辛葵缓缓开了口。

贺云沂手搭在方向盘上，偏过头来细细打量她。

没说话，没吭声，一动也不动。唯有目光沉沉，黑得仿若能滴水。

这样的专注不容忽视。辛葵面颊估计都能被他这样的聚焦给烧出一个小小的洞来。

在贺云沂打量的间隙，她大着胆子，伸出小手，在他的衣袖旁捏了捏。

到了这时，对方才出了声。

“你今天来我的演唱会了？”

辛葵顿一下，点了点头。

“那为什么不和我说？”贺云沂利落地转方向盘，车子在这时候才缓缓地开启，继而没入夜色中。

“我觉得你要忙演唱会，就没打扰你啊。”辛葵手伸回来，攥紧安全带，目视前方，“……我就找别人要了张票。”

“票这种事，你应该找我。”贺云沂说。

“你的票那么难求，你自己也不一定有吧。”之前炒至高价，也没能在网上搜刮来一张的情形，直到现在都还历历在目。

想到这儿，小姑娘莞尔：“你的票早卖完了吧。”

“也没有。”贺云沂目不斜视，语气温和，“家属区的还有一些。”

家属区……她算是什么他的家属。

辛葵默然，强忍着心中按捺不住的澎湃，连忙转头看向窗外。

想到今晚他主动找她，辛葵无声地看了会儿窗外的夜景后，扭头去看贺云沂。

“你要带我去哪儿？”

“这么快就能忘？”贺云沂反问，侧过脸来看她，“说好的带你去看星星，忘了？”

车子再次驶入山巅的时候，贺云沂让她下来。辛葵迈了两步站在车前，像是之前来过的那次那般，俯瞰着整座城市。

相比于盛夏来的那次，燥热不再。

可这刮着的微凉，怎么也抵不过今晚的思绪辗转。

“好想摸一摸天上的星星啊！”辛葵说着，望了眼这夜色如初的天。

贺云沂双手插兜，长腿往后一靠，直接半坐在越野车的引擎盖上，望着眼前的她：“离天空近的地方，就不会那么难。”

辛葵无知无觉，没有感受到身后人的打量，只像是之前那般，朝着天空抬手，试探地摸了摸，复又够了够。

只凭空抓到了空气，须臾而已，很快便消释不见。

辛葵讪讪地收回手，紧接着也将目光收了回来：“我在想嘛，人再怎样厉害，一辈子都不能摸到星星吧。”

“也不完全是。”贺云沂的声音在身后响起。

辛葵听了，转过身来去看他。贺云沂嘴角噙着笑，神情疏散。他靠在车前的引擎盖上，两条大长腿随意地搁着。

“为什么是也不完全是？”辛葵颇为疑惑。

贺云沂视线从她身上移开，继而缓慢抬起，直接落入夜空。

等了半晌，他才开了口：“其实很简单，就是把你所寄托的，当作是生命里的那颗星，这样再怎么样，也不难触碰到。”

辛葵听了笑起来：“前辈，你讲话好有哲理哦，可我在讨论的是既定的客观事实啊。”

“差不多。”贺云沂低头垂眼，伸长一只手，在引擎盖上点了点，“我说的是主观事实。”

辛葵定定地望向他，而后像是蚊子那般，小却坚定地应了声。

小姑娘锲而不舍，又像是上次那般，牢牢地等待着星空的再次披露。仿若情景再现，云雾撇开后，环绕着的星星，点点而落。

虽然不多，但也能觑到一颗颗泛着亮的光。

辛葵还没来得及招呼贺云沂一起去看，初秋的山风呼啸着刮来。

脚底的砂砾沙石混着掺和到了一起，被风吹起，往人的身上使劲地拍打。

辛葵不小心被硌到，脚底踉跄了下，直接被风推着，往前迈了几步。

在她径自想要稳住自己的同时，贺云沂伸出手来，直接捞过她，稍稍用了劲，轻松将人带入怀里。

大概是有经验了，贺云沂这一番动作做得畅通无比。

那样的力道，跟上次被他抱着，几乎一样。心率加快中，山顶周遭的各类窸窣声，都被隐退在了模糊的界限里。

胸腔轮廓被扩大，往里面埋藏了越发鼓动的跳动。

小姑娘抬头，只能望见眼前的一个他。贺云沂敛下眸来，低头看她："辛葵，你知道我接下来要说什么吗？"

没想到是这般的话语，辛葵小声而应。

"我不知道……"

不，其实她知道。可是那样的应答，她说不出口。害羞也好，矫情也罢，怦然而动的不停歇中，辛葵觉得眼眶都要湿润模糊了。

她生平第一次有这样强烈情绪起伏的时刻，比起之前和他相处的每次，都要来得更加猛烈些。

因为贺云沂的一举一动，她的心也被悬在了嗓子眼儿似的。不是因为感动，也不是因为别的。她只是单纯地紧张，双腿悬空般虚无。

在无尽的等待里，这样的对视，折磨又熬人。

可很快，贺云沂又开了口："不知道也没关系，但我需要明确一下，接下来我对你所做的，你都能全权接受吗？"

小姑娘几乎化在他的怀里，咬咬唇，缓缓地点头。

贺云沂揽紧她，声音都碎在了风里："之前的我说过，你会有更骄傲的。"

"现在我想说，我能够给予你的那份更骄傲就是，我把我自己送给你了。"贺云沂敛眸看她，语气缓而坚定。

辛葵视线落在他的面容上，心头像是滚过热油，一阵缓过一阵。

她明确地知道，眼前的人有多么优秀。上帝在创造人的时候，赋予"完美"这个形容词之时，总会格外得慷慨一些。

完美的人，在大多数方面，都没有瑕疵。

于贺云沂来说，他就是那份完美之中的蛊惑者。

不等她回应，贺云沂贴近，嗓音自头顶之上泄下来，谆谆而来。

“就是这样一个人，仅此而已，无关其他。”顿了一下，他在她耳畔处轻语，“这样完完整整的贺云沂，你要不要？”

腰侧桎梏住的掌心仿若带了枷锁，紧得这辈子都不会松开那般，令人不容忽视。

以往的种种也都在此刻回溯。那些不确定的一切，那些径自猜测的时刻，那些辗转反侧午夜梦回多次的夜晚，都在此刻，渐渐地被水冲刷，透过半雾的表层，揭开原里的面貌。

其实有过很多次的信息。即便患得患失，即便尚未笃定；但那些在意与关注，统统都能感受到。

往来便是相互，在那些知晓他视线仅仅落在自己身上的时候，她未尝不是因为关注他，才能够记下那么多的回忆。

从来都不是没由来，从来都是有迹可循。

辛葵几乎不能说出完整的话，她带着气音，鼓起勇气，像他刚才那样述说，笃定而道。

“要的。”

怕他听不懂，抑或者是觉得自己不够坚然。

小姑娘重重地点点头：“我说，我要的。”

她没有过这样的感受，也没这样在意过一个人。因为他的在意而欢喜，因为他的关注而遐想。

在梦中的人，和造梦的人，永远有着异曲同工之妙的默契。

一如两人。

往后能如何，她不敢保证，但她此刻知道的是，她要他，要一个这样完完整整的人。他亲手将自己的更骄傲给予她，那么往后，贺云沂就是她的那份更骄傲。

贺云沂视线沉然，他在她的耳垂旁轻轻触碰了下，转瞬即逝。

而后他揽着人，反转而来，将辛葵放置在车前顶的引擎盖上。

“这可是你亲自说的。”贺云沂话落，单手撑在她身侧，微微俯身，唇紧跟着凑过来，覆盖上她，直接吻了下来。

初秋的山顶，风吹散了一切话语。

身形颀长的年轻男人，就这么掐着怀中女孩的细腰，在风中亲。

不知道过了多久，风吹得肌肤浸润凉意，这场山顶的星空之吻才作了罢。

但大概是老天有意不让人轻松便得手两全，天空再次被云层覆盖，夜色更加深沉，瞧不见一丁点的星光了。

辛葵双手揪着贺云沂的衣领，小脑袋低低地垂着，死活都不愿意从他的怀里出来。

他拍拍她的背："不早了，我送你回家？"

没等到回应，怀里的小鹌鹑一动也不动。

"我说，送辛宝回家？"贺云沂再次询问了声，想要抬手抱她，将人从车前的引擎盖上捞下来。

辛葵像是打开了什么的开关，连忙用小手推开他的肩膀，想要自己从引擎盖上跳下来。

从山顶往下开的路上，车厢内陷入周遭山路的昏暗。

两个年轻人一时无话。有人是习惯了安静觉得今夜宁然使人心旷神怡，默默地开车不说话；而有人则是羞于这样的场面一时之间不知道该处理而好，干脆闭口不谈。

两只某些方面的小菜鸟，在这样的沉寂中，居然意外又统一地达成了一致。等到车子缓缓地驶入地下车库，稳稳当当地停好，两人同时向对方看过去。

辛葵脸颊倏然一热，几乎是慌不择路地滚下了座椅："我……我先回去！"

然而还没等她逃离太远，步子还没迈开跑几步，贺云沂的嗓音从半敞开的车窗上飘出来："你回来。"

辛葵脚步一滞，刚想溜得更快，继而又听到贺云沂补充道："包没拿。"

折返的路上，辛葵望着电梯墙面映出来的，自己那道影影绰绰的身影，思绪都绕开了。懊恼在这个时候，才上了头。不得不说，她刚刚的表现实在是太差劲了。

怎么说……怎么说都得先发制人，在贺云沂的面颊处啵一口，打他个措手不及！他长得那么犯规，她很早之前就想那么做了。

可思及刚刚一系列自己并不怎么样的表现，辛葵叹了一口气。

这样的心绪一直持续到了回到自己住处。

许是只有自己一个人的时候，没有外界太多纷扰的干涉，周遭的环境大抵能够影响大脑的思考。辛葵踹掉鞋子，几步子迈过去扑向沙发，弹簧被这样突如其来的兴奋压制了瞬，复又撑回去，将人弹了又弹。

她正面朝下，埋在沙发上，双手捂着脸。

不得不说……贺云沂予她的影响力，实在是太大了。辛葵怎么也没想到，自己曾经暗自猜想的一切，会来得这么快。

还是这样的一个夜晚，毫无预兆。

辛葵从沙发上翻了个面儿。

但另一句低低沉沉，格外撩人的嗓音又倏然浮现在脑海里。

"辛宝。"

他喊她辛宝。辛葵觉得面烈如火，心中眼中，此时此刻，全然都是贺云沂。各式各样的他，有笑着的，有低着头的……

回忆终止在此。小姑娘像是受不了那般，再次翻了个面儿。这一回可没了优待，辛葵直接从沙发上摔了下来，发出"嘭"的一声。

抬眸便是晃眼的水晶灯。很好，这时候倒是有些清醒过来了。辛葵半虚软着腿，后知后觉地抚上自己的唇角，麻麻的，带着点儿微痛。

视线顿然几秒，就在她突然想起什么，捞起自己的手机查看。

贺云沂的微信就在这个时候进入。

两人隔着空间的交错，不约而同地顺在了同一条时间线上。

"晚安，辛宝好梦。"

演唱会结束的当晚，贺云沂罕见地在一天之内，再次微博营业。

这般情形，相比于之前几个月都不曾发一条生活动态的人来说，可谓是稀奇中的稀奇事。

贺云沂发了一张夜幕降临，沉沉覆盖整座城市的照片，呈俯瞰的角度。配字为："这样的夜空，和你一起入梦。"

下面的粉丝皆是疯狂，惊吓之余，更多的则是惊喜。

"贺云沂，是贺云沂吧？一天两条，不是你疯了就是我哭了！"

"啊啊啊，哥哥拍的夜空。云沂云沂，银河无垠！"

"这种营业的速度我好害怕，哥，你是真的打算今天之内把一年的量给更新完啊？"

"和谁一起入梦？和我！和我！！"

"好文艺啊，不会是工作室代发的吧？我哥之前都很酷的来着。"

"楼上的，看手机尾号后缀，是哥哥本人无疑了，之前工作室就解释过，除了一些宣发，其他都是哥哥亲自发的！"

"好梦，晚安。"

辛葵这夜几乎没睡好，半夜醒来的时候心血来潮，打开微博小号冲浪。她微博主页统共也没几个人，很快便刷到贺云沂发的这样一条微博。

虽然没有指明什么，但又像是透析了什么。这回不需要再质疑，不需要再猜测，明了无比。

辛葵托着下巴，弯了弯眼。就只是突然觉得自己有点快乐，类似于童年时期被大人牵引着去外面游乐场游玩，好磨坏磨终于磨来一根糖水冰棒，甜津津的。

她所向往的，梦里出现的影子。

对于未来另一半的雏形，好像真的缓缓地实现了。

【上册完】